Айрис МЕРДОК

Алое и зеленое

роман

УДК 821.111
ББК 84 (4Вел)
М52

Серия «Классическая и современная проза»
основана в 2000 году

Iris Murdoch
THE RED AND THE GREEN

Перевод с английского М. Лорие

Стихи в переводе В. Левика

Серийное оформление А. Кудрявцева

Компьютерный дизайн Ю. Мардановой

Печатается с разрешения The Estate of Iris Murdoch
и литературных агентств Ed Victor Ltd. Literary Agency
и Andrew Nurnberg.

Подписано в печать 11.12.08. Формат 70x90 $^1/_{32}$.
Усл. печ. л. 12,76. Тираж 3000 экз. Заказ № 8601.

Мердок, А.

М52 Алое и зеленое : роман / Айрис Мердок: пер. с англ.
М. Лорие. — М.: АСТ: АСТ МОСКВА, 2009. — 348,
[4] с. — (Классическая и современная проза).

ISBN 978-5-17-057038-6 (ООО «Изд-во АСТ»)
ISBN 978-5-403-00288-2 (ООО Изд-во «АСТ МОСКВА»)

Во «дни гнева». Во дни геройства. Во дни, когда «юноши воюют, а девушки плачут». Только тогда, поистине на лезвии бритвы, по-настоящему познается многое. Высока ли цена жизни? Велика ли сила мужества и любви? И каковы они — суть и смысл бытия?

УДК 821.111
ББК 84 (4Вел)

© Iris Murdoch, 1965
© Перевод. М. Лорие, наследники, 2008
© Перевод стихов. В. Левик, наследники, 2008
© ООО Издательство «АСТ МОСКВА», 2008

Глава 1

Еще десять блаженных дней без единой лошади! Так думал Эндрю Чейс-Уайт, с недавнего времени младший лейтенант доблестного Короля Эдуарда конного полка, с удовольствием работая в саду, в пригороде Дублина, солнечным воскресным апрельским днем 1916 года. Сад этот, скрытый за крепкой стеной из нетесаного рыжего камня, был большой, и в нем росли, прихварывая, но не сдаваясь, две пальмы. Дом — благообразная вилла под названием «Финглас», с широкими окнами и покатой шиферной крышей — был выкрашен в голубую, с легкими потеками краску. Просторный, но не громоздкий, он был построен в основательном «приморском георгианском» стиле, безмятежно процветавшем в Ирландии еще в начале нашего века. Дом и сад, стены и пальмы — владения будущего тестя Эндрю — находились в Сэндикоуве, на Сэндикоув-авеню, одной из тех веселых, застроенных разноцветными виллами улочек, что сбегают к морю от главной дороги, ведущей на Киллини и Брэй. Улица, на которой — или, вернее, отступая от которой в сознании своего превосходства над другими домами, — стояла вилла «Финглас», была чистая и очень тихая, всегда словно залитая жемчужно-серым светом с моря. Отсюда оно было видно и даже слышно — внизу, у подножия холма, где мостовая обрывалась прямо в воду, а тротуар переходил в желтые скалы, слоистые, изрезанные, сверкающие кристаллическими гранями. И самой улице скалы сообщали свою твердость и чистоту, а вода — свою прозрачность и холод. Если спуститься по ней до конца или выглянуть из верхних окон виллы, слева вырастал тяжелый мыс, увенчанный древней сторожевой башней — акрополем бывшей здесь когда-то деревни. Мыс загораживал вид на Кингстаун, но с самого берега была видна согнутая в локте рука кингстаунского мола с маяком на сгибе и словно завершающим его тощим обелиском, воздвигнутым в память счастливого события — отъезда из Ирландии Георга IV. Прямо впереди, за очень светлой, грязной серо-зеленой Дублинской бухтой, тянулся низкий синий силуэт полуострова Хоут, а справа от него — открытый морской горизонт, холодная бледно-фиолетовая полоса над серой водой, где Эндрю, прервав работу, как раз сейчас заметил пятнышко — приближающийся пароход. Несмотря на все более наглый разбой германских подводных лодок, пассажирские пароходы прибывали в Кингстаун почти точно по расписанию, хотя из-за извилистого курса, которым они шли в интересах безопасности, никогда нельзя было угадать, в какой точке горизонта появится пятнышко дыма.

Для Эндрю картина эта была бесконечно знакомой и в то же время тревожно чужой. Как место, которое постоянно посещаешь во сне, чем-то очень важное, но ускользающее, яркое до полной достоверности и все же не совсем реальное. И еще это было место, где все его чувства словно замедлялись и запахи дома, шершавые касания садовой стены, отзвуки голосов в зимнем саду ширились и расплывались во что-то пугающее, слишком большое, слишком душное. Семья Эндрю была англо-ирландская, но в Ирландии он никогда не жил, только ездил туда в детстве на каникулы. Мало того, по случайности, представлявшейся ему досадной, он родился в Канаде, где его отец, служащий страховой компании, провел два года. Вырос Эндрю в Англии, точнее, в Лондоне, и, не задумываясь над этим, ощущал себя англичанином, хотя в разговоре, тоже не задумываясь, обычно называл себя ирландцем. Этим он не столько определял себя, сколько совершал определенный поступок — как бы нацеплял герб или живописную кокарду. Ирландия оставалась для него тайной, нерешенной проблемой, притом проблемой неприятной, хоть и неизвестно почему. Отчасти, конечно, тут был вопрос религии. Отнюдь не набожный сын англиканской церкви, Эндрю в Англии был терпим, равнодушен, почти не соблюдал обрядов, но стоило ему попасть в Ирландию, как его протестантство вставало на дыбы. И к воинственному зуду примешивалось что-то более глубокое, расслабляюще похожее на страх. Сегодня было Вербное воскресенье, и утром Эндрю с матерью и со своей невестой Франсис Беллмен побывал в церкви Моряков в Кингстауне. После службы они вышли на улицы, заполненные теми, другими, гораздо более многочисленными, которые, выйдя из своих церквей, теперь прогуливались не спеша, уверенно, с ветками вербы в руках. Словно это ради них, ради их грехов Христос вот сейчас входил в Иерусалим — в их повадке уже было удовлетворение, даже хозяйская гордость, отчего прихожане церкви Моряков, расходившиеся по домам куда более деловито и скромно, с опущенными глазами, чувствовали себя случайными, посторонними, не связанными с великими событиями, в честь которых так вызывающе разоделась уличная толпа. Эту неодинаковость, этот контраст с чем-то кричащим, более жизненным и первобытным, Эндрю ощущал тем острее, что многие из их ирландских родичей, к ужасу его матери, просто отказывавшейся этому верить, обратились в католичество.

Отец Эндрю, умерший два с лишним года назад, был несостоявшийся ученый, кроткий книжный человек, проживший жизнь задумчиво и бестолково, всегда немного удивленный и неуверенный в себе. Он хотел, чтобы Эндрю стал ученым человеком, и радости его не было границ, когда в год перед войной его сын получил в Кембридже стипендию за сочинение по истории. Однако этот успех, как видно, исчерпал академические возможности и устремления Эндрю, и первый год войны он провел в университете праздно, хотя и не особенно буйно. Он покинул Кембридж с намерением вступить в армию, унося с собой страсть к Мэлори и смутную мечту стать великим поэтом, а больше по части высшего образования почти ничего. Однако его желание послужить родине исполнилось не сразу: помешала затянувшаяся астма — болезнь, которая временами мучила его с самого детства. Только осенью 1915 года его наконец признали годным, взяли в армию и скоро произвели в офицеры.

Лошадей Эндрю ненавидел и боялся их. Поэтому люди, хорошо его знавшие, недоумевали, зачем ему понадобилось служить в кавалерийском полку. Ключом к этой загадке была его ирландская родня. Как все единственные дети, Эндрю много размышлял о таинственных, пугающих отношениях с братьями и сестрами, которых у него не было. Пока тянулись долгие, ненавистные и в то же время милые сердцу летние каникулы, своего рода заменой, временными братьями и сестрами служили ему кузены и кузины — все они жили в Ирландии, и робкая любовь к ним выливалась у него в форму беспокойного соперничества. Он чувствовал свое превосходство над этой разнокалиберной и, как ему казалось, невоспитанной и провинциальной оравой мальчиков и девочек, более шумных, веселых, ловких и закаленных, чем он. Но превосходство его редко признавали. Чаще он оказывался на роли дурачка, не принятого в игру, не понявшего шутки. Особенно ему не везло с лошадьми. Все его кузены ездили верхом, естественно, без усилий. То было племя юных наездников, оставляющих его позади с наглым презрением всадника к пешеходу. Даже Франсис, приходившаяся ему дальней роднёй и тоже принадлежавшая к «ораве», рисовалась ему в первых воспоминаниях верхом — быстрая, грациозная амазонка, обгоняющая его, исчезающая вдали.

Так что тесное общение Эндрю с лошадьми, теперь столь чреватое опасностью, было вызвано просто-напросто желанием пустить родственникам пыль в глаза. Впрочем, был здесь еще и элемент самоистязания, хоть и менее осознанный. Вот так же в бассейне Эндрю неодолимо тянуло прыгать с самого высокого трамплина, хотя он отчаянно боялся высоты. Страх и побуждал его крепче прижимать к сердцу то, что сильнее всего страшило. С конным полком Короля Эдуарда он свел знакомство давно, еще в мирное время, с единственной целью за недорогую плату поучиться верховой езде. Поскольку на этот предмет он мог считать себя канадцем, ему не составило труда приписаться к этому прославленному, по преимуществу колониальному полку. Война превратила веселую игру в нечто до ужаса серьезное — вышло так, что он сам себе вырыл яму. Гордость не позволяла ему и помыслить о переходе в другую часть. И теперь во сне его настигали исполинские лошади в немецких мундирах.

Первая встреча Эндрю с Францией уже состоялась — краткая и совсем неинтересная. До этого он прошел ускоренный курс в учебном лагере в Бишопс-Стортфорде, куда в то время еженедельно прибывали заядлые конники-австралийцы, и в феврале, вскоре после своего производства, был направлен в Третий эскадрон полка, расквартированный с небывалой роскошью в замке Водрикур. Когда он туда прибыл, Третий эскадрон, в полной мере наслаждаясь гостеприимством замка, был занят главным образом рубкой деревьев и постройкой конюшен и задачи имел, казалось, не военные, а чисто хозяйственные. Только позже Эндрю узнал, что желание устроиться удобно и уютно — одно из важнейших побудительных начал в военном быту. Так прошло недели полторы, а затем все конные части дивизии перебросили на несколько дней в Март, район обучения Первой армии. Здесь они вступили в бой — не с немцами, а с жестокой метелью, и некоторое время единственной заботой Эндрю было выискивать сухие, непромороженные помещения для лошадей. Лошади вышли из этого испытания целы и невредимы, зато сам Эндрю схватил сильнейшее воспаление легких, и его пришлось отправить домой, в Англию. Воспаление легких осложнилось плевритом, и из госпиталя он выписался в конце марта, еле держась на ногах, с предписанием явиться в запасный эскадрон своего полка через месяц. Больше половины этого месяца уже истекло.

Как военный Эндрю еще не был уверен в себе. Роль военного была, пожалуй, первой, в которую он сознательно старался войти. До этого он играл роль студента — без труда, но, к собственному удивлению, и без особого подъема. Его не привлекал образ жизни тех, кто задавал тон в университете, и вдобавок, что, пожалуй, важнее, у него не было денег, чтобы с ними тягаться. Поэтому он, несколько даже вызывающе, изображал из себя затворника. Успеху его занятий это не способствовало. Представление о себе как о солдате, которое в мирное время глубоко бы ему претило, теперь, конечно, опиралось на широкий общественный энтузиазм. И все же Эндрю до сих пор не сумел влезть в военную шкуру или хотя бы играть свою роль с той легкостью и удальством, которые он с завистью наблюдал у многих своих сверстников. В его солдатском облике все еще были перемешаны такие противоречивые черты, как мальчишеская романтика, добросовестность школьника и подспудный, чисто взрослый страх и фатализм. Сейчас в нем, вероятно, преобладала первая черта, хотя он постеснялся бы признаться в том, что его рвение в большой мере восходит к патриотическим монологам из Шекспира и юношеской приверженности сэру Ланселоту*.

Прозу войны он страшился даже вообразить. Рассказы о подробностях окопной войны не убили в нем желания осмыслить ее романтически, но расширили туманную, скрытую от посторонних глаз область его страха. Во время метели в Марте, так же как дома, на учениях, он полагался на свою педантичную добросовестность и надеялся, что в минуту опасности она же хотя бы заменит ему храбрость. Храбрый ли он человек — это оставалось мучительной тайной. Он радовался — и презирал себя за то, что в заботе о благополучии лошадей кон-

---

* Сэр Ланселот — один из рыцарей легендарного короля Артура, его приключениям посвящено много английских легенд и баллад.

ные части избегают посылать на передовые позиции. Он не мог не испытывать облегчения, убеждаясь, что кавалерийские набеги считаются в современной войне нецелесообразными. И сам же с тревогой расценивал эти свои чувства как симптомы трусости. Его страшно огорчало, что во время краткого пребывания во Франции он ни разу не имел случая себя проверить.

И совсем уже обидно было, что, раз пришлось служить в армии, он не попал в какой-нибудь более современный, механизированный род войск. Он неплохо для любителя разбирался в беспроволочном телеграфе и автомобилях, и в Кембридже на него был большой спрос среди богатых студентов, имеющих собственные машины. Одно время он даже решил про себя, хотя и утаил от отца, что, когда сдаст выпускные экзамены, станет конструктором автомобилей. Сейчас он мог бы, накрепко отключив воображение, заинтересоваться пулеметами: в Бишопс-Стортфорде он, насколько это было возможно, изучил пулеметы Викерса и Гочкиса, которыми их снабжали периодически и всегда в недостаточном количестве. Но во время учений он больше имел дело с винтовкой и даже с саблей — предметом, который он поначалу держал в руках с удовольствием, а потом возненавидел. В Водрикуре он узнал, что на работу с беспроволочным телеграфом надежды мало, а пулеметы Третьему эскадрону еще не приданы. Из наиболее военных упражнений в Третьем эскадроне пользовалось успехом так называемое метание гранат на скаку, что означало по одному проноситься верхом мимо германских орудийных окопов и швырять туда гранаты Милза. Эндрю эти сведения не порадовали, однако он заметил, что начальники его относятся к «гочкисам» с недоверием, а к гранатам Милза одобрительно, потому что с ними конные части могли придерживаться традиционного образа действий кавалерии. Офицеры, особенно кадровые, тосковали об утраченном превосходстве, о некогда нужном искусстве; и когда Эндрю однажды вечером громко заявил в собрании: «В конце концов, лошадь — средство передвижения, и не более того», ответом ему было оскорбленное, почти испуганное молчание.

Запасный эскадрон его полка с прошлого года находился в Ирландии — сначала в Карроге, а совсем недавно был переведен в Лонгфорд. Туда-то Эндрю и предстояло явиться по окончании отпуска. А пока он старался, и довольно успешно, не думать о будущем и укрыться в тесном мирке женских притязаний и баловства, который олицетворяли его мать и Франсис. Он находил неожиданную прелесть в сложном переплетении банальных мелочей и забот, составлявших жизнь этих двух близких и дорогих ему женщин, и не отходил от них, словно ища защиты под сенью маленькой и слабой, однако же могущественной невинности. Их тесный мирок притягивал его не только по контрасту с действующей армией: он ограждал Эндрю от всего остального, что значила для него Ирландия, от ирландцев-мужчин, его родичей. Про себя Эндрю выразил это так: «Не хватало мне сейчас еще заниматься Ирландией». И на этом основании все откладывал, по словам матери непростительно долго, визиты к другим членам семьи.

За месяц до того мать очень его расстроила, внезапно решив продать свою лондонскую квартиру и переселиться в Ирландию. Удобным предлогом для этого оказались налеты цеппелинов на Лондон, которые миссис Чейс-Уайт описывала своим замиравшим от волнения дублинским друзьям в ярких, даже жутких красках. Она уверяла, что нервы ее просто не могли этого выдержать. Эндрю бесило не только постыдное, на его взгляд, малодушие матери, но и то, в чем он подозревал истинную причину ее решения, — атавистическая тяга к родной ирландской земле. Хильда Чейс-Уайт, урожденная Драмм, происходила, как и ее муж, из англо-ирландской семьи; но в отличие от отца Эндрю, проведшего почти все детство в Ирландии, и она и ее младший брат Барнабас выросли в Лондоне. У Эндрю сложилось смутное представление, что его мать и дядя не ладили со своими родителями, но в чем там было дело, он не пытался себе уяснить, да и не мог бы, потому что и дед и бабка с материнской стороны умерли, когда он был еще ребенком. Дед занимал скромную должность на государственной службе, но в своем кругу был известен как весельчак и любитель созывать гостей. Славился он и своими шутками, не всегда деликатными. Возможно, эти его проделки оскорбляли в Хильде чувство собственного достоинства, а может быть, она просто сравнивала их лондонский дом с более просторными, богатыми и чинными хоромами своих ирландских родственников. Эндрю с детства помнил, каким ворчливо-завистливым тоном она говорила об этих владениях, тогда как отец не разделял ее зависти и, хотя и хранил сильную, почти болезненную привязанность к своей ирландской родне, особенно к своей сводной сестре Милли, казалось, день и ночь благодарил судьбу, что вырвался из Ирландии.

Таким образом, только что совершившаяся покупка дома в Ирландии, несомненно, явилась для Хильды осуществлением очень давнего намерения; и так как ей совсем вскружила голову поразительная дешевизна здешней недвижимости, Эндрю лишь с трудом уговорил ее не покупать ни одного из нескольких имевшихся в продаже замков, как на подбор сырых и замшелых, хотя и, безусловно, дешевых, и наконец склонил ее к тому, чтобы приобрести хорошенький, не слишком большой и не слишком маленький домик в Долки, под самым Дублином. Дядя Барнабас, уже давно живший в Ирландии, мало чем им помог. Но, как часто говорила Хильда, чего же теперь и ждать от Барни? Барнабас, который хорошо запомнился Эндрю с детства — правда, не потому, что подавал надежды как историк Средневековья, а потому, что был метким стрелком, — в последние годы, по общему мнению, катился по наклонной плоскости. В свое время он тоже, по словам самой Хильды, почувствовал желание «сбежать от родителей», хотя его-то мотивов Эндрю уж никак не мог понять. Дядюшка был кем угодно, только не снобом. Но и его, как видно, неудержимо потянуло в Ирландию, и там он женился, породнившись с другой ветвью семьи, и, к ужасу Хильды, да и самого Эндрю, принял католичество. Говорили даже, как шепотом сообщала Хильда, что он пишет историю ирландских святых — Хильда почему-то усматривала в этом нечто в высшей степени непристойное. Вдобавок ходили слухи, что одно время он хотел стать священником, но этого Хильда никогда на людях не подтверждала. То обстоятельство, что дядя Барнабас, кроме всего прочего, запил, в семье почти приветствовали как более нормальное проявление качеств паршивой овцы.

Переход своих родных в католичество Хильда воспринимала как личное оскорбление. Она искренне этим огорчалась, не любила об этом говорить, даже скрывала это. Отступничество брата глубоко ее уязвило. Вообще-то Эндрю казалось, что семейные узы для нее вопрос скорее практический, но дядю Барнабаса она, во всяком случае в прошлом, очень любила. На тему семьи Хильда могла говорить без конца, и Эндрю волей-неволей тоже заинтересовался, ведь недаром он почему-то считал нужным всем объяснять, что Франсис — его дальняя родственница. Ситуация тут была довольно сложная. «Наши англо-ирландские семьи такие перепутанные!» — часто восклицала Хильда с некоторой даже гордостью, точно семейная перепутанность была редкостным преимуществом. «По существу — сплошное кровосмесительство», — добавила однажды тетя Миллисент. «А что это такое?» — спросил тогда маленький Эндрю, но никто его не просветил. Теперь ему иногда казалось, что в понятии «семья» и вправду есть что-то завораживающее, как в змее, которая ест собственный хвост. Она и притягивала его, и отталкивала, и сознанием, что его семья заполнила Ирландию, умудрилась проникнуть во все ее уголки, во многом определялось для него зловещее могущество этого острова.

Правда, за последние годы Эндрю, к своей радости, почти не виделся с более дальней родней, владевшей фермами в графствах Донегол и Клер. Франсис и ее отец Кристофер Беллмен, одно время жившие в Голуэе, теперь переехали в Сэндикоув, и Эндрю, несмотря на неоднократные советы матери, не испытывал желания объехать всех своих родственников. Вполне достаточно их жило в Дублине и поблизости от него, притом тех, с которыми Эндрю больше всего привык общаться. Даже та ветвь семьи, в которой было необходимо разобраться, чтобы уточнить его родственные отношения с Франсис, представляла немало сложностей. Его бабка с отцовской стороны, Дженет Селборн-Дойл, «редкая красавица», как всегда говорила о ней Хильда, была замужем дважды. Первым ее мужем был Джон Ричард Дюмэй, от какового брака родилось двое детей, Брайен и Миллисент. Старший из них, Брайен, еще будучи студентом колледжа Св. Троицы, принял католичество — в результате нервного расстройства, как всегда утверждали. Похоронив первого мужа, «редкая красавица» вышла замуж вторично — за Арнольда Чейс-Уайта, и единственным их отпрыском был Генри Чейс-Уайт, отец Эндрю. Генри женился на Хильде Драмм, а Брайен Дюмэй еще раньше сочетался браком с некой Кэтлин Киннард, приходившейся Хильде родственницей по матери и вызвавшей целую бурю слез и возмущения, тотчас приняв вероисповедание мужа. Потом Миллисент Дюмэй вышла за брата Кэтлин, сэра Артура Киннарда, а его сестра Хэзер Киннард вышла за Кристофера Беллмена, отца Франсис. И миссис Беллмен, и сэр Артур Киннард умерли сравнительно молодыми, Эндрю их не помнил. У его дяди Брайена было два сына: Пат Дюмэй, на год старше Эндрю, и Кэтел Дюмэй, которому сейчас, по расчетам Эндрю, было лет тринадцать-четырнадцать. Дядя Брайен умер, когда Эндрю было пятнадцать лет, и тетя Кэтлин вызвала всеобщее удивление и немало пересудов, довольно скоро выйдя замуж за своего единоверца, тоже члена семьи, дядю Барнабаса, который, оказывается, уже давно был в нее влюблен. Этот брак остался бездетным.

Мать Эндрю с интересом следила за всеми делами своих ирландских родичей, особенно Киннардов, обладателей завидного особняка и еще более завидного титула, установивших еще при жизни Артурова отца некие критерии как пышности домашнего обихода, так и независимости суждений, вероятно, заронившие в Хильде недовольство ее стесненной лондонской жизнью и бесшабашным, хоть и уютным, укладом родительского дома. Ей, безусловно, не давало покоя не только уверенное богатство Киннардов, но также их ирландская удаленность от мещанства «буржуазного» мира. Хильду всю жизнь мучило подозрение, что родители ее не обладали хорошим вкусом.

Хотя Хильда толковала обо всем этом Эндрю, с тех пор как он себя помнил, он только недавно стал понимать ее позицию. Гораздо раньше, и очень болезненно, он почувствовал совсем иную, до странности глубокую тревогу отца, тоже связанную с Ирландией. Генри Чейс-Уайт был во власти какого-то семейного демона. Он любил своих родственников, особенно тетю Миллисент. Вся беда, как еще в детстве догадался Эндрю, заключалась в Брайене, его сводном брате. Брайен Дюмэй был несколькими годами старше Генри и совсем на него не похож. Дядя Брайен занимал какую-то должность в Ирландском банке, что представлялось само собой разумеющимся, но в жизнь племянника он вошел в образе идеального дядюшки для летних каникул. Эндрю помнил картину, всегда одну и ту же, в горах или на морском берегу: дядя Брайен идет впереди, перепрыгивая с камня на камень, за ним с громкими криками поспевают дети, а отец Эндрю, осторожно ступая, замыкает шествие. Эндрю было, вероятно, лет десять, когда он понял — с приливом покровительственной нежности, от которой точно сразу повзрослел, — что отец заранее ревнует, опасаясь, как бы Эндрю не предпочел ему дядю Брайена. Случилось это, когда все они купались в море, все, кроме отца, которому вода показалась слишком холодной и он остался посидеть на дюнах с книгой. После купания Эндрю подбежал к нему, но отец сказал непривычно резко: «Нечего тебе со мной делать. Ступай, ступай к дяде». С тех пор он немного охладел к дяде Брайену. Но только после дядиной смерти ему стало ясно, как привязан был отец к своему сводному брату, в котором, вероятно, видел что-то сильное, влекущее, не совсем понятное, отзывавшееся в нем самом дрожью стеснительности. Ту же стеснительность, ту же робкую, скрытную, неуверенную любовь Эндрю ощущал в отце и по отношению к себе; эта стена разделяла их до конца, и, когда отец умер, Эндрю было особенно больно от мысли, что тот, наверно, так и не почувствовал его любви.

В детстве Эндрю испытывал острый, тревожный интерес ко всем своим родственникам, но центром этого магнитного поля обычно оказывался его двоюродный брат Пат Дюмэй. Позднее Эндрю приходило в голову, что тревожное чувство, которое вызывал в нем Пат, сходно с тем, какое вызывал в его отце дядя Брайен, только Эндрю никогда не питал к Пату настоящей приязни. Скорее это было смутное, будоражащее любопытство. В свое время он не жалел усилий, чтобы утвердить себя в глазах кузена, и даже безумная затея с лошадьми, возымевшая столь серьезные последствия, конечно же, была попыткой свести счеты не столько с Франсис, сколько с Патом.

Пат, с детства прозванный «железным человеком» и без труда верховодивший во всех их играх и спортивных занятиях, никогда не дарил Эндрю особым вниманием. Ребенком Эндрю был невысок ростом, и нередко бывало, что его, снедаемого яростью, отправляли играть с мелюзгой; он и сейчас чувствовал, что кажется Пату моложе своих лет. Между ними никогда не было ни доверия, ни дружбы, хотя, когда они подросли, Эндрю пробовал сойтись с ним поближе. Пат, и вообще-то неразговорчивый, в таких случаях замыкался в надменном молчании и делал вид, что просто не замечает Эндрю. Он удалялся спокойно, опустив глаза, словно обходя какое-то незначительное препятствие на своем пути. Взбунтовавшись, Эндрю иногда заявлял, что Пат «задается» и странно, что его еще мало за это изводят. А между тем на других, менее заинтересованных, чем Эндрю, грозная надменность Пата почему-то производила впечатление. Другие дети его побаивались — у него была тяжелая рука. Эндрю же, в сущности, никогда его не боялся. В детские годы ему, правда, внушало ужас вероисповедание Пата. Когда у него прибавилось ума и терпимости, ужас этот почти исчез, но в неотступном интересе к Пату по-прежнему была доля суеверного трепета, как перед чем-то первобытным и темным.

Младший брат, Кэтел, хоть и считался способнее Пата, занимал Эндрю гораздо меньше. В прошлом он только и делал, что старался отвязаться от Кэтела — тот на правах маленького вечно всем мешал. Братья, видимо, не ладили между собой. Эндрю подозревал, что тут кроется какая-то страстная ревность. С тех пор как Эндрю их помнил, Пату словно доставляло удовольствие тузить братишку, иногда так безжалостно, что страшно было смотреть. Ему крепко запомнился один случай, когда сам он, в то время мальчик лет тринадцати, полез в драку, спасая Кэтела от особенно жестокой расправы. Пат, в отместку подбивший ему глаз, получил тогда хорошую трепку от дяди Брайена — очевидно, за такое безобразное поведение. В Эндрю это происшествие каким-то образом усилило обреченное чувство связи с Патом, хотя тот, скорее всего, не придал ему ни малейшего значения.

С тех пор как он стал более или менее взрослым, а в особенности с тех пор, как он стал военным, Эндрю с облегчением ощущал, что его одержимость Ирландией понемногу ослабевает. Прекратились ежегодные летние поездки туда, и теперь мрачный мокрый остров как будто не таил в себе угрозы. Уже несколько лет Эндрю не был здесь и не видел никого из родных, кроме Франсис и Кристофера — те часто наезжали в Англию. За это время Пат Дюмэй прослушал курс права в

Национальном университете и теперь работал в какой-то юридической конторе. Из отрывочных сведений, которые о нем доходили, Эндрю мог заключить, что в университете Пат не блистал; и сознание, что он все-таки оказался одареннее Пата, действовало как бальзам на и так уже затихающее чувство давнишнего соперничества. Его немного удивляло, что Пат до сих пор не пошел в армию. Хильда отзывалась об этом с неодобрением, она вообще недолюбливала Пата, смутно чувствуя в нем соперника своему сыну. Но для Эндрю этот неожиданный изъян в герое его детства отнюдь не был огорчительным, и, вслух опровергая насмешливые суждения матери, он втайне с ними соглашался.

Приятное чувство освобождения от Ирландии немного омрачила ни с чем не сообразная тревога, овладевшая им, когда он снова очутился здесь и особенно когда узнал, что мать намерена здесь поселиться. Он-то рассчитывал скоро совсем распроститься с Ирландией. Он уже решил, хотя до поры держал это про себя, что при первой возможности увезет отсюда Франсис. В увозе Франсис ему виделась окончательная победа над прошлым. Его сердило, даже немного пугало, что полного разрыва с Ирландией не получается. Разум подсказывал ему, что пора наконец покончить с этим ребячеством. А между тем при мысли о завтрашнем визите к кузенам он чисто по-детски предвкушал, какое впечатление произведет на них его военная форма и усы, и вдобавок у него, непонятно почему, замирало сердце.

Этот визит и второй, к тете Миллисент, были ему предписаны матерью, хотя он отлично знал, что ни к кому из этих родственников она не питает особой симпатии. Семья имела для Хильды значение, выходящее за рамки личных симпатий. Правда, сама она едва ли выразила бы это такими словами. Она ни за что не призналась бы, что симпатизирует кому-либо из родных, кроме Кристофера Беллмена, Франсис и своего брата; и даже в отношении двух последних к симпатии примешивалась легко объяснимая неприязнь. На всякое упоминание о Миллисент Киннард и о Кэтлин, ныне Кэтлин Драмм, Хильда отзывалась с какой-то почти физической нервозностью. Эндрю знал, что эти две очень разные женщины каждая по-своему разочаровали и шокировали его мать. Расположенные в важных точках семейной машины, они никак не желали крутить нужные рукоятки.

Отец Эндрю был сильно, как-то болезненно привязан к своей сводной сестре Милли, что вряд ли возвысило его в глазах Хильды. Кэтлин он тоже любил, хотя не настолько, чтобы вызвать законное недовольство жены — его кроткую супружескую преданность всем ставили в пример. Для Эндрю всегда было аксиомой, что родители его счастливы в браке, он и сейчас ощущал присутствие отца как поддержку себе и матери. Причины раздражения, которые вызывали в Хильде тетя Миллисент и тетя Кэтлин, были в большой мере социальные. Эндрю снисходительно допускал, что его мать — ужасающий сноб, и задача «поддерживать знакомство с Милли» — она изображала это как тягостный долг — сильно облегчается тем, что у Милли есть титул. Имели значение и богатство, и роскошь, и то, что осталось от чинности обихода. Но тут-то как раз тетя Миллисент не выдерживала марки.

Эндрю помнил, как однажды, когда его еще совсем маленьким взяли на какой-то летний праздник, один господин с бакенбардами сказал другому: «Немного фривольна эта Милли Киннард, а?» Господину с бакенбардами это, видимо, нравилось, но мать Эндрю, стоявшая тут же, схватила сына за руку и возмущенно увела его прочь, не дожидаясь ответа. Насколько он знал, ни в каком определенном скандале его тетка не была замешана, но ему давали понять, что она склонна «заходить слишком далеко», хотя куда именно она направлялась столь поспешно и какие переступала барьеры, он так и не выяснил. Всем, конечно, было известно, что Милли держится передовых взглядов на «женский вопрос», что во время бурской войны она вопреки желаниям семьи стала сестрой милосердия и добилась, чтобы ее послали на театр военных действий. Утверждали, что после смерти мужа она горевала недолго. Что она носит брюки и курит сигары. Что держит дома револьвер и умеет стрелять. Что среди ее знакомых очень много мужчин.

«У Милли есть стиль» — это довольно обычное замечание Хильда не могла слышать спокойно. Она считала, что стиль Милли — дурной стиль, и особый тон, в котором Милли нельзя было отказать, — дурной тон. Мать Эндрю свято чтила приличия; мало того, в приличиях, которые она про себя предпочитала называть чинностью обихода, она видела некую крепостную стену — надежную защиту от всего, что ее пугало в жизни. Возможно, она искала в них защиты и от проделок своего отца. Тетя Миллисент, от которой, казалось бы, можно было ждать поддержки, являла собой опасную брешь в укреплениях. Эндрю не видел тетку несколько лет — когда он в прошлый раз был в Ирландии, она оказалась в отъезде, — и последнее, что ему запомнилось в связи с ней, был какой-то сад, летом, и хорошенькая молодая женщина в белом платье, под пятнистой тенью зонтика, которая смеялась над ним, но не зло, так что и его рассмешила. Любопытно посмотреть, какая она стала теперь.

Тетя Кэтлин — совсем другое дело. Тетя Миллисент не выдерживала марки, потому что была легкомысленна, тетя Кэтлин, как-никак урожденная Киннард, — потому что была скучна. Стиль Милли можно было осуждать, но у Кэтлин вообще не было стиля, именно это, даже больше, чем всю чудовищность ее католичества, мать Эндрю ставила ей в упрек. В доме Дюмэй на Блессингтон-стрит было неуютно, не прибрано, даже грязно; и в этом Хильда с прискорбием усматривала отсутствие наследственного чувства дисциплины: «Когда подумаешь, какие у Кэтлин возможности...» — таков был обычный пролог к ее обвинительным речам. И еще она не могла простить Кэтлин, что та вышла за Барнабаса и тем утвердила ее заблудшего брата в психическом расстройстве, от которого он, не будь этого брака, мог бы излечиться. Очень обидно было Хильде — она даже не упоминала об этом, опасаясь огласки, — и то, что Кэтлин поддерживает мужа материально. Барнабас, ранее служивший в каком-то государственном учреждении, вскоре после женитьбы оставил службу, чтобы целиком отдаться научным исследованиям. Хильда винила его жену за то, что считала его моральной деградацией, и, когда он стал запивать, часто повторяла: «Это все одно к одному», имея в виду католичество, Кэтлин, алкоголь и ирландских святых.

В этот воскресный день, лениво размышляя на нежарком апрельском солнышке о предстоящем визите к тете Кэтлин и кузенам, Эндрю был занят работой — вешал на дерево красные качели Франсис. Эти качели — толстая доска с кустарным рисунком: белые сердца на алом фоне — с незапамятных времен висели у Беллменов в их куда более обширном и запущенном саду в Голуэе. В то утро Эндрю рассматривал с Франсис старый альбом, и им попалась фотография, на которой она, маленькая девочка в соломенной шляпе, сидела на качелях, а он стоял рядом, нескладный, в матросском костюмчике. Когда Эндрю стал предаваться воспоминаниям, Франсис сказала, что качели они привезли с собой, они где-то в доме, и Эндрю вызвался сейчас же их найти и повесить. После этого оба умолкли.

Эндрю думал и даже упоминал о Франсис Беллмен как о своей невесте, хотя формально они еще ни о чем не договорились. Все как-то подразумевалось само собой, словно невидимый дух, зародившийся очень давно, постепенно вырос и соединил их руки. В детстве, когда им доводилось жить под одной крышей, они бывали «неразлучны», и, как только для Эндрю пришла пора влюбиться, он влюбился в Франсис, точно это было естественной и неизбежной частью его превращения в юношу. Любовную лихорадку почти сразу остудило сознание, что Франсис от него не уйдет. Давнишняя привязанность служила тому надежной порукой. К другим женщинам его не тянуло, хотя он успел получить свою долю и возможностей, и даже лестных знаков внимания.

Иногда он сам удивлялся, как легко и быстро доплыл до тихой пристани, бессознательно приписывая это благодеяние тем же добрым богам, которые сделали его единственным сыном счастливых в браке родителей. Франсис тоже была единственным ребенком, и от этого тем более казалась одного с ним племени. Эндрю не придерживался никаких романтических теорий относительно необходимости бурного посвящения в тайны любви, и в особенности теперь, когда перспектива возвращения на фронт зияла перед ним, как черная яма, он с радостью готовился обрести в личной жизни покой и безопасность, которых больше нигде как будто и не осталось. Не Франсис, а Франция станет великим испытанием его души.

Эндрю еще не делал предложения по всем правилам, хотя и считал, что, до того как сыграть свадьбу, все же нужно будет как-то объясниться. В сущности, он бы предпочел, чтобы в одно прекрасное утро, когда он проснется, просто оказалось, что Франсис — его жена; и он был уверен, что она разделяет это чувство. Она принимала и дополняла обрывки его планов на будущее, и разговоры их напоминали дуэт, в котором певцы так хорошо знают свои партии, что могут петь с любого места, дай им только одну-две ноты. Он знал, что Франсис во всем его понимает. Потому-то они внезапно и умолкли, заговорив о качелях: качели наводили на мысль о ребенке.

Эндрю еще не знал женщин. В связи с Франсис в сознании его странно переплелись два представления — о первом знакомстве с половой жизнью и о смерти. Оба эти события словно неслись к нему сквозь мрак, как большие алые стрелы, и, хоть он не сомневался, что первое совершится раньше второго, ему порой, особенно бессонными ночами, казалось, что второе не заставит себя ждать. Отсюда он возвращался мыслями к тому, отчего они с Франсис внезапно умолкли.

Для Эндрю связь между этими двумя представлениями не исчерпывалась тем, что подсказывали публикуемые списки убитых, она была глубже. Самая мысль о половом акте страшила его безмерно, и, представляя себе, что он делает *это* с Франсис, он испытывал недоверчивый ужас. Этот акт, невероятно жестокий, испепеляющий и мучителя и жертву, существовал совсем отдельно от его давнишней глубокой любви к Франсис, отдельно даже от той взволнованной неловкости, какую он ощущал последнюю неделю, живя с нею в одном доме, провожая ее до самых дверей ее спальни. Словно этот акт предстояло совершить украдкой, как тайное убийство. Он не мог найти ему места в обычной жизни, и, по мере того как алая стрела подлетала все ближе, на него находили минуты неописуемого страха.

И еще одно чувство связывало воедино те два представления, вселяя в него растерянность и испуг, — чувство, будто окружающие его люди — семья, может быть, общество — рассчитывают, что, до того как его отправят на фронт, Франсис должна от него забеременеть. Одна старая тетка даже ляпнула что-то в этом роде прямо при нем; и, видимо, подобные мысли бродили в голове у его матери, еще не выработавшей, казалось, четкого взгляда на его отношения с Франсис. Это сомнительное «продолжение себя в потомстве», навязываемое ему как своего рода долг, вызывало у Эндрю расслабляющую жалость к себе, которой он обычно не давал воли. Он сам хотел жить и быть счастливым с Франсис, не связывая себя в этом смысле никакими обязательствами перед человечеством или хотя бы перед нею. И, чувствуя, что его торопят, он в такие минуты был тем более склонен тянуть и откладывать. Однако настроения эти быстро проходили, сметенные нежностью к Франсис и сознанием, что пора все же решить свою судьбу или, вернее, осуществить решение, так удачно для него принятое еще давным-давно.

Мать Эндрю очень любила Франсис, но бывали у нее и внезапные вспышки неприязни — как ко всякой девушке, думал Эндрю, на которой он вздумал бы жениться. Франсис не отвечала на них, только встряхивала головой, как лошадка — она вообще была похожа на лошадку, — и Хильда тут же делалась с нею особенно ласкова. Эндрю, со своей стороны, любил мать, любил так сильно, что порою это его тревожило, и в то же время она на каждом шагу до крайности его раздражала. Он ни в чем не был с нею согласен, ее пристрастия приводили его в содрогание. Особенно он ненавидел полуправды, которые она не задумываясь изрекала в светской беседе. Она давала понять, что бывала на приемах, о которых на самом деле только слышала краем уха, а в Ирландии, расписывая свою блестящую лондонскую жизнь, уже просто прибегала к беспардонной выдумке. Эндрю самодовольно отмечал, что способен трезво наблюдать тот мир, которым ослеплена его мать; но, краснея за ее тщеславие, он не усматривал в ней испорченности.

В свое время ему доставило немало тревожных минут опасение, как бы его мать не решила, что Франсис, девушка без титула и без связей, никогда даже не выезжавшая в свет, недостаточно для него хороша. Постепенно он с облегчением убедился, что в глазах Хильды Франсис — весьма желанная девица. Лишь позднее он понял, что на то есть особая причина. Кристофер Беллмен был очень богат. Дети обычно не замечают различий в материальном положении, кроме разве самых вопиющих, и Эндрю только недавно стал по-взрослому интересоваться тем, сколько имеет за душой тот или иной из его знакомых. Этот интерес он расценил в себе как суетность, особенно когда заметил, что на основании подобных сведений как-то меняется его отношение к людям. Но сам-то он, разумеется, полюбил Франсис и даже твердо решил жениться на ней задолго до того, как узнал, что она богатая невеста. Он только радовался, что ее богатство окончательно примирило с нею Хильду — иначе она, несомненно, открыла бы в Лондоне кампанию, крайне для него тягостную. Он прощал матери ее алчность, так же как самому себе прощал спокойное удовлетворение от того, что совершенно случайно берет в жены богатую наследницу: родители его всегда были стеснены в средствах, и Эндрю как раз достиг того возраста, когда понимаешь, как это неудобно.

Кристофер Беллмен, будущий тесть Эндрю, оставался для него фигурой непонятной и немного пугающей. Его удивляло, как легко мать находит общий язык с Кристофером. Словно и не замечает, что он опасный зверь. Видя, как беспечно ладят между собой Хильда и Кристофер, он и сделал открытие, представлявшееся ему очень взрослым: что с разными людьми человек может казаться — и даже быть — совсем неодинаковым. Словно Хильда была нечувствительна к целому комплексу лучей, исходивших от Кристофера, тех самых, которые действовали на Эндрю и привели его к мысли, что Кристофер «опасный». Эндрю казалось также очень взрослым, что он на этом основании не счел свою мать неполноценным человеком. Но, с другой стороны, он не упрекал ее и в излишней смелости, как сделал бы, когда был моложе. Скорее он склонен был искать несообразности в собственном восприятии.

Кристофер был англичанин, хотя породнился с Ирландией через свою жену Хэзер, и откровенный патриот Ирландии, что одно уже выдавало в нем чужестранца. В молодости он состоял на государственной службе сперва в Лондоне, потом в Дублине, но годам к сорока ушел в отставку и посвятил себя научным занятиям, в которых, по наблюдениям Эндрю, скрывал под маской поверхностного дилетантства большую систематичность и серьезность. Он специализировался на ирландской старине и собрал огромную библиотеку по этому предмету, которую отказал в завещании дублинскому колледжу Св. Троицы. Он знал гэльский язык, но не был членом Гэльской лиги и не сочувствовал повсеместному насаждению ирландского языка, в чем многие его друзья видели важную политическую задачу. У него было много знакомых среди тех, кого он сам же называл «ирландским сбродом», но от всякой политики и полемики он держался в стороне. Эндрю, правда без особой уверенности, считал его человеком холодным. Впрочем, занятия его были безобидны, Франсис он, безусловно, любил, а самого Эндрю всегда поощрял.

Порою Эндрю, чтобы отмахнуться от своих страхов, решал, что его просто смущает внешность Кристофера. Отец Франсис был очень высокого роста и с виду казался кем угодно, только не англичанином. Скорее его можно было принять за уроженца юга Франции или даже за баска. У него были иссиня-черные волосы, большие темные глаза и длинные, тонкие, очень красные губы. На матово-смуглом лице ни бороды, ни усов. Волосы, довольно длинные, он зачесывал за сильно заостренные кверху уши, косматые треугольные брови сходились над узким, с горбинкой носом. Лоб был выпуклый, желтее остального лица и весь в узоре тонких морщинок, так что иногда казался ермолкой, надвинутой до самых бровей. Это придавало ему какой-то скрытный вид. Однако же он умудрялся выглядеть красивым, даже молодым, а взгляд его, зоркий и настороженный, часто загорался насмешкой. Возможно, Эндрю просто подозревал, что Кристофер частенько над ним потешается. Впрочем, он глубоко уважал Кристофера за его ученость и чуть загадочную обособленность. Несколько раз тот предлагал Эндрю называть его по имени, отбросив почтительное «сэр», но это было трудно.

Эндрю между тем почти управился с качелями. Работа эта была несложная, но он, поглощенный своими мыслями, нарочно растягивал ее, довольный тем, что есть чем занять руки. Теперь веревки были накрепко привязаны к толстому горизонтальному суку большого каштана на краю лужайки и, раскачиваясь, стряхивали с коры легкую пыль; она оседала на белокурую голову Эндрю, от нее щекотало в носу. Пропущенные через надрезы в доске, веревки были связаны снизу прочным узлом. Намечающуюся трещину Эндрю зачинил планкой, дырку заделал замазкой. Раскрашенная красно-белая поверхность доски — центральное алое пятно в зеленых картинах детства — ничуть не потускнела и, отполированная множеством детских задиков, отсвечивала мягким, теплым блеском. Он еще и еще протирал ее рукавом — может быть, творил заклинание, вызывая прошлое? — когда увидел в дверях дома Франсис, она шла звать его пить чай.

Стайка дроздов, ссорившихся на лужайке, вспорхнула при ее приближении. Сад был полон того волнующего весеннего ожидания, когда буйствует всевозможная зелень, но ничего еще не цветет. Все было зеленое — того особенного, светлого и чистого влажно-зеленого цвета, который исходит от ирландской земли, а может быть, порожден неярким ирландским освещением, — зеленого с серебристым отливом. Стройные стрелы ирисов, окаймлявших дом, бордюры из бледно-восковой каллы, спутанные колеблющиеся заросли фуксий придавали всей картине сходство с сочным болотистым лугом. На фоне этих богатых лиственных созвучий шла Франсис в белом платье из муслина в мушках и ирландского кружева, с пышной юбкой и широким сиреневым шелковым поясом. Эндрю, стоявший в лениво-расслабленной позе, сразу подтянулся, и взгляд его невольно скользнул по ее щиколоткам, которые новая мода смело оставляла на виду.

Франсис была невысокая, скорее полненькая, с чуть подпрыгивающей походкой. Когда-то Эндрю отлупил другого мальчика, посмевшего назвать ее «кубышкой». И в самом деле, ее живость и подвижность исключали такое определение. Скорее в ней была грация откормленной лошадки. Ее темные волосы, унаследованные от Кристофера и уложенные на затылке замысловатым узлом, были зачесаны за уши, в точности как у отца. От него же она унаследовала тонкие губы и высокий выпуклый лоб, который, смотря по настроению, то открывала, то прятала. Но тот слегка экзотический налет, который в Кристофере вызывал представление о юге, лицу Франсис придавал вид почти цыганский, а может быть, она просто выглядела как ирландка, самая что ни на есть ирландская ирландка, широколицая, с открытой, проникновенной улыбкой.

Ни слова не сказав Эндрю, она вскочила на качели и стала раскачиваться. Веревки со стоном терлись о сук, и кора каштана обсыпала ее белое платье черным конфетти. Едва заметно стал накрапывать дождь.

Глава 2

— Что идет в «Аббатстве»*?
— Что-то Йейтса.
— Это автор «Графини Кэтлин»? Пожалуй, такого мы не выдержим. А в «Варьете»?
— Д'Ойли Карт. Кажется, «Дворцовый страж».

---

* «Театр Аббатства» — самый известный из дублинских театров, основанный в 1899 г. У. Б. Йейтсом и леди Грегори с целью возрождения ирландской культуры.

— Ну что ж, это бы можно. Только не забудь, в четверг привезут в «Клерсвиль» мою мебель.

Было это полчаса спустя, и чай почти отпили. Они сидели в зимнем саду за низким плетеным столом, а снаружи мелкий дождь, чуть клубясь от морского ветерка, ласкал и шутливо похлопывал листья и землю. Дождь в Ирландии всегда казался не таким, как в Англии, — капли мельче, теснее одна к другой. Вот и сейчас он словно не падал сверху, а возникал в воздухе и, превратившись в ртуть, поблескивая, бежал по кустам и деревьям, шлепался с поникших пальм и каштана. Этот дождь, этот вид, легкий стук по стеклу, запах пористого, никогда до конца не просыхающего цементного пола, неприятное соседство слегка отсыревших подушек — все уводило Эндрю в длинный коридор воспоминаний. Он поеживался в своем плетеном кресле со смутной мыслью, что так вот, наверно, и можно схватить ревматизм.

Кристофер тем временем закурил трубку, Франсис шила, Хильда, ничем не занятая, сидела очень прямо, словно вдруг ощутив свою ответственность за это маленькое сборище. Волосы ее, совсем светлые, с седыми прядями, зачесанные со лба и прижатые черной бархоткой, напоминали аккуратный чепчик, и выглядела она старше своих лет. Ее лицо, чуть морщинистое, или, вернее, помятое, было ровного, пергаментно-золотистого цвета и часто производило впечатление обветренного и загорелого, хотя подолгу бывать на воздухе она избегала. Крупный прямой нос и строгие синие глаза дополняли ее несколько властный облик, хотя на самом деле из-за присущей ей расплывчатости взглядов она была не столь внушительной личностью, какой казалась.

— Очень хочется посмотреть, как вы устроитесь, — сказала Франсис.

— Счастье, что вы не купили эти руины в Дардреме, — сказал Кристофер. — Мне пришлось бы все время следить, чтобы дом не рухнул, — занятие довольно обременительное.

«А я?» — подумал Эндрю, и у него больно сжалось сердце, но он тут же решил, что нельзя давать воли мрачным мыслям.

— Кэтлин обещала найти мне прислугу. Говорит, им теперь нужно платить десять шиллингов в неделю.

— И обычно они тащат все, что плохо лежит, а сготовить умеют разве что яичницу с ветчиной.

— О, обучать прислугу я умею. В Лондоне у меня была не служанка — золото. И конечно, я не буду жить без телефона.

— Телефон здесь хорош только для разговоров с телефонной станцией. А насчет автомобиля мне вас удалось отговорить?

— Да, Кристофер. Пожалуй, покупать сейчас автомобиль действительно было бы глупо. Очень уж это сложно, время неподходящее. Я слышала, Милли только что купила «панхард». Такая сумасбродка.

Эндрю отлично знал, что его мать понимает, что автомобиль ей сейчас не по средствам.

— Вот об одноколке и лошади подумать стоит. Надо же на чем-то ездить. Но уж после войны я непременно куплю автомобиль для дальних поездок. Эндрю научится им править.

Марки «воксхолл», мечтательно подумал Эндрю. После войны у него будут свободные деньги. Хорошо было предвкушать свидание с автомобилем марки «воксхолл».

— А я скорее всего останусь верен велосипеду, — сказал Кристофер. — Велосипед — самое цивилизованное средство передвижения, известное человеку. Другие виды транспорта день ото дня становятся кошмарнее. Один только велосипед сохраняет душевную чистоту.

— Хорошо, что Эндрю не захотел пойти в авиацию, — сказала Хильда так, словно сын не мог ее услышать.

— А на завтра у вас что, тетя Хильда? — спросила Франсис и откусила от катушки нитку, сверкнув длинным рядом ровных белых зубов.

Мать Эндрю никогда не возражала против этой официальной формы обращения, чем еще усложнялись терминологические затруднения Эндрю, поскольку называть Кристофера по имени при Хильде было бы как-то некрасиво.

— Завтра, дорогая, — сказала Хильда тем оживленно-доверительным тоном, каким она всегда излагала планы светского времяпрепровождения, пусть самые пустяковые, — завтра Эндрю приглашен к чаю на Блессингтон-стрит. Я не смогу поехать, мне в это время необходимо быть в «Клерсвиле», повидаться с подрядчиком. Ведь ты с ним поедешь?

— Да, конечно, — сказала Франсис. — Мне очень нравится наблюдать, как растет Кэтел. Он теперь раз от разу совершенно меняется.

— И так вытянулся, просто не верится, что ему всего четырнадцать лет. Дети нынче растут гораздо быстрее. А вы, Кристофер, поедете?

— Нет, увольте. На меня этот дом тоску нагоняет. А с Кэтлин всегда чувствуешь себя в чем-то виноватым.

— Не понимаю, почему бы. Но дом в самом деле мрачный, и на лестнице всегда какой-то странный запах. Вы не находите, что Кэтлин в последнее время стала ужасно угрюмая и замкнутая? А уж набожна! Говорят, каждый день ходит в церковь.

— Это она назло своему Барни, — сказал Кристофер, попыхивая трубкой и устремив взгляд на пальмы, тихо роняющие капли дождя.

Хильда, как всегда, пропустила мимо ушей слова, касающиеся религии ее брата, и продолжала:

— А во вторник, это очень скучно, я знаю, но мы должны быть у Милли, я обещала. Она как раз вернулась из Ратблейна. В это время она всегда в городе. Что вы скажете о Милли, Кристофер? Как она, не сдает?

— По-моему, нет, — сказал Кристофер. — Всю зиму охотилась, скакала верхом как одержимая.

— Да, энергии у нее хватает, — признала Хильда. — Иногда мне кажется, что, родись она мужчиной, из нее мог бы выйти толк.

— А если родишься женщиной, из тебя не может выйти толк? — спросила Франсис.

— В этом смысле, пожалуй, нет, дорогая. Зато может в других, не менее важных, — ответила Хильда не очень вразумительно.

— По-моему, с женщинами так же, как и с ирландцами, — сказала Франсис, откладывая работу и выпрямляясь в кресле. В такие минуты она машинально откидывала волосы, и становился виден ее высокий лоб. — Все говорят, какие вы милые и как много значите, а все равно играешь вторую скрипку.

— Да полно тебе, в своем доме женщина всегда пользовалась самоуправлением. — Кристофер всегда обращал в шутку попытки своей дочери, порой вызывающе резкие, перевести разговор на серьезные темы.

— Эмансипация — это вопрос, который, безусловно, заслуживает внимания, — сказала Хильда. — Я лично отнюдь не против. Но тут столько разных точек зрения... Боюсь, твоя тетя Милли видит эмансипацию в том, чтобы ходить в брюках и стрелять из револьвера в собственном доме.

Кристофер рассмеялся:

— Да, похоже на то. Но с чего-то нужно же начинать. Поедешь с нами к Милли, Франсис?

— Нет, спасибо.

Эндрю давно знал, что Франсис не любит тетю Миллисент, но никак не мог понять причину. Одна из ходячих истин, на которые не скупились в его офицерском собрании, гласила, что женщины никогда друг друга не любят, потому что всякая женщина видит в другой соперницу. Эндрю, хоть и прислушивался с интересом ко всем таким экстрактам житейской мудрости в вопросе, для него еще весьма загадочном, здесь все же подозревал упрощение. Естественно, конечно, что, поскольку женщины живут более затворнической и незаполненной жизнью, они, когда представляется случай, лихорадочнее силятся привлечь к себе внимание и упорнее гоняются за предметом своих вожделений, чем мужчины, у которых в общем-то есть и другие интересы, а также больше возможностей близко узнавать друг друга в атмосфере свободного братского сотрудничества. Так по крайней мере казалось Эндрю, считавшему мужчину животным, от природы наделенным собственным достоинством, а женщину — животным, от природы его лишенным. Однако когда ему самому случалось наблюдать явную неприязнь одной женщины к другой, причину этого обычно можно было найти и не обращаясь к теории всеобщего соперничества.

Так, например, его мать не любила тетю Миллисент потому, что завидовала ее титулу и богатству, и еще потому, что та не поощряла светских устремлений Хильды. Кэтлин, как говорили, была очень привязана к своему брату Артуру и в его браке с Милли усматривала, справедливо или нет, что-то унизительное и обидное — впрочем, все более или менее сходились в том, что Милли вышла за него по расчету. И в ранней смерти Артура тоже было принято косвенно винить Милли. «Бедный Артур, — любила повторять Хильда, — Милли просто съела его живьем. Кэтлин ей так этого и не простила». Неприязнь Франсис едва ли можно было объяснить приверженностью к Кэтлин или к Хильде — и та и другая были ей далеки, чтобы не сказать больше; скорее тут имелась более простая причина: тревожная зависть молоденькой девушки к женщине старше ее годами, до бесспорной элегантности и блеска которой ей было явно не дотянуться, хоть она и отзывалась о таких качествах с презрением. Или еще проще: возможно, что Франсис подвергла Милли какой-то моральной оценке и результат не удовлетворил ее. Эндрю не раз замечал, порою с некоторым беспокойством, что его невеста способна на весьма категорические моральные суждения.

— Говорят, в Кингстауне будет теперь общий пляж, — сказала Хильда, чьи мысли, очевидно, задержались на безобразиях современной жизни. — Я этого не одобряю. При том, какие сейчас носят купальные костюмы! Мы с Франсис видели тут на пляже одну девушку, у нее ноги были голые чуть не до самого верху. Помнишь, Франсис?

Франсис улыбнулась:

— У нее были очень красивые ноги.

— Дорогая моя, я не сомневаюсь, что у тебя тоже очень красивые ноги, но это никого не касается, кроме тебя самой.

Эндрю, которого такое суждение и позабавило и задело, вдруг поймал на себе взгляд Кристофера. Тот едва заметно ему улыбнулся. Эндрю в смятении опустил глаза и стал теребить усики. В том, что он сейчас встретился взглядом с Кристофером, было что-то непристойное. Точно они перемигнулись. Он вдруг ощутил какую-то насмешку, какую-то угрозу. Нет, никогда ему не понять Кристофера.

А тот, очевидно уловив его смущение, поспешил заговорить:

— Ничего из этих общих пляжей не выйдет. Отец Райен уже выразил протест по этому поводу. На сей раз, Хильда, вы и католики смотрите на вещи одинаково.

— Они стали много о себе воображать в последнее время, — сказала Хильда. — Против чего-то протестуют, чего-то требуют. Наверно, это в предвидении гомруля. Недаром, видно, говорят, что самоуправление будет правлением католиков. Мы должны принять меры.

— Вам так кажется? — сказал Кристофер. — Но ведь они всегда были против гомруля. Ирландцев держит в повиновении не столько Замок, сколько Церковь. Все великие ирландские патриоты, кроме О'Коннела*, были протестантами. Церковь боролась против фениев, против Парнелла**...

— Ну, знаете, *Парнелл*... — сказала Хильда. Это прозвучало многозначительно, туманно, уничтожающе.

Тут Эндрю переглянулся с Франсис, преклонявшейся, как он знал, перед героем, от которого столь небрежно отмахнулись. Он увидел, как она открыла рот, чтобы возразить, потом раздумала и чуть улыбнулась ему, словно ища его похвалы, — все за каких-нибудь две секунды. Этот краткий миг общения доставил ему радость.

Мать его между тем продолжала:

---

* О'Коннел Даниел (1775—1847) — лидер либерального крыла ирландского национального движения.

** Парнелл Чарлз Стюарт (1846—1891) — лидер движения за гомруль в Ирландии в 1877—1890 гг.

— Не понимаю, почему в Ирландии так туго идет набор в армию? Сегодня об этом была статья в газете.

— По-моему, не так уж туго. Ирландцы валом валят в английскую армию.

— Может быть, но сколько еще отсиживается дома. И как себя ведут! На той неделе я сама слышала, как человек прямо на улице пел по-немецки. А вчера у Клери одна женщина сказала другой, что Германия может победить. И так спокойно сказала, точно не видела в этом ничего особенного.

Кристофер засмеялся:

— Разумеется, англичане ни на секунду не допускают мысли, что они могут проиграть какую-либо войну. Это один из важных источников их силы.

— Почему вы говорите «они», а не «мы»? Ведь вы же англичанин, Кристофер.

— Верно, верно. Но я так долго прожил здесь, что невольно вижу родное гнездо как бы со стороны.

— Все равно, по-моему, очень нехорошо так говорить о немцах, точно они и вправду могут победить. В конце концов, ведь Англия и Ирландия — одна страна.

— Так, видимо, считают и английские солдаты, когда поют «Долог путь до Типперэри». Но тому, кто наверху, всегда легко отождествлять себя с теми, кто стоит ниже. А вот снизу принять это отождествление куда труднее.

— Не понимаю я этих разговоров — выше, ниже. Никто не считает ирландцев ниже нас. Их любят во всем мире, везде им рады. А уж этого нахального ирландского патриотизма я просто не выношу, все это выдуманное, искусственное. Английский патриотизм — другое дело. У нас есть Шекспир, и Хартия вольностей, и Армада, и так далее. А у Ирландии, в сущности, вообще нет истории.

— Ваш брат едва ли с этим согласится.

— Несколько ископаемых святых — для меня не довод, — сказала Хильда с достоинством.

— Ирландия была цивилизованной страной, когда в Англии еще было варварство, — сказала Франсис, откидывая волосы со лба.

— Франсис, милочка, ты, как попугай, повторяешь слова дяди Барнабаса, — сказала Хильда. — Ты еще очень мало знаешь.

Наверно, так оно и есть, подумал Эндрю. Образованностью Франсис не блистала, а ее политические взгляды, которые она часто высказывала очень горячо, были донельзя путаными и случайными. Франсис всегда дружила с братом Хильды, не разделяя ни ужаса, ни сарказма других членов семьи по поводу его обращения в католичество. Дядя Барнабас и отец заменили ей и школу и университет, и одно время, совсем недолго, она помогала дяде в его изысканиях по ранней истории ирландской церкви. Она туманно объясняла, что это имеет отношение к датировке Пасхи, но большего Эндрю не мог от нее добиться. Он давно знал об этой дружбе между Франсис и Барни, и она вызывала в нем неослабевающую ревность, как он сам понимал, и недостойную, и бессмысленную. Никогда ни на секунду он не мог заставить себя принять дядю Барнабаса всерьез. В то время как Кристофер казался ему настоящим ученым и внушал некоторый трепет, в трудах дяди Барни он не мог усмотреть ничего, кроме удовлетворения ребяческого тщеславия, и сбивчивые рассказы Франсис только подтверждали это. Барни, безнадежно шутовская фигура, плелся где-то сбоку от семейного каравана.

— А весь этот вздор насчет возрождения ирландского языка, — говорила Хильда. — При всем моем уважении к вам, Кристофер...

— Но я вполне с вами согласен. Гэльский язык следует оставить нам, ученым. Числить своим родным языком язык Шекспира — достаточно хорошо. И между прочим, во все времена ирландцы лучше всех писали по-английски.

— Да, англо-ирландцы.

— Правильно! Аристократы, которые считают себя выше и англичан, и ирландцев!

— А какую массу денег мы потратили на эту страну... Ирландским фермерам никогда не жилось лучше, чем сейчас.

— Не все так считают, — сказал Кристофер. — Я только вчера прочел в одной статье в «Айриш ревью», что Эльзас-Лотарингии жилось под немецким господством куда лучше, чем Ирландии под английским господством.

— Этого не может быть. Это просто их ирландская злоба. Не знаю, кто это выдумал, будто ирландцы такие веселые и приветливые. Неужели они не понимают, что идет война? Ведь обещали им и гомруль, и все, чего они хотели, так хоть чувствовали бы благодарность.

— Может, они не видят причин быть благодарными, — сказала Франсис. — Во время картофельного голода* погиб миллион людей.

— Дорогая моя, это очень огорчительно, но не имеет никакого отношения к тому, о чем мы говорим. Ты рассуждаешь, как уличный оратор. В прошлом, возможно, и случались прискорбные события, но когда все это было! И нарочно Англия никогда не вредила Ирландии, в этом я уверена. Тут просто экономика.

---

* Имеется в виду Великий голод 1845—1848 гг., ставший страшным бедствием для Ирландии и вызвавший народные выступления.

— Хильда отчасти права, — заметил Кристофер. — Ирландия потерпела ряд чисто исторических неудач, и одной из них было то, что картофельный голод совпал с расцветом манчестерской свободы торговли. В XVIII веке Англия не допустила бы такого бедствия.

— А еще какие были неудачи, сэр? — спросил Эндрю.

— 1801 год и 1914-й. Очень оказалось неудачно, что теперешняя война началась как раз перед тем, как прошел закон о гомруле. Помнишь, Черчилль сказал, что, если Белфаст не примет гомруля, английский флот его заставит? Этот север задал либералам нелегкую задачу. Дать бы им там года два узаконенной религиозной терпимости — и все успокоилось бы. А теперь волнениям не будет конца. Но главной катастрофой для Ирландии оказалась уния*. В XVIII веке английское правление было самым цивилизованным в истории. Страх перед французами положил конец цивилизации XVIII века. А может быть, и всякой цивилизации. И уж конечно, он положил конец ирландскому парламенту. Ирландия была на пути к настоящей независимости, крупные землевладельцы считали себя ирландцами. А тут англичане, понятно, до смерти перепугались. Отсюда закон об унии и все наши слезы.

— И вы думаете, что, если бы не это, история Ирландии сложилась бы совсем иначе? — спросил Эндрю.

— Да, думаю. В то время существовала подлинная ирландская культура, самобытная, блестящая, с международными связями. Помните, Хильда, я как-то показывал вам в соборе Святого Патрика памятник с надписью, где говорилось о «благородной утонченности, которая в лучший период нашей истории отли-

---

* Имеется в виду уния 1801 года, упразднившая ирландский парламент, объединив его с английским.

чала ирландского дворянина». Надпись эта высечена через двенадцать лет после унии. О, они-то понимали, что произошло. Если бы ирландский парламент уцелел, Ирландия не превратилась бы в провинциальное захолустье.

— При гомруле она станет еще более провинциальной, — сказала Хильда.

— Это, к сожалению, возможно. И такие идиоты, как Пирс, не помогают делу, когда выдумывают романтическую ирландскую традицию, совершенно игнорируя влияние и господство Англии. Прошлое Ирландии — это и есть английское господство. Ирландия должна оглядываться не на Средние века, а на XVIII столетие. Голдсмит и Стерн перевернулись бы в гробу, если б могли услышать, какую чушь толкуют о «священной Ирландии».

— Тут что-то, по-моему, неверно, — сказала Франсис. — Ты говоришь так, точно великие люди — это вся Ирландия. А помнишь, Граттан* сказал, что «мы» — это не ирландский народ. Сравни ирландскую деревню и английскую. В Ирландии нет настоящих городков, деревень. Повсюду те же безликие домики или лачуги, а потом сразу замки и соборы Христа-спасителя.

— Католичество — бич этой страны, — сказала Хильда. — И зачем только Ирландия не взяла пример с Англии в эпоху Реформации!

— Другими словами, — сказал Кристофер смеясь, — ирландцы отвергли самую цивилизованную религию в мире, англиканскую, и, значит, поделом им? Об этом можно поспорить! Но тут сказалась дальность расстояний, а Фицджеральды и О'Нейлы втихомолку остались и

---

* Граттан Генри (1746—1820) — лидер ирландской либеральной оппозиции английскому правительству, противник унии 1801 г.

католиками, и феодалами. Что же касается того, что Ирландия — это великие люди, то, к сожалению, до последнего времени история действительно делалась великими людьми. Но в одном Франсис права: этой стране не хватает сословия мелких землевладельцев. Ирландский крестьянин остался и темным, и бедным.

— Почему? — спросил Эндрю.

— Ответ в основном тот же: нет парламента. Вспомните, какую важную роль парламент с самого начала играл в Англии. Ирландия осталась феодальной страной. Крупными поместьями награждали за политические заслуги. Ирландия всегда была собственностью, переходившей из рук в руки. Без парламента правящий класс, не чувствующий твердой почвы под ногами, быстро деморализуется. И с тех самых пор, как ирландские вожди продались Генриху II, начался сговор между ирландским дворянством и английской властью. «Предана неверными сынами», как поется в песне. Единственная возможность выкарабкаться из феодализма состояла для Ирландии в том, чтобы создать прочный правящий класс с собственной культурой и собственными цивилизованными органами власти, возможность эта появилась в XVIII веке, но, как раз когда она могла осуществиться, уния все погубила. А к 1815 году английские политические нравы так выродились, Англия так разжирела и отупела после своих побед, что Ирландии уже нечего было от нее ждать.

— Получается, что главное зло в Европе от французов, — сказал Эндрю. — Мне-то давно так казалось.

— Почему в Ирландии столько говорят об истории? — сказала Хильда. — Когда я приезжаю сюда, у меня голова гудит от всяких исторических дат. Англичане не говорят все время об истории Англии.

— Их не мучит вопрос: «Почему все пошло не так?» Для них-то всегда все шло «так».

— Ну, не знаю, а Ирландия, по-моему, только о себе и думает.

— Милая Хильда, это можно сказать о любой стране. Просто в тех, кто несчастен, эгоизм заметнее.

— А теперь еще эта чепуха с тред-юнионами. И трамвайные забастовки. И в солдатики играют, маршируют в зеленых мундирах и так далее. Даже Барни одно время имел к этому отношение. Нужно это прекратить. Играть в войну, когда идет настоящая война, — это же безобразие.

Кристофер выпустил кольцо синего дыма и смотрел, как оно поднимается к стеклянной крыше зимнего сада, по которой неустанно, теперь почти бесшумно бежал дождь. Проникая сквозь завесу дождя, на деревья наплывал мягкий, соленый туман. Остро пахло морем. Кристофер заговорил медленнее, более размеренно, как человек, который зря погорячился или боится дать волю чувствам.

— После того как в Ольстере появились отряды Волонтеров, и в особенности после того, как они получили оружие, сходное движение неизбежно должно было возникнуть и здесь. В конце концов, свободные люди вправе готовиться к тому, чтобы защищать свою свободу.

— Их свободу отлично защитит английский военный флот. Так всегда бывало.

Эндрю, чувствуя, что Кристофер и Франсис порядком надоело выслушивать мнение его матери, заговорил сам, стараясь быть как можно взрослее и объективнее.

— Вы не считаете, сэр, что отказ английской армии признать Волонтеров здесь на юге был ошибкой? Это, наверно, генерал Мэхон надоумил Китченера*. Особен-

---

* Китченер Гораций Герберт (1850—1916) — английский фельдмаршал; в 1914—1916 гг. военный министр.

но после того, как ольстерские Волонтеры были сведены в дивизию.

— Да, — сказал Кристофер. — «Кровавая рука Ольстера» в английской армии имеется, Арфа* же отсутствует.

— Китченер боится вооружать ирландцев, — сказала Франсис.

— Ничего подобного, — возразила Хильда. — Он сказал мистеру Редмонту и лорду Карсону, что хотел бы столкнуть их лбами.

— Некоторые люди, — продолжал Эндрю, перенимая медлительный тон Кристофера, — говорят, что Редмонт должен был потребовать немедленного гомруля в обмен на участие Ирландии в войне. Вы с этим не согласны?

Кристофер рассмеялся:

— Нет, Боже упаси. Я не экстремист. После войны гомруль обеспечен. Иначе сто тысяч человек, вернувшись из армии, скажут свое слово.

— Вы допускаете, что у Замка хватит глупости попытаться разоружить Волонтеров?

— Нет, нет. Англичане будут вести себя корректно. Ведь на них устремлено много глаз.

— Значит, вы согласны с Кейсментом**, что ирландский вопрос теперь — международный вопрос, а не местный, английский?

— О нет. «Вхождение в Европу» — это еще одна иллюзия, не более того. Бедная старая Ирландия всегда останется захолустьем. Представьте себе самое Богом забытое место на земле, пройдите еще несколько сот миль неизвестно куда и там найдете Ирландию!

---

* Арфа — символ Ирландии.
** Кейсмент Роджер (1864—1916) — деятель ирландского освободительного движения.

— Не могу спокойно слышать про этого Кейсмента, — сказала Хильда. — Перейти к немцам, пытаться нанести Англии удар в спину, когда она переживает такое трудное время...

— Старая история. «Трудности Англии — шанс для Ирландии». Кейсмент продолжает классическую традицию. И в каком-то смысле я им восхищаюсь. Должно быть, очень одиноко и тяжко ему там, в Германии. Он храбрый человек и патриот. Им движет исключительно любовь к Ирландии. Пусть он заблуждается, но в такой любви к Ирландии, в такой любви к чему бы то ни было есть что-то высокое.

— Уверяю вас, что им движет любовь к золоту, — сказала Хильда. — Типичная психология изменника.

Кристофер ответил не сразу:

— По-моему, слово «изменник» следует изъять из языка. Это всего лишь ничего не значащее ругательство. Преступление Кейсмента — или его ошибка, как ни назови, — гораздо сложнее и далеко не покрывается этим стершимся словом.

— Значит, вооруженных столкновений вы не ждете? — поспешил вмешаться Эндрю, чтобы не дать матери времени для новых восклицаний.

— С шинфейнерами?* Нет, не жду. Да и с чем они полезут в драку, с хоккейными клюшками? На днях я беседовал обо всем этом с братом Эоина Мак-Нейла. Эоин опять углубился в свои гэльские изыскания. Да он и раньше не годился в вожаки для смутьянов. В сущности, Волонтеры — это те же бойскауты, а силы Джеймса

---

* Шинфейнеры — члены ирландской политической организации (осн. в начале XX в.) «Шин фейн», возглавившей национально-освободительную борьбу против английского господства.

Конноли* — его Ирландская Гражданская Армия — десять человек и одна собака. Конечно, если бы немцы вторглись в Ирландию, кое-кто сгоряча мог бы их здесь поддержать. Но с блокадой такая возможность исключается. И вообще, повторяю, что могут сделать ирландцы, если и захотят? Оружия у них нет, и они не сумасшедшие. На днях я видел, как отряд Волонтеров проводил учения с десятифутовыми копьями. Жалость, да и только!

Эндрю рассмеялся:

— Не говорите шинфейнерам, но в нашем запасном эскадроне в Лонгфорде всего сотня винтовок, да и то половина учебных. Попробуй из них выстрелить — наверняка взорвутся.

— О, тогда пусть ваши ребята в Лонгфорде глядят в оба, — сказал Кристофер. — Лонгфорд — известный рассадник брожения.

— Нельзя говорить такие вещи, Эндрю, — сказала Хильда. — Мало ли кто может услышать.

Эндрю устыдился, и ему сразу вспомнился один неприятный эпизод, которым отмечено было его прибытие в Дублин. Единственное, что он успел сделать толкового, пока находился во Франции, было приобретение отличной итальянской винтовки с телескопическим прицелом. Этот чрезвычайно ценный предмет таинственным образом исчез где-то по дороге от пристани в «Финглас». Садовник Кристофера клялся, что, когда багаж прибыл с парохода, никакой винтовки там не было. Теперь-то Эндрю понимал, что в этой изголодавшейся по оружию стране нельзя было ни на секунду спускать с

---

* Конноли Джеймс (1868—1916), организатор Ирландской социалистической республиканской партии (1896), один из руководителей Ирландского восстания 1916 г.; расстрелян по приказу английских властей.

винтовки глаз. Позднее Кристофер как-то упомянул, что его садовник связан с Гражданской Армией. Эндрю не надеялся доискаться правды, однако чувствовал, что исчезновение винтовки — враждебная акция, нежелательная и угрожающая.

— Нет, нет, — говорил между тем Кристофер. — Я не считаю, что Ирландия — пороховой склад. По-моему, прав Булмер Хобсон. Ирландия — болото, в котором погаснет еще не один пылающий факел, не одна бочка с порохом. Дело в том, что ирландцы еще более чувствительны и эмоциональны, чем о них говорят. У них все сводится к разговорам. Сегодня утром, например, когда я был в городе, я наблюдал забавную сценку — хотел рассказать вам раньше, да забыл. Я шел мимо Либерти-Холла — знаете, где помещается тред-юнион рабочих транспорта и чернорабочих — и увидел, что там происходит какая-то церемония. Собралась большая толпа, и девушка в мундире Гражданской Армии влезла на крышу и развернула флаг. Флаг был зеленый, с ирландской арфой. А солдаты ИГА стояли строем, с оружием на караул, трубили горны, играли оркестры волынщиков, потом все закричали, и знаете, у многих в толпе были слезы на глазах.

Этот рассказ встревожил Эндрю; к тому же он подозревал, что Кристоферу все это очень интересно, только он не показывает виду. Франсис отложила свое рукоделие.

— Но что за этим кроется? — спросил Эндрю.
— Ничего. Об этом я и говорю. Ирландцы так привыкли олицетворять Ирландию в образе трагической женщины, что всякий патриотический стимул сейчас же вызывает у них неумеренные проявления чувств.

— «Встретил ты на дороге старушку?» — «Нет, но я встретил молодую девушку, она шла поступью королевы»*.

— Совершенно верно, Франсис. В зале Святой Терезы чуть потолок не рухнул, когда Йейтс в первый раз это показывал. Но в Дублине можно прочесть людям вслух хоть телефонную книгу, лишь бы с чувством, и они будут проливать слезы.

— По-моему, это нужно прекратить, — сказала Хильда. — Не понимаю, как им только не стыдно так поступать, когда в городе полно раненых воинов. И между прочим, меня очень удивляет, что Пат Дюмэй до сих пор не в армии. Придется мне поговорить с его матерью. Такой молодой, здоровый — ему бы надо рваться на фронт. Вообще из него, мне кажется, получился довольно неприятный молодой человек.

— Я бы на вашем месте не стал говорить об этом с Кэтлин, — сказал Кристофер. — И самому Пату не советую вам показывать, что вы о нем думаете. — С этими словами Кристофер бросил быстрый взгляд на Эндрю.

Эндрю кольнула досада и знакомое чувство опасности. Неужели он такой дурак, что станет упрекать своего кузена, зачем тот не в армии?

— Ну что ж, может быть, вы и правы, — сказала Хильда, вставая.

Морской туман уже затянул весь сад, окутал дом и влажными струйками пробирался сквозь щели в стеклянных стенах. Дождь перестал, но вода скопилась на потолке рядами поблескивающих бусинок, которые вдруг начинали катиться, сливались и чуть слышно шлепались на туго накрахмаленную полотняную скатерть. Франсис убирала со стола. Когда все двинулись к две-

---

* Заключительные строки из патриотической пьесы Йейтса «Кэтлин, дочь Хулиэна».

рям гостиной, Эндрю услышал, как его мать обратилась к Кристоферу:

— Я все хочу вас спросить, чем он, в конце концов, знаменит, этот Уолф Тон*?

Глава 3

— Это ты знаешь?

> Я красой не блистал никогда,
> Я не ром, скорей лебеда.
> Это мне не обидно,
> Мне себя ведь не видно,
> Вот для встречных так правда беда.

— Не смешно.
— А этот стишок и не должен быть смешной. Он философский. Да нет, он и смешной тоже. А этот ты слышал? «Жил-был старичок из Ратмейна...»
— Хватит, Кэтел, замолчи.
— Почему ты вечно одергиваешь брата? — сказала Кэтлин, накрывавшая на стол к чаю. Братья не ответили и с отсутствующе вежливыми лицами дождались, пока она выйдет из комнаты.
— Значит, к нам пожалует примерный юноша?
— Стыдно так говорить про двоюродного брата.
— А что? Я ведь его похвалил.
— Ничего подобного.

---

* Тон Тиобальд Уолф (1763—1798) — один из создателей общества «Объединенные ирландцы» (1791), организатор восстания 1798 г., которое было жестоко подавлено; был взят в плен англичанами и покончил с собой в тюрьме перед казнью.

— Ну ладно, ничего подобного. Да ты и сам его не любишь. Чертов английский воображала, верно?

— Нет, я ничего против него не имею. В общем, он мне нравится.

— Он придет в мундире?

— Наверно.

— И со шпорами?

— Откуда я знаю? Вероятно.

— Я буду смеяться над его шпорами. Когда я засмеюсь, ты так и знай, это я над его шпорами.

— Ты будешь вести себя прилично, а не то я тебя выдеру.

— Нет, не выдерешь.

— Нет, выдеру.

— Га-га, гу-гу, я от Патси убегу! — запел Кэтел, прыжками спасаясь в дальний угол гостиной.

Их дом стоял в верхнем конце Блессингтон-стрит — эта широкая, унылая, грязная улица к северу от колонны Нельсона лезла в гору и упиралась в ограду скучного маленького парка. Под бледным, ясным небом от нее веяло тихим запустением — улица, не ведущая никуда, праздные собаки, раскрытые двери подъездов. Впрочем, она была очень похожа на другие крупные артерии Дублина, возникшие в начале прошлого века, — тот же внушительный сплошной фасад почерневшего красного кирпича, казалось не столько озаренный привычно дождливым светом, сколько поглощающий его. Вблизи было видно, что кирпич далеко не одноцветный — то фиолетово-красный, то желтовато-серый, но весь покрыт слоем грязи, наросшей на него как некая органическая оболочка, своего рода рыбья чешуя, — основной строительный материал Дублина, города, разом появившегося из-под земли по мановению какой-то растрепанной Дидоны. Железные решетки ограждали глубокие, как пещеры, подвальные дворики, где росли одуванчики и молодые деревца, а к каждой парадной двери, увенчанной изящным полукруглым окном, вело несколько ступенек. Причудливые колонки по бокам дверей, обитые и сплющившиеся от времени, напоминали памятники античности. Одни только окна на всем протяжении улицы выглядели нарядно и красиво, как в первый день творения.

Двери являли большое разнообразие. Нешуточные сооружения, крепкие, о многих филенках, и те из них, что были хорошо покрашены и снабжены красивыми молотками и медными дощечками, даже на этой улице достаточно красноречиво оповещали о том, что здесь живут солидные люди, образованные, знающие себе цену врачи или юристы. Но многие двери покоробились, краска с них осыпалась, они пестрели таинственными дырками, а молотки исчезли, так что посетителям приходилось кричать в щель почтового ящика. В подвалах тем временем возникали странные предприятия: в одном — магазин подержанных велосипедов, в другом — столярная мастерская, а перед одной из подвальных дверей целыми днями сидел человек и чинил плетеную мебель. За мутным стеклом над парадными подъездами теперь можно было увидеть рядом с традиционной ярко раскрашенной фигуркой Христа-спасителя карточки парикмахеров и трубочистов. В конце улицы в нижнем этаже одного из домов даже приютилась кондитерская лавочка.

Но душа улицы витала выше этих мелочей, и по вечерам, когда делал свой обход фонарщик, или в теплые дни, когда солнце пробивалось сквозь тучи и все проступало отчетливо и тонко, как на гравюре, улица была прекрасна, исполнена особой, присущей Дублину печальной и спокойной красоты покорного увядания. Эти прямые, похожие на утесы закопченные дублинские улицы, тянувшиеся на мили и мили, все еще были отмечены печатью совершенства, хотя многие террасы больше походили на склады или даже превратились в склады, а на бедных улицах вместо окон и дверей зияли дыры. Но даже тут дома, казалось, помнили, что и в этом своем почерневшем виде они представляют собой прекраснейшие жилища, когда-либо сооруженные человеком.

Дом семейства Дюмэй был не лучший на улице, но и не самый обшарпанный. Парадная дверь была выкрашена в темно-зеленую краску лет шесть назад. Возле нее имелся большой медный молоток, который служанка Джинни, одинокая немолодая девушка, получавшая восемь шиллингов в неделю и проживавшая поблизости, в трущобах, ласково именуемых «Маленький ад», чистила в тех редких случаях, когда у нее доходили до этого руки. Первое, что встречало человека, входившего в дом, был церковный полумрак и тот запах, о котором упоминала миссис Чейс-Уайт. На мысль о церкви наводило и окно с цветными стеклами на первой площадке — всего-навсего окно из уборной, дверь которой, когда помещение не было занято, всегда была открытой. Возможно, этим и объяснялся странный запах. Верхняя площадка, длинная и освещенная окном в потолке, по неясным причинам была разделена пополам чуть позванивающей занавеской из бус, а по стенам ее тянулся ряд алтарей или часовенок, в которых хранились чучела птиц, пирамидки восковых фруктов и каскады рассыпающихся в прах бабочек под стеклянными колпаками.

Гостиная, по которой сейчас носился Кэтел, была длинная коричневая комната, затемненная коричневатыми кружевными занавесками и заставленная пузатой мебелью красного дерева. По стенам висели олеографии с изображением цветников, большая розоватая гравюра под названием «Любовное письмо» и на видном месте — распятие. Кэтлин и Пат были равнодушны к тому, что их окружало, и принимали смесь из медных тазов, рыжих ваз, вышитых салфеточек и фотографий в матерчатых рамках как неотъемлемую часть повседневной обстановки, не более примечательную, чем камни на морском берегу. Только Кэтел проявил какой-то интерес к внутреннему убранству дома, но до сих пор интерес этот ограничивался коллекционированием фигурок разных животных, постепенно вытеснивших других обитателей высокой каминной доски и вызывавших у Джинни, в те дни, когда приходила очередь стирать с них пыль, приглушенные восклицания, которые оскорбили бы слух преподобного отца Райена. Посреди замысловатого резного орнамента над камином, словно не созданного работой человеческого ума, но свободно разросшегося на стене, было узкое и очень высокое овальное зеркало, в котором отражалась комната еще более унылая, заполненная воздухом цвета крепкого чая.

Кэтлин тем временем вернулась и расставляла на белой с синим, вышитой крестиком скатерти большой серебряный молочник и такую же сахарницу, приберегаемые для парадных случаев. Сыновья ее умолкли. В последнее время они избегали при ней разговаривать даже друг с другом. Они наблюдали за ней с ленивым бесстрастным любопытством, как наблюдаешь за животным, забредшим в твое поле зрения. Она, со своей стороны, ощущала их присутствие как что-то раздражающее. Сейчас на ней была старомодная коричневая юбка почти до полу и белая блузка с высоким воротничком, поверх которой она по случаю гостей надела длинный вязаный жакет — полосатый, оранжевый с лиловым. Волосы ее, все еще белокурые, хотя и начавшие тускнеть от проступающей седины, были гладко зачесаны и скручены на затылке в большой круглый пучок. Нос у нее был маленький, прямой, глаза большие, светло-карие, лоб не то чтобы изрытый морщинами, но словно сморщенный от постоянной тревоги. В молодости она была красивая и сейчас еще выглядела не старой, но какой-то замученной.

Мальчики снова углубились в свои книги. Пат читал роман Джорджа Мура*, а Кэтел — учебник О'Грауни «Первые уроки ирландского языка». Пат любил мать, но отношения между ними всегда были натянутые. Когда умер его отец, ему было около шестнадцати лет, и Кэтлин, опасаясь, как бы сыновья не отбились от рук, пыталась держать его в строгости. В отце Пат с детства видел некую силу природы, перед которой нужно было смиряться и хитрить, а в последние годы и противиться ей, но которую невозможно было ставить под сомнение. В матери же для него воплотился слепой человеческий деспотизм, и борьба с нею будила настроение и чувства, глубоко ему самому противные. За это он казнил ее молчанием и теперь уже привык почти не разговаривать с нею. Ее второе замужество осталось для него загадкой; к отчиму он относился неплохо, но с легким презрением и никогда не признавал за ним ни малейшего авторитета.

— Пришли, — объявила Джинни, впуская в гостиную Франсис Беллмен и Эндрю Чейс-Уайта. Кэтлин поцеловала Франсис и расхвалила ее платье, и под ропот приветствий и грохот тяжелых стульев все, ушибая колени, расселись вокруг небольшого, низкого чайного стола.

---

* Мур Джордж (1852—1933) — ирландский писатель, находившийся под значительным влиянием французского натурализма.

Пат разглядывал Эндрю Чейс-Уайта, не пытаясь скрывать, что производит ему смотр. С их последней встречи Эндрю сильно возмужал. Лицо у него стало почти взрослое, и появились эффектные светлые усики, которые он жеманно теребил. Мундир был ему к лицу, делал его выше и шире в плечах, и Пата вовсе не подмывало смеяться над его блестящими шпорами и начищенными сапогами. Даже Кэтел и тот притих и, казалось, проникся почтением. Этот лощеный молодой офицер словно принес с собой пьянящую атмосферу широкого, официального мира. Казалось, он был слишком красив, слишком типичен — нарочно выбран на роль посланника и почти сознательно играл эту роль, когда теребил свои усики и любезно, громким голосом разговаривал с миссис Драмм, искоса поглядывая на Пата. Много внимания он уделял и осмотру комнаты, словно желая убедиться, что в его отсутствие здесь ничего не меняли без спросу. Снова и снова взгляд его беспокойно обращался к распятию.

Пат сам удивлялся тому, какое впечатление произвел на него Эндрю в мундире. Двоюродный брат особенно не интересовал его, хотя он, как было сказано Кэтелу, «ничего против него не имел». Мальчиком он всегда тянулся к детям постарше, а Эндрю причислял к мелюзге. Поразителен он был просто как явление из большого мира, как обретший кровь и плоть образчик военного, одобренный и разрешенный к выпуску официальными властями. Видеть в собственной гостиной этот круглый, сугубо современный предмет, очутившийся тут словно по воле какого-то озорного фокусника, было не столько досадно, сколько удивительно. Присутствовала здесь и зависть, хотя и не к самому Эндрю. Этот молодой офицер был олицетворением власти. Но у Пата были свои причины не вступать в армию.

Пат, смутно сознававший, что в различные периоды детства он порядком тиранил Эндрю, теперь чувствовал, что тому безумно хочется произвести на него впечатление. В воздухе веяло местью. Пат отметил это рассеянно, мимоходом, чувствуя себя совершенно неуязвимым благодаря своему явному превосходству. Его даже забавляла возможность дать своему сопернику понаслаждаться его воображаемым преимуществом, и он без труда удерживался от того, чтобы утвердить свою личность, раз и навсегда поставив юного Эндрю на место. В глазах Пата Эндрю оставался тем маленьким, орущим мальчишкой, который ходил за ним по пятам и путался под ногами на всех пляжах ирландского побережья. Сегодняшний гость интересовал его не как индивидуум, а как тип.

Кэтлин разговаривала с Франсис — внушала ей, для передачи Хильде, некоторые правила обращения с прислугой. У троих остальных разговор шел стаккато: Эндрю был снисходительно, преувеличенно дружелюбен, Пат — сдержанно вежлив, Кэтел, уже оправившийся от смущения, — откровенно дерзок. Эндрю обращался к Пату, тот отвечал по возможности кратко, и оба старались игнорировать провокационные выпады Кэтела.

— Я вижу, у вас тут ирландская грамматика. Как интересно. Это кто же по ней занимается?
— Кэтел.
— Ирландский язык трудный?
— Говорят, нелегкий.
— А здорово, наверно, если его знаешь.
— Что же не выучишь?
— Ты считаешь, что ирландцы должны его учить?
— Конечно, а ты сам разве не ирландец?
— Он имеет некую символическую ценность.
— «Страна без языка — это страна без души».

— Да, его символическую ценность я признаю. Но, с другой стороны, если твой родной язык — язык Шекспира...

— Скажи лучше — язык Кромвеля.

— Да не перебивай ты все время, Кэтел.

— Пожалуйста, я не навязываюсь!

Кэтел повернулся вместе со стулом лицом к Франсис и матери. Как легкий электрический удар, Пат ощутил изменение в эмоциональной температуре и понял, что это Эндрю испугался, оставшись с ним, так сказать, с глазу на глаз. Пата охватило крайнее раздражение. Только бы разговор не коснулся войны! Ему казалось, что он чувствует, как Эндрю умышленно обходит эту тему, и оттого его досада еще усиливалась. При мысли, что «примерный юноша» воображает, будто тактично щадит собеседника, по лицу Пата расплылась издевательская усмешка. Он с трудом совладал с нею.

— Приходи посмотреть мамино новое жилище.

— Да, конечно.

— Она все время про тебя спрашивает.

— Надеюсь, тетя Хильда здорова?

— Сейчас она молодцом. На нее, понимаешь, ужасно действовали налеты цеппелинов.

— Да?

— А как дядя Барнабас в последнее время?

— По-моему, отлично.

— Рад это слышать. Я, понимаешь, еще не выбрался его повидать, с тех пор как сюда приехал.

— Вот как?

Твердо решив, что в случае чего он даст разговору заглохнуть, Пат устремил взгляд на распятие, висевшее над головой Эндрю. Он заметил, что этот предмет почему-то действует его кузену на нервы. Эндрю заерзал на своем стуле. «Надо заставить его посмотреть на распятие», — подумал Пат, но в эту минуту у трех других собеседников возникла небольшая перепалка.

— Господь сказал: «Не мир пришел Я принести, но меч»*. — Это Кэтел, не терпевший светской болтовни, сумел как-то переключить разговор на более общие темы и теперь возвысил голос.

— Он имел в виду меч духовный, — негромко сказала Кэтлин. Прожив столько лет вдовой с двумя неугомонными сыновьями, она выработала сугубо мягкий, расхолаживающий голос, гарантировавший снижение температуры в любом споре.

— Ничего такого он не имел в виду. А почему? Потому что он был социалист.

Франсис засмеялась.

Пат, вечно споривший с братом, и теперь не удержался и, оглянувшись, сказал:

— Даже если бы это было так — а это не так, — к делу это не относится.

— Почем ты знаешь, относится или не относится, раз ты не знаешь, о чем мы говорим?

Франсис пояснила, стараясь подражать тихому, медлительному голосу Кэтлин:

— Мы говорили о пацифизме.

— Я же сказал, что это к делу не относится.

— Очень даже относится. Война оправданна, когда это борьба за социальную справедливость.

— Но если борешься за социальную справедливость, не нужно убивать людей, — сказала Кэтлин. — Я согласна с Даниелом О'Коннелом: «Ни одна политическая реформа не стоит того, чтобы пролить из-за нее хоть каплю крови».

---
* Евангелие от Матфея. 10:34.

— Вы пацифистка, тетя Кэтлин? — спросил Эндрю таким дружелюбно-снисходительным тоном, что Пату захотелось его вздуть.

— Да нет. Просто эта окопная война — такой ужас! Не может это быть хорошо. Война стала совсем другая.

— Все дело в цели и средствах, — сказал Кэтел.

— Но некоторые средства так отвратительны, это уже, в сущности, не средства, потому что самая цель оказывается забытой. А некоторые средства и сами по себе преступны — когда людей мучают, убивают.

— Мы называем убийство преступным, когда воображаем, что это средство для достижения дурной цели, — сказал Кэтел. — Конечно, теперешняя война бессмысленна, но это потому, что она империалистическая, а не потому...

— Ты даже не понимаешь, что значит «империалистическая», — сказал Пат.

— Вы хотите сказать, — негромко и медленно проговорила Франсис, обращаясь к Кэтлин, — что луки и стрелы — это еще ничего, но такое, как сейчас, не может быть оправдано. Пожалуй, я с вами согласна. Как подумаешь о том, что творится, кажется, будто весь мир сошел с ума.

— Значит, ты считаешь, что кузен Эндрю поступил дурно? — громко спросил Кэтел.

— Нет, что ты! — сказала Кэтлин. — Я говорила только о том, что сама чувствую.

— Не может что-то быть хорошо или дурно только для тебя, если оно хорошо или дурно, значит, оно должно быть хорошо или дурно для всех.

— Ничего подобного, — сказал Пат, — все зависит от того, как понимать...

— В каком-то смысле я, конечно, с вами согласен, тетя Кэтлин, — сказал Эндрю. — Тем, кто сидит в безопасных местах, легко призывать нас идти сражаться. А вот когда повидаешь все это на близком расстоянии — дело другое.

Последовало короткое молчание.

— На сколь же близком расстоянии ты это повидал? — спросил Пат, отлично зная ответ на свой вопрос.

Эндрю вспыхнул и нахмурился.

— В сражениях я еще не участвовал. Я ведь очень недолго пробыл во Франции.

— Здорово ты придумал, что вступил в кавалерию, — сказал Кэтел. — Всем известно, что кавалерию держат на много миль позади передовых позиций.

— А вот это, представь себе, неверно. И как бы то ни было, я вступил в армию, а не сижу дома и не играю в солдатики у себя во дворе, как некоторые.

Кэтел вскочил, чуть не опрокинув стол. Франсис и Кэтлин разом заговорили, повысив голос.

В эту минуту за дверью раздался непонятный шум — несколько громких, глухих ударов, звон разбивающегося стекла и человеческий голос, негодующий в соответствующих выражениях. Потом мертвая тишина. Пат, истолковав это явление исходя из аналогичных образцов, решил, что его отчим, очевидно, свалился с лестницы, по которой он, бесшумно миновав дверь гостиной, осторожно поднимался с несколькими бутылками виски в руках.

— Ах, Боже мой, Боже мой, — сказала Кэтлин.

Все бросились к двери.

Барнабас Драмм, в шляпе, сидел на полу, привалившись спиной к столбику перил. На обширном пространстве вокруг него лежало битое стекло, и от большого темного пятна на ковре поднимался одуряющий запах виски. Барнабас искоса поглядел на группу в дверях. Он, конечно, понимал, что его беда никого не могла позабавить, а, напротив, должна была по-своему огорчить каждого из присутствующих, однако не удержался от того, чтобы погаерничать. Продолжая сидеть с вытянутыми вперед ногами, он стал что-то насвистывать сквозь зубы.

Кэтлин перешагнула через его ноги и быстро пересекла площадку. Через минуту она вернулась с совком и щеткой и, словно не видя мужа, начала собирать в совок осколки покрупнее. Она работала медленно, с покорной миной, под стать тихому голосу, каким она говорила с сыновьями; в ее склоненной позе была безмолвная горечь.

Франсис спросила:

— Как вы, ничего? Не ушиблись?

Кэтел вернулся в гостиную и захлопнул за собой дверь. Полное отсутствие у отчима собственного достоинства всегда глубоко оскорбляло его.

Эндрю положил руку на плечо Франсис, словно желая оградить ее от непристойного зрелища.

Раздраженный этими проявлениями чувств, в ярости на их виновника, Пат сказал:

— Вставайте же, черт возьми! — Он сдернул с отчима шляпу и нахлобучил ее на столбик с такой силой, что тульи чуть не лопнула.

Потирая ляжки и локти, разыгрывая целую пантомиму, Барнабас стал медленно подниматься.

— Надо же было! Только я, наверно, и способен на такое.

Барнабас Драмм был кругленький человечек с кротким, дряблым лицом и длинными золотистыми усами, не то поседевшими на концах, не то вымазанными пивом. Его темные волосы курчавились вокруг аккуратной плеши, смахивающей на тонзуру. В удивленных голубых глазах, теперь испещренных красно-желтыми прожилками, сохранилось что-то детское. У него еще были целы все зубы, и он часто обнажал их в улыбке, неизменно доброй, однако напоминавшей о том, что в былые годы он был лучше вооружен для битвы жизни. Когда женщины принимались обсуждать вопрос, почему благоразумная Кэтлин Дюмэй связала свою судьбу с этим невозможным человеком, одни говорили, что первый муж ее тиранил и теперь ей нужен был кто-то, кого она сама могла бы тиранить, другие же уверяли, что Барни, «в сущности, очень милый».

— Здравствуй, Эндрю, — сказал Барнабас. — Вот мы и встретились, хотя и не при самых благоприятных обстоятельствах. Жалость какая, сколько первоклассного виски пропало. Может, нам всем стать на колени и полизать ковер?

— Барни, проводите меня, пожалуйста, до трамвая, — вдруг сказала Франсис. Голос ее звучал напряженно, словно она вот-вот расплачется.

— Ну конечно, моя дорогая...

Эндрю начал:

— Но, Франсис...

— Нет, Эндрю, ты не ходи. Ты побудь здесь. Мне нужно кое-что сказать Барни по секрету. Большое вам спасибо, тетя Кэтлин. Я так приятно провела время.

Франсис уже схватила свой зонт и горжетку и увлекала Барнабаса к лестнице. Кэтлин что-то тихо проговорила в ответ, все еще не поднимая головы от ковра. Теперь она прилежно подбирала двумя пальцами самые мелкие, поблескивающие кусочки стекла.

Пат вернулся в гостиную и подошел к Кэтелу, который с мрачным видом стоял у окна. Вместе, как суровые судьи, они смотрели вниз на своего отчима, уходившего по улице под руку с Франсис, укрываясь под ее зонтом от моросящего дождя. Он умудрялся выглядеть франтом. Пат терпеть не мог франтовства.

В гостиную вбежал Эндрю Чейс-Уайт, растерянный, огорченный. Братья словно и не заметили его. Он побегал по комнате кругами, как собака. Потом ринулся к Кэтлин, хотел помочь ей подбирать стекло, но она уже кончила. Он снова вернулся и стал искать свой плащ. Пат отошел от окна и открыл роман Джорджа Мура. Эндрю дошел до дверей, потом вдруг вернулся и стал перед двоюродным братом.

— Пат...
— Да?
— Нет, ничего... я так...
— Ну, тогда до свидания.

С несчастным видом Эндрю пошел прочь и в дверях столкнулся с Кэтлин, вносившей в комнату поднос для посуды. Пробормотав слова благодарности, он сбежал вниз.

Под взглядами сыновей Кэтлин стала медленно собирать со стола. Пат заметил, что она плачет. Крупные слезы выступали у нее на глазах и скатывались со щек на поднос. Что бы она ни делала, она всегда низко склонялась над работой. Частые, нескрываемые слезы матери были Пату непонятны, но он воспринимал их как упрек и только отводил глаза. Такая эмоциональность ему не нравилась, хотя и не задевала его особенно глубоко. Женщины для него были создания неясные, загадочные, но неинтересные. Кэтлин вышла из комнаты.

— Ну так, — сказал Кэтел. — «По лесенке вверх, по веревке вниз, к черту Билли-короля, католики, держись». Интересно, что ему было нужно?

— Он хотел извиниться. И извинился бы, если бы тебя тут не было.

— Ну Бог с ним. Он нам не нужен. Он — ничто. Ты меня выдерешь?
— На этот раз прощу.
— Пат...
— Да?
Кэтел подошел к брату сзади и ласково обнял его за талию.
— Когда оно начнется?
— Не понимаю, о чем ты говоришь.
— Нет, понимаешь.
— Нет, не понимаю.

Глава 4

*Волна за волною, как в море прибой,
Любовь Иису-уса вовеки со мной!*

Так заливался хор в несколько сот детских голосов, когда Эндрю с матерью, ускорив шаг, напряженной походкой проходили мимо огромного шатра, над которым развевалось большое малиновое знамя с надписями: «Миссия богослужения для детей» и «Спасенные кровью агнца». Ни Эндрю, ни его мать никак не прокомментировали это явление. Они шли в гости к тете Миллисент.

— Пора тебе обо всем договориться с Франсис, — сказала Хильда, когда они миновали шатер. — Ведь за тебя этого никто не сделает.

*Был я слеп, а ныне прозрел,
Связан я был — и свободу обрел,
Верю — спасение мой удел,
Христос-спаси-и-тель!*

Ужасающее пение затихло вдали, и Эндрю подумалось, что религия в Ирландии — это вопрос выбора между двумя формами, одинаково пошлыми. А что бы ты сам выбрал, если бы пришлось? — спросил он себя и с грустью признал, что его место было бы с детьми в том шатре и с их бодрыми наставниками.

— Да, — отвечал он рассеянно.

Сейчас Эндрю не мог думать ни о чем, кроме Пата Дюмэя. Его терзали сожаления о вчерашнем. Он чувствовал, что показал себя с самой невыгодной стороны. Он не сумел оградить Франсис от непристойности разыгравшейся сцены. Ее бегство с дядей Барнабасом он воспринимал как упрек. Он только стоял и смотрел, пока его дядюшка ломал дурака. А самое ужасное — он поддался на провокацию и оскорбил Пата. Он даже не дал себе труда заранее сформулировать какое-то намерение или решение на этот счет, настолько невозможным представлялось ему сказать кузену колкость. Для Эндрю всегда было аксиомой, что Пат не такой, как все, слишком надменный и властный, чтобы его можно было дразнить или вышучивать. Такое поведение только унизило бы самого шутника — сейчас он и чувствовал себя униженным. Мало того, он испытывал острое сожаление, чуть не сердечную боль, при мысли, что отрезал себе путь к дружбе с Патом. Сам удивляясь тому, до чего его расстроил этот случай, он понял, что не только не «освободился» от неотвязного интереса к Пату, но, оказывается, ехал в Ирландию с горячей надеждой, что будет принят как равный, заслужит его уважение, даже любовь. Вчерашней встрече он придавал очень большое значение, и теперь, когда она не удалась, остался с нерешенной эмоциональной проблемой. Вчера он еле заставил себя уйти, не помнил, простился ли с тетей Кэтлин, и, уж конечно, он попытался бы добиться какого-то примирения, если бы там не вертелся этот несносный Кэтел.

— Ведь Франсис хочется услышать настоящее предложение руки и сердца, — продолжала Хильда. — Всякой девушке этого хочется. Это такая важная минута в жизни. Будет что потом вспоминать. Право же, пора объявить о помолвке. И о кольце ты должен подумать. А то нехорошо будет по отношению к другим молодым людям. Франсис теперь больше бывает в обществе, не хочешь же ты поставить ее в неловкое положение.

Усилием воли Эндрю переключил внимание на Франсис. Да, нужно с ней договориться. И конечно, да, это важная минута в жизни. «Дорогая Франсис, у меня к тебе очень большая просьба. Ты, наверно, догадываешься, какая?» — «Нет, милый Эндрю, не могу даже вообразить. Ты уж скажи сам». — «Я тебя прошу оказать мне честь... выйти за меня замуж».

— Ты совершенно права, мама, — сказал он.

— Хоть бы Кристофер не опоздал. Я утром встретила его у Бьюли на Графтон-стрит, он сказал, что придет непременно. Затащить его к Милли не так-то легко. Тетя Миллисент, по правде говоря, всегда действует мне на нервы, и ему тоже, я знаю. Слава Богу, дождь перестал, может быть, Кристофер подождет нас на улице. Так ты говоришь, на Блессингтон-стрит все по-старому? Нужно, нужно мне там побывать, посмотреть на мальчиков, Кэтлин все равно от меня не отстанет. Не понимаю, почему она не хочет заново обставить гостиную? Это ей вполне по средствам, а там, наверно, все обветшало и выглядит так старомодно.

— Выглядит так, как я всю жизнь помню.

Эта комната уводила его в самое раннее детство, как длинный грязный коридор, всегда погруженный в полумрак, душный, печальный, страшноватый. Впрочем, кое-что в ней теперь было по-другому, вернее, он сам изменился. Он вспомнил, что вчера, оглядывая эти сугробы мебели и бесчисленные вещи, точно приросшие к своим прежним местам, он заметил восточный столик с золочеными ножками, инкрустированными мелкими кусочками стекла. Он вспомнил, что когда-то этот столик казался ему верхом красоты и экзотики, теперь же он увидел его глазами матери — вульгарный предмет, дешевка. Комната утратила свое великолепие, утратила то, что хотя бы казалось красотой. Огромное распятие, некогда наполнявшее его волнением и тревогой, теперь представлялось вопиющей безвкусицей, под стать той полной неразберихе, в которой жили его тетка и дядя. Ну что ж, он увезет Франсис в Англию, подальше от всего этого. «Да, Эндрю, — прошептала она благодарно, — да, да». Ее маленькая ручка доверчиво легла в его ладонь, он привлек ее к груди и почувствовал, как трепетно бьется ее сердце.

— А, вон и Кристофер. Молодец, ждет у подъезда, и в этой своей смешной непромокаемой шляпе... Кристофер, здравствуйте, мы так и знали, что вы не опоздаете. Да, чтобы не забыть, Кэтлин заезжала ко мне в «Клерсвиль», говорит, что была у вас в «Фингласе» и не застала, ей о чем-то нужно с вами поговорить.

Кристофера, как видно, эта новость не порадовала.
— В чем я еще провинился? Она не сказала? Была расстроена?
— Нет, не сказала. И расстроена не была. Вы же знаете, Кэтлин никогда не бывает особенно веселой. Наверно, какие-нибудь пустяки. Вы не тревожьтесь.
— Ну-ну. «Вперед, друзья, на приступ, все за мной»*.

---

* Цитата из исторической хроники Шекспира «Генрих V» (акт III, сц. 1).

***

Городской дом тети Миллисент выглядел, по словам Хильды, «вполне прилично для Дублина». Он выходил «двойным фасадом» на Верхнюю Маунт-стрит, был намного шире, чем дом на Блессингтон-стрит, но по архитектуре на него похож. В водянистом солнечном свете кирпичные фасады Верхней Маунт-стрит отливали ржаво-розовым и желтым, только дом Милли да еще два-три были обрызганы модным в то время красным порошком, а швы между кирпичами прочерчены черным. Осевшие, чисто вымытые ступени парадного крыльца тоже красные — в тон всему дому. Дверь, увенчанная горделивым полукруглым окном, только что была покрашена в ярко-розовый цвет, дверной молоток в форме рыбы гладко отполирован до блеска, как ступня Святого Петра в Риме, а во всех сверкающих окнах пенились белые кружевные занавески, подхваченные ровными фестонами. Чуть подальше, в конце улицы, в чистое голубое небо поднимался нарядный зеленый купол протестантской церкви Святого Стефана. Длинные, зеленые с медным отливом полосы тянулись по светло-серому камню колокольни, цепляясь за большие часы, на которых как раз било четыре. Их характерный высокий надтреснутый голос отозвался в сердце Эндрю печально и властно, напомнив ему строгую, пустую внутренность церкви, куда его иногда водили молиться в детстве, если только участие в этих сухих, прозаических обрядах можно было назвать молитвой.

Горничная в наколке с длинными белыми лентами сообщила им, что миледи в саду. Проходя через темное чрево дома, Эндрю пробовал воскресить его в памяти. Но он не был здесь много лет, и комнаты казались незнакомыми. В полумраке какие-то широкие поверхности красного дерева поблескивали, как черные зеркала. По-весеннему пахло лаком для мебели.

Сад запомнился ему лучше. Он узнал, хотя заранее не мог бы себе представить, широкую террасу из красноватых плит, с чередующимися клумбами ирисов, розмарина и руты и крошечным квадратным прудиком, коричневую буковую изгородь, сейчас еще одетую жесткой, сморщенной зимней листвой, и маленькую лужайку с шелковицей, опершейся ветвями на подпорки. Все было мокрое и блестело, в плитах террасы отражались пятна света и тени, с шелковицы стекали капли дождя. Потом солнце вдруг засияло ярче, и в саду словно зажгли электрическую люстру. Пышная крона шелковицы загорелась зеленым золотом. В разрыве изгороди появилась тетя Миллисент.

Эндрю ощутил мгновенный, явственно приятный укол, точно сквозь тело прошла иголка, не причинив ему боли. Он не видел тетку много лет, но, хотя и хранил, как любительские моментальные снимки, кое-какие симпатичные воспоминания о ней, на них постепенно наслоились туманные, но достаточно частые замечания матери насчет того, что Милли «невыносима» или вот-вот «сорвется» — судьба, которую невестка почему-то упорно ей предрекала. После этих пророчеств да еще пересудов об охоте, сигарах, стрельбе из пистолета и брюках он бессознательно ожидал увидеть нечто тощее и мужеподобное, нечто уже немного потрепанное, пахнущее табаком и даже виски, хотя в инвективах матери алкоголь, правда, пока не фигурировал. А стояла перед ним полная, скорее молодая женщина с сияющей улыбкой, нарядная, в чуть старомодном платье с узкой юбкой и определенно, да, совершенно определенно красивая.

— Здравствуйте, мои дорогие! — крикнула Милли через всю террасу. — Пришли! Вот и чудно! — Она подплыла к Хильде и несколько раз поцеловала ее. — Кристофер, здравствуйте, вы совсем пропали. Шляпа у вас — просто прелесть. А это наш златокудрый солдатик? Нет, вы смотрите, какой бравый молодец! Я его помню еще в те времена, когда его интересовали только лотереи по фартингу. А ты помнишь эти лотереи, Эндрю? Сколько монеток ты у меня выклянчил, а потом бегал в лавку Нолана покупать билеты. Но теперь тебе, наверно, нельзя об этом напоминать? Ой, какой дуся, он, кажется, покраснел!

Эндрю, улыбаясь деревянной улыбкой, почувствовал, что ему стало яснее, какой смысл вкладывает его мать в слово «невыносима».

— Мне очень хотелось повидать тебя, Милли, — сказала Хильда. — Ты совсем не стареешь. Так приятно было пройтись сюда пешком. На Мэррион-сквер сейчас прелестно, сирень и золотой дождь не сегодня завтра распустятся. И небо, слава Богу, наконец прояснилось.

— Да, да, я уже решила, что мы будем пить чай в саду. Правда, хорошо? В этом году это будет первый раз.

— А ты не думаешь, что для чаепития в саду немного сыро и холодно? — сказала Хильда, не скрывая своего неудовольствия.

— Я всем вам дам шерстяные шали из Коннемары. Я только что купила несколько новых, очаровательной расцветки. А что немножко сыро, это ничего, я привыкла, вы тоже привыкнете, когда поживете здесь подольше. В Ирландии все время мокро, верно, Кристофер? Мне это нипочем.

Видимо, так оно и было — Эндрю заметил, что закрытое светло-серое шелковое платье тети

Милли, то и дело задевавшее за низкие кусты, поскольку она сопровождала свои слова энергичной жестикуляцией, снизу все намокло и даже испачкано глиной. Когда она повернулась к нему спиной, он заметил также старомодный, весь в воланах турнюр, а впрочем, это могла быть просто сама тетя Миллисент. Он отвел глаза.

— Ну а по-моему, нам будет холодно, — сказала Хильда. Казалось, она принципиально решила сразу поставить золовку на место.

— Солнышко вышло, сейчас все просохнет, — продолжала Милли беспечно. — Хотите пока погулять в саду? Кирпичная дорожка совсем сухая.

— Как поживает камелия? — спросил Кристофер.

— Ой, расцвела, это просто чудо! Вы идите с Хильдой в теплицу, посмотрите камелию, а Эндрю поможет мне приготовить все к чаю.

Кристофер увел Хильду. Из-за изгороди еще некоторое время слышался ее протестующий голос, потом все стихло.

— Красивая пара, правда? — сказала Милли, глядя им вслед. Потом рассмеялась. — Ну а теперь, юный Эндрю, садись сюда и дай мне на тебя посмотреть.

Она подвела его к деревянной скамейке, и они сели. Длинные перевитые побеги розмарина мели каменные плиты у их ног. Скамья была совсем мокрая. Эндрю сразу это почувствовал. А светло-серое шелковое платье — хоть бы что.

С минуту Милли разглядывала его, и он, чуть досадуя, чуть посмеиваясь про себя, отвечал ей тем же. Пожалуй, она была не так хороша, как показалось ему с первого взгляда. Кожа у нее была не очень чистая, рот великоват. Большие темно-карие глаза часто щурились — может быть, от близорукости. Рыжеватые волосы, подернутые, словно бронза патиной, еле заметной сединой, были уложены в сложную прическу. Из-под нее храбро белели маленькие уши, украшенные бирюзовыми сережками. Лицо, только что очень веселое, теперь было очень серьезное. Оно гипнотизировало Эндрю, и, только просидев полминуты молча, глядя ей в глаза, он сообразил, сколь необычайно такое времяпрепровождение.

— Да, — сказала она. — Похож. Раньше я этого не видела.

— На кого?

— На отца. Сейчас ты стал очень на него похож.

— Я рад... — начал было Эндрю и беспомощно осекся. Теперь ее пристальный взгляд смущал его. Он отвернулся.

— Интересно, помнишь ты один пикник на мысе Хоут... впрочем, нет, ты же был тогда совсем крошка. Расскажи мне о себе. Ты, значит, побывал во Франции, но недолго, заболел воспалением легких и до сих пор еще в отпуске по болезни?

Такая осведомленность удивила Эндрю и польстила ему.

— Да, к сожалению, я еще почти не видел войны.

— Не горюй, — сказала Милли. — Этой войны хватит надолго. Еще успеешь проявить беззаветную храбрость на каком-нибудь поле сражения.

— Надеюсь.

— Ну и глупо, что надеешься. По-моему, нужно быть пацифистом. Я уверена, что сейчас все могли бы заключить мир, если бы захотели. А вот поди ж ты, старики не хотят по злобе, молодые — по глупости... давно пора дать право голоса женщинам. Ты политикой интересуешься?

Эндрю не понимал, серьезно она говорит или шутит. Он ответил небрежно:

— Я мало смыслю в политике. Оставляю это на будущее.

— По-моему, все мы сейчас должны интересоваться политикой. Ой-ой, моя попушка жалуется, что ей мокро. А твоя что говорит? Давай-ка походим — пройдемся, как сказала бы твоя мама.

Она вскочила со скамьи и, захватив в кулак ветку розмарина, одним рывком собрала в горсть мелкие, узкие листья. От их чудесного кисловатого запаха у Эндрю защекотало в носу.

— Ужасно люблю серые листья, а ты? Правда, у розмарина они не серые, вернее, только снизу, но я нарочно так подбирала свой сад — вот и у руты листья серые, и у этих кустиков, как их, тримальхио, что ли... На, держи. — И, взяв его под руку, она высыпала листья розмарина на рукав его френча. — Это на память. А рута... на что рута, я забыла?*

— На горе.

— Такое красивое растение. Ну а горе-то у всех у нас будет, особенно у тебя, ты еще так молод. Я вот все думаю, что переросла свое горе, а оно возвращается и возвращается. Насчет чая ты не тревожься, Моди все равно накроет в столовой, да похоже, и дождь опять будет. Пойдем, покажу тебе моих рыбок.

Она отпустила его руку, обошла прудик и остановилась, глядя на Эндрю. Коричневая поверхность воды между ними чуть рябилась, может быть, от первых капель дождя. Небо позади Милли было теперь тускло-желтое.

---

* Реминисценции из «Зимней сказки» (акт IV, сц. 3) и «Гамлета» (акт IV, сц. 5) Шекспира.

Эндрю смотрел на нее через прудик. Голубые сережки мерцали в темных волнах волос.

Она проговорила тихо:

— Да, черт знает до чего похож на отца. Ты что сейчас думаешь?

Эндрю составил в уме фразу: «Какие у вас красивые серьги, тетя Миллисент». И сказал:

— Какая вы красивая, тетя Миллисент.

Секунда молчания, потом Милли громко рассмеялась:

— Ах ты шалун, ты что, флиртуешь? А еще помолвлен с такой очаровательной девушкой. Приводи ее ко мне в гости. Приезжайте вместе в Ратблейн в четверг к чаю. И с четверга, но не раньше, ты будешь называть меня Милли.

Она опустилась на колени возле прудика. Эндрю тоже стал на колени, сконфуженный словами, которые неизвестно почему у него вырвались, однако же, тоже неизвестно почему, скорее довольный собой. Он сделал вид, что высматривает рыбок.

Он вглядывался в густо-коричневую, заросшую водорослями глубину, как вдруг что-то мелькнуло у него перед глазами. Голубая искра, легкий всплеск, светлая точка прочертила воду, погасла.

— Ай-ай-ай, — сказала Милли, — пропала моя сережка.

С возгласом огорчения Эндрю склонился над прудиком, где и следа серьги уже не было видно. Первой его мыслью было, что она погибла безвозвратно. Он поднял голову и посмотрел на Милли — она глядела на него спокойно, чуть вздернув брови. Казалось, ей и горя мало, только ждет с интересом, что он предпримет.

77

— Тут ведь, наверно, не очень глубоко, — проговорил Эндрю, словно решая трудную задачу. — Сейчас я вам ее достану.

Он разбил рукой теплую поверхность воды. Потом помедлил. Не слишком проворно снял часы, спрятал их в карман и начал стягивать френч. Милли не сводила с него глаз. Он сложил френч, а потом не знал, что с ним делать — класть его на мокрые плиты не хотелось, и он раздумывал, пока Милли, молча протянув руку, не забрала его. Тогда он закатал рукав рубашки до плеча, ослабил галстук и расстегнул ворот, где немножко жало. Эти приготовления заняли до нелепости много времени. Он погрузил руку до локтя, еще глубже, а дна все не было. На потревоженной поверхности прудика плясал и дробился бледный овал — отраженное лицо Милли. Эндрю во всю длину растянулся на плитах. Вода заплескалась у его плеча, пальцы стали шарить по мягкому илистому дну. Он нащупал что-то твердое и в следующую минуту вытащил серьгу. Он поспешно отдал ее тетке, и оба встали на ноги.

Эндрю этот эпизод огорчил и расстроил — главным образом, как он теперь понимал, потому, что он прокопался, снимая френч; а между тем не мог же он лезть рукой в воду одетый, это было бы идиотство. Он торопливо натянул френч, откашлялся и стал чистить бриджи, на которые полосами налипла жидкая зеленоватая грязь. Ему уже казалось, что его незаслуженно обидели.

— Эндрю, — окликнула тетя Миллисент.

Он выпрямился и взглянул на нее. В тот же миг она быстрым движением сунула серьгу ему на грудь, за рубашку. Через секунду в разрыве изгороди показались Кристофер и Хильда. Вся терраса зазвенела от беспричинного смеха Милли. Полил дождь.

Глава 5

— Я уж думал, они никогда не уйдут, — сказал Кристофер.

— Как вы от них улизнули?

— Сказал, что еду в город.

— Вам не кажется, что тетя Хильда догадалась?

— Милейшая Хильда пребывает в полном неведении.

— Она ничего про меня не говорила?

— Только то, что никому, кроме вас, не пришло бы в голову пить чай в саду. И должен сказать, я с ней согласен.

— Но я же нарочно, — сказала Милли. — Я думала, если мы будем сидеть и дрожать на террасе, они скорее уйдут.

— Значит, вы не так наивны, как я думал. В вас сидит существо хитрое и расчетливое.

— Да нет же. Я выдумала причину задним числом.

— И кстати, что вы такое сделали с юным Эндрю? Околдовали его, не иначе. За чаем он, по-моему, не произнес ни слова, только поправлял все время воротник рубашки.

Милли рассмеялась:

— Да, я смутила его покой. Как именно — не важно. Он так похож на своего отца, просто трогательно. Его нельзя не подразнить. Подходит он вам на роль зятя?

— Он славный мальчик. Не так умен, как Франсис, но не дурак, и характер легкий. И потом, они отлично друг друга знают и любят друг друга...

— Любят... Н-да.

— Н-да, вот именно.

Разговор этот происходил в длинной комнате на втором этаже, бывшей бильярдной, которую Милли превратила в некое сочетание будуара и домашнего тира. Эта смешанная атмосфера сбивала с толку знакомых Милли, на что, безусловно, и была рассчитана. Комната была устлана толстым ковром, и в ближнем ее конце, у двери, чем-то неуловимо наводя на мысли о церковном, стоял низкий белый туалетный стол с высоким зеркалом под большим кружевным балдахином вроде тех, какие во время крестного хода держат над гостией. По бокам зеркала высились золоченые подсвечники со свечами, сейчас не зажженными, а перед ним помещался розовый пуф, перетянутый гирляндой из шелковых розочек. Тут же расположилось несколько чрезвычайно удобных, обитых атласом кресел. Все они были повернуты лицом к зеркалу, словно приготовлены для какой-то церемонии, в ходе которой Милли предстояло украшать свою особу, а может быть, и разоблачаться на глазах у восхищенных зрителей. Насколько было известно Кристоферу, никаких таких церемоний здесь не происходило, и он вовсе не предполагал, хотя и не пытался в этом удостовериться, что в баночках уотерфордского стекла на туалете в самом деле хранится косметика. Скорее там могли храниться ликеры. Насколько ему было известно... ибо порой его пронзало подозрение, что у Милли есть какая-то тайная жизнь, и там, в этой жизни, с другими, проблематичными поклонниками она доходит до пределов, о каких он не мог и мечтать. Но нет, это исключено; он знает о Милли решительно все, и раз ему отказано в конечных милостях, значит, и никто другой их не удостоен.

Стена в дальнем конце комнаты, обшитая деревом и изрешеченная револьверными пулями, была голая, если не считать ряда мишеней, в которые

Милли, стоя среди атласных кресел, целилась из своего маленького никелированного револьвера. Боковые стены, оклеенные шершавыми зелеными обоями с растительным узором, были густо завешаны неплохими, писанными маслом портретами разных Киннардов. На них Милли с подходящими к случаю задорными восклицаниями тоже частенько наводила свое оружие, но только раз выпустила в их сторону пулю, да и та, по счастью, засела в раме. Кристофер терпеть не мог эти забавы. Его нервировал и шум, и отвратительное ощущение самого удара. Смотреть на вооруженную Милли было одно удовольствие, но он болезненно принимал угрозу на свой счет.

Хотя на дворе еще не стемнело, шторы были задернуты и горел газ, яркие рожки мурлыкали по всей комнате под красными с бахромой колпачками. За то время, которое потребовалось Кристоферу, чтобы «улизнуть» от Эндрю и Хильды, Милли сменила узкое серое платье на более свободное и короткое, из лилового крепдешина, напоминавшее какой-то восточный костюм. Она стояла и, словно отвыкнув от юбок, снова и снова прижимала платье к ноге; а сама рассеянно играла револьвером — быстро-быстро крутила дуло, потом разом останавливала пальцем. Кристофер, полулежа в кресле, смотрел на нее не отрываясь, с раздражением, обожанием и страхом.

— Это не опасно, Кристофер. Когда играешь в русскую рулетку, вес пули всегда тянет заряженный барабан книзу.

— Я не собираюсь играть в русскую рулетку. Быть с вами — достаточно азартная игра. Не уклоняйтесь от темы, моя радость.

Кристофер влюбился в Милли не сразу, это был долгий процесс. Но за это время не было

81

момента, когда бы он, уже понимая, что с ним творится, был бы еще способен себя сдержать. Пока можно было сдержаться, он не понимал, а когда понял, был уже бессилен. Иногда он говорил себе, что, если бы мог предотвратить то, что случилось, непременно так и сделал бы. Теперь он знал, чем Милли занята, но не знал, что Милли думает, и его страшили проявления жестокости с ее стороны, на которые он неожиданно наталкивался. И все же влечение к Милли, поначалу казавшееся таким безнадежным, обновило для него весь мир, и в лучах ее света каждая птица, каждый цветок, каждый лист виделся ему прорисованным тончайшей иглой, залитым небесно-чистой краской.

Когда Кристофер познакомился с Милли, он ухаживал за Хэзер Киннард, а Милли уже была замужем за Артуром. Она ему не понравилась, главным образом, как теперь казалось, потому что нарочно затмевала Хэзер. А сама Хэзер обожала свою блестящую невестку и горячо защищала ее от нападок Кристофера. Он считал тогда Милли крикливой, вульгарной и страшной эгоисткой. Он и до сих пор считал ее крикливой, вульгарной и страшной эгоисткой, только теперь все это было ему необходимо как воздух; или, вернее, он видел ее недостатки по-иному, романтика наделила их веселым блеском, милосердие — невинностью. Для Кэтлин, в чьем нравственном арсенале вообще не было места для вульгарности, источником антипатии и даже страха была беспардонная жадность Милли, которой Кэтлин объясняла раннюю смерть Артура. Однажды она сказала про Милли: «Она никого не уважает. Другие люди для нее просто не существуют». А Хэзер нравилось, что Милли такая яркая, шумная. Сама она, натура сравнительно бесцветная, хрупкая, тихая, только ловила отсветы более наполненной жизни своей неуемной невестки. Возможно, не раз говорил себе Кристофер, что и Артур так же относился к Милли. Он с радостью дал заглотнуть себя этому более крупному организму. И тут же возникал вопрос: а что, если он сам вот так же поглотил Хэзер? Что, если и для него «другие люди просто не существуют»? Никто как будто не осуждал его за то, как незаметно Хэзер ушла из жизни. Но, может быть, что-то в нем самом, не столь громкое, не столь откровенно яркое, но не менее эгоистичное и безжалостное, убрало с дороги эту кроткую, слабую душу. Разумеется, все это были чисто абстрактные домыслы. Хэзер умерла от болезни печени, Артур — от рака желудка. Наука признала их смерть нормальной, неотвратимой.

Может быть, в конечном счете Кристофер так заинтересовался Милли именно потому, что смутно почувствовал в ней родственную душу, угадал в ней свой темперамент, ощутил глубинное сходство под поверхностными различиями. Артур скончался года на полтора раньше Хэзер, и в пору этих утрат неприязнь Кристофера к Милли достигла высшей точки — возможно, потому, что ему чудилось соучастие с ней в каком-то преступном сговоре. Но в то же время она уже стала для него предметом размышлений, раздражающим и притягательным. Возможно и то, что Хэзер приучила его видеть в Милли явление очень значительное. Когда ее поминали в разговоре, он вздрагивал и беспокойно прислушивался, при ней он всегда готов был без конца спорить. А потом она как-то попросила у него взаймы денег.

Случилось это лет восемь назад. То был знаменательный момент, Кристофер тогда же это почувствовал. Для него это было первым указанием на то, что финансы Милли не в порядке. Жила она расточительно, и до сих пор еще было широко распространено мнение, что «Милли Киннард — богачка». Обнаружив, что это не соответствует истине, Кристофер удивился, заинтересовался, испытал какое-то пророческое удовольствие. Деньги он дал ей сразу, ни о чем не расспрашивая, радуясь своей редкой деликатности и тому, что иного от него, видимо, и не ждали. Она была благодарна, он — сдержан и полон достоинства; отношения их сразу же изменились. Капитал Кристофера достался ему от отца — преподавателя математики в колледже Св. Троицы, экономиста-любителя и ловкого биржевого спекулянта, каковая ловкость помогла ему приумножить и без того немалое семейное состояние. Сам Кристофер не был ни жаден, ни скуп и не унаследовал отцовской любви к игре в деньги. Однако же деньги он ценил, наличие их придавало ему уверенности, через них он как-то чувствовал себя прочно связанным с жизнью. По ним, как по жилам, текла часть его крови. И, вступив в денежные отношения с Милли, он словно передал ей частичку тепла. Вот эта-то примитивная связь, возможно даже больше, чем ясное сознание, что Милли от него зависит, и послужила началом его влюбленности.

И опять-таки, вспоминая те годы, он понимал, что все это — посторонние соображения. Милли была женщиной великолепной и желанной. Ему уже казалось, что все мужчины должны быть в нее влюблены, а скоро он стал подозревать, что так оно и есть. Она была как наполненный до краев сосуд — здоровая, веселая, щедрая. Известная холодность, присущая Кристоферу, все, что было в нем слишком рассудочного, зябкого, непрочного, отчаянно к ней тянулось, припадало к ней как к источнику тепла и жизни. Он не мог до конца скрыть свой голод, когда наблюдал за ней из-под маски спокойной отчужденности, восхищенный хладнокровной насмешливой манерой, которую она с началом их новых отношений, в свою очередь, надела как маску. Ему вспоминалось, что в прежние дни, когда они вечно ссорились, Милли иногда восклицала: «Но я просто обожаю Кристофера!» Теперь, по мере того как натянутость таяла, растворяясь в нежности и смехе, он понимал, что Милли не только благодарна, что она и вправду близка к обожанию. Это его очень, очень радовало.

Время шло, и дела Милли запутывались все больше. Кристофер опять ссудил ее деньгами. Теперь он стал давать ей и советы, но финансистом он был скорее осторожным, чем изобретательным, и мало чем ей помог. Совета Милли спрашивала у других, не открывая им всей серьезности своего положения, и только увязала все глубже. Кристофер следил за ходом событий со смешанным чувством, и постепенно у него сложилась мысль, пугающая и восхитительная: трудности Милли — шанс для Кристофера.

Жениться на Милли — влюбившись в нее, он сразу отбросил эту возможность. Ему хотелось чувствовать себя счастливым, наслаждаться прелестью ее общества, не просить слишком многого; к тому же было ясно, что ей совершенно ни к чему выходить за него замуж. Она была избалована, он отнюдь не был единственным ее поклонником, и она откровенно наслаждалась своей свободой. Она «обожала» его, но нисколько не была в него влюблена. Под «обожанием» подразумевалось совсем другое. Когда Кристофер приходил к ней, она суетилась, прыгала по комнате, как собака, кричала громче обычного. Но отпускала его без сожалений. Ей был по душе перемежающийся характер их общения. А ему хотелось не расставаться с ней ни днем, ни ночью. Он тянулся к ней со страстью, которую его рассудительный гедонизм должен был постоянно держать в узде.
Ему не улыбалось, в его-то возрасте, проводить

бессонные ночи, терзаясь неутоленным желанием, и он действительно спал по ночам. Но Милли была ему страшно нужна; а он в этом смысле не был ей нужен и знал это.

Деликатность в вопросе денег наложила печать тайны и на другие их отношения. Никто не знал, что они подружились и так часто видятся; и Кристофер, специально для некоторых своих родственников, поддерживал версию, будто находит Милли «докучной». Делал он это отчасти из врожденной скрытности, отчасти все из-за тех же денег, отчасти в угоду Милли. Милли не желала гласности, и он, не обольщаясь, с этим смирился. Женщина, которая пользуется успехом и к тому же добра, естественно, хочет держать каждую свою дружбу в отдельной коробочке. Каждому из поклонников Милли казалось, что он удостоен ее нераздельным вниманием и всей полнотою ее чувств. Кристофер утешался тем, что с ним она больше откровенничает. Он хотя бы знал о существовании других и был более или менее уверен, что, во всяком случае сейчас, эти «отношения» Милли остаются на уровне безобидного флирта, хотя для иных и кончаются разбитым сердцем.

Впрочем, была у Кристофера и еще одна, более серьезная причина для скрытности — Франсис. Франсис не любила Милли — может быть, потому, что, как ни привык отец с самого начала таить от нее свое увлечение, она все же почуяла что-то и ревновала, а может быть, дело было в очень уж явном несходстве характеров. «Не люблю, когда меня обхаживают», — сухо сказала она однажды после каких-то излияний Милли. А Милли, которую присутствие Франсис, строгого критика, всегда выбивало из колеи, и правда несколько раз пылко, но безуспешно пыталась завоевать ее расположение. Кристофер всем сердцем любил дочь, хотя всегда, даже когда она была ребенком, обращался с ней суховато-иронически, как и со всеми. В этом смысле они с Франсис, рано оставшись вдвоем после смерти Хэзер, отлично понимали друг друга и обходились без проявлений взаимной любви, которая связывала их такими спокойными узами, что не всякий о ней и догадывался.

До того как у Кристофера созрела мысль, что он может сделать Милли предложение, враждебность Франсис особенно его не смущала. Это была только лишняя причина скрываться. Но когда на горизонте возникла возможность брака, вопрос, как отнесется к этому Франсис, стал для него источником грызущей тревоги. Антипатия, которую Франсис питала к Милли, уже сама по себе была серьезной помехой, но вдобавок он опасался, что известие о женитьбе отца на «этой женщине» может вызвать у Франсис необычайно бурную реакцию. Кристофер чувствовал, что в известном смысле, в данном случае немаловажном, он не очень-то хорошо знает свою дочь. До сих пор их отношения были как бы слишком четко налажены. Проводя так много времени вдвоем, они давно выработали взрослую привычку объясняться недомолвками, и чувства их, именно потому, что были в полной гармонии, не требовали слов. Но Кристофер угадывал в дочери упорство, еще не нашедшее применения, и несокрушимую силу воли.

Вопрос о женитьбе, некоторое время маячивший на горизонте, сейчас сам собой внезапно выдвинулся на первый план в связи с почти полным разорением Милли. Никто об ее разорении еще не знал. На Верхней Маунт-стрит горничные в белых наколках по-прежнему семенили по комнатам, а под окнами в Ратблейне гунтеры по-прежнему щипали зеленую травку. Шофер по-прежнему начищал медные части «панхарда». Но все это скоро должно было исчезнуть как сон, растаять в воздухе, как дворец Аладдина, если только...

Оказавшись перед этим великим соблазном, Кристофер не стал ему противиться, не дал себе даже труда осознать его как соблазн, до того вдруг уверовал в своих богов. Он спасет Милли, спасет, женившись на ней. Что он, в сущности, собирается купить Милли — это было ему совершенно ясно, но сейчас он не видел в этом ничего дурного. Кто любит — особенно взыскан судьбой, и вот сбывается то, на что он не смел и надеяться: для него проложили дорогу, перед ним распахнули дверь. Он, избранник судьбы, поддержит Милли в ее несчастье. В этом даже можно было усмотреть веление рока, причем, если взглянуть с другой стороны, как-то выходило, что, не женившись на Милли, он просто не в состоянии ее спасти.

Хотя мысль о единственно возможном выходе созревала несколько месяцев, пока Милли катилась к окончательному банкротству, Кристофер только в последний месяц стал выражать свое намерение в недвусмысленных словах. Случалось это, когда Милли в отчаянии восклицала: «Продам этот дом и Ратблейн, сниму комнату!» — а Кристофер говорил: «Глупости. Вы отлично знаете, что не решитесь на это. Вы выйдете за меня замуж, и все будет хорошо». Тогда Милли, громко смеясь, отвечала: «Похоже, что придется!» — и меняла тему разговора. И правда, она не могла на это решиться — что угодно, только не это, — а пока немножко оттягивала время.

Эта фаза их отношений была полна для Кристофера особого, немного печального очарования. Милли за последнее время словно притихла. Не то чтобы она постарела или загрустила, но красота ее подернулась какой-то прозрачной дымкой, видной, может быть, только ему одному. Она меньше озорничала, веселость ее иногда казалась наигранной, вымученной, она часто задумывалась. Кристофер загнал ее в угол, и она это знала. Всю свою иронию и юмор она теперь употребляла на то, чтобы замаскировать позорную утрату былой свободы. Она не казалась озлобленной. В этой утрате могущества было что-то прекрасное и печальное, поднимавшее в нем волны нежности. Это напоминало ту стадию укрощения дикого зверя, когда он вдруг смиряется и мурлычет, как кошка. Он еще пробует делать большие прыжки, но чувствует веревку, которая его тянет и тянет. Потом он бежит рядом, уже спокойнее. Скоро начнет есть из рук. Придется, ничего не поделаешь.

Так оно представлялось Кристоферу почти все время; но бывали тревожные минуты, когда он чувствовал: чем ближе он подбирается к Милли, тем больше вероятия, что она вдруг возьмет и сбежит. Он готов был ждать ее решения очень долго. Он даже находил удовольствие в этом состоянии необъявленного суверенитета. Но финансовый нажим сам задавал им темп, да и Милли словно уже не терпелось решить свою судьбу, хотя от определенных обещаний она все еще уклонялась; и Кристофер, вовсе не собиравшийся ее торопить, теперь уже не мог не настаивать — ситуация того требовала. Нет, в общем, он уже не боялся, что упустит ее. А впрочем, с такой женщиной, как Милли, разве знаешь? На охоте она привыкла выкидывать фортели, равносильные самоубийству; и если смело встретить бедность она, вероятно, не способна, зато вполне способна послать все к черту, вызвать какую-нибудь грандиозную катастрофу, воображая, что немедленно вслед за тем наступит конец света.

— Выпейте вашей любимой смеси, — сказала Милли. — Она у меня здесь, в кувшине.

— Не откажусь. — Кристофер питал особое пристрастие к смеси из двух частей хереса «Пио пепе» и одной части сухого сидра.

Она подала ему стакан, но рукой продолжала касаться его руки, глядя на него сверху вниз. Лиловый шелк задевал его колени.

— Сегодня вы похожи на китаянку, Милли. Наверно, это платье на вас такое.

— Вот и хорошо. С вами мне потребуется вся моя непроницаемость.

Она вдруг рассмеялась и отошла от него.

— Вы знаете, бедняжка Хильда, я все смотрела на нее за чаем. По-моему, она решила, что поймала вас в сети.

Кристофер тоже рассмеялся:

— Нет, не совсем так. Она решила, что мы с ней — два старых корабля, которые жизненные бури загнали в одну и ту же гавань.

— Когда Франсис выходит замуж?

Кристофер неслышно перевел дух. Нервное, переменчивое настроение Милли и пугало его, и пьянило. Как много, как упорно она, должно быть, думала о Франсис. А между тем они почти никогда о ней не упоминали.

— Скоро.

— Как скоро?

— Не знаю. Этот глупый мальчишка все еще ничего не уточнил. Но скоро уточнит. Я его заставлю.

Печальным укором для Кристофера, единственным, пожалуй, в чем он чувствовал себя виноватым, было то, что теперь ему не терпелось поскорее выдать Франсис замуж. Пока она не замужем, ничто другое просто немыслимо. Он боялся этой ее силы воли, свободной, не находящей применения.

— Кристофер...
— Да, родная?
— Как вам кажется, я очень постарела и подурнела?
— Вы отлично знаете, что́ мне кажется.
— Наверно, я старею. Мне нужно, чтобы кто-то говорил мне, что я обольстительно хороша. Раньше мне это было не нужно, хватало зеркала.
— Вы обольстительно хороши, Милли.

Она остановилась у большого зеркала и широким жестом зажгла обе свечи. В мерцающем свете ее отражение глянуло на Кристофера, как только что родившийся дух, и было в этом отражении высокое изящество произведения искусства и еще что-то от вечной печали искусства.

— Это, конечно, неправда, но спасибо хоть за слово. Такое мягкое освещение мне подходит, верно? Все как в тумане. А близко лучше не вглядываться. Старею я. Скоро пора в отставку. Может быть, нам выйти в отставку вместе и поселиться в Грэйстоунсе, в отеле, и о нас будут говорить: «Вон те старики, что всегда прогуливаются по набережной».

— Хорошо бы. Вы ведь знаете, как я хочу...
— Тсс! Кристофер!
— Что?
— Люблю умных людей.
— Ох, Милли, перестаньте вы меня терзать.

Он совсем не думал сбиваться на этот тон, просто все вдруг стало ему невмоготу — этот будуар, ее близость. Прямое шелковое платье колыхалось на ней, точно под ним ничего не было надето. Она стояла рядом, и не касаться ее было мукой.

— Простите меня, — сказала она новым, безутешным голосом и вышла из озаренного свечами круга. Помолчав, она сказала:

— Не хочу продавать Ратблейн.
— Я знаю.
— Хочу остаться леди Киннард из Ратблейна.

Кристофер стиснул в руке стакан. Сейчас Милли скажет то, что у нее уже давно на уме, о чем он догадывался, хотя она никогда этого не говорила.

— Да?
— Да, Кристофер... Разве непременно нужно все, все менять? Вы же знаете, я вам ни в чем не откажу. Уж такая я женщина. Вернее, могла бы быть такой для вас.

— Но я-то не такой мужчина. А кроме того...
— Кроме того?
— Я бы потребовал... ну, скажем, верности в разумных пределах.

Милли залилась смехом, но тут же снова вся сжалась.

— Скромное требование. Ну что ж, я была бы вам верна... в разумных пределах.

— Этого я жду от вас в браке, моя дорогая. Без брака я от вас не требую ничего.

Милли села на пуф, разгладила лиловый шелк на бедрах и туго стянула его рукой под коленями.

— Да, вы умны. Я могла бы сказать, что найду кого-нибудь более покладистого, но, к сожалению, вам известно, что такой уговор для меня приемлем только с очень старым другом, и к тому же с таким, который все понимает.

Оба помолчали.

Кристофер заговорил, волнуясь:

— Милли, я хочу, чтобы вы стали миссис Беллмен. И никакой другой миссис Беллмен я не хочу.

— Это звучит куда хуже, — вздохнула она. — Что ж, видно, вы мое последнее искушение, дьявол, явившийся купить мою душу.

— Так уж и последнее! Но продайте, Милли, родная, продайте!

— Еще подумаю! — сказала Милли, вскакивая на ноги. — А может быть, лучше застрелюсь. Как по-вашему, гожусь я в самоубийцы?

— Нет. Вы слишком нежно себя любите. Мы с вами не из тех, что кончают с собой, моя дорогая.

— Наверно, вы правы. А теперь уходите домой, я жду еще одного гостя.

— Кого? — спросил Кристофер. Он встал, весь дрожа от напряжения и ревности.

— Барни. Он придет получить свою кружку молока, а потом поможет мне разобрать кое-какие бумаги. Он очень предан мне и очень мне полезен.

Кристофер не мог взять в толк, как Милли может поощрять бессмысленное, угодливое поклонение такого человека, как Барнабас Драмм. Уже много лет, как Барни — скорее всего, думал Кристофер, без ведома Кэтлин — занял в хозяйстве Милли должность лакея и шута на побегушках. Как начались эти странные отношения, почему они продолжались — этого Кристофер не знал. Вероятно, думалось ему, Милли просто не способна отвергнуть поклонника, пусть самого нелепого. Ему претила ее неразборчивость, и было немного обидно за Кэтлин, которую он уважал. Придется Милли с этой интрижкой покончить. Ревновать к Барни ему, разумеется, не приходило в голову.

Милли тем временем отошла к двери.

— Для Барни это будет удар, — сказала она задумчиво.

— Не понимаю.

— Если я скажу «да».

— Если вы скажете «да». Милли, дорогая...

— Ладно, ладно. Приходите ко мне завтра. Приходите пораньше, часов в двенадцать. Или нет, лучше я приеду к вам. Ведь по средам Хильда и Франсис всегда уезжают в город? Мне хочется самой приехать в Сэндикоув. Я буду чувствовать, что подвергаюсь опасности! Тогда я вам и дам ответ. А теперь уходите, пожалуйста, я ужасно устала.

Они вышли на темную площадку. Внизу что-то зашевелилось, Милли перегнулась через перила.

— Э, да это Барни явился. Ко мне, ко мне! — Она свистнула резко, как собаке. — Сюда, сюда, ко мне!

Глава 6

Когда Кэтел спросил: «Когда оно начнется?» — Пат Дюмэй еще не знал ответа. Теперь он его знал. Вооруженное восстание должно было начаться в Пасхальное воскресенье, в шесть часов вечера.

Пат уже давно знал, что оно предстоит, что оно будет. Давно знал, что оно неизбежно, впитал это ощущение всеми порами. Он был словно прикован к стальной цепи, которая другим концом уходила в умозрительную таинственную область насильственных действий, и чувствовал, как эта цепь тянет его туда, причиняя почти физическую боль и наслаждение. Но одно дело знать, пусть даже наверняка, что это будет, и совсем другое, когда тебе назначен день и час и отпущен последний, точно определенный, убывающий срок в пять дней. То, что было умозрительно, вступило в пределы времени и теперь распоряжалось оставшимися часами. Известие, которое Пат получил в это утро, утро вторника 18 апреля, и само уже было подобно акту насилия, подобно удару ножом, отдавшемуся во всем его теле мукой и радостью. Ему было страшно. Но такой страх стоил любого ордена за доблесть. Ему было страшно, но он знал, что не струсит. Его не радовало, что другие страдали и гибли на войне, в которой он не мог принять участие, и подвиги их на поле боя не оставляли его равнодушным. Бывали минуты, когда его собственная война представлялась игрушечной, поддельной. Но выбора у него не было.

Пату казалось, что ему с самого рождения предназначено бороться за Ирландию. У родителей его ирландский патриотизм был выражен слабо, и отчасти этим он объяснял их полнейшую заурядность. Представление о себе как о человеке далеко не заурядном зародилось у него давно, вместе с верой в свою ирландскую судьбу, с чувством, что он принадлежит не себе, а некоему замыслу истории. Еще мальчиком он причислял себя к избранным, к уже принесшим присягу. Его первые яркие воспоминания были связаны с англо-бурской войной: по всему Дублину трансваальские флаги, на улицах распевают бурские песни, а толпа перед редакцией «Айриш таймс» криками восторга приветствует поражение англичан. Он видел, как сожгли английский флаг и как в толпу врезались конные солдаты с плюмажами на киверах. Этот испуг, это чувство унижения, чувство принадлежности к порабощенному народу пришли к нему с первых часов сознательной жизни, а с ними и холодная, слепая решимость добиться свободы. Когда Георг V посетил Ирландию по случаю своей коронации и по всему городу висели враждебные плакаты, кричавшие: «Еще не покорилась ты, прекрасная страна», Пат почувствовал, что как ирландец достиг совершеннолетия. Невыносимое оскорбление, нанесенное его народу, вместе с неколебимым сознанием собственной значительности создали в нем такой заряд энергии и злобы, что порой ему казалось — он способен один вступить в бой и победить.

Его патриотизм не был ни экспансивен, ни болтлив, и хотя в нем, бесспорно, присутствовала романтика, но романтика дистиллированная — нечто горькое, темное, беспримесное. «Кэтлин, дочь Хулиэна» — это был для него пустой звук, не интересовала его и тяга Патрика Пирса к прошлому, к мужественному, добродетельному обществу, нравы которого тот мечтал каким-то образом возродить. Он не был членом Гэльской лиги и, хотя пытался изучать ирландский язык, не придавал этому большого значения. Он был добросовестным католиком, но религия, хотя устои ее оставались непоколебленными, не входила в главную страсть его жизни. Он был не из тех, у кого католичество переплавлялось в национализм. Его не трогала «святая Ирландия», которой увлекался его отчим, и не был он в отличие от младшего брата рьяным теоретиком. Его Ирландия была безымянна — отвлеченная Ирландия, которой следовало беззаветно служить, вытравив из себя все, кроме самоутверждения и чувства справедливости. В его драме было всего два действующих лица — Ирландия и он сам.

Когда в 1913 году была создана организация Ирландских Волонтеров, Пат сейчас же вступил в нее. В ту пору он как раз собирался примкнуть к Ирландской Гражданской Армии Джеймса Конноли. На него произвели большое впечатление рабочие беспорядки и крупная забастовка, состоявшаяся немного раньше, в том же году. Мужество и дисциплина тред-юнионов глубоко его взволновали. Снова он увидел, как люди в военных мундирах атакуют безоружную толпу, и чуть не задохнулся от охватившей его ярости. Он водил Кэтела слушать выступления Джима Ларкина, и его понятие справедливости осложнилось кое-какими новыми соображениями. Выходило, что следует иметь в виду не одного, а двух хозяев; и он прислушивался, а братишка его и подавно, к словам тех, кто утверждал, что борьба за свободу — это единая борьба, что иго капитализма и английское иго нужно сбросить в одном бою.

Однако же, когда дошло до дела, он примкнул к Волонтерам. Не называя себя социалистом — он упорно не желал называть себя как бы то ни было, — он не сомневался в том, что капиталистический строй неразумен, деспотичен, несправедлив. Сознание, что он всего лишь подданный, раб, уязвившее его гордость еще в детстве, когда он почувствовал себя ирландцем, подготовило его к тому, чтобы отождествить себя с дублинскими рабочими. Но в то время как освобождение Ирландии представлялось чем-то удивительно простым и чистым, стоило ему подумать об освобождении рабочего класса, как он запутывался в сложнейших выкладках и теориях. Он не был убежден, что обе битвы можно дать одновременно, и, конечно же, первой на очереди стояла Ирландия.

Отчасти его толкнула к Волонтерам и уверенность, что здесь он будет на своем месте. Многих из сторонников Волонтеров с их «Ирландией работодателей» он презирал как белоручек и снобов, но считал, что час кровопролития сразу отделит овец от козлищ. Те, кто проявит готовность стрелять и убивать, — те и будут нужными людьми, а когда пробьет час, они и Гражданская Армия сольются в единое братство. А пока что Пат с уважением наблюдал дисциплину и фанатизм Гражданской Армии и признавал, что дело у них поставлено куда серьезнее; когда же он узнал, что Коннoли за последнее время лично побеседовал с каждым бойцом Гражданской Армии и спросил, согласен ли тот драться, если Армии придется действовать без поддержки Волонтеров, и что все как один ответили да, Пат испытал чувство, очень близкое к зависти. Но именно потому, что Волонтеры являли собой нечто менее сплоченное и целеустремленное, Пат решил, что должен быть с ними. Он рассудил, что их организации недостает стержня и не кто иной, как он, может ее укрепить; еще на его решение повлияла мысль, что у Волонтеров, среди которых меньше энтузиастов, он быстрее получит повышение.

Однако, вступив в организацию, он вскоре сделал два открытия: во-первых, что желаемый стержень уже существует в виде довольно большой тайной группы Ирландского Республиканского Братства, а во-вторых, что ему не суждено молниеносно подняться по лестнице военных чинов. Непонятно почему, на него поглядывали косо. Он сам слышал, как за глаза его называли то «Готспер»*, то «сорвиголова». Это было несправедливо, ведь он знал, что в поступках ему присуще хладнокровие, ледяная четкость, которой он сам удивлялся. Но он утаил свое разочарование от всех, как утаил и многое другое. Когда с началом войны среди Волонтеров наметился раскол и изменники перебрались в английскую армию, Пата произвели в капитаны. Он продолжал считать, что начальники не ценят его по заслугам, и не искал их дружбы. Не поощрял он и личной преданности подчиненных, хотя, когда ему временами казалось, что они на него молятся, это его не огорчало. Он жил замкнуто, каждый день ходил на работу в свою юридическую контору, но в душе считал себя только солдатом.

---

* Прозвище Генри Пёрси (1364—1403), персонажа шекспировской хроники «Генрих IV», известного своим горячим и вспыльчивым нравом.

Была и еще причина, почему Пат не вступил в Гражданскую Армию. Он не мог бы служить под началом у Джеймса Конноли. Он восхищался Конноли, уважал его, и было время, когда он, взяв Кэтела за руку, вливался в шествие, во главе которого великий человек в сопровождении помощника с ящиком из-под апельсинов твердо шагал к какому-нибудь облюбованному перекрестку. Там Конноли взбирался на ящик, и братья слушали его не дыша, только Пату это всегда первому надоедало. Но Конноли был и слишком человек, и слишком теоретик, чтобы Пат мог отдать ему свою нерастраченную преданность; а структура и вся атмосфера Гражданской Армии говорили о том, что пребывание в ее рядах немыслимо без полной, безоговорочной веры в ее вождя. Характер у Пата был яростно независимый, а между тем ему часто казалось, что безупречному начальнику он мог бы подчиниться душою и телом. Он ощущал себя человеком, окруженным по большей части посредственностями и опасным для окружающих. Он охотно уступил бы свою опасную силу воли тому, кого счел бы достойным использовать ее как орудие. Ради человека подлинно великого и беспощадного он готов был на рабство и на страдание. Но такого человека не было. Когда-то он думал, что мог бы вот так служить Роджеру Кейсменту. Но он видел Кейсмента всего два раза, а теперь Кейсмент был в Берлине. Правда, и в Дублине еще оставались люди, которых он уважал, — Томас Мак-Донаг, Джозеф Планкетт. Но по-настоящему ему импонировал только Патрик Пирс.

Пирс не давал Пату покоя — притягивал его, отталкивал, будоражил. Он познакомился с ним в Комитете по увековечению памяти Уолфа Тона, слышал его речь на похоронах О'Донована Россы*. Да, тут была сила чистой души, сила полного самоотречения — единственное, перед чем Пат преклонялся. И в то же время очень многое в Пирсе раздражало его. Каким только глупым, ребяческим бредням не предавался этот человек! Он романтизировал героическое прошлое Ирландии, населяя его не только рыцарями Красной Ветки**, но и духами, феями, колдунами, в которых чуть ли не сам верил. Он безвкусно восторгался Наполеоном и как дурак показывал знакомым клок волос, якобы срезанных с его головы. Романтизировал он и войну, притом так, что Пату это казалось чуждым и недостойным, — болтал про «красное вино сражений, согревающее сердце земли», и прочую чепуху в этом роде. И все же он был похож на великого человека и вызывал в Пате эмоциональный отклик, не вполне понятный и часто казавшийся обременительным.

Что восхищало Пата, так это целомудренность Пирса, его воздержанность, его одиночество. Он не пил, не курил, не посещал веселых сборищ; и не было в его жизни женщин и всего, что с ними связано. В каком-то смысле преградой между ними служило то, что Пат угадывал в Пирсе некоторое сходство с собой. Угадывал он в нем и некую нежность, мягкость, нечто такое, что Пат уже давно обнаружил в себе самом и старался уничтожить как злейшего врага. Пирс не был тем железным человеком, который мог бы превратить его в послушное орудие. Но издали Пат согласен был ви-

---

* О'Донован Джеримая (1831—1914) — деятель ирландского освободительного движения, один из основателей тайной организации «Феникс»; Росса (рыжий) — прозвище, добавленное к фамилии.

** Легендарное воинство уланов (ольстерцев), которому посвящен цикл древних сказаний.

деть в нем вождя, и хотя номинально Пирс не был главой Волонтеров, Пат считал его своим начальником. На более близком расстоянии он, возможно, не принял бы его. Пат ненавидел свою службу в юридической конторе, и однажды знакомые подали ему мысль — попытаться получить место учителя в школе Св. Энды, где Пирс был директором. Заниматься с мальчиками Пат любил, и то, что он слышал об этой школе, ему очень нравилось, но иметь Пирса своим непосредственным начальником — этого он бы не мог. И он был очень рад, что Кэтел не попал в эту школу, — ему бы не хотелось, чтобы Кэтел учился у Пирса.

Женщин Пат не выносил. Они олицетворяли то, что было ему отвратительно в самом себе. Они казались ему путаными, нечистыми, воплощением всех изъянов и неделок человеческой жизни. Он презирал их идиотские, пустые разговоры, а прикосновение их вызывало у него нервную дрожь. Впрочем, он вообще не любил, чтобы к нему прикасались, это напоминало ему то, о чем он предпочитал забывать, — что у него есть тело. Метания, неудобства, вытекающие из его мужской сущности, он либо терпел с озлоблением и горечью, либо разделывался с ними сам, презирая себя за эту подневольность. Из чистой любознательности, а может, с целью убить в себе назойливого демона любопытства он обследовал мир дублинских проституток, трагический и жалкий. Он нашел там в точности то, что искал, и грязную забаву, в которую его посвятили, воспринял как символ того, что уже раньше угадал в окружавшей его более респектабельной жизни. Он избегал общества женатых мужчин и замужних женщин.

В каком-то отношении знакомство с проститутками было пока самым важным событием его жизни. Это было нечто такое, к чему пришлось себя принудить. Самая мысль об этих чудовищах вызывала в нем тошноту; заставить себя искать их общества, мало того, обнимать их омерзительные тела — в этом было и предельное унижение, и победа чистой, абсолютной воли. То и другое так и осталось для Пата почти нераздельным. Он черпал удовлетворение и уверенность в том, чтобы заставлять себя погружаться все глубже, нащупать, так сказать, самое дно жизни и знать, что под ним уже нет ничего.

О высоких сферах духа у него не было сколько-нибудь четкого представления. Идеальное совершенство, о котором он каким-то образом знал, по которому равнял свои твердые, как сталь, абсолютные ценности, свое чувство справедливости, свою любовь к Ирландии, — само это совершенство оставалось в тумане, за пределами опыта. Пат не называл его Богом и не связывал с примитивными требованиями своего католичества. Он даже не давал себе труда усомниться в своей религии, но спокойно брал от нее то, что отвечало его душевному складу. Единственным, пожалуй, что составляло его духовный опыт, было стремление оторвать свою волю от остального своего существа. Мальчиком он мечтал вступить в какой-нибудь из самых аскетически строгих монашеских орденов: это было бы высшей победой воли, воли одинокой и нагой, попирающей дрожащие, ничтожные человеческие желания. Мечты о монастыре Пат уже давно отбросил, и не заглядывал он больше в темные подъезды вблизи дублинского порта, но искал лекарства от отвращения к самому себе, которое так часто на него находило, в систематическом смирении плоти. Когда Волонтеры проводили маневры в горах, он задавал себе почти невыполнимые задачи на физическую выносливость. Он нарочно не соблюдал регулярных часов еды и сна и в самые обыкновенные рабочие дни закалял себя голодом и усталостью. Он бы приветствовал военную дисциплину намного строже той, с какой до сих пор имел дело, он бы с радостью сносил, а также и сам применял телесные наказания. Ему было бы приятно видеть перед собой собственное тело, как прибитое животное, до конца запуганное и подавленное его же волей.

Но физические страдания были только символом того, к чему он стремился. Если бы он мог почувствовать себя поэтом, любым творцом, способным извлечь из грязного месива жизни что-то оформленное и совершенное, это показалось бы ему достойной целью. Но он с горечью сознавал, что такое спасение ему не дано. Он не мог выразить словами, чего ему недоставало; но, уж конечно, это была не любовь. В его жизни был всего один кусочек, или лоскуток, или обрывок обыкновенной человеческой любви, один уголок, в котором он ощущал нужду и где был нужен, и даже это и неспособность с этим совладать приводили его в смятение. Скорее уж его целью была свобода. Он презирал обычное, несовершенное устройство человеческой личности, при котором приказ абсолютного Наставника не выполняется до тех пор, пока нечистая масса живой ткани, грубое «я» не окажется готовым выполнить его без усилий. Приказ Наставника выслушан кое-как, услышан не до конца, и вот грубое «я» медленно, лениво начинает к нему приспосабливаться. Пусть это страдание, но легкое, непрочувствованное, едва осознанное. Пока не достигнут момент, когда послушание дается без усилий, между Наставником и «я» нет прямой связи, да и тогда эти двое связываются эмоционально, снисходительно, в ходе разъяснения принудительного акта, теперь уже почти завершенного. При таком методе грубое «я» может оставаться невредимым и процветать, как бы часто его ни заставляли менять направление. А вот в совершенной жизни, думалось Пату, приказ выполнялся бы мгновенно, и Наставник был бы не другом и утешителем, пусть даже полным укоризны, но скорее палачом, действительно отрывающим от «я» куски живой ткани и причиняющим ему жестокую боль.

Вот такой свободы Пат желал для себя в чистейших, глубочайших тайниках души. А в более обычном его существовании это желание почти без остатка сливалось с решимостью освободить Ирландию и с чувством, что он рожден освободителем. Ирландия, которую он любил, не поддавалась ни олицетворению, ни описанию, то было очищенное отражение его собственной ирландской сути, необходимый магнитный полюс его реакции на рабство, которое он видел вокруг себя, а еще больше в себе самом. За эту Ирландию он и хотел бороться, и борьба могла быть только кровавой. Он соглашался с мнением, что после всего, что было, свобода Ирландии должна быть куплена кровью. Так случилось, что вооруженное восстание, теперь уже неотвратимое и близкое, стало целью всей его жизни.

В это утро, во вторник 18 апреля, Пат находился в подвале дома Милли Киннард на Верхней Маунт-стрит. Подвал этот, освещенный сейчас двумя свечами, был большой, с низким, сводчатым, как в склепе, потолком. Над головой толстые слои паутины, приведенные в движение теплым воздухом, поднимающимся от двух язычков пламени, ритмично колыхались, подобно водорослям в реке, и паутинные пряди подрагивали на матовых белых стенах. Прохладно, приятно, как от ухоженной могилы, пахло плесенью и землей. В дальнем конце, в ряду часовенок с куполами, из-под длинных покровов пыли зелено поблескивали круглые донышки бутылок. В середине, занимая почти весь пол, было аккуратно составлено в козлы множество самого разнообразного оружия.

Пата все еще грызло сомнение, можно ли было посвящать Милли в эту тайну. Милли ему не особенно нравилась. Он знал, что она не трусиха, но считал ее безнадежно легкомысленной. Ему казалось, что политика для нее только игра, что ее увлекает таинственность, привкус опасности. До сих пор она никому ни словом не обмолвилась о содержимом своего подвала, а заодно помалкивала и о своем патриотизме, так что едва ли могла вызвать подозрения. Но все же это звено цепи оставалось непрочным, и в свое время по поводу лояльности Милли было много споров и опасений. Однако два года назад случилось так, что срочно потребовалось найти место, где спрятать большое количество оружия, и Пат решил довериться ей. За это решение он и сейчас считал себя целиком ответственным.

Первый случай довериться Милли совпал для него с первым случаем действительно послужить Волонтерам, когда Эрскин Чилдерс доставил на мыс Хоут транспорт винтовок. Как-то летом в воскресенье Пат в составе отряда из восьмисот невооруженных и ничего не подозревающих Волонтеров отправился в Хоут на пристань. Когда они вышли к причалам и увидели ожидающую их там яхту, у всех мелькнула радостная догадка, и тут же им дали приказ: вперед, беглым шагом. Они разгрузили яхту в десять минут и получили девятьсот с лишним немецких маузеров. Когда винтовки передавали по цепи, каждый был так счастлив, что наконец-то держит в руках настоящее оружие, что первую оставлял себе, а передавал следующую. Шагая обратно в город с винтовкой на плече, Пат чуть не плакал от радости, а некоторые его товарищи и в самом деле не сдержали слез. Теперь они были вооружены. И неприятеля не пришлось долго ждать. В Клонарфе их встретила рота Шотландских Его Величества пограничных стрелков. К счастью, пожалуй, новые маузеры не были заряжены. Хитрость одолела силу: пока начальники обеих сторон вели переговоры, Волонтеры растаяли в окаймлявших дорогу садах. Английские солдаты вернулись в Дублин и позже в тот же день стреляли по толпе недовольных. На мостовой осталось трое убитых, и в следующий раз Пат шагал открыто с винтовкой, неся ее прикладом вверх в медленно движущейся похоронной процессии.

Но это было давно, как в детстве. Тогда все они были неуклюжими новобранцами. Теперь — стали закаленным, хорошо обученным отрядом, настоящими солдатами, не хуже своих противников, даже лучше. Они почувствовали свою силу. В этом году, в день Святого Патрика*, они завладели городом: прямо от обедни прошли строем, в количестве двух тысяч человек, на площадь Колледж-Грин, где Мак-Нейл делал им смотр. Уличное движение остановилось, полиция убралась с дороги, а они шли, дисциплинированные и вооруженные, под музыку своих волынок. Дублин стоял и глядел на них не дыша, очарованно, как девушка. Пат знал, что в тот день они могли бы взять Дублин штурмом.

Впрочем, он не питал иллюзий насчет трудностей и просто даже уродства той борьбы, в которую был втянут. Он в теории завидовал тем, кто в отличие от него мог участвовать в простой, откровенной, официальной войне. В сущности, он, как ни странно, не был человеком действия, однако знал о себе, что храбр, и если и чувствовал себя кем-то, так только солдатом. Он предпочел бы более чистую, более открытую войну —

* Святой Патрикий — патрон католической Ирландии.

как в песнях, которые распевает Кэтел: «Мой конь боевой на Килдэрских полях несется стрелой англичанам на страх...» А теперь и выбор его, и оправдание так и останутся тайной, а если придется убивать, это будет похоже на преступление. Но иного ему не дано.

Нет, он не питал иллюзий насчет трудностей. Бернард Шоу был прав, когда сравнил их борьбу со столкновением детской коляски и грузового фургона. Да и образ мышления высших начальников не вселял в Пата уверенности. Взять хотя бы долгие споры насчет мундиров. Пат всегда был против какой-либо военной формы. Он мечтал о подвижных нерегулярных отрядах-призраках, которые наносили бы удар и исчезали. Он изучил методы буров — у тех армия была больше, а все-таки они предпочли партизанскую тактику. Казалось бы, ясно, что, когда у противника есть тяжелая артиллерия, нет ничего важнее мобильности. Но командование Волонтеров, да и Гражданской Армии мыслило косно, по старинке. Было много разговоров об esprit de corps*, были и другие, совсем уж дикие разговоры о статусе в рамках международного права. Кто-то вообразил, что за зеленые обмотки, шляпы с полями и поясные ремни повстанцев приравняют к военным и по международному кодексу на них распространят соответствующие льготы в бою и при взятии в плен. А Пат не сомневался, что в случае поражения с ними поступят, как с изменниками и убийцами.

Бойцы были закалены, и дисциплина хорошая, но обучение не всегда проводилось разумно. Отличные занятия по личным боям — и наряду с этим много ненужной зубрежки по старым строевым уставам английской армии. И конечно, главной трудностью оставалось оружие. Поговаривали о скором прибытии 50 000 не-

---

* Чувство локтя, чувство единства *(фр.)*.

мецких солдат во главе с Роджером Кейсментом. Пат в это не верил и не хотел видеть этих людей на ирландской земле. Он любил немцев не больше, чем англичан, и готов был повторить горькое замечание того же Кейсмента: «Немцам нужна дешевая ирландская кровь». Немецкое оружие, даже немецкие специалисты — это пожалуйста. Дайте ирландцам оружие, а с работой они управятся сами. Но, хотя упорно ходили слухи о немецких транспортах с оружием, которые вот-вот проскользнут через блокаду, дальше слухов дело не шло, и на эту возможность Пат тоже махнул рукой.

С другой стороны, он не был согласен с Конноли, что нужно «сперва начать, а потом добывать винтовки». Нет, хотя бы минимум оружия нужно было наскрести. Винтовки поступали каждую неделю, из разных источников. Чего не хватало, так это пулеметов, пулеметов, пулеметов. Неунывающий Джеймс Конноли поручил своим механикам изготовить упрощенный пулемет Льюиса, чтобы затем наладить массовое его производство в подвалах Либерти-Холла, но этого просто не сумели сделать. Производились и кое-какие опыты с гранатами, но оказалось, что они таят в себе больше опасности для оружейников, чем для англичан. Пат мысленно обзывал всех подряд болванами и невеждами. Он был убежден, что, будь он механиком, он бы одной силой воли решил все нужные задачи.

В подрагивающем свете двух свечей Пат осматривал свой арсенал. Пестрота в нем царила невообразимая. Кроме маузеров с мыса Хоут, тут были старые охотничьи ружья, немецкие охотничьи винтовки, старое итальянское оружие, английские винтовки, украденные у солдат-отпускников или купленные у них возле кабака за кружку пива. Было порядочно штыков, по большей части тонких, итальянских, но они не всегда подходили к винтовкам, для которых предназначались. Было также немало старых копий времен фениев — оружие, которое очень рекомендовал Имон де Валера*, молодой человек, будивший в Пате дух соревнования. Боеприпасы имелись в большом количестве, но не все достаточно честные. Это обстоятельство сильно тревожило Пата. Вот, например, охотничьи патроны с тяжелым сердечником и тупоносыми свинцовыми пулями для крупной дичи. Раны от них бывают страшные, и Пат склонялся к мысли, что пускать их в дело безнравственно. Но ведь штыки и снаряды тоже причиняют страшные раны, а их никто не считает недозволенным оружием. Пату вспомнились слова матери, что луки и стрелы — это еще ничего. И тут же он с горечью подумал, что, в сущности, всего их оружия только и есть, что луки да стрелы.

Но трудности не исчерпывались нехваткой оружия и ненадежностью солдат. Пата мучила еще одна, самая, пожалуй, больная проблема — руководство. Номинальная структура организации Волонтеров не соответствовала ее фактической структуре. Подлинная власть, а также планы восстания и сотрудничества с Ирландской Гражданской Армией были в руках воинствующей группы, в основном членов Республиканского Братства, которые держали эти планы в тайне от более умеренных номинальных руководителей, таких, как Эоин Мак-Нейл и Булмер Хобсон. За этой воинствующей группой и пойдут солдаты, по крайней мере в Дублине. Но двойное руководство могло привести к путанице; Пат пришел в ужас, когда узнал о содержании речи, произнесенной Хобсоном в прошлую субботу: он сказал, что обязанность Волонтеров — «повлиять на

---

* Де Валера Имон (1882—1975) — один из руководителей Ирландского восстания 1916 года; в дальнейшем глава правительства в 1932—1948, 1951—1954, 1957—1959 гг. и президент Ирландии в 1959—1973 гг.

ход будущей мирной конференции» и что никто не вправе «взять на себя ответственность за пролитую кровь». Это могло означать, что до Хобсона дошел некий слух и что он готов к энергичным действиям, исходя из собственных убеждений. Спору нет, положение не из легких. Будь его воля, Пат приказал бы немедленно арестовать Хобсона, Мак-Нейла и еще нескольких. На этом этапе разрешать им высказываться просто опасно.

Тем временем Пат закончил осмотр и все проверил по списку. Отворив тяжелую дверь, он впустил в подвал странный голубой дневной свет, потом вернулся задуть свечи. Он запер за собой дверь. Хоть бы только не встретиться с Милли. Она часто подстерегала его после таких визитов в подвал, спрятавшись за портьерами или перевесившись через перила. Из предосторожности Пат обзавелся дубликатами ключей от дома на Верхней Маунт-стрит и от Ратблейна — там у него тоже кое-что хранилось. Милли он об этом не сообщил. Не к чему женщинам играть в солдатики, и надо все сделать так, чтобы без Милли можно было обойтись. Она чересчур любопытна, а то, как она чуть ли не сладострастно предвкушает возможное кровопролитие, просто отвратительно. Развратная, легкомысленная женщина, не то проститутка, не то мальчик в трудном возрасте.

Когда Пат добрался до темной прихожей, он услышал чьи-то шаги, что-то мелькнуло, и появилась Милли — со стороны сада, где она, видимо, дожидалась. В полумраке он увидел ее — полное, взволнованное лицо жадно тянется вперед, в больших влажных глазах неуемное любопытство.

— Ну, Пат, что новенького?
— Новенького? Ничего. Обычная проверка.

Милли шагнула мимо него, и жесткий шелк ее юбки, как крыса, пробежал по его ноге. Она прислонилась спиной к входной двери, раскинув руки, тяжело дыша, преграждая ему дорогу.

— Какие-то новости должны же быть!

— Не понимаю, о чем вы. Ничего особенного нет.

— «Ты женщина и, стало быть, молчать умеешь лишь о том, чего не знаешь»*. Так?

— Мне надо идти.

— А мне очень нужно знать, у меня на то есть причина. Что-то случится, да? И скоро случится?

— Ровно ничего не случится.

Милли протяжно вздохнула и уронила руки.

— Ну что ж, этак воевать не трудно.

Пат пропустил укол мимо ушей. Понизив голос, он сказал:

— Не надо об этом говорить. Выпустите меня, пожалуйста.

Что-то вдруг послышалось за полуоткрытой дверью одной из парадных комнат. Комната тонула в полумраке: тяжелые портьеры красного бархата, уже не придержанные шнурами, наполовину скрывали окно. Только в середине сквозь частое кружево проникало немножко желтого света. За окном шел дождь.

Милли испуганно ахнула, потом метнулась к двери и распахнула ее. Пат одним прыжком очутился с ней рядом. В мутной полутьме он увидел, что в глубоком кожаном кресле потягивается и копошится какая-то округлая фигура. Это был его отчим Барнабас Драмм.

В Милли словно бес вселился. Она ринулась в комнату и с силой стукнула ладонью об стол.

— Что ты здесь делаешь, негодяй? Шпионишь за нами? Этого еще не хватало. Встань!

---

* Цитата из исторической хроники Шекспира «Генрих IV» (акт II, сц. 3).

Барнабас поднялся, жалобно пяля глаза на Милли и — через ее плечо — на Пата. Он ссутулился, весь сжался, как потревоженный паук.

— Да я просто уснул. Я не шпионил, Милли, честное слово. Я ничего плохого не делал. Просто уснул, сам не знаю почему.

— Вечно ты рыщешь и подслушиваешь. Знаю я твои гнусные повадки. Пьян, вот и спишь. Так уходи спать куда-нибудь еще. Вон отсюда! — Ее длинная юбка взметнулась от нацеленного на него пинка.

Барни укрылся за кресло, потом юркнул мимо них к двери, словно опасаясь нового нападения. Он бежал, но не на улицу, а в глубь дома, спасаясь, как собака, на кухню.

Пат был в ярости. Он знал, хотя предпочитал не думать об этом, что Барнабас увивается около Милли, а она презрительно его терпит. Но сейчас его возмутило другое: Милли, видимо, и в голову не пришло, что человек, которого она так унижает, — отчим Пата.

В следующую секунду Милли и сама как будто это поняла. Закрыв лицо руками, она сказала:

— Ой, как нехорошо...

— Ну, до свидания. — Пат поспешно отворил парадную дверь и вышел под дождь. Он поднял воротник пальто. Дрянь она, думал он, быстро удаляясь от дома. Дрянь она, дрянь.

Глава 7

«В этот период моей жизни я постепенно стал понимать, что все более отдаляюсь от моей сестры Хильды. Кто знает, может быть, такие вот медленные расставания — это неизбежные репетиции перед последней разлукой. В детстве нас с Хильдой объединяло — на каком-то неопределимом, но достаточно глубоком уровне — общее недовольство родителями. Но по мере того, как под влиянием времени и обстоятельств формировались наши характеры, становилось ясно, что образ жизни родителей нам противен по разным причинам: Хильде — потому что он непрочный, шумный, расчетливо экономный и без светского блеска; мне — потому что он лишен какой бы то ни было духовности.

Вдобавок — я все больше чувствовал с каждым приездом Хильды в Ирландию — обе женщины в моей жизни были ей непонятны, и она не могла верно оценить тончайшие нити моих отношений с ними. Она просто «выпадала из общей картины»! Бессловесная преданность Кэтлин, нежное, властное подшучивание Милли — все это имело для Хильды мало смысла. Да что там, как всегда, поглощенная собой, она почти ничего и не *видела,* а интуиция твердила ей, что две женщины, обе, на ее взгляд, по разным причинам недостойные, соперничают между собой за безраздельное владение ее обожаемым братом».

Барнабас Драмм написал эти слова только сегодня, когда сидел за «работой» в Национальной библиотеке, и теперь они снова и снова пробегали у него в мозгу, как светлый ручеек. А может быть, слова были камешки на дне ручейка, гладкие, пятнистые, которые он все время видел сквозь прозрачную воду. Ему казалось, что слова его звучат спокойно и веско; и когда удавалось написать убедительный кусок, написанное оставалось при нем и весь остальной день согревало его душу. Уже несколько лет, как Барни украдкой работал над своими мемуарами. Растрепанные тетради с записями об ирландских святых он раскрывал все реже, а в последнее время совсем их забросил. Он с головой погрузился в более заманчивые глубины самоанализа.

Началось это после того, как он, прожив положенный срок в монастырском уединении, решил, что должен сделать серьезное усилие и выяснить, почему «все пошло не так». Для этого нужно было безжалостно изучить самого себя. Слишком долго он пребывал в уверенности, что может во всем винить ее, может считать себя человеком, погубленным одной-единственной катастрофой, о которой к тому же через несколько недель все забыли. Но жизнь человека не так-то легко загубить, позднее он это понял и жалел, что не знал *тогда*. В то время он мог бы снова поднять голову. А значит, не только *ее* вина, что он так опустился. Значит, были какие-то исконные причины, почему он сделал себя тем молодым человеком, которым так еще, кажется, недавно был, и другие причины, а может, и те же, почему затем, по видимости вполне преднамеренно, загнал себя в духовную пустыню. Он был глубоко несчастен и чувствовал, что заслуживал лучшей доли. Он не очень надеялся, что, разобравшись, почему «все пошло не так», сумеет что-либо выправить. Мемуары были задуманы в духе чистого самобичевания. Порой он чувствовал себя очень старым и говорил себе, что перед смертью должен хотя бы обозреть ясным и трезвым взором крушение своей жизни. Потом оказалось, что начатая работа действует на него до странности успокоительно.

Когда-то он был способным мальчиком, от него многого ждали. В Кембридже он получил стипендию за успехи в античной литературе и еще студентом изучил древнееврейский язык. Он превосходно стрелял в цель, отличался в гребле. У него были любящие родители, сестра, которая его обожала, много друзей. У него были любящие родители, а между тем Барни, с тех пор как себя помнил, тяготился ими. В чем это выражалось в раннем детстве, он не мог бы сказать. Позже это вылилось в нестерпимое раздражение, которое вызывал в нем шумный, бесшабашно веселый быт родительского дома. Мать, тянувшаяся за модой без достаточных на то средств, слишком много смеялась, вернее, визжала; рассчитанные на шумное веселье вечеринки отца, его шутливые проделки, тщательно обдуманные и вызывавшие всеобщий визг, казались Барни невыносимо вульгарными. Весь этот уклад оскорблял его чувства, хотя, если подумать, никаких особых прегрешений его родители не совершали. Он решил уехать в Ирландию.

Мать Барни, Грэйс Драмм, урожденная Ричардсон, была англо-ирландка, родня Киннардам, и Барни с сестрой получили свою долю ирландских каникул, во время которых Хильду ослепила роскошь Ратблейна. Барни поразило другое. Ему Ирландия запомнилась как темная, медлительная страна, полная достоинства и тайны, ни в чем не похожая на светскую веселую квартирку в Южном Кенсингтоне. Он отдал ей свое сердце, а вскоре, когда фокус немного сместился, почувствовал, что мистическая прелесть Ирландии связана с католической церковью.

Это чувство породило сильный духовный кризис, в ходе которого Барни стало ясно, что ему уготована исключительная судьба. Он должен отречься от мира и стремиться к совершенной святости: всякая менее высокая цель была бы бессмысленной, может быть, гибельной. Он удалился один в населенную тенями святых пустыню Клонмакнойза, постоял возле круглой башни в этой самой священной точке Ирландии. Здесь он пережил то, что впоследствии казалось мистической встречей, — ощутил чье-то присутствие, которое захватило его, увлекло. А увлекло его тогда что-то очень древнее и чистое, христианство, еще совсем простое и неповинное в кровопролитии, чьи смиренные, непритязательные святые обитали в тесных, низеньких кельях. Священная река Шаннон, текущая в желтых камышах среди небольших, похожих на курганы холмов, под его взглядом из свинцово-серой превратилась в небесно-голубую, и Барни решил, что должен стать священником.

К отчаянию всей своей семьи, он поступил в католический колледж Мэйнут и вскоре облачился в сутану. Он жил в непрерывной экзальтации, предаваясь аскетическим восторгам, за что не раз слышал суровые упреки от своих духовных наставников. Он со страстью размышлял о таинстве причащения, постоянно представлял себе, как скоро-скоро будет держать в руках плоть Христову и насыщать изголодавшуюся коленопреклоненную паству, заполнившую пространство до края земли. По ночам ему снилась потирная чаша, из которой изливалась кровь Господня, дабы смыть грехи всего мира. Он держал эту чашу в руках, с несказанной радостью оборачивался, чтобы произнести: «Ite, missa est»*. Но он так и не был рукоположен. Он внезапно влюбился в Милли.

Позднее ему казалось, что Милли просто принудила его к любви. Она тогда недавно овдовела и упивалась новообретенной свободой. До тех пор ей не было дела до его существования. В редких случаях, когда они встречались, она его не замечала, и Барни так же мало замечал ее. Но, увидев его в сутане, Милли неожиданно, безрассудно пожелала сделать из него свою собственность. Она никогда не обманывала его, по крайней мере на словах. Этот попик в черных одеждах понадобился ей просто как раб, как комнатная собачка, которую

---
* Идите, служба окончена *(лат.)*.

можно ласкать и гладить. Ей хотелось зажечь кощунственную страсть в этом бледном, долгополом полумужчине. Она вечно повторяла, что ни капельки не влюблена в него. Ей нужно только, чтобы он был влюблен в нее. Для Барни эта откровенная порочность оказалась неотразимой.

В Кембридже у него были кое-какие романтические истории, и он считал, что с грехами молодости покончено. То, что он пережил с Милли, было совсем иное. Он был разбит вдребезги, развеян по ветру, и притом он не мог не верить, что она его любит. Все ее поведение в этом убеждало. Его тело, казавшееся чистым сосудом, храмом, подметенным, пустым и ожидающим водворения неземного гостя, теперь заявляло о себе горячо и требовательно — назойливый зверь из неспокойной плоти. Точно из жил его выкачали всю кровь и влили новую. Он до ужаса четко ощущал свою телесность, и, когда нестерпимо прекрасная, нестерпимо желанная Милли умильно глядела ему в глаза и медленно приближала к его губам свои теплые губы, он чувствовал, что воистину Бог принял человеческий образ. Милли, разумеется, ограничивала свои милости самыми невинными ласками, чем довела его до состояния, близкого к безумию. Конец наступил, когда во время вечеринки в Мэйнуте Барни был застигнут с Милли на коленях. Вскоре затем он покинул колледж.

В каком порядке события сменялись после этого, Барни уже не помнил отчетливо: то ли он раскаялся и отказался от Милли, то ли Милли бросила его и он раскаялся. Нередко ему удавалось находить себе оправдания — ведь удар, каким явилось исключение из колледжа, с ужасающей ясностью показал ему, чего он лишился. Влюбившись, он не признался себе, что это конец его высокого призвания. Совесть укоряла его часто и болезненно, но каким-то образом ему все еще казалось, что он не отступил от прежнего решения. Когда же весь мир божественной благодати у него отняли и он оказался один в пустоте, без всякой поддержки, если не считать насущного хлеба церкви и простенького механизма покаяния, он был до такой степени сломлен, что уже почти не чувствовал себя человеком. Тут уж и Милли не могла бы ему помочь, даже если бы она сразу не устранилась. А Милли, увидев Барни отлученным от колледжа, без сутаны, тут же потеряла всякий интерес к этому жалкому, растерянному молодому человеку, который бегал по Дублину в поисках работы; и после одного свидания, когда она сперва обратила их отношения в шутку, а потом чуть не обвинила его в том, что он все это выдумал, просто перестала с ним встречаться. Может быть, ей было стыдно. Но подтверждалось такое предположение только тем, что она сохранила эту историю в тайне и никогда никому о ней не рассказывала. Мэйнутские наставники умели молчать, и самого Барни ничто не побуждало к болтливости, поэтому никто так и не узнал, какую роль Милли сыграла в его жизни. Считалось, что его отказ от посвящения в сан связан с «какой-то женщиной»; дальше этого не шли даже слухи.

А Кэтлин знала. По чистой случайности, которую Барни впоследствии счел решающей в своей жизни, Кэтлин, невзначай заглянув к Милли, застала ее в объятиях Барни. Если бы не это, часто думалось Барни, он едва ли впоследствии доверился бы Кэтлин. Во всяком случае, пережитый тогда испуг, внезапное появление Кэтлин в роли свидетеля и позже сознание, что она, одна из немногих, *знает*, — все это в его глазах ставило Кэтлин в особое положение. Ее удивленными, осуждающими глазами он увидел себя, без пяти минут священника, страстно обнимающего смазливую вдовушку сомнительной репутации. Она узнала — это было скверно, но это их сблизило. Лишившись всего, и Милли, и желанного будущего, он должен был к кому-то прилепиться, и он прилепился к Кэтлин.

Но почему он так быстро отчаялся? — думал он. Почему не принял на себя всю силу удара, не почувствовал, что долго, может быть годами, должен оставаться сломленным и униженным? Нужно было уехать из Дублина и попроситься на самую черную работу при каком-нибудь захолустном монастыре. Таким, как он, есть куда деваться. Ибо катастрофа не разбила его веры. Не разбила, но, очевидно, думал он позднее, оставила на ней трещину, иначе он так не поспешил бы перестроить все свои планы. Нужно было не махнуть рукой на духовный сан, а считать, что это бесценное сокровище, которое уже почти далось ему в руки, просто отдалилось от него, может быть, на недосягаемое расстояние, однако осталось тем единственным, к чему стоит стремиться. Нужно было каяться, неустанно, неистово, быть готовым распластаться в пыли. Нужно было кусок за куском вырвать из себя прежнюю душу, все, что делало его слабым и лживым. А он вместо этого, потеряв всякую надежду, повернувшись спиной ко всему, что произошло, сразу стал искать утешения.

Кэтлин, сама не так давно оставшаяся вдовой, была старше его на несколько лет, и сперва он пришел к ней как к матери или к старшей сестре. Он ей поведал все — не только про Милли, но и про всю свою жизнь, детство, родителей. Он пошел к ней еще и еще; и Кэтлин слушала его кротко и разумно, отчего казалась удивительно хорошей женщиной, первой хорошей женщиной, какую ему довелось встретить. Она его не упрекала, но и не оправдывала, и он был ей благодарен за готовность судить его. Потом в этом бегстве от дурной женщины к хорошей забрезжил какой-то смысл. С отрадным облегчением, так непохожим на недавнее безумство, он полюбил ее. И она, казалось, тоже его полюбила — за все, что он пережил, за то, что была ему нужна. Неожиданно в ней воплотилась возможность праведной жизни, которую он до этого искал не там, где надо. Теперь он виделся себе в мечтах как муж-католик, отец-католик, опора чистой, бодрой, крепкой католической семьи, хозяин дома, где найдет приют каждый, кто отягчен виной и горем. Он видел путь, ведущий прямо назад, к невинности. Он сделал Кэтлин предложение, и она согласилась.

Почему же все пошло не так? Ему казалось, что он угомонился. Он нашел себе скромную должность на государственной службе и начал писать работу по ранней истории ирландской церкви. Опубликовал статью под названием «Некоторые друидические истоки христианских таинств», на которую журнал «Меч и дух» дал неблагоприятный, но пространный отзыв. Заинтересовался борьбой между ирландской и римско-католической церковью, предшествовавшей собору в Уитби. Усмотрел важные аналогии между ирландской церковью и православием. Он решил доказать, что Ирландия и христианский Восток говорили на чистом языке Евангелия, сохраняя мистическую свободу и дух любви, который римско-католическая церковь, этот слишком теоретический, слишком четко организованный механизм, постепенно утратила. Он опубликовал брошюру, озаглавленную «От Афона до Атлона», и вступил в переписку с несколькими весьма искушенными в спорах французскими иезуитами, которые шутливо предостерегали его от опасности ереси. Он подробно изучил происхождение монашества в Ирландии, всей душой привязался к святой Бригитте, этой щедрой, кроткой святой-чудотворице, и совершил паломничество по ее следам. Он задумал книгу «Значение Бригитты», которая должна была стать первым томом большого труда. Казалось, жизнь идет как надо. А между тем все это время его брак с Кэтлин оставался фикцией.

Кэтлин, понятно, никогда не упрекала его, никогда даже не упоминала о его поразительном фиаско. Но понятно и то, что через некоторое время она стала от него отдаляться. Ему казалось, что она отдаляется медленно, шаг за шагом, устремив на него взгляд, ожидая знака, который он не мог ей подать. Если б только он мог, как в прежние дни, просить у нее помилования! Но этого он не мог. Теперь ему нужно было защищаться от нее, возводить укрепления. Он стал ее побаиваться. Раз за разом он строил, а потом, конечно, отбрасывал гипотезу, что она вышла за него в пику Милли. Более уверенно он строил гипотезу, что полюбила она в нем не всего целиком сложного, запутавшегося человека, а только его грехопадение. Много позже он выразил это в своих мемуарах так: «Милли полюбила меня за кощунство, Кэтлин — за покаяние».

Он жалел о том, чего лишился, жалел о своей поспешности. Со странной болью, своего рода раскаянием навыворот он думал, что слишком сурово судил себя в ту пору, когда согрешил с Милли. Он тогда преувеличивал свою вину. Что он сделал плохого? Не вовремя полюбил, только и всего. Теперь уж ему казалось, что гораздо более тяжкой виной была женитьба на Кэтлин. Он сделался угрюм, бросил службу в Акцизном управлении и пробовал сосредоточиться на своей работе об ирландской церкви. Проводил много времени вне дома, якобы в библиотеке, а на самом деле все чаще посиживал в пивной — один или со случайными знакомыми. А потом однажды на Сэквил-стрит он встретил Милли.

Она рассмеялась. Она смеялась и смеялась, а Барни смотрел на нее и болезненно ежился. Потом она взяла его под руку и заявила, что он должен немедленно идти к ней выпить рюмку хереса. Он пошел и с этой минуты распростерся у ее ног. Очень большая любовь — как условный рефлекс у животных. Она существует на уровне, не подвластном времени. Барни попросту вернулся к исходной точке. Нескольких ласковых слов, прикосновения руки оказалось достаточно, чтобы вновь утвердить его рабство. Он не стал винить Милли за прошлое, только просил ее дрожащим голосом больше никогда, никогда не прогонять его. Она и сама растрогалась и обещала, что никогда его не прогонит, что он может приходить к ней, когда захочет. Увлекшись, она вроде бы даже сказала, что любит его. Может быть, с годами она научилась ценить абсолютную преданность. И когда Барни, немного придя в себя, стал объяснять ей, что он, конечно, не имел в виду, что хочет уйти от Кэтлин, она опять рассмеялась и смеялась и тормошила его, пока он и сам не рассмеялся. В тот день Барни был очень счастлив.

Потом наступили менее счастливые времена. Он стал частым гостем на Верхней Маунт-стрит. Кэтлин он об этих визитах не докладывал и вообще утаил от нее, что встретился с Милли. Он заметил, что и Милли, как всякая женщина, у которой много поклонников, инстинктивно скрывает их отношения. При других он был просто «родственником»; впрочем, важные приятели Милли все равно не обратили бы внимания на столь бесцветную фигуру. Зато Барни следил за Милли, следил внимательнее, чем она думала, и с облегчением пришел к выводу, что любовника у нее нет. Он почувствовал себя в своей новой жизни немножко увереннее. Кристофер Беллмен, более или менее осведомленный о его существовании и дружбе с Милли, был светский человек, не сплетник. Очень удивило Барни, как-то особенно огорчило его то, что он дважды застал в ее доме Пата Дюмэя. Но патологическая сдержанность Пата была ему известна. Из этого источника Кэтлин ничего не узнает.

И Кэтлин не знала; но тайная жизнь с Милли обирала, обескровливала домашнюю жизнь Барни, и Кэтлин не могла не чувствовать, что еще что-то у нее отнято, что их общий мир становится все беднее. И Кэтлин, так казалось Барни, может быть, бессознательно решила по-своему наказать его. С тех пор как возобновилось его служение Милли, Барни начал пренебрегать своими религиозными обязанностями. Он не принимал никаких решений, не намечал себе линии поведения; он просто обнаружил, что под тем или иным предлогом стал реже ходить в церковь. Исповеди он избегал, а если и исповедовался, так словно во сне. Кэтлин тем временем явно становилась более набожной. Она теперь ходила в церковь каждый день и, как нарочно, выискивала всевозможных людей, нуждающихся в помощи. Много времени проводила в беднейших кварталах Дублина, не щадя себя занималась благотворительностью и участвовала в создании лиги для поддержки бывших заключенных. Особенно хорошей хозяйкой она никогда не была, а теперь совсем запустила свой дом. Ей было некогда, она помогала попавшим в беду. И о наружности своей она перестала заботиться, одевалась кое-как, ходила растрепанная, постаревшая. Занятия ее нередко продолжались далеко за полночь, она всегда выглядела усталой. Словно она взяла на себя пастырские обязанности, некогда предназначавшиеся ее мужу. Не он, а она теперь была священнослужителем.

Барни чувствовал, что эти излишества направлены против него. Она нарочно разрушала остатки своей красоты и обаяния, и, когда он видел, как она плетется по Блессингтон-стрит, ссутулившись от усталости и забот, метя тротуар поношенной старомодной юбкой, задевая переполненной хозяйственной сумкой за прутья решеток, его охватывало и раздражение и жалость, но жалость улетучивалась первой. Ведь так она проявляла свою беспощадность. Его ответом было дальнейшее отчуждение, все больше пьянства, все больше Милли. Все больше питейного заведения «Маунтджой» и все меньше церкви Святого Иосифа. Но он еще был способен судить себя; не все еще было потеряно. Он еще сохранил ясную голову и мог измерить пройденный путь. Однако раскаяние его выливалось только в редкие оргии сожалений. Если бы он не женился, то мог бы еще отыскать дорогу назад, в лоно духовенства. Вот тогда он действительно постарался бы исправиться, тогда имело бы смысл требовать от себя совершенства. Ну а разве сейчас это не имеет смысла? Как-то в минуту преходящего смирения он удалился в монастырь, чтобы пожить там в одиночестве и подумать. Возвратившись, начал писать свои мемуары. И отпускал шутки, рассказывая Милли о монастыре.

Одновременно, изощряясь в самоистязании, он растравлял в себе боль второй своей утраты. Если бы только он не был женат, его вполне удовлетворило бы положение шута при Милли. Он уже готов был усмотреть в себе сходство с отцом. Ему так нравилось смешить ее! Пусть бы он был ее ослом и она бы его погоняла.

Только неотвязная мысль о Кэтлин и отравляла эту его радость. Он стал подолгу размышлять о себе. Книга об ирландской церкви уже казалась ему чувствительной набожной чепухой; вернее, фактическая ее часть словно высохла и не представляла больше интереса, а часть умозрительная обернулась сплошной сентиментальщиной. Вся затея расползалась по швам. И скоро Барни поставил на ней крест и углубился в свои мемуары.

Если он и отлынивал от церкви — за что жена укоряла его только собственным возросшим благочестием, — это отнюдь не означало ослабления уз между ним и его религией. Напротив, Барни казалось, что эти узы стали крепче и причиняют более сильную боль. Он столько мечтал о духовном сане, что перечеркнуть это было уже невозможно. В душе и в мыслях он был рукоположен, и другой профессии у него не было. Он был по призванию несостоявшийся священник. Но как оправдать это призвание? Барни часто спрашивал себя: не мыслимо ли еще и теперь какое-нибудь чудо духовного возрождения? Он так долго, все эти годы, преувеличивал свою вину, слишком рано отчаялся; вот если бы он повернул вспять тогда-то или тогда-то... Ведь то, что случилось потом, было хуже, а тогда еще можно было надеяться. И снова и снова приходила мысль: а что, если и сейчас еще можно надеяться? Жизнь его была как Сивиллины книги: все меньше оставалось такого, что можно за ту же цену спасти. И он, словно стоя в отдалении, проделывал ежегодный церковный цикл — паломничество Христа от рождения до смерти. Вот сейчас Он как раз приближается к Голгофе. Въезжает на осле в Иерусалим, чтобы там умереть.

«Множество же народа постилали свои одежды по дороге; а другие резали ветви с дерев и постилали по дороге. Народ же, предшествовавший и сопровождавший, восклицал: осанна Сыну Давидову! благословен грядущий во имя Господне! осанна в вышних*. И когда вошел Он в Иерусалим, весь город пришел в движение и говорил: кто Сей?» И в самом деле, кто? Барни чувствовал, что, если бы он мог хоть на минуту действительно уверовать в искупление любовью, его грехи были бы мгновенно, автоматически искуплены. Он мечтал, что его, принявшего кару, возвратят в стадо, как заблудшую овцу; тогда самая кара растворится в любви и, преображенная, предстанет как образ страдания, вызванного в чистой душе существованием зла. Но сколько он ни восклицал Kyrie eleison**, вера, которая могла бы исцелить его, от него ускользала. Самоуничижение стало для него, пожалуй, даже приятным упражнением эмоций; но в преступной его жизни не произошло не то чтобы коренных преобразований, но даже самых мелких, временных перемен. Он крепко захвачен зубьями машины. Да что там, он сам стал машиной.

На глазах у Барни навернулись слезы. Он только что выпивал с дружками под вывеской «Большое дерево» на Дорсет-стрит. В последнее время он стал замечать, что почти не бывает по-настоящему трезвым. Какие-то периоды выпадали из памяти, он не всегда мог провести грань между своей фантазией и действительностью, между тем, что он собирался сделать, и тем, что сделал. Он с болью вспомнил утреннюю сцену, когда Милли так изругала его в присутствии пасынка. Это, к сожалению, не было сном. Его ударили, прогнали с позором. При мысли о том, что Пат это видел, он испытывал физическую боль. Барни любил своих пасынков, хотя немного и робел перед ними. Он знал, что уважать его им не за что; но так обидно было, что из-за этого его любовь к ним пропадает впустую. Один только раз, еще давно, он

---

* Евангелие от Матфея. 21:8 — 10.
** Господи, помилуй *(греч.).*

попытался приблизиться к Пату, вступив с этой целью в Волонтеры, и пережил минуту чистой радости, когда Пат сделал открытие, что Барни — отличный стрелок. Руководило им тогда и смутное желание нанести удар по социальной несправедливости. Сколько раз он воображал себя священником в трущобах, защищающим бедняков от богачей. Теперь он захотел отвлечься от собственных страданий, обратившись к страданиям человечества. Однако оказалось, что человечество — это что-то слишком уж расплывчатое, а Волонтеры, как и все остальное, — не то, что ему нужно.

С болью вспоминая об утреннем унижении, Барни спускался от кингстаунского трамвая, мимо Народного парка над таинственной железнодорожной выемкой к морю. Слава Богу, что нет дождя, думал он, а то куда бы им с Франсис деваться? Каждый вторник, во второй половине дня, Барни встречался с Франсис и они гуляли по молу, а потом пили чай в кондитерской О'Халлорана. Барни с удовольствием предвкушал эти часы: то были часы невинности. С Франсис у Барни были чудесные отношения, только с ней у него и остались отношения ничем не замутненные, не запятнанные. Франсис, одна только Франсис *просто* любила его. Он знал ее с детства, а с ее переезда в Сэндикоув узнал хорошо. Он понимал, что для Франсис имеет притягательную силу его репутация грешника. Интриговала ее также его религия; и для нее он почему-то мог выставлять напоказ всю свою сложную, трагическую биографию, хотя подробностей она, конечно, не знала. Она догадывалась, что в чем-то он потерпел крушение, и жалела его, а отчасти застенчиво снисходила к нему, как чистая молодая девушка — к падшему мужчине. О его отношениях с Милли она ничего не знала, хотя и до нее дошел слух, что из Мэйнута его исключили из-за «какой-то женщины». Ей ужасно хотелось побольше узнать о его прошлом, и она часто пыталась что-нибудь выспросить. Барни забавы ради намекал на свою связь с одной известной проституткой. В подтверждение этой версии он дал Франсис понять, что в свое время обследовал все публичные дома Дублина. Выдумка эта, в которой для Барни заключалась некая символическая правда, слегка волновала и его, и девушку.

Барни, как и всем, давно было известно, что Франсис предназначена в жены его племяннику Эндрю. Прежде это его радовало, поскольку теснее включало Франсис в семейный круг. Но теперь, когда свадьба была так близка, чувства его изменились. Он догадывался, что Эндрю хочет увезти Франсис в Англию. Сам он не мог туда уехать. Ему было необходимо видаться с Милли, а еще более необходимо — следить за ней в перерывах между свиданиями. С отъездом Франсис он оставался во власти кошмара. Франсис была для него источником света. С удивлением он обнаружил в своем отношении к этому браку и самую обыкновенную ревность. Племянника он любил, но просто не хотел, чтобы Франсис ему досталась. Мысль была глупейшая, и Барни спешил переключиться на душеспасительные картины: милый старый дядюшка Барнабас, совсем одряхлевший и очень благоразумный, подкидывает на коленях детишек. Иногда это помогало. Но все же он теперь очень огорчался из-за Франсис.

День был ветреный. Ветер гнал круглые черно-золотые облачка по желтоватому небу над Кингстауном и дальше, к морю, к мягкой, туманной, почти неподвижной гряде облаков, которая всегда висела на горизонте, как далекая горная цепь. А на море, наверно, волнение.

Барни уже видел его впереди — холодное, чешуйчато-зеленое, с белыми гребешками. Спуск кончился, и он вступил в мрачные заросли, именуемые Садом Старичков. Здесь черные тропинки петляли среди ольховых кустов, густо покрывавших склоны холма до самого моря: невеселое место, в детстве казавшееся ему таинственным лабиринтом. Чуть ниже волны с ревом взбегали на узкую полосу скользких зеленых камней и пенились вдоль полуразрушенного волнореза — такими юный Барни представлял себе руины Древнего Рима. Дальше, подобная странной береговой линии, тянулась длинная скалистая рука мола, а не доходя его, пустые и величественные — на детский взгляд, точь-в-точь египетские храмы, — высились два каменных навеса, под которыми Барни провел на каникулах немало счастливых часов, глядя, как дождь без конца изливается в море.

Барни прошел мимо навесов, прежде чем подняться на мол, где он должен был встретиться с Франсис. Стены навесов, из пятнистого бетона, напоминающего естественный камень, были, как всегда, разукрашены листовками, которые королевская ирландская полиция еще не успела содрать: «Закон об охране королевства — как бы не так!», «Последний бросок Англии — головой в канаву», «Воюйте не за католическую Бельгию, а за католическую Ирландию!» Пройдя мимо листовок, Барни поднялся наверх, откуда через проход в толстой стене мола можно было попасть на ту его сторону, что была обращена к порту. Здесь он оглянулся: солнце как раз осветило разноцветные фасады домов, сбегавших к морю, а за ними — два соперничающих кингстаунских шпиля, католический и протестантский, вечно меняющих свое положение по отношению друг к другу, если только не смотреть на них со сторожевой башни в Сэндикоуве, когда один из них загораживал другой.

Самый мол, на который Барни теперь ступил, сложенный из огромных глыб желтого гранита, всегда казался ему сооружением древним и божественным, вроде ступенчатого вавилонского зиккурата, чем-то, построенным не человеком, а «руками великанов для королей-богов». Длинные руки мола, каждая с крепостью-маяком на конце, охватывали широкое пространство стоящих на якоре судов и суденышек. С внутренней стороны поверхность мола шла уступами, и на нем были расставлены разные причудливые каменные постройки — башни, обелиски, огромные кубы с дверями, — отчего он еще больше напоминал языческий памятник. А дальше расстилалась полосатая синева Дублинской бухты, слева виднелись предместья Дублина — лиловатое пятно в неверном свете, низкая темная линия Клонтарфа и горбатый мыс Хоут. Барни с беспокойством отметил, что на Хоуте, кажется, идет дождь. Впрочем, на Хоуте всегда идет дождь.

А вот и она, милая девушка, машет ему снизу рукой, спешит навстречу.

— Ну как вы, Барни, ничего?

— Ничего, пока держусь. Не молодею, понимаешь ли, не молодею, но пока держусь.

Франсис всегда задавала этот вопрос, и Барни всегда отвечал в таком духе. Ничто, пожалуй, не было более похоже на проявление любви, о которой так тосковало его сердце, чем это ее тревожное: «Как вы, ничего?»

На Франсис была накидка с капюшоном и клетчатая, в складку юбка, завивавшаяся вокруг лодыжек. На ходу она крепко прихватывала юбку, забрав несколько складок в кулак. Они молча пошли вдоль мола, снова поднявшись на его верхний уступ, где мощные каменные плиты отливали на неярком солнце холодным золотом. Здесь они не всегда разговаривали. Часто это было невозможно — мешал ветер.

— Что ты сказала, Франсис?

— Я просто сказала: вон идет пароход.

— И верно.

— Как ясно видны на солнце все цвета, а он ведь еще так далеко. Это который?

— «Гиберния». — Многолетний опыт научил Барни различать почти одинаковые пароходы, по каким признакам —.он и сам не мог бы сказать. Он добавил: — Запаздывает. Должно быть, была тревога из-за подводных лодок.

— Как им, наверно, страшно.

— Кому, пассажирам?

— Нет, немцам, тем, что в подводных лодках. Наверно, там просто ужасно.

Барни никогда не приходило в голову пожалеть немцев в подводных лодках. Но Франсис, конечно, права — там должно быть ужасно. Потом он обратился мыслями к себе. Нарочно растравляя свою рану, сказал:

— Вот и ты скоро уедешь на этом пароходе.

— Что?

— Я говорю, скоро и ты уедешь на этом пароходе.

— Почему?

— Эндрю тебя увезет. Ну, после свадьбы.

Франсис промолчала.

— Когда ты выходишь замуж? — спросил Барни. Он долго откладывал этот вопрос, он не хотел знать, он слишком этого страшился.

— Не могу сказать, Барни, Эндрю еще ничего не уточнил, а до тех пор...

— Скоро уточнит. Придется, пока он еще... Счастливец он. — Везет же людям, подумал Барни. Почему его, когда он был молод, не ждала, раскрыв объятия, милая, прелестная девушка?

Франсис взяла Барни под руку, и они решительно зашагали вперед, против ветра.

— Но ведь я все равно, наверно, не уехала бы из Ирландии.

— Уехала бы. Ты же знаешь, Эндрю ненавидит Ирландию.

Она стиснула его руку, не то утешая его, не то возражая, и некоторое время они шли молча. Дойдя до одного из «храмов» — каменного куба на постаменте, увенчанного шестом с тремя железными плошками, стремительно гнавшимися друг за другом, — они остановились, чтобы отдохнуть от ветра, до жара исхлеставшего их лица, и прислонились к высокой стене мола. Солнце скрылось, и ближние облака были теперь сине-серые. Шпили Кингстауна почернели, словно их обмакнули в раствор темноты, но на сбегающие к морю дома падал таинственный свет, и окна горели бликами. Горы на заднем плане были почти черные, только в одном месте, очень далеко, солнце освещало ржаво-зеленый склон. Барни попробовал разжечь трубку.

— Вы еще состоите в Волонтерах, Барни?

— Скорей всего. Я не заявлял о выходе. Но последнее время я что-то от них отошел.

Франсис молчала, глядя в сторону Кингстауна. Шпиль церкви Моряков скинул черный плащ и мягко серебрился.

Вдруг она заговорила:

— Не понимаю, как все это не взлетит на воздух.

— Что именно?

— Ну, не знаю... общество, вообще все. Почему бедняки нас терпят? Почему люди идут сражаться в этой дурацкой, отвратительной войне? Почему они не скажут нет, нет, нет?

— Я с тобой согласен, Франсис. Просто диву даешься, с чем только люди не мирятся.

Но они чувствуют свое бессилие. Что они могут? Что можем мы все?

— Люди не должны чувствовать свое бессилие. Что-то надо делать. Я сегодня видела на Стивенс-Грин — я утром ездила в город... ох, как это было печально — мать, совсем молодая, наверно, не старше меня, одета... да какая там одежда, одни лохмотья, и с ней четверо детей, все маленькие, босые, она просила милостыню, а дети наряжены, как обезьянки, и пытаются плясать, а сами все время плачут...

— Наверно, голодные.

— Это безобразие, это свинство, общество, которое допускает такие вещи, нужно взорвать, камня на камне от него не оставить.

— Но, Франсис, милая, ты, должно быть, сто раз видела таких нищих. В Дублине их полно.

— Да, знаю, в том-то и ужас. Привыкаешь. Просто я последнее время больше об этом думаю. Так не должно быть. И мне непонятно, почему они не нападают на нас, не накидываются на нас, как звери, а только тянут руку за подаянием.

Барни согласился, что так быть не должно. Но что можно сделать? Нищенка-мать, голодные дети, солдаты в окопах, немцы в своих лодках, под водой. Безумный, трагический мир. Вот если бы он был священником...

— Барни, как вы думаете, в Ирландии будут беспорядки?

— Ты имеешь в виду вооруженные столкновения?

— Да, из-за гомруля, и вообще...

— Нет, конечно. Гомруль нам обеспечен после войны.

— Значит, не из-за чего и сражаться?

— Разумеется.

133

— А папа говорит, что у них все равно нет оружия. Они *не могут* сражаться.

— Ну да, не могут.

— Барни, а чем гомруль поможет той женщине с детьми?

Барни с минуту подумал.

— Решительно ничем.

— Этих людей он вообще не коснется?

— Ну как же, их тогда будет эксплуатировать не Джон Смит, а Патрик Фланаган, разве этого мало?

— Значит, за гомруль и не стоит сражаться.

— Постой, — сказал Барни, — национальная борьба тоже чего-нибудь да стоит. — Все это представлялось ему не особенно четко. — Когда Ирландия освободится от Англии, легче будет навести порядок в своем доме.

— Не понимаю почему. Некоторые люди говорят, что нужно восстание против всего вместе — и против англичан, и против ирландских работодателей. Это Джеймс Конноли говорит, да?

— Да, но это пустые мечты, Франсис. Это им не под силу. А если попробуют, получится бог знает что. Эти люди не способны управлять страной.

— А те, которые допускают, чтобы женщина просила милостыню, а ее дети голодали, — те способны?

— Я тебя понял. Но закон и порядок тоже нужны. Рабочим лучше держаться за тред-юнионов, вот их путь к лучшей жизни.

— Но правительство и работодатели не хотят разрешать тред-юнионы.

— Разрешат, ничего другого им не останется. А ты стала разбираться в политике, Франсис. Чего доброго, скоро наденешь военную форму.

— Мне бы надо носить военную форму. Беда в том, что я не знаю, какую! — Она говорила с горечью, ударяя ладонью по сырому камню у себя за спиной. Клетчатую юбку раздуло ветром, прибило к стене. Она добавила: — Сама не знаю, что говорю. Не учили меня как следует. Сплошная каша в голове. Может, женщины и правда ничего не смыслят в политике. Проливать кровь за что бы то ни было — это не может быть хорошо. По-моему, эта ужасная война с Германией — просто преступление. Что творится в окопах... и эта шрапнель... Как-нибудь это наверняка можно прекратить. Просто все солдаты должны побросать оружие.

— Ну-ну, не хочешь же ты, чтобы Эндрю отказался служить в армии!

— Если бы Эндрю отказался служить в армии, я бы ему ноги целовала.

Барни, немного удивленный, оглянулся на нее, но она резко от него отодвинулась.

— Пойдем на ту сторону, поглядим на скалы.

Это тоже было у них в обычае. С внутренней стороны мола шли ровные уступы и храмы. С наружной, там, где о него билось открытое море, громоздились горы огромных острых камней. Барни и Франсис прошли туда через один из просветов в верхней стене и глянули вниз.

Пинки и ласки моря не подействовали ни на форму этих камней, ни даже на их цвет. Они остались желтыми и бессмысленно зазубренными, нагромождение многогранников. Там и тут какая-нибудь исполинская глыба, опершись на две соседние глыбы, покачивалась взад-вперед под ударами волн. В других местах скалы лежали теснее, словно сдвинутые вместе чьим-то полусознательным усилием. Но почти всюду они были точно насыпаны как попало, без мысли и умысла. А между ними зияли провалы и ямы, кривые щели и трещины, в которых ревело море, то и дело взметаясь вверх, вскипая на равнодушных гранитных гранях. Барни всегда боялся этих скал, даже когда мальчишкой привычно перескакивал с одной на другую. Его пугали глубокие трещины, по которым можно соскользнуть в какую-нибудь страшную подводную пещеру. А еще больше пугала невероятная тяжесть этих скал, их потрясающая твердость, бесчувственность. Они как тот огромный, тяжкий, безмозглый мир, что выкатился из лона Господня. Они самое бессмысленное из всего, что он знал в жизни, бессмысленное, как смерть.

Он поглядел на Франсис. Казалось, она тоже все это чувствовала, когда, тревожно наморщив брови, смотрела вниз на огромные волны, которые быстро, одна за другой ударялись о скалы, чтобы тут же разбиться в клочья яростной пены. Разговаривать здесь было невозможно. Брызги, подхваченные ветром, летели в лицо, как дождь. Франсис поежилась и повернула назад, к просвету в стене. Через ее плечо Барни увидел, что пароход входит в гавань.

Ступив на мол, он убедился, что и в самом деле пошел дождь. Небо над головой стало туманно-серым, из-за Дублина неслись густые черные тучи. И вода в гавани почернела.

— Пойдем отсюда, — сказала Франсис. — Холодище какой! — В голосе ее слышались слезы. Подхватив юбку, она быстро пошла вперед. Он шел следом, не пытаясь ее догнать. «Гиберния» бросила якорь. Она вполсилы зажгла огни и до странности четко выделялась на потемневшем фоне. Люди сходили на берег, сотни людей текли по сходням и растекались во все стороны по дождливой Ирландии.

Глава 8

> В атаку, друзья, не жалейте сил,
> Pardonnez-moi je vous en prie*,
> Пока хватает в пере чернил,
> Деньги нам не нужны!

— Перестань петь эту песню, Кэтел.
— Почему?
— Она мне не нравится.
— Почему не нравится?
— Не люблю такие песни.
— Почему ты не любишь такие песни?
— Хочешь получить по уху?
— Прелестное у тебя сегодня настроение. Ладно, буду петь не такую песню.

> За то Уолф Тон и лорд Эдвард погибли в цвете лет,
> Чтобы над алым вознесен был наш зеленый цвет**.

— Если уж поешь эту песню, надо петь ее всерьез.
— А я и пою всерьез. Как это можно петь всерьез или не всерьез? Поешь, и все тут. А Уолфа Тона я люблю, ты это отлично знаешь, и я не стал бы...
— У тебя голова полна скверных стихов. «В цвете лет» — пошлятина. И размер не выдержан. Как будто обязательно погибать «в цвете лет». Скверные стихи — это ложь.
— Пусть будут хоть какие-нибудь, а хороших стихов про лорда Эдварда и Уолфа Тона нам пока еще не

---

* Простите меня, прошу вас *(фр.)*.
** Алый — цвет английской нации; зеленый — цвет Ирландии.

сочинили. Жалко, что меня не назвали в его честь. Уолф Тон Дюмэй.

> Я сидел, над могилой Уолф Тона склонен,
> И думал, как горестно умер он —
> В цепях, за отчизну скорбя, одинок...

Это я про себя говорю.

— Что говоришь?

— Что сидел над его могилой. Когда мы были в Боденстауне. Когда вы все пошли на митинг, я сел и стал думать о нем. Не над самой могилой, но близко.

— Молод ты сидеть над чужими могилами.

— Я умру молодым, значит, на самом деле я старше. Мой возраст надо считать по-другому, как для кошек и собак.

— Ты просто надоедливый мальчишка и доживешь до ста лет, станешь надоедливым старикашкой и будешь трясти седой бородой и декламировать скверные стихи.

Был вечер вторника, и Пат принимал ванну. Ритуал этот возник давно, еще когда братья прожили часть лета в хижине в Коннемара и Пат приучил младшего греть воду в железных котлах на плите, выливать ее в большую цинковую ванну и стоять наготове с горячими полотенцами, пока он смывает с себя грязь окрестных болот и жестокую стужу морского купания. Хоть Кэтел и жаловался, что его «обратили в рабство», он очень дорожил своим участием в этой церемонии, которая поддерживалась и в более цивилизованной обстановке на Блессингтон-стрит, как некая мистерия, уцелевшая в измененном виде, может быть, потому, что удовлетворяла какую-то полуосознанную, полузабытую духовную потребность.

Итак, Кэтел всегда присутствовал при омовениях Пата, только его роль служки свелась теперь к вручению полотенец. Так повелось, что эти минуты стали временем общения между братьями или по крайней мере временем, когда Пат был более обычного доступен, так что можно было незаметно попросить у него совета или дерзко сознаться в проступке. Несколько раз Пат, чувствуя, что он немного смешон в роли мокрого оракула, пытался покончить с этим обычаем, но Кэтел не пожелал отказаться от своих прав, как малый ребенок прибегая к доводу, что «так было всегда».

И вот, пока Пат тихо плескался или думал о своем, Кэтел сидел напротив него на деревянной крышке уборной, поверх одежды Пата. Уборная помещалась в сводчатой нише, деликатно замаскированная под длинный ларь красного дерева, с крышкой на петлях. Стена позади нее была оклеена обоями с узорами из плюща и синих розочек, на которых голова Кэтела, всегда прислоненная в том же месте, оставила расплывчатое коричневое пятно. В ленивой позе, подогнув одну ногу под себя, другое колено подтянув к подбородку, Кэтел любовался длинными коричневыми брюками из ирландского твида, к которым только недавно был допущен. Он застенчиво поглаживал их и время от времени наклонялся вперед, чтобы одобрительно их понюхать. В брюках он казался выше ростом — очень тоненький мальчик, прямой и гладкий, как фигурка из слоновой кости, с близко посаженными глазами и очень темными волосами, прямыми и сильно отросшими. Длинноносая голова с хохолком напоминала птичью, и птичьим было его свойство переходить от стремительного движения к полной неподвижности. Сейчас он сидел неподвижно и смотрел на Пата.

В такие минуты Пат чувствовал, что похож на брата, хотя обычно сходства между ними не находили. Лицо Пата (которое он брил дважды в день) было шире, резче, и глаза холодного синего цвета, а у Кэтела — карие. Кэтел чаще смеялся. Но в покое рот его был жестче, чем у Пата. И все же порой, когда Кэтел смотрел на него, Пату мерещилось, что перед ним зеркало: непроницаемое выражение, что-то сдержанно-неистовое — как в глазах, мелькнувших из-под шлема, — казалось отражением решительности, исходившей от него самого.

Пат снова пустил горячую воду. В последнее время его стало смущать, что Кэтел видит его голым. Ни перед кем другим он, конечно, и не подумал бы раздеться. Но между братьями это до сих пор разумелось само собой. Что же изменилось? Может, дело просто в том, что Кэтел взрослеет? Пату это возмужание причиняло острую, очень отчетливую боль, как прикосновение ножа или пламени. Он сам не понимал, почему ему больно и хочется уйти, спрятаться. Может, он поэтому и стал ощущать свое тело, крепкое и гибкое, но также и белое, белое, как беззащитное подвальное растение? Или эта белизна казалась ему стыдной и жалкой потому, что, касаясь своих рук и ног в теплой, скользкой воде, он совсем по-новому ощущал себя подвластным разрушению и смертным? С тех пор как он узнал про воскресенье, тело его каждой своей клеткой кричало о том, как оно драгоценно.

Помолчав, Кэтел вернулся к теме, которую они обсуждали почти беспрерывно, с тех пор как пришли вечерние газеты.

— Значит, ты думаешь, что это фальшивка?
— Да, конечно.

В газетах был опубликован чрезвычайно тревожный документ, «только что попавший кое-кому в руки», — план одновременного налета на Гражданскую Армию и на Волонтеров, якобы разработанный английскими военными властями. Всех вооруженных «националистов» предполагалось разоружить, все «нелояльные» помещения подлежали захвату. Перечень их включал Либерти-Холл, штаб Волонтеров на Доусон-стрит, а также целый ряд других учреждений и частных домов. Многое, слишком, пожалуй, многое указывало на то, что документ подлинный. Дублин бурно возмутился. И английские власти тут же напечатали опровержение.

— *Они* тоже так говорят, но что же им и остается? А ты почему думаешь, что это подлог?

— Там сказано насчет дома архиепископа в Друмкондра. Не такие англичане дураки, чтобы тревожить архиепископа. Всем известно, что он против насильственных действий. Англичанам он полезен. Да если они его пальцем тронут, Дублин просто взбесится от ярости.

Пат, которого опубликованный документ поначалу очень испугал, быстро составил себе теорию относительно его происхождения. Он решил, что это хитроумная стряпня романтика и дипломата Джозефа Планкетта, и, поняв его назначение, отдал должное изобретательности своего товарища. Патриотический гнев, сдобренный страхом, — как раз тот стимул, который необходим Дублину накануне великого испытания. И все же оставалась вероятность, что документ подлинный и что опубликование его заставит власти поторопиться с выполнением своего плана, чтобы не дать намеченным жертвам времени принять ответные меры.

— Англичане и есть дураки, — сказал Кэтел. — Ладно, пусть только попробуют, тогда увидят. Хорошенький прием устроят генералу Фрэнду, если он сунется в Либерти-Холл.

Этого Пат и опасался. Будь англичане чуть поумнее и чуть порешительнее, они уже давно

141

попытались бы разоружить своих исконных врагов, а встретив сопротивление, пустили бы в ход пулеметы. Такой «инцидент» вполне мог быть оправдан, на него посмотрели бы сквозь пальцы в разгар войны, при астрономических потерях на фронте. А всему движению это разом положило бы конец. Пата очень занимало, обсуждался ли подобный ход в верхах. К счастью, можно было рассчитывать на то, что англичане, явно не блиставшие умом, не проявят и беспощадности. Против беспощадного врага не было бы ни малейших шансов.

— Ты знаешь, что было в Либерти-Холле в воскресенье? — спросил Кэтел, развивая собственную мысль.

— Не знаю и знать не хочу.

— Конноли сказал: «Пусть все, кто не хочет сражаться, выйдут из рядов». Он сказал, что пусть лучше уйдут сейчас, чем позднее, когда они будут нужны. И что он никого не упрекнет. Никто не двинулся с места.

— Ну еще бы. Вся эта театральщина ударила Конноли в голову. Он вообразил себя лучшим актером Ирландии. Все время на сцене. Еще вовсе не сказано, что все эти люди и в самом деле будут сражаться.

— Сражаться? Конечно, будут. Когда придет время, кто струсит — так это Волонтеры. И вообще Волонтеры по-свински ведут себя с Гражданской Армией. Все время мешают ей снимать помещения и...

— Чему ты удивляешься? Вот тебе и классовая борьба. А в Либерти-Холл тебе незачем бегать, не в первый раз говорю.

— Ну а я там был в воскресенье, и там была очень хорошая лекция об уличных боях.

— Кэтел...

— И я видел снимки гражданской войны на Кубе. Надо же набираться сведений. А ты знаешь, что нужно научиться стрелять левой рукой? Мне Том Кларк говорил...

— И в лавке у Тома Кларка я тебе не велел околачиваться.

— Ты только подумай, Том Кларк пятнадцать лет провел в тюрьме. Дольше, чем я живу на свете. Если бы я пятнадцать лет провел в тюрьме, я бы всех ненавидел. А он, по-моему, никого не ненавидит, даже англичан.

— Да, он замечательный человек.

— Тогда почему я не должен к нему ходить?

— Мал ты еще, Кэтел. Придет и твой черед. А это не для тебя.

— Так, значит, что-то будет? — Кэтел сразу насторожился. Он был по-прежнему неподвижен, но весь натянут как струна.

Пат выругал себя за неосторожную фразу. Сейчас что ни скажи Кэтелу — все опасно.

— Ничего не будет. Я просто не хочу, чтобы ты трепал языком с какими-то старыми фениями, когда у тебя экзамены на носу.

— Экзамены! Конноли говорит, что все революции губит отсутствие наступательного духа.

— А с чем ты нам прикажешь наступать, когда у нас всего оружия — разбитые бутылки и допотопные дробовики, перевязанные веревочками?

— Будь я Конноли, я бы повел ИГА в бой, а тогда и Волонтерам пришлось бы выступить.

— Но ты, к счастью, не Конноли, так что, может быть, мы еще поживем спокойно.

— Все равно скоро придут немцы.

— Разве? Ты, я вижу, неплохо осведомлен.

— Да. Немцев я не очень-то люблю, но использовать их можно.

— Скажи пожалуйста, как мы рассуждаем!

— Да, и тогда мы проведем в жизнь план Роберта Эммета*. Захватим Дублинский замок**, пока немцы будут высаживаться в Керри и вооружать весь запад и юг, а потом они пойдут в наступление, и прибудет ирландская бригада Роджера Кейсмента...

— Скажи — сразу три бригады...

— А немцы одновременно перейдут в наступление по всему фронту во Франции и будут обстреливать английский берег и устраивать налеты цеппелинов на Лондон.

— Все ради освобождения Ирландии.

— А в Ирландское море пошлют уйму подводных лодок, тогда англичане в Ирландии будут отрезаны, некем будет пополнять армию, и англичанам станет нечего есть, и они сдадутся.

— Пока что английский военный флот не очень-то пропускает подводные лодки в Ирландское море. Пароход приходит каждый день, без пропусков, разве нет?

— Но вокруг Ирландии уже есть секретные базы подводных лодок и беспроволочный телеграф...

— А кроме того, даже если бы удалось отрезать англичан в Ирландии, они же вооружены до зубов. Про их полевые орудия ты забыл?

— Ирландские полки не станут сражаться против своего же народа. Дублинский стрелковый...

— Сражаться они станут. Не против «своего же народа», а против горстки террористов. А чуть первого из них убьют, так будут сражаться с азартом.

---

* Эммет Роберт (1778—1803) — деятель ирландского национально-освободительного движения; в 1803 г. пытался поднять вооруженное восстание против англичан, потерпел поражение и был казнен.

** Основной административный центр Ирландии; резиденция лорда-лейтенанта, назначавшегося английским правительством.

— И еще Конноли говорит, что капиталистическое государство не станет применять артиллерию против капиталистической собственности.

— Глупейший аргумент. В 1871 году французы в лучшем виде применили артиллерию против парижских рабочих. Плохо твой герой знает историю.

— Ну а потом американцы...

— Американцы! Единственная умная вещь, которую сказал твой герой, — это что змеи, которых Святой Патрик выгнал из Ирландии, переплыли Атлантический океан и стали ирландскими американцами.

— Да будет тебе известно, что американцы намерены заключить договор с Германией из-за подводных лодок и объявить Англии войну из-за блокады.

— А почему не наоборот? Никогда американцы не будут воевать с Англией. В жизни не поверю.

— А что, по-твоему, они очень любят Британскую империю? Удар по Британской империи в Ирландии имеет в сто раз большее политическое значение, чем такой же удар, нанесенный в Азии или в Африке. Ребенок может вонзить булавку в сердце великана.

— Это кто сказал, как будто я не знаю.

— А вот и не он. Это сказал Ленин, он русский, пари держу, что ты о нем и не слышал.

— А вот и слышал.

— На нас устремлены глаза всего мира.

— Бедные ирландцы, им всегда так кажется.

— Когда наступает очередь какой-нибудь страны, пусть даже маленькой, восстать против своих тиранов, она представляет угнетенные народы всего мира.

— Я думал, что тираны, которых твои друзья ненавидят больше, чем англичан, — это Уильям Мартин Мэрфи и прочие дублинские работодатели.

— Ты слышал, что Мэрфи уговорил всех работодателей уволить всех годных к службе рабочих, чтобы заставить их идти в армию?

— Будь я твоим учителем, я бы вколотил в тебя немножко здравого смысла. Никогда работодатели на это не пойдут. Это их ударило бы по карману.

— Ну и нечего тебе издеваться...

— Я не издеваюсь.

— Нет, издеваешься.

— Нет, не издеваюсь.

— Ирландский рабочий живет и питается хуже всех рабочих на Британских островах, а это что-нибудь да значит. И сказала это правительственная комиссия, а не Джеймс Конноли. Ты когда-нибудь был у Джинни, видел, как она живет? Ты знаешь, что во всем Дублине они живут по шесть человек в комнате? Ты знаешь, как они мерзнут зимой? Ты знаешь, что они едят? Знаешь, что с ними бывает, когда они заболевают?

— Все это я знаю, Кэтел. Не ори.

— Так вот, дай только начать, мы их всех двинем. Сразу двинем и англичан, будь они прокляты, и Уильяма Мартина Мэрфи. А закон о гомруле пусть идет псу под хвост.

— Сколько раз я тебе говорил — не ругайся.

— Английских рабочих мы будем приветствовать как братьев. И рабочие по всей Европе потребуют прекращения войны. На волне рабочего движения мы подымемся, как Тумаи на слоне. «Кала Наг, Кала Наг, возьми меня с собой...»*

— Удивляюсь, как ты можешь цитировать этого империалиста!

---

* Речь идет о рассказе Р. Киплинга «Тумаи, погонщик слонов» из «Книги Джунглей»; Кала Наг — кличка слона.

Кэтел примолк. Как будто нарочно гася в себе возбуждение, он подтянул кверху второе колено и, сморщив нос, стал принюхиваться к своим брюкам. Потом растер лодыжки и медленно спустил ноги на пол, низко наклонясь вперед, так что тяжелые прямые волосы упали ему на лоб. Пряча лицо, он спросил:

— Так ты думаешь, что сражаться нам... невозможно?

Пат растерянно уставился на склоненную голову, потом не спеша ответил:

— Да, невозможно.

Невозможно. Все его доводы, казалось бы, это доказывали. Но в воскресенье они предпримут невозможное.

— Передай полотенце, Кэтел.

Мальчик вскочил с места и тут же рассмеялся:

— Ты что это кутаешься, как девчонка? Патрик Пирс говорит, что герои Красной Ветки ходили в бой голые. Он говорит, что боязнь наготы — это современные английские выдумки...

— Пирс болтает почти столько же чепухи, как твой приятель в Либерти-Холле. Пододвинь-ка мне коврик.

Кэтел молча смотрел, как Пат вытирается. Потом произнес едва слышно:

— Когда ты пойдешь, я тоже пойду с тобой...

Пат не ответил. Его неистовая любовь к младшему брату до сих пор выражалась в тиранстве, которое многих вводило в заблуждение. Он любил Кэтела, и только Кэтела, всеми силами этой предательской точки, которую он называл своим сердцем, и всегда сознавал, а теперь сознавал просто с ужасом, что Кэтел — его уязвимое место, его ахиллесова пята. Пусть ему удастся стать железным человеком, но в этом он всегда будет наг и беззащитен. Когда настанет воскресенье, как ему быть с Кэтелом?

Глава 9

В среду, часов в пять утра, Кристофер Беллмен, так толком и не поспав, встал с постели. Сегодня Милли обещала дать ему ответ. После их последнего свидания он мысленно вел непрерывный диалог, очень длинный и сложный. Больше он ничего не помнил, хотя, очевидно, разговаривал за это время с Франсис, Эндрю и Хильдой и хотя бы для вида садился за книги. Он и правда долго сидел у себя в кабинете, глядя в окно и прислушиваясь к собственным мыслям, которые неумолчно звучали у него в ушах голосами то ученых схоластов, то рыночных торговок.

Смущали его главным образом два обстоятельства. Во-первых, и это было основное, он боялся, что Милли скажет «нет». Считать, будто он «загнал ее в угол», можно было, только исходя из предпосылки, что она поступит разумно, а такая предпосылка вполне могла оказаться неверной. Конечно, ей не хочется продавать Ратблейн и дом на Верхней Маунт-стрит и селиться в дешевой квартире. Но достаточно ли Милли разумна, чтобы все время помнить об этой перспективе? Не предпочтет ли она плыть по течению, уповая на чудо? Вероятно, даже наверняка и очень скоро, это приведет ее к гибели, к распаду ее империи; и тут в последнюю минуту она может снова обратиться к нему. Но если дело зайдет слишком далеко и особенно если ее положение станет достоянием гласности, захочет ли она к нему обратиться? В решительный момент с нее станется предпочесть катастрофу, убедить себя, что поздно и не стоит уже платить такую цену за продление роскошной жизни. Он сумеет договориться с властной, сумасбродной, привыкшей к комфорту Милли только в том случае, если у нее хватит разума понять, каким способом она может сохранить свои преимущества. Но Милли способна упиться и крушением. Разоблаченная, доведенная до отчаяния Милли — это будет уже совсем другой человек; возможно, она найдет в себе силы предпочесть свободу. Его дело не допустить, чтобы этот человек появился на свет.

А еще Кристофера смущала мысль, что он поступает дурно. Конечно, это приходило ему в голову и раньше, но в другой форме. Раньше в его упорстве была доля рисовки. Ему казалось, что после стольких лет, прожитых в рамках приличий, такой эгоистический поступок будет не лишен изящества. Раз в жизни — и ради какой цели! — он пойдет вперед не оглядываясь. Милли — богатая добыча, и он завладеет ею, невзирая на демона нравственности. Он видел свой грех как нечто касающееся исключительно его самого, как смелое и, безусловно, эффектное опрокидывание моральных барьеров, уважать которые его до сих пор заставляла не столько добродетель, сколько робость. Теперь он стал больше думать о Милли.

Правда, если уговаривать ее слишком настойчиво, она может затаить нехорошее чувство и потом отравить ему всю жизнь, так что для осторожности у него были и своекорыстные мотивы. Но этого Кристофер почему-то не опасался. Он хорошо знал Милли, знал ее несокрушимую жизнерадостность. Она не спасует в беде. Но если замужество для нее беда, зачем навязываться? Может быть, просто выручить ее из финансовых затруднений — это не так уж трудно — и не ждать награды? Горе в том, что награда и так была проблематичной. Он выразился очень точно, сказав, что от Милли-жены может ждать самое большее верности в разумных пределах. Не то чтобы он предвидел измены, хотя и это не исключалось, но он знал, что Милли не сможет устоять перед соблазном новых побед или сдержать свои летучие симпатии и что требовать этого от нее, если она станет миссис Беллмен, было бы глупо. Пока Милли не замужем, от нее, сколько она ему ни обязана, нельзя ждать почти ничего. Очень скоро она попросту забудет, как все было.

И все же подобно тому как постепенно расшифровывается надпись на незнакомом языке, так ему становилось все яснее, что его долг — снабдить Милли деньгами, легко и великодушно отказавшись от затеи, которая только и могла возникнуть в столь грубо материальном контексте, а иначе представлялась бы для него абсолютно неосуществимой, а для Милли — абсолютно неинтересной. Когда рассуждения его достигали этой точки, вопрос сразу же облекался в новую форму: намерен ли он выполнить свой долг? К эффектному поступку он был готов, ну а к незаметной жертве? Но тут его влечение к Милли, сам ее сияющий образ, внезапно открывшийся ему подобно чудотворной иконе, заставлял его умолкнуть, благодарно смириться перед неизбежным. Он просто не может устоять. А потом снова слышался шепот противоположных доводов, и все начиналось сызнова. И в среду утром он все еще колебался, склоняясь к малодушной мысли — подождать, что скажет Милли и как ее слова подействуют на его настроение. Проявляя непростительную слабость и полностью это сознавая, он препоручил решение нравственного вопроса себе же, но завтрашнему.

Мысли эти одолевали Кристофера бо́льшую часть ночи, в промежутках между бурями кошмаров, от которых в памяти осталось только какое-то темное пятно. Чувствуя, что не может больше лежать неподвижно в рассветных сумерках, он, весь разбитый, вылез из постели и тут же судорожно поджал пальцы ног, не желавших ступать на холодный пол. Сон еще гудел и роился где-то рядом. Опустив голову, Кристофер заметил, до чего худые у него ноги. Сидя на краю постели, он разглядывал свои костлявые колени и лодыжки и узкие белые голени, поросшие редкими длинными черными волосами. Как застывшая замазка — вытянутая в длину, но без сколько-нибудь четкой формы и цвета. Пришло неприятное ощущение, что и весь он такой же негибкий, старый, дряблый. Без одежды он будет похож на деревянную куклу — палка палкой, нечто столь примитивное, что о связи с человеческим телом тут можно только догадываться. Он ничего не может требовать от Милли. Но в эту минуту его ужаснула даже не мысль о Милли, а застарелый страх смерти, не посещавший его уже много лет.

Он встал и накапал себе валерьянки. Потом с рюмкой в руке подошел к окну. Сад стоял очень тихий, едва различимый в синеватых сумерках. Он показался Кристоферу незнакомым — отражение в старом потускневшем зеркале, странно изменившийся зеркальный сад. Никогда при дневном свете деревья и кусты не выглядели такими величаво спокойными, что-то знающими, застывшими, как в трансе. Кристофер передернулся и тут же понял, что к чему-то прислушивается — может быть, к падению капель росы с острых кончиков пальмовых листьев. Но синий воздух молчал, мутный, пустой, без единого звука, даже моря не слышно. Он уже хотел отступить от окна в привычный уют своей спальни, как вдруг уловил в туманном пространстве сада что-то необычное. Там стоял — или померещился ему — какой-то человек. Он стал напряженно вглядываться. Колдовство обрело новый облик, смутная угроза синих сумерек сосредоточилась в этом неподвижном пришельце, еще более тихом и таинственном, чем замершие в ожидании деревья. Кристофер с усилием перевел дух, а потом фокус опять сместился, и он понял, на кого смотрит. Это была его дочь Франсис.

Франсис стала медленно пересекать лужайку. На ней был длинный светлый халат, он тащился за ней, оставляя темный след на росе. Она дошла до качелей. Под каштаном ее почти не было видно. Бледный халат промелькнул за листвой, на минуту она как будто оперлась коленом о доску качелей. Потом встала, подняла голову, глядя на дерево. Дотянулась до одной из нижних ветвей и качнула ее, словно желая убедиться, что не она одна способна двигаться. Во всех ее движениях была пугающая законченность и поглощенность, как всегда у людей, думающих, что их никто не видит. Медленно повернувшись, она побрела по траве, временами останавливаясь, чтобы подумать о чем-то или прислушаться. Она двигалась тяжело, совсем не обычной своей походкой, словно зеркальный мир, в который она вступила, придавил ее, обсыпал какой-то вязкой серебристой пылью; да, вся фигура ее теперь чуть мерцала, как металл, может быть, потому, что стало светлее. А когда она останавливалась, то стояла, как изваяние, видная менее отчетливо, словно впитанная утренней тишиной, не нарушаемой даже птицами.

Кристофер ощутил глубокое смятение. Было что-то исступленное в этой тихой фигуре с тяжелой, обреченной поступью. Ему не хотелось бы сейчас увидеть ее лицо. Казалось, она нарочно себя запугивает, может быть, старается заглушить один страх другим. Но чем же мог напугать ее сад? Затаенный страх самой Франсис — вот что он увидел в сумеречном саду, вот что было разлито в синих проблесках рассвета. Ужаснувшись при мысли, что она может его увидеть, Кристофер быстро отошел в глубь комнаты. Той, что бродила по саду, человек, глядящий из окна, непременно показался бы демоном. Весь дрожа, он опустился на кровать. Почему он так уверен, что она охвачена страхом? И чего она боится?

— Ой, какая прелесть, починили старые качели!
— Да, это Эндрю.
Ярко светило солнце, пели птицы. Утром прошел дождь, и теперь солнце освещало сверкающий мокрый сад, на вид и на запах отдающий светлой соленой зеленью.
— Ну что, сделал наш мальчик предложение руки и сердца?
— Нет еще.
Кристофер шел по саду следом за Милли. Его тревожило, что она здесь, тревожило, что она непременно захотела приехать к нему домой, хотя он знал, что Хильда и Франсис в Дублине и вернутся не скоро. Он бы охотно удержал ее в комнатах, но она сразу прошла через прихожую в сад.
— Эндрю и Хильда переехали?
— Вчера уже ночевали в «Клерсвиле», по-походному. Мебель из Англии прибывает завтра.
— Надо будет съездить посмотреть. Как вы находите новое жилище Хильды?
— Мне не нравится, что сад разбит по склону, а дом ничего. Милли...
— Ваш садовник что-то плохо подрезал розы. Посмотрите, какие побеги длинные.
— Знаю. У него мысли в последнее время заняты другим. Милли...
— Как рано завязались бутоны. Но они, наверно, не распустятся еще целый месяц.
— Больше. Милли...

— Ужасно смешно, каждый год просто *забываешь*, как все бывает весной. Я никогда не помню, в каком порядке распускаются цветы, а вы?

— Завидую, вас ждет еще столько сюрпризов. Милли, дорогая...

— Неужели Замок правда разгонит всех этих шинфейнеров и отберет у них ружья? Это было вчера в вечерних газетах, вы читали?

— Нет, конечно, нет. Этот приказ — явный подлог. Я звонил брату Мак-Нейла, он только смеется. Мистер Биррел, как всегда, уехал на Пасху в Англию. И тут и там в этой стране все по-старому. Одни разговоры.

— А те, по-вашему, тоже ограничатся обычной игрой в солдатики?

— Да, они будут спокойно ждать мирной конференции. На этом они ничего не теряют. А теперь...

— Ужасно это грустно. Я все ждала от Ирландии чего-то из ряда вон выходящего. Какого-то потрясающего события, которое все изменит, какого-то подвига. Но нет, все только игра, все мелко, провинциально.

— Какие там потрясающие события, Милли, для них нет исторических условий. Несколько человек могут совершить несколько убийств...

— Ну, тогда это, может быть, я в своей жизни ждала чего-то, чего-то прекрасного, что так и не случилось.

— Милли, прошу вас, пойдемте в дом.

— Нет, мне здесь нравится. Здесь так мокро, прямо красота. Ногам хорошо, прохладно.

— Дорогая моя, вы мне хотели сегодня что-то сказать.

— Ох, будущее, будущее! Я все гадаю на картах, но каждый раз выходит дама пик.

— А вы бы спросили свое сердце.

— Свое что?

— Милли, прошу вас, не мучайте меня.
— Это вы насчет того, чтобы нам пожениться?
— Разумеется...
— Ну конечно, я отвечаю «да».

Кристофер воззрился на Милли, уходившую от него прочь по траве. Она еще не сняла своего серого пальто с военного вида отделкой из красного бархата. Из-под пальто виднелась шелковая юбка, местами потемневшая от сырости, и нарядные башмачки. Кристофер смотрел вслед ее кругленькой, слегка покачивающейся фигуре, вот она склонилась над розами... На минуту показалось, что это театр, словно золотой свет, упав на сцену, объединил случайные предметы в прелестную картину. От облегчения у него кружилась голова. Хотелось опуститься на колени в мокрой траве. Вместо этого он наклонился и, смочив травою ладонь, провел ею по лбу. Потом пошел следом.

— Милли, я так рад.
— Да, я уступаю, сдаюсь. Выкидываю белый флаг. Вся артиллерия на вашей стороне.
— Неужели дело обстоит так скверно?
— Еще хуже! Нет, нет, я шучу. Вот смотрите, я сорвала для вас прелестный бутон розы. Осторожнее, шипы!
— Да не будет шипов в нашей совместной жизни!
— Ничего острого, чем мы могли бы поранить друг друга. Если б вы только знали, Кристофер, как я боюсь, что вы сделаете мне больно.
— Милли! Как будто это возможно. Я вас боготворю.

Ее неожиданный вопль пронзил его до глубины души, как сладостный укол, перешедший в теплое ощущение своей власти. Он еще помнил, что должен был сказать ей что-то совсем другое, всеми доступными ему способами внушить ей сейчас, в последнюю минуту, что она совершенно свободна. Предложить ей свою помощь и ее свободу. Но он был переполнен радостью и деспотизмом, и ситуация уже развивалась по инерции.

— Вы правда думаете, что Франсис не будет возражать?

— Нет, нет, — сказал Кристофер. — Когда она выйдет замуж, когда у нее будет свой муж и свой дом, она примет это спокойно. — Он вспомнил потерянный призрак, который видел утром в саду. Но то был призрак, а этот солнечный сад, не таивший никаких загадок, — действительность.

— Интересно, мужчины почему-то всегда так думают о женщинах. Ну что ж, будем надеяться, что мысль о Франсис вас не остановит. Мне-то, с тем, что осталось от моего сердца, необходимо думать, что вы безумно в меня влюблены...

— Я в вас безумно влюблен, Милли.

— Вытрите, пожалуйста, сиденье!

Он вытер доску качелей носовым платком, и она села, вонзив каблук в траву.

— Вы знаете, Кристофер, я ведь любила Артура. Многие не верили, но это правда.

— Я в этом не сомневаюсь.

— Для меня хорошо относиться к людям и значит быть в них влюбленной. Артур в молодости был красавец. Да он в каком-то смысле и сейчас молодой. А я старая.

— Вы прекрасно знаете, что вы не старая, Милли.

— Нет, старая. И поступаю по-стариковски — решаю больше ничего не ждать. Кристофер...

— Да?

— Мне нужен будет второй автомобиль. Нам нужен будет второй автомобиль.

— Нам... да, конечно, все что хотите, дорогая. Но придется держать шофера. Я не смогу...

— Шофер нам не понадобится. Мы используем моих молодых людей. За мной будет ходить по пятам целый взвод молодых людей. Таких, как Эндрю. Он отлично разбирается в машинах. Вы как, согласны?

— Если вы станете моей женой, я согласен на все.

— Ну посмотрим. Обручальное кольцо вы мне подарите?

— А как же! Но еще некоторое время мы должны хранить...

— До чего же пылкий, нетерпеливый поклонник! Придется мне носить кольцо под перчаткой. Нет, вы пока подождите его покупать — вдруг раздумаете.

— Милли, я куплю вам кольцо сегодня же...

— Нет-нет, и не думайте. Мне нужно немножко времени. Мне нужно устроить себе маленькие каникулы...

— Надеюсь, родная, вы не собираетесь напоследок повеселиться?

— Повеселиться? Господи, выдумали тоже. С кем это я могла бы напоследок повеселиться? Нет, не раскачивайте меня, я сама.

Она стала тихонько раскачиваться взад-вперед. Пальто она расстегнула, под ним обнаружилась плотно облегающая белая блузка с высоким воротником и бесчисленными оборочками на груди. Ее ноги энергично сгибались и распрямлялись, мелькала полная икра в сером чулке и кружево нижней юбки. Веревки со стоном терлись о дерево, и древесная пыль сыпалась на красные бархатные эполеты. Милли раскачалась сильнее. Что-то плотное и блестящее, выпав из ее кармана, плюхнулось в траву, к ногам Кристофера. Это был револьвер. Кристофер поднял его и увидел, что он заряжен.

157

Милли дала качелям замедлить ход и соскочила с них в вихре юбок, ухватившись за плечо Кристофера. Другой рукой она решительно отняла у него револьвер. Кристофер, неожиданно почувствовав тяжесть ее тела, сделал движение ее обнять, но она быстро отошла и стала по другую сторону качелей.

Кто-то показался возле дома, направляясь к стеклянной двери зимнего сада. Это был Барнабас Драмм. Он увидел их, приостановился, неопределенно махнул рукой и вошел в дом.

Кристоферу сразу стало не по себе.

— Он, наверно, ищет Хильду. Он не знает, что она переехала. Вы уверены, что он ничего не слышал и не видел?

— Конечно, нет. Он только что вошел.

— Я ему не доверяю. Он злой человек и, по-моему, шпионит за вами.

— Вздор, он просто славная сторожевая собака. Пойдемте в комнаты, хорошо? Кажется, опять начинается дождь.

Они вышли из-под дерева под первыми каплями дождя. Солнце еще слабо освещало макушки цветущих вишен, белеющие на фоне свинцового неба. Кристофер остановился. Для полноты своего счастья ему оставалось сказать еще одно слово, пойти еще на один риск. И сейчас риск, казалось, был невелик. Он хотел сказать: «Вам нет нужды выходить за меня замуж. Я все сделаю, что нужно, но, если не хотите, можете и не идти за меня».

А получилось другое:

— Вы ведь знаете, Милли, вы вольны делать все, что вам захочется.

Она не смотрела на него. Мелкий дождь уже осыпал ее темные волосы и плечи ее пальто.

— Мне ничего не захочется.

— Как знать. Мною вы можете командовать. Можете делать со мной что угодно.

— Это вам сейчас так кажется, — проговорила она тихо. — Но в нас обоих эгоизм пустил глубокие корни. И в наших поединках вы всегда будете побеждать, всегда.

Глава 10

«В этот период моей жизни я опять стал частым гостем в доме на Верхней Маунт-стрит, где меня всегда ждал радушный прием. Я понимал, что неприлично и, конечно же, несправедливо предпочитать веселую ласковость беспечной Милли угрюмой и бессловесной привязанности моей жены. Но весь порядок жизни несправедлив, а родственные души стремятся друг к другу, и живое тянется к живому. Моя природная веселость, всегда заглушаемая в мрачной атмосфере нашего дома, на Верхней Маунт-стрит била ключом, и временами мы с леди Киннард смешили друг друга буквально до слез. Возвращение на Блессингтон-стрит всегда бывало своего рода епитимьей. В доме было неприбрано, часто даже грязно, и меня, сознаюсь, оскорблял нарочито, как мне казалось, безвкусный и запущенный вид не только комнат, но и самой моей жены. Прискорбное, такое неожиданное, но непобедимое физическое отвращение, из-за которого я оказался непростительно виноват перед женой в святая святых нашего брака и о котором она сразу догадалась, привело к тому, что несчастная страдалица стала как назло подчеркивать именно те черты своей внешности, которыми и объяснялось с самого начала мое воздержание».

Эти слова, которые Барни написал утром, сидя в Национальной библиотеке, сами собой пробегали у него в мозгу, не доставляя ему удовольствия, поскольку сейчас, часа в четыре дня в среду 19 апреля, когда он сидел в пивной Бэтта на Берисфорд-стрит, мысли его были заняты другим. До того как попасть сюда, он побывал в кабаке Литтла на Харкорт-стрит, а еще раньше — у Нейгла на Эрл-стрит, а еще раньше — у Берджина на Амьен-стрит. Завтракал он — да, скорее всего, он завтракал — в ресторане «Красный берег», но это было уже давно.

Барни все еще не мог опомниться. Утром он поехал в «Финглас» повидать Хильду и, сбоку обойдя дом, обнаружил в саду Милли. Из-за кустов он слышал почти весь ее разговор с Кристофером. Милли, флиртующая с Кристофером, — это одно; Милли, жена Кристофера, — совсем иное, и Барни тут же почувствовал: этого я не вынесу. Если Милли выйдет замуж, он больше не сможет у нее бывать. Это было ясно и страшно неожиданно, поскольку ему и не снилось, что она может снова выйти замуж. Его присутствие в доме у Милли зависело от известных предпосылок, может быть, вымышленных или иллюзорных, это он готов был признать. Ему нужно было чувствовать себя там «не хуже других», нужно было чувствовать, что потенциально она ему принадлежит. А Милли часто бывала с ним такая веселая, может быть, он ей и в самом деле нужнее всех? Сейчас он согласился на роль спаниеля, но быть у замужней Милли комнатной собачонкой, которую еле терпят, да еще захотят ли терпеть...

Потрясло его и то, что Милли явно действовала по принуждению. Его слух, изощренный любовью или особого рода своекорыстием, уловил в ее шутливой болтовне жалобную ноту отчаяния. Милли подчинялась насильно, и объяснить это можно было только одним: она шла замуж по расчету. Открытие это не столько шокировало Барни, сколько наполнило его жалостью к Милли. Уж кто-кто, а Милли — свободное создание. Какие же ужасы толкнули ее на решение надеть ярмо рабства? Что она могла полюбить Кристофера — этого Барни не допускал. Хотя бы от этого страдания он был избавлен. Она не влюблена, но со всем присущим ей блеском и двоедушием будет играть роль безоблачно счастливой жены. А для него она будет потеряна.

На каком-то этапе мучительных раздумий — возможно, в кабаке Литтла — перед Барни забрезжил свет. Чувство облегчения вылилось в четкую формулу: этому не бывать. Она, несомненно, пожалеет о своем решении; так не лучше ли помешать ей это решение выполнить? Каковы бы ни были финансовые затруднения Милли — а Барни с некоторых пор подозревал, что они существуют, — все лучше для нее, чем насильственный брак, против которого ее свободолюбие все равно возмутится. Барни, знавший ее как никто другой, был в этом уверен. Значит, ему и следует, конечно, с видом на какую-то награду, спасти Милли от нее самой. Ее необходимо удержать от этого шага. Но как?

Переход от бесплодной грызущей боли к изыскиванию контрмер, пусть даже самых приблизительных, сразу придает сил. Барни выпрямился на стуле, заказал еще порцию виски и вперил строгий взгляд в «Слияние рек», бледно изображенное на ромбе из цветных стекол в окне кабака. И тотчас на новом пути, по которому пошли его мысли, возникла фигура Франсис. От Франсис решено пока скрывать намерения ее отца. Почему? Ясно, потому что Кристофер хочет сперва выдать дочь замуж и услать подальше. А почему? Потому что он боится ее противодействия. Барни, добравшийся к этому времени до пивной Бэтта, хлопнул себя по лбу и попытался сосредоточить взгляд на «Жемчужине с грудью белее снега», бледно изображенной на ромбе из цветных стекол в окне пивной. Красавицу эту было бы трудно узнать, если бы не надпись. Буквы прыгали у Барни перед глазами, но когда-то он их уже здесь читал. С Франсис дело обстояло не просто.

В общении с нею Барни ощущал ясность и доброту, на которые тщетно надеялся, соприкасаясь с другими женщинами. Через Франсис ему приоткрылась абсолютная любовь, то единственное, что может исцелить униженную душу. Но в этой тихой девушке он угадывал женскую натуру, сильную и сложную. Ее воля — мощное оружие. Что, если использовать это оружие в ситуации, на которую он только что натолкнулся? Франсис вполне способна расстроить женитьбу отца, в этом Барни не сомневался. Сомнительно было, захочет ли она это сделать. Главным по-прежнему оставалось то, что Милли *не должна* выйти за Кристофера. Но из этого еще не явствовало, разумно ли впутывать в это дело Франсис. Франсис страшно расстроится; а хорошо ли ее расстраивать накануне ее собственного замужества? Хотя, конечно, если она вступит в борьбу с отцом, не исключено, что это заставит ее отложить свой отъезд из Ирландии или даже свое замужество, особенно если победа останется за нею. Тогда она решит, что должна остаться с отцом и утешать его.

Отсюда возникло новое соображение, такое интересное, что Барни, почти не сознавая, что делает, надел шляпу, грузно поднялся и с достоинством вышел из пивной Бэтта на набережную. Рядом с пивной был Либерти-Холл, штаб тред-юниона транспортников и чернорабочих, а теперь и Гражданской Армии Джеймса Конноли. Переходя булыжную мостовую по направлению к окружной железной дороге, Барни увидел, что перед Либерти-Холлом собралось довольно много народу. Одна фигура в этой толпе показалась ему знакомой. Потом он понял, что это Пат, и инстинктивно замер на месте, чтобы остаться незамеченным. Пат был одет в ярко-зеленую форму Волонтеров, при шляпе с полями и портупее. На поясе у него висел револьвер, через плечо — винтовка. На остальных была темно-зеленая форма Гражданской Армии. Они как будто о чем-то спорили, а потом все вместе вошли в здание.

При виде Пата Барни сразу протрезвел и понял, что влил в себя изрядное количество спиртного. Он был рад, что Пат его не видел, и сердце его сжала та особенная боль, какую вызывали в нем пасынки. Боль эта состояла из любви, стыда и острого чувства несправедливости. Для Барни его пасынки были высшие, почти идеальные существа, и любил он их особенной, тайной, запечатанной любовью. Он так и не сумел найти язык для этой любви. Не было ни взгляда, ни жеста, ни прикосновения, ни голоса, которым он мог бы ее выразить. В то же время он знал и всегда помнил, что для братьев он одиозная фигура. Их обижало его отношение к их матери, насколько они могли об этом судить. А еще больше, пожалуй, обижало самое присутствие отчима, воплощавшего собой наихудший вариант человеческого существования. Контраст между чистым совершенством его любви и подлой бессмысленностью его поведения, между его опечаленным сердцем и придурковатыми повадками казался Барни вопиющей несправедливостью. И в то же время он испытывал перед мальчиками настоящий стыд, порождаемый тем, что было в нем самого глубокого и неиспорченного, и порой пронзительный почти до сладости.

Пройдя немного, Барни прислонился к теплому скругленному граниту набережной. Небо над головой было чисто ирландское — холодное, бледно-голубое, похожее на тонкую мокрую бумагу, по которой едва заметно расплылась сильно разведенная голубая краска. Ветер упорно клонил мачты кораблей у таможни и не давал опасть английскому флагу. От Дублина, а может, от Лиффи пахло дрожжами. Барни посмотрел вниз, на реку. С гранитных стен свисали большие железные кольца, соединенные фестонами канатов, обросших водорослями, напоминающих крупный, грубый орнамент начала прошлого века, а внизу медленно струилась клейкая вода, чуть пенистая, как пиво, грязно-коричневая, испещренная ржаво-белыми бликами, тонкими мазками синевы и блестками тусклого золота. В ней матово отражалась побеленная лестница, а теперь еще и целая башня белых чаек, устремившихся обследовать особенно плотное место в вязком потоке. Глядя на реку, вдыхая ее запах, слушая шум уличного движения и свары чаек, Барни вспоминал тихий, незагрязненный Шаннон у Клонмакнойза и огромного Христа, раскинувшего руки на древнем кресте, и всю эту пустынную местность.

Он прошел немного дальше, до моста. Впереди, отчетливые, как на гравюре, разноцветные изогнутые набережные тесного города тянулись к зданию Четырех Судов с его зеленым рубчатым куполом. Над пивоваренным заводом Гиннеса громоздились тучи, бело-коричневые, как блики на реке. Наверно, дождь все-таки будет. Барни погладил усы, вдыхая застрявший в них запах виски. Остановившись, стал лениво разглядывать рекламы и плакаты на набережной Св. Георгия. Один из них, очень большой, утверждал со скромностью, всегда его удивлявшей, что «Мыло МАРТЫШКА — не для белья». Другие, поменьше, сообщали, что «Вазелин — залог победы», а «От почернения кожи поможет только ЗАМБУК». На вербовочном плакате седая женщина увещевала своего нерешительного сына: «Иди, мальчик, это твой долг». Афишка фотографа изъявляла готовность увеличить «любой снимок вашей жены, невесты, ребенка или лучшего друга до натуральных размеров» всего за полтора шиллинга. Неужели это всерьез? Барни попробовал вообразить, что у него есть снимок Милли в натуральную величину. Пришлось бы запирать его в своей комнате и прятать под матрасом — больше негде. Отсюда пошли и другие беспокойные мысли.

Он побрел дальше, к колонне Нельсона. На Сэквил-стрит попадалось много раненых солдат в синей форме, очень заметной на бледном солнце. В сторону Феникс-парка рысцой проехал небольшой отряд улан, вооруженных карабинами и пиками, а вслед за ними линейка с полицейскими. Барни выбросил из головы богатый ассоциациями портрет Милли в натуральную величину и снова стал гадать, как поступит Франсис, если открыть ей глаза: толкнет ли ее глубокая антипатия к Милли, подмеченная им, но так до конца и не понятая, на противодействие матримониальным планам отца? И, мрачно склоняясь к мысли, что Франсис скорее всего покажет себя безупречно великодушной дочерью, он вдруг сообразил, что в запасе есть и еще одна карта, которую он мог бы разыграть. Он мог бы рассказать Франсис о том, что случилось в Мэйнуте. На углу Ратленд-сквера он остановился. Теперь тучи клубились над зеленым куполом больницы Ротонда, и часы на церкви Финдлейтера показывали без десяти пять. Франсис всегда хотелось узнать, какая женщина его «погубила»; и Барни не раз чувствовал желание рассказать ей — не для того, чтобы опорочить Милли, а просто чтобы Франсис стала ему еще ближе. Его подмывало поведать ей

165

все, сделать ее своим исповедником и судьей. Но из лояльности к Милли он всякий раз воздерживался от полного описания своих невзгод, хотя Франсис, сидя с ним в кондитерской О'Халлорана, сама его об этом просила. Франсис чутьем угадывала, что Милли порочна. Может быть, стоит, сообщив ей о намерении этой женщины стать женой Кристофера, тем самым показать, что чутье не обмануло ее?

Под первыми каплями дождя Барни тихонько открыл своим ключом парадную дверь дома на Блессингтон-стрит. В темной прихожей он повесил шляпу на вешалку, а из ящика достал бархатную ермолку, недавно купленную в магазине Финегана «Все для джентльменов» и очень любимую, поскольку она предохраняла плешь от холода и придавала его внешности что-то священническое. На подзеркальнике толстым слоем лежала пыль. Он быстро нарисовал в пыли рожицу, потом бережно пристроил на голове ермолку и посмотрелся в мутное зеркало. В ермолке он выглядел мно́го старше, и это было приятно. Чувствуя непреодолимое желание прилечь и закрыть глаза, он стал подниматься по лестнице, как всегда, бесшумно, чтобы избежать возможной встречи с женой.

Он миновал витраж уборной, вдохнув ее запах и перешагнув через ту ступеньку, что скрипела. В таких случаях он не выдавал себя даже заходом в уборную, предпочитая уединяться с собственным ночным горшком. Он юркнул за занавеску из стеклянных бус, ловко прихватив ее рукой, чтобы не зазвенела, и уже поставил ногу на следующую ступеньку, когда из гостиной послышался голос Кэтлин:

— Барни, это ты? Зайди на минутку.

Со стоном Барни повернул вспять и, напустив на себя равнодушный вид, протиснулся в дверь гостиной. Дождь, видимо, полил сильнее, в комнате было темно и холодно. Камин не топился и был еще полон вчерашней золы. В затхлом воздухе привычно пахло пылью и ветхими толстыми тканями.

Кэтлин стояла в дальнем конце комнаты у окна, теребя кружевную занавеску. Должно быть, она видела, как он вошел. Когда она повернула голову, стал виден большой пучок на затылке, из которого неряшливо свисали пряди волос. Ее измученное лицо расплывалось бледным пятном, только большие светло-карие глаза напряженно светились. На ней была всегдашняя коричневая юбка до полу, плечи закутаны шерстяным платком. Чувствуя некоторую дрожь в коленях, Барни опустился на жесткий стул у дверей. Скользкое блестящее сиденье, отвыкшее принимать ездоков, чуть не сбросило его наземь. Его охватило физическое чувство вины, возникавшее перед каждым разговором с Кэтлин. Он чувствовал, что у него чернеет кожа. «Поможет только ЗАМБУК».

— Барни, я так беспокоюсь.

— Из-за чего, милая? — (Неужели она что-нибудь узнала?)

— Из-за Пата.

— Ах, из-за Пата? Я бы не стал беспокоиться из-за Пата.

— Барни, ты ничего не знаешь? Ни о каких его... планах?

— Ничего не знаю. Странно, а я сегодня видел Пата у Либерти-Холла. Он как раз туда входил.

— В Либерти-Холл? Но ведь это не его штаб. Его штаб на Доусон-стрит.

— Я знаю. Наверно, они просто готовятся к какому-нибудь совместному параду с ИГА. Мы с ним сейчас в дружбе.

— Да, я это заметила. Так ты правда ничего не знаешь, Барни? Если знаешь, ты лучше скажи.

— Да нет же, Кэтлин, правда не знаю. Мне даже непонятно, из-за чего ты беспокоишься.

— Впрочем, они тебе все равно бы не сказали. — Отойдя от окна, она подсела к неприбранному камину и раздавила туфлей головешку.

Слова ее показались Барни немного обидны. Он встал с негостеприимного стула и тоже подошел к камину.

— Поверь, что, если бы что-то готовилось, я бы об этом знал. У тебя просто воображение разыгралось. Ну почему тебя беспокоит Пат?

— Да не знаю. Ничего определенного нет. Он два дня без всяких объяснений не был на работе, вчера вечером мистер Монаган заходил справиться о нем. Он спросил, не заболел ли Пат, я, конечно, ответила, что нет. Так неудобно. А когда я сказала Пату, что мистер Монаган к нам заходил, он только засмеялся и сказал что-то вроде того, что вообще больше не пойдет в контору. Он точно живет в другом мире.

— По-моему, беспокоиться нечего, — сказал Барни. Что Кэтлин встревожена не из-за него, было большим облегчением. Он пошаркал ногами, давая понять, что скоро удалится.

— Теперь он когда уходит из дому, то всегда с ружьем. А сегодня опять надел эту их форму. И все время он какой-то неестественный, возбужденный, и Кэтел тоже.

— Кэтел всегда возбужден.

— Он почти не бывает дома. Что он делает целыми днями? А когда ему что-нибудь говоришь, как будто и не слышит, даже не дает себе труда ответить. Барни, ты бы не мог ему что-нибудь сказать?

— О Господи, что же я могу ему сказать?

— Ну спросить его, не собираются ли они...

Кэтлин осеклась, и Барни вдруг понял, что она близка к истерике. Она не плакала, но ее побелевшее лицо беспомощно дергалось, и она прикрыла рот рукой.

— Ну, Кэтлин, ну успокойся, — сказал он, заражаясь ее волнением. — Ты же знаешь, что ничего не случится. В Ирландии никогда ничего не случается.

— Поговори с ним, Барни, пожалуйста.

— Пат со мной не считается.

— Ну хотя бы разузнай. Ох, до чего же это все *нехорошо*...

— Что именно?

— Эта ненависть, эти ружья...

— Ты не понимаешь, — сказал Барни. — Женщины этого не понимают.

А сам-то он понимает? Просьба Кэтлин польстила ему, но одновременно и напугала. Неужели интуиция не подвела ее и что-то действительно готовится? Быть этого не может.

— Дело в том, что иногда применение оружия оправданно, — начал Барни. В холодной, полутемной комнате слова его прозвучали неуверенно и наивно. Что же это он, только сейчас, заразившись от Кэтлин ее страхом, пытается осознать, чем этот страх мог быть порожден? Ему самому вдруг стало страшно и холодно.

— Я так боюсь за Пата... — Кэтлин уже вернулась к своей личной заботе. Она говорила тихо и жалобно, словно зная, что помощи ждать неоткуда и что она снова одна. Барни заметил, что ее трясет.

— Успокойся, — сказал он громко. — Не в первый раз молодежь волнуется. Поволнуются и перестанут. — Он чувствовал, что нужно скорее уходить. Он повернул к двери. — Газ зажечь? А то очень уж тут мрачно.

— И эта твоя винтовка... — продолжала Кэтлин, опять обращаясь к Барни, так как заметила, что он хочет уйти. — Ни к чему тебе винтовка. Незачем ее держать у себя, нехорошо. Вы, старшие, должны подавать пример. Чего же ждать от молодых? Избавиться тебе надо от этой винтовки. Нельзя жить, проливая кровь. Весь мир помешался на кровопролитии.

— Ну, это-то старье, — сказал Барни. На самом деле это была новенькая винтовка «Ли-Энфилд», в отличном состоянии.

— Все оружие нужно бросить в море. Это ужасный мир, кругом одна ненависть. Почему ты теперь всегда запираешь свою комнату? Ты сам хуже Пата.

Кэтлин обладала каким-то особым даром, прямо-таки артистическим умением смешивать личное и неличное в лишенное логики, но сильно действующее целое. Вот этим, как часто думал Барни, и объяснялось, почему в разговоре с ней люди чувствуют себя виноватыми. Все свои жалобы она нанизывала на одну нитку и каким-то образом привязывала к собеседнику.

— Да понимаешь... — Барни, который запирал свою комнату потому, что его разросшиеся мемуары уже не лезли ни в какую тряпку, искал, чем бы отговориться.

К счастью, Кэтлин продолжала без паузы:

— И зачем ты носишь дома эту дурацкую шапчонку? Ты в ней похож на еврея.

— Мне нравится быть похожим на еврея.

— Ты у исповеди был?

— Нет.

— А следовало бы пойти!

— Может быть.

— Пойдешь?

— Не знаю.
— Скоро Пасха.
— Знаю, что скоро Пасха. Я и сам думаю о Пасхе.
— Ты бы пошел к отцу Райену.
— Отец Райен мне не нравится.
— Исповедь — это не вопрос личных симпатий.
— Знаю.
— Ну пойди к другому священнику. К незнакомому, где-нибудь в городе.
— Может, пойду, а может, не пойду.

В его ссорах с Кэтлин было что-то непреходящее. Словно без конца тянулась все та же невесть когда начавшаяся ссора. Кэтлин внушала ему, что он капризный ребенок, а потом сама же доводила его до неприличных выходок. Всякий раз он как бы со стороны наблюдал собственный переход от тупого смирения к бешеной ярости.

— Пойди к Tenebrae, ты любишь эту службу.
— Пойду, если захочу.
— Все мы грешны. В эту святую пору особенно надлежит об этом помнить.
— Знаю я, что я грешен.
— Сейчас Великий пост, он требует суровой простоты. Религия — это великая простота, Барни. Не этого ли недостает в твоей жизни?
— Я и так достаточно прост, если ты имеешь в виду тупость.
— Ты отлично понимаешь, что я не это имею в виду. Твоя беда в том, что тебе стыдно.
— Какого дьявола мне должно быть стыдно!

Разумеется, это и была главная беда его жизни, но для него это значило такое, чего Кэтлин никогда, никогда не понять, так что он с полным основанием опровергал слова, по своему значению столь далекие от истины. Ему было стыдно не так, как она это понимала. Он стоял перед ней и терзался, уже чуть повернувшись к двери, но не в силах уйти. Она снизу смотрела на него. Лица ее не было видно в темноте, но он чувствовал написанное на нем усталое благочестие. Это его бесило.

— Иногда мне кажется, что ты катишься на дно, Барни.

— Ну а если и качусь, кто в этом виноват?

Не женись он на этой женщине, он мог бы быть хорошим человеком. Не женись он на ней, он бы сумел исправиться и достичь той простоты, которая, как правильно сказала Кэтлин, и составляет сущность религии. Это она ему помешала.

— А почему мне не катиться ко дну? — сказал Барни. — Никто меня не любит, не заботится обо мне. А ты ходишь как старая ведьма, мне назло. Почему ты себе не купишь приличное платье? Ходишь как старая ведьма, точно вчера из трущоб. Кэтел и то говорит, что новые жильцы на нашей улице приняли тебя за мою мать. Казнишь себя нарочно, чтобы казнить меня. Даже верой своей стараешься меня уязвить.

— Грех говорить такие слова, — тихо сказала Кэтлин.

— А что ж, это правда. Ты меня съесть готова. И никакой заботы я не вижу. В моей комнате никогда не убирают...

— Ты же ее запираешь.

— Дом превратился в помойку. Ты только посмотри на эту комнату. Даже золу не выгребли. И повсюду пыль. Джинни, видно, совсем разленилась! Семьи у нее нет, своего хозяйства нет, казалось бы, можно найти время хоть пыль стереть. Плохо ты ее обучила. Над такой надо с палкой стоять.

— Джинни к нам сейчас не ходит.
— Что с ней стряслось?
— Она беременна.
— А-а.. — Он смешался, слишком неожиданно чужие невзгоды ворвались в перечень его собственных.
— Разве ты не видел, как она плакала на днях на лестнице?
— Нет. — На самом деле Барни видел, как Джинни плачет на лестнице, но он в это время торопился к Милли и через минуту уже забыл о ее слезах. Ложь была слишком подлая. Он схватился за щеку и пробормотал: — Впрочем, видел, да, но я очень торопился, а потом забыл.
— Ты всегда торопишься. И всегда забываешь. Тебя как будто здесь и нет.
— Бедная Джинни. Чем ей можно помочь?
— Почти ничем. Ты бы, например, мог ее навестить. Доктор не велел ей работать. А ты знаешь, в каких условиях она живет.
— Навестить? — Барни уже готов был заявить, что это невозможно. Потом он разом сел на ближайший стул. Давно ли он хотел сострадать всему миру? А теперь ему трудно заставить себя навестить несчастную служанку, попавшую в беду. Вслух он сказал: — Что это со мною творится?
— Ты отлично знаешь, что с тобою творится. Ты так поглощен собой, что другие люди для тебя не существуют. Хоть бы вот на Пасху...
— Ну а ты? — сказал Барни, поднимая голову. Он уже забыл про Джинни. — А ты не поглощена собой? Я для тебя существую? Похоже, что нет. Ты только...
Дверь гостиной бесшумно распахнулась, и кто-то появился на пороге. Это был Кэтел с подносом. Он искусно обогнул Барни и с легким стуком поставил поднос на один из столиков с металлическим верхом.

173

— Ой, как тут темно, мама! А на улице льет. Газ зажечь?

В руке у него тут же чиркнула спичка. Он уже шел вдоль стены, зажигая рожки. Каждый рожок вспыхивал бледно-оранжевым светом под шелковым с бисером колпачком, а потом, когда Кэтел поворачивал кран, разгорался в ярко-белый шар. Газ тихонько сипел, в комнате стало светло, а залитое дождем окно потемнело.

— Чай я только что заварил, — сказал Кэтел, возвращаясь к подносу. — Я решил подать его сюда. Ой, как же это я позабыл затопить камин, я ведь хотел, раз бедной Джинни нет. Вот, мама, пожалуйста. — Он налил чашку чаю и подал Кэтлин.

Кэтлин смотрела на него улыбаясь. Лицо ее, жемчужно-золотое в мягком свете газа, все еще казалось заплаканным и помятым, но в чертах была теперь спокойная, ласковая усталость, лоб разгладился, и большие глаза, устремленные на сына, сияли какой-то исступленной нежностью. Кэтел с присущей ему неуклюжей грацией потоптался около нее, словно ткал ей невидимый защитный кокон. Не сводя с матери внимательных глаз, он пригладил свои темные волосы. Он был весь угловатость юности и блеск живого ума. Вот он обернулся к Барни.

— А это вам. — Он никогда не называл Барни по имени, но сейчас, передавая ему чашку, говорил тихим, убеждающим голосом, как с больным. — И еще вот, я купил печенье. Ваше любимое. Сливочное с лимоном. От Липтона. Пришлось постоять в очереди.

Барни взглянул на поднос. Там стояла тарелка с печеньем, его любимым, сливочным с лимоном, за которым Кэтел стоял в очереди у Липтона.

На глазах у него выступили слезы. Он видел рядом с собой Кэтела и еще, как будто отдельно от него, подобную мелькающей птице руку мальчика, указывающую на поднос, приглашающую его отведать печенье. Он взял эту руку в свои. Бессвязные слова поднимались в нем вместе со слезами.

— Ты так добр ко мне. Ты невинен и чист душой. О, оставайся таким всегда. Не пускай зло в свою жизнь. Прости меня. — Он поднес руку Кэтела к губам и поцеловал.

На минуту стало очень тихо. Потом Кэтел отступил, немножко сконфуженный, смущенный. Он постоял в нерешительности, а потом положил руку на плечо Барни и легонько сжал его. Быстро повернулся к матери:

— Сейчас принесу растопку. — И исчез.

Барни встал. Внезапно ощутив доброту Кэтела и столь же внезапно забыв о себе, он чувствовал себя бодро, легко. Словно ему было откровение.

— Так ты пьян, — сказала Кэтлин. — Я и не поняла. А можно было сразу догадаться.

— Я не пьян! — Так ли? Всегда ли он теперь знает, пьян он или нет? Он повернулся к ней спиной, и слезы потекли по щекам. Это несправедливо. Одну короткую хорошую минуту он говорил с пасынком голосом чистой любви, а жена только и нашла сказать, что он пьян. Ладно, пусть он пьян. Слезы текли и текли. Пьяные слезы.

Как в тумане, он увидел распятие на стене и сказал:

— Где мы сбились с пути, Кэтлин? Неужели мы не можем найти в себе немножко любви друг к другу?

Жена молчала.

Барни, спотыкаясь, побрел к двери. Он не хотел больше встречаться с Кэтелом. И по пути наверх, в спальню, им снова овладели страшные, черные мысли о Милли. Он отпер дверь. Вон и винтовка «Ли-Энфилд» стоит в углу. Он сел у стола и кулаком вытер слезы. Потом собрал разбросанные листы своих мемуаров и начал быстро писать.

Глава 11

> Красавица! В твой легкий росный след
> Заря бросает розы с высоты.
> С тобой цветист и радостен рассвет,
> И перламутров полдень там, где ты.
> Но день веселый стал кровавым днем
> Помолвки нашей, и одной тебе,
> Как светозарной памяти о нем,
> Дано сиять в моей глухой судьбе.
> Ко мне спешишь ты, легче ветерка,
> Подобно розе летней хороша,
> Твое дыханье, голос, аромат,
> Как жизнь, как воздух, пьет моя душа.
> Ты мой рассвет, мой полдень и закат,
> Тобой я жив, и счастлив, и богат*.

Было утро четверга, и колебания Эндрю пришли к концу: сегодня он сделает Франсис предложение. Он был рад, что выждал некоторое время. Теперь он знал, что не зря оттягивал эту минуту. Как-никак, они не виделись больше года, с приезда Франсис в Лондон в начале войны, и нужно было преодолеть известное отчуждение. Его вывел из равновесия приезд в Ирландию, суетливые хлопоты матери, свидание с родственниками. Только теперь он, проявив хладнокровие и упорство, заставил себя успокоиться и мог уделить все свое внимание Франсис.

Сонет он написал поздно вечером в среду в «Клерсвиле», где прожил с матерью уже двое суток, с утра до ночи занятый делами, которые нужно было закончить до того, как привезут мебель. Перечитав свое творение, он остался им доволен. Особенно ему понрави-

* Перевод В. Левика.

лось слово «светозарный» — будучи последователем Готье, Эндрю знал, что во всяком стихотворении должен быть такой яркий мазок. Эпитет «светозарный» подчеркивал и развивал образ сверкающей росы, на которой шаги Франсис ложились, как гирлянды роз, как розовое ожерелье. «Легче ветерка» было, пожалуй, не совсем достоверно, поскольку шаг у Франсис был решительный и твердый, но против символической правды он не погрешил, сумел сравнить легкую, скользящую походку любимой с медленным наступлением дня. Немножко смущала его неточная рифма, которой не удалось избежать, но один его товарищ по Кембриджу, печатавший стихи в «Корнхилл мэгэзин», говорил ему, что сейчас неточные рифмы считаются вполне допустимыми. Эндрю и сам однажды чуть не напечатал в «Корнхилл» стихи. Редактор вернул их с очень приветливой запиской.

При мысли, что скоро он так безмерно осчастливит себя и Франсис, Эндрю просто задыхался от гордости. Он стал всесильным, стал добрым деспотом своего маленького мира. Он осчастливит всех. Он снесет яйцо чистого благодеяния, которое их всех напитает. Гордость сменялась смирением. Он недостоин этой прелестной умной девушки. Смирение сменялось веселым ликованием — конечно же, он знает, что достоин ее, вернее, знает, что никогда и не считал себя недостойным! Эта тайная радость переливалась в еще расплывчатое физическое желание. Физическое чувство к Франсис всегда было у него путаным, неровным. Его никогда не влекло по-настоящему ни к какой другой женщине. Но и к Франсис его влекло не всегда. Теперь желания его обрели фокус и недвусмысленно сосредоточились на Франсис. Он словно нашел, определил самого себя и тут только понял, как сильно до сих пор страшился физической любви. То не были явные, навязчивые страхи, гнавшие его однополчан в места, одна мысль о которых приводила его в содрогание. Но и его страхи были мучительны. И вот пришла спокойная решимость, а с нею и мысль, что если победить эти страхи, то и все другие страхи окажутся побежденными или хотя бы примут какую-то постижимую форму. Пустая черная яма, какой представлялось ему неизбежное возвращение на фронт, осветится, наполнится содержимым, с которым он как-нибудь сладит. Женитьба положит конец его кошмарам.

Встреча с Патом Дюмэем страшно расстроила Эндрю. Он сгорал от стыда, вспоминая, как бестактно и глупо уязвил двоюродного брата, и весь следующий день не мог думать ни о чем другом. Он тогда сразу хотел извиниться, но помешало, может быть к счастью, присутствие Кэтела. Пожалуй, бессвязные извинения только ухудшили бы дело. Однако ему очень хотелось повидать Пата с глазу на глаз, весь вторник это желание не давало ему покоя. Он испытывал почти физическое унижение, вспоминая, какие идиотские надежды возлагал на эту встречу, как мечтал о какой-то необыкновенной дружбе с Патом теперь, когда оба они стали взрослыми. Пат по-прежнему обладал для него притягательной силой, и в понедельник, когда он входил в гостиную дома на Блессингтон-стрит, сердце у него сладко сжалось от страха.

В среду утром он, чтобы избавиться от разговоров с матерью и додумать кое-какие важные мысли о Франсис, прошел пешком до Киллини и постоял у моря, в кольце голубых конических гор. Здесь на него снизошло великое просветление и великий покой. Они с Патом никогда не станут друзьями. Пат из другой породы людей. Даже если он добьется встречи с Патом и попросит у него прощения, даже если он добьется встречи с Патом и бросит ему вызов — ничего нового не произойдет. Пат будет все так же невозмутим, насмешлив, вежлив, отчужден, а потом ему просто станет скучно. Открытие, что есть люди, которых нам не завоевать, — один из признаков духовного возмужания. Не таясь и не виляя, похвалив себя за эту смелость и почерпнув в ней новые силы, Эндрю принял тот факт, что Пат для него потерян. Теперь пришло время подумать о Франсис, и только о ней.

Стоя по колено в ледяной воде, он уверял себя, что научился трезво смотреть на жизнь. Он увезет Франсис в Англию, по возможности теперь же. А после войны настоит на том, чтобы и мать переехала в Англию. Ведь он как-никак мужчина и солдат, мать должна будет посчитаться с его желанием. Простая мысль, что матери его не обязательно оставаться здесь навсегда, показала ему, как сильно он до сих пор страшился Ирландии. Она рисовалась ему темным подземельем, населенным демонами. Теперь ему вдруг стало ясно, что эти чудища подожмут хвост от первого же щелчка. Видно, поставив крест на Пате Дюмэе, он сделал решающий шаг. Отныне он будет вести себя как свободный человек. Он увидал себя в далеком будущем — крепкий pater familias*, благожелательно, но твердо правящий своими женщинами и детьми. Даже мысль, что до его отъезда на фронт Франсис от него забеременеет, уже не претила ему. Даже мысль, что он может погибнуть и никогда не увидеть своего сына, не повергала его больше в отчаяние.

Песок и галька, поднятые мелкой волной, били его по ногам, до того онемевшим от холода, что он почти не чувствовал боли. Он вышел из воды и, доковыляв до плоского камня, стал вытирать ноги носками. Солнечный луч пересек полосу берега, море перед Энд-

---

* Отец семейства *(лат.)*.

рю засверкало, а на песок легла его тень. Он вернулся мыслями к тете Миллисент. Надо сказать, что после эпизода с бирюзовой сережкой Милли, как он не без робости называл ее про себя, все время маячила в его памяти. Снова и снова он спрашивал себя, не нарочно ли она уронила серьгу в бассейн. И всякий раз, придя к восхитительному выводу, что, видимо, так оно и было, не мог сдержать улыбки. То, что она вынудила его вести непринужденный разговор за чайным столом и одновременно помнить о сережке, более или менее надежно запрятанной где-то в его белье, в то время до крайности смутило его, а потом до крайности развеселило. Во всем этом ему чудилось какое-то достижение. Серьгу он на следующий день вернул в конверте с запиской, в которой, разорвав несколько черновиков, оставил только слова: «И спасибо за чай!» Эта маленькая комедия не на шутку его взволновала. То ли с ним поиграли, как с ребенком, то ли пофлиртовали, как с мужчиной? Он не знал, что и думать, но, раз за разом обсудив с собой этот вопрос, и тут остановился на более лестном для себя варианте. Его очаровательная тетушка с ним флиртовала. Такого флирта с женщиной много старше его годами у Эндрю еще не бывало. Этот случай, как и сама Милли, был овеян чуть заметным ароматом порочности, в котором Эндрю со смехом признал известную прелесть. Женщины веселы и прекрасны, сам он молод и свободен. Впрочем, это он знал и раньше. Да и Милли всего лишь его тетка.

Он молод и свободен, но теперь он свяжет себя с лучшей на свете девушкой. Он был так счастлив, что хочет этого, что сейчас, когда дошло до дела, не испытывает ни капли сожаления. Он может отдать ей все свое сердце. Сколько раз он в воображении репетировал эту сцену. Только сонета не предусмотрел.

Сонет ему послали боги, как раз вовремя, как подарок к дню обручения. Он решил, что, если на Франсис будет надето что-нибудь подходящее, сунет ей стихи в вырез платья. Потом рассмеялся, сообразив, что подражает Милли. Да, и еще кольцо. Накануне Хильда, раз в жизни показав, что умеет ценить чужое время, протянула ему золотое кольцо с рубином и двумя бриллиантами, которое она приобрела в Дублине с помощью Кристофера, и, сказав только, что оно должно прийтись Франсис впору, отдала ему без дальнейших напоминаний. Когда позже Эндрю рассматривал это кольцо, оно показалось ему раздирающе прекрасным и полным значения. Вся романтическая, невинная прелесть его союза с Франсис внезапно пронзила его до слез.

Сейчас, в четверг утром, он ждал в саду, ждал Франсис возле красных качелей. Когда он приехал, она была занята какими-то хозяйственными делами и просила его подождать на воздухе. Эндрю, который раньше предвкушал, даже планировал сцену объяснения совершенно спокойно, теперь изнемогал от волнения. Сонет лежал у него в правом кармане френча, кольцо, обернутое носовым платком, — в левом. Он все время нащупывал их, и сонет уже порядком смялся. Сердце колотилось о ребра, точно хотело вылететь наружу, как пушечное ядро, и легкие отчаянными, короткими вдохами ловили неподвижный утренний воздух. Небо, поначалу ясное, затягивалось облаками. Он стал поправлять веревки качелей, а обернувшись, увидел, что Франсис стоит рядом.

До чего же она сейчас была хороша — лицо румяное, прохладное и гладкое, как яблоко. Большой лоб сегодня решено оставить на виду — волосы, еще по-утреннему не убранные, зачесаны за уши. На ней было длинное платье сурового полотна, немного напоминающее халат сестры милосердия, а поверх него теплая куртка Кристофера, видимо, подхваченная по дороге. Воротник куртки она подняла, руки засунула в карманы. Никогда еще она не выглядела так прелестно.

Заметив многозначительное выражение Эндрю, Франсис молча ждала, что он скажет.

Дрожа всем телом, он заговорил:

— Дорогая Франсис, у меня к тебе очень большая просьба. Ты, наверное, догадываешься, какая? — Голос его тоже дрожал и срывался.

— Нет, — сказала Франсис.

— Я тебя прошу оказать мне честь... выйти за меня замуж.

Молчание. Потом Франсис круто повернулась к нему спиной.

Эндрю стоял неподвижно, глядя на растрепанный узел темных волос над воротником мужской куртки. Он был испуган, растерян, словно нечаянно ударил Франсис. Он не представлял себе, что его неожиданные слова так на нее подействуют. Но нет, та покорная Франсис, которую он создал в своем воображении, не могла быть застигнута врасплох. Успокаивающим жестом он протянул к ней руку. Она, не оборачиваясь, сделала шаг в сторону.

— Франсис...
— Погоди минутку, Эндрю.

Молчание длилось. Эндрю стоял и смотрел ей в спину. Руки, засунутые в карманы, теребили сонет, ощупывали кольцо. С моря подул ветерок, шевеля листву каштана и высокие стебли ирисов, колыхая красные качели.

Франсис медленно повернулась. Руки она все еще держала в карманах, но вот она подняла руку и провела ею по лицу, словно стирая с него всякое выражение. Кашлянула, словно кашель мог помочь, внести ноту обыденности. Потом сказала:

— Большое тебе спасибо, Эндрю.

Эндрю глянул ей в лицо. Такого решительного, такого мрачного лица он у нее еще не видел. Углы большого рта были с силой опущены книзу, глаза сощурились в два узких темных прямоугольника.

— Франсис...
— Ох, милый...
— Франсис, родная, в чем дело? Успокойся.
— Эндрю, дело в том, что я не могу сказать «да». То есть не могу просто сказать «да».

Эндрю разжал пальцы и вынул их из карманов. Вытер ладонь о ладонь.

— Вот как... — Он был в полном смятении и страхе. Точно он впервые очутился в присутствии Франсис, точно настоящая Франсис только что вышла из рамы, прорвав холст, на котором был написан ее портрет. Нужно было подбирать слова. Раньше разговор их мало чем отличался от молчания. Теперь он вдруг сделался чем-то шумным, хрустящим, очень трудным. — Что значит «просто», что ты не можешь «просто» сказать «да»?

Казалось, и Франсис так же трудно говорить, как ему. Она опустила глаза.

— Ну... я не могу сказать «да». Но ты не думай, ничего не изменилось. Просто... Ох, Боже мой...

— Но... но ведь ты меня любишь? Ты меня не разлюбила? — Такого мира, в котором не было бы любви Франсис, он не знал никогда.

— Конечно, я тебя люблю.

— А я тебя, дорогая моя Франсис, и я очень хочу, чтобы ты стала моей женой. Ты, наверно, сердишься, что я до сих пор молчал, но понимаешь...

— Не в этом дело, и я на тебя не сержусь. Я сержусь на себя.

— Не понимаю...

— Мы оба... очень уж свыклись с этим... слишком свыклись... И все кругом считают, что иначе и быть не может. Это как-то неправильно.

— Ну да. Тебе кажется, что я за тобой не ухаживал, как полагается... что мы слишком хорошо друг друга знаем. Но теперь-то я буду за тобой ухаживать...

— Да нет, что за глупости. Понимаешь, мы с тобой немножко как брат и сестра.

— Сейчас мне вовсе не кажется, что мы брат и сестра, — сказал Эндрю. Никогда еще его так неистово не тянуло к Франсис. Она вскинула на него глаза. — И тебе тоже, — добавил он.

Она задумчиво посмотрела на него, и ее напряженно-суровое лицо немного смягчилось.

— Да. Странно. Хотя нет, не странно. Но я виновата, Эндрю. Я тебе ответила безобразно.

— Ты мне ответила непонятно. Это-то я понимаю — насчет того, что как будто иначе и быть не может. Точно у нас нет своего мнения. Меня от этого тоже иногда коробило. Но не могло же это все испортить. А что, если начать сначала, как будто мы не знакомы?

— Но не можем же мы...

— Как сказать. Последние пять минут я разговариваю с очень интересной незнакомкой.

— У меня тоже такое чувство. Но это просто оттого, что наша дружба как-то нарушилась. Эндрю, милый, ведь я тебя очень люблю...

— В таком случае... Франсис, может быть, есть кто-нибудь другой?

— Нет, конечно.

— Но тогда что же? Может быть, тебе просто хочется еще подождать? Пусть мы знаем друг друга с детства, но последнее время мы мало виделись. Может быть, нам нужно опять привыкнуть друг к другу?

— Все время чувствуешь какое-то... давление...

— Ну да, ну да... все только и ждут, когда мы поженимся... это ужасно... и я знаю... для девушки... Ах, Франсис, какой же я дурак. Ведь по-настоящему ты отвечаешь мне «да», только поженимся не сразу, подождем еще. Ведь так?

— Да нет, не совсем. Этого я не говорю.

— Значит, ты говоришь «нет»?

— Не окончательно... но это нечестно... я не хочу тебя связывать.

— Я и так связан, я тебя люблю. Значит, ты говоришь «нет»?

— Ты меня заставляешь сказать «нет»!

— Неправда. Я только стараюсь понять, — сказал он жалобно.

— Я не хочу тебя связывать, — повторила она. — А ты меня заставляешь что-то сказать, вот я и говорю «нет».

— Я ничего тебя не заставляю говорить. Я просто прошу тебя выйти за меня замуж. И давно бы просил, если бы знал, что ты так изменишься.

— Но я не изменилась.

— Ну, это положим. Я просто хочу знать, что ты думаешь. Хочешь, чтобы я подождал, а потом опять спросил?

— Может быть. Но это так нечестно, так нечестно. Ведь я опять скажу «нет». А мне так не хочется тебя обидеть, так хочется, чтобы все было хорошо, как раньше. — Она закрыла глаза, и по щекам у нее потекли слезы, еще и еще. Из кармана отцовской куртки она достала большой белый платок, пахнущий табаком, и высморкалась. Стал накрапывать дождь.

— Ну хорошо, — сказал Эндрю. — Я подожду и спрошу тебя еще раз.

— Я опять скажу «нет», — всхлипнула она.

— А я все равно спрошу.

Минуту они стояли молча под мелким дождем, глядя в землю. Потом Франсис сказала:

— Пожалуйста, не говори пока никому, хоть несколько дней. Сначала я должна сказать папе. Нужно выбрать подходящий момент.

— Хорошо. Но долго я не выдержу. Мама страшно огорчится, а лгать я не мастер.

— Ой, Эндрю, прости меня. Ах, Боже мой! Мне надо подумать, надо подумать. Пойдем пока в дом, выпей кофе. Дождь расходится.

— Нет, — сказал Эндрю. — В дом я не пойду. Я теперь, наверно, вообще не смогу сюда приходить.

— Ну что ты, конечно, ты будешь приходить.

— Едва ли захочется, раз все изменилось.

Они взглянули друг на друга, внезапно охваченные страхом. Слова, даже самые ужасные, можно счесть дурным сном, сквозь который бредешь, спотыкаясь, точно опьяненный испугом. Но холодное прикосновение поступков толкает нас в мир, где страшное должно быть медленно, все до мелочей пережито.

На секунду Эндрю показалось, что это свыше его сил. Он неуклюже потянулся к Франсис, словно хотел схватить ее за руку, может быть, обнять. Но она отстранилась. Еще мгновение они стояли молча. Потом она прошептала:

— Извини, мне так жаль, так жаль, — и, повернувшись, убежала в дом.

Эндрю вышел через калитку на улицу и поднял воротник плаща. Он зашагал вниз, к морю. Море, очень спокойное, лениво лизало прибрежные камни, и от края до края его ровную серую поверхность поливал дождь.

Глава 12

Пат сгорал от нетерпения. Было все еще только утро четверга. Воскресенье высилось впереди, как черный утес. Гора должна была открыться и впустить его, как — он не знал. Заглядывая в будущее, он не видел ничего, кроме того, что будет сражаться. Через неделю в это же самое время он будет человеком, который сражался. Возможно, он будет мертв. Первоначальный испуг растворился теперь в отчаянной жажде действия, тело устало ждать. За два дня, прошедших с тех пор, как ему сказали, он заставил себя принять восстание как реальность. Воскресной мистерии он уже посвятил себя целиком, каждой своей клеткой был связан с этим кровавым часом. Когда час пробьет, он не дрогнет. Только ожидание было лихорадкой и мукой. По ночам он почти не спал — лежал и очень убедительно разъяснял себе, что сон ему необходим. Все в нем болело и дрожало от предвкушения.

Дни были заполнены делами. Он присутствовал в Либерти-Холле на совещании штабов по согласованию планов Гражданской Армии и Волонтеров и, как всегда, поразился деловитости людей Коннолли. Он побывал в Бриттасе на каменоломне, где у них был спрятан гелигнит, который в воскресенье утром нужно было срочно доставить в Дублин. Он проверил все оружие, предназначенное для его роты и спрятанное, порою малыми количествами, в нескольких отдаленных друг от друга местах, и договорился о переброске его по первому требованию. По собственному почину он побеседовал с каждым из своих подчиненных и, ничего им не открыв, удостоверился, что все они, как нужно, снаряжены и готовы.

Пат был одним из самых младших офицеров, осведомленных о плане восстания. Значительное большинство Волонтеров, включая часть офицеров, знали только, что на воскресенье назначены «очень важные маневры» и что «отсутствие любого Волонтера будет рассматриваться как серьезное нарушение дисциплины». Разумеется, все давно были предупреждены, что всякий раз, как они идут на учения с оружием, они должны быть готовы к чему угодно. Но они столько раз ходили на учения с оружием, а потом возвращались домой пить чай. И все же в Дублине чувствовалось брожение, оставалось только надеяться, что оно не привлечет внимания Замка. Пат зашел в оружейную лавку Лоулора на Фаунс-стрит и увидел, что почти весь товар распродан. Покупали патронташи, фляжки, даже охотничьи ножи; говорили, что штыка не сыскать во всем Дублине. Может быть, люди просто запасались в предвидении «важных маневров». А может быть, новость как-то дошла до ушей рядового состава. Это было бы опасно. Ведь еще только четверг.

Почти всем нам и почти всегда история представляется ярко освещенной, немного крикливой процессией, в то время как настоящее кажется темным, гулким коридором, от которого отходят скрытые штольни и потайные комнаты, где разыгрываются наши личные судьбы.

История же создается где-то в других местах и из совершенно иного материала. Нам редко удается быть сознательными свидетелями исторического события, а еще реже — сознавать, что мы в нем участвуем. В такие минуты тьма редеет, окружающее нас пространство сжимается и мы воспринимаем ритм наших повседневных поступков как ритм гораздо более широкого движения, захватившего и нашу жизнь. Впервые Пат ощутил близость истории, почти физическое чувство слитности с ней, когда узнал, что накануне на тайном собрании Патрик Пирс был назначен президентом Ирландской республики.

На том же собрании Джеймс Конноли был назначен командующим Дублинским военным округом, а Мак-Донаг — командующим Дублинской бригадой. Были также приняты окончательные решения насчет того, какие пункты в городе следует занять. Возник спор — где быть штабу восстания. Конноли предлагал Ирландский банк — готовая крепость. В конце концов выбор пал на Главный почтамт на Сэквил-стрит. Затем обсуждалась судьба Дублинского замка. Пирс предлагал атаковать Замок, Конноли этому воспротивился. И в самом деле, Замок представлял собой целую сеть разбросанных зданий, которую было бы трудно удержать, к тому же в нем помещался госпиталь Красного Креста. Атака Замка представляла слишком сложную проблему, и было решено его отрезать, заняв прикрывавшие въезд ратушу и помещение газеты «Ивнинг мейл».

У Пата, который так давно и трезво раздумывал о нехватке оружия, теперь прибавилось пищи для новых мрачных мыслей — о неисповедимой глупости командования. Конечно же, Дублинский замок нужно атаковать, а еще лучше — сжечь. Ведь это — Бастилия всего режима, эмблема его бесчеловечности. Выбор почтамта как штаба восстания — чистое безумие: здание зажато между другими домами и совершенно не годится для длительной обороны. Да и весь план создания укрепленных точек внутри города неудачен. Поскольку неприятель имеет артиллерию и наверняка пустит ее в ход, необходима какая-то степень мобильности. К тому же подвижным войскам легче воспользоваться помощью гражданского населения. Летучие отряды, способные, если потребуется, быстро отступить за пределы города, нанесут противнику больший урон, куда больше испугают его и собьют с толку, чем отдельные укрепленные точки, как бы храбро они ни защищались. В Дублине две с половиной тысячи английских солдат, да еще в Карроке немало. Объединенные силы ИГА и Волонтеров достигают тысячи двухсот человек, в лучшем случае — полутора тысяч. Подвижные войска всегда кажутся многочисленнее, чем есть на самом деле. Неподвижные силы противника можно изучить и сосчитать. Но революционные вожди могут быть ничуть не менее ребячливы, старомодны и романтичны, чем самые реакционные кадровые генералы. Возник даже план занять Стивенс-Грин и вырыть там окопы, хотя потом сообразили, что не хватит людей, чтобы занять отель «Шелборн», а с крыши отеля один пулемет Льюиса в несколько минут справится с этим «укрепленным пунктом».

Пат хладнокровно размышлял о том, как все это глупо — нехватка оружия, отсутствие разумного плана, недостаток самых примитивных медикаментов и медицинского персонала. Он думал о том, что может теперь принять смерть для себя и для других — смерть за Ирландию. Но, подстегивая свое воображение, чтобы прочувствовать наихудшие из возможностей, он видел себя, как он, страшно изранений, не в силах сдержать стоны и крик, лежит без всякой помощи в глубине какой-то разрушенной, забрызганной кровью комнаты, в то время как у окна его товарищи, стоя на коленях, отстреливаются от врага. В этот час порвется связь между ним и судьбой. Не будет больше истории. Даже Ирландии больше не будет. Будет только полураздавленное животное, визжащее, чтобы ему дали жить, а может, чтобы дали умереть. Ему хотелось оставить позади все моления, ни о чем больше не просить для себя, словно он перестал существовать. Но, как некий амулет, он прижимал к груди надежду, что, если ему суждено умереть, он умрет сразу.

И все же, как ни вески были основания для стойкого пессимизма, за самыми черными доводами Пату брезжил огромный свет надежды. Он помнил слова Пирса, что вооруженное восстание следует рассматривать как жертвоприношение, после которого Ирландия духовно возродится. Пирс сказал, что Ирландии нужны мученики. Что Ирландии нужны мученики — с этим Пат был согласен. Но он ощущал, ощущал всем телом, словно оно выросло из этой древней измученной земли, и великую гневную силу Ирландии. Поэтому и в себе он ощущал силу сверхчеловеческую; и если бы нашелся еще хоть десяток людей, подобных ему, ничто не устояло бы перед их напором. То были скорее не мысли, а чувства, не подвластные рассудку. Когда Эамон Сеант, сообщивший ему о существовании тайного совета, сказал: «Если мы продержимся месяц, англичане пойдут на наши условия», Пат ответил: «Мы не продержимся и недели». Но слова эти шли не от сердца. Сердце твердило свое: что с первым выстрелом вся Ирландия поднимется на борьбу.

Был еще только четверг, и до воскресенья много чего могло случиться, и хорошего и плохого. Ходили упорные, подогреваемые из неизвестного источника слухи насчет германского оружия, которым Пат не очень-то верил. Гораздо серьезнее была возможность, что Замок первым нанесет удар. Пат по-прежнему был убежден, что документ, содержащий подробный план военного налета, — ловкая подделка, сочиненная с целью провокации каким-нибудь гением вроде Джозефа Планкетта. Ну а если нет? К тому же, раз столько людей в Дублине посвящены в тайну, весть о восстании может просочиться наружу и военные власти не замедлят принять меры. Пат знал, что в этом случае будет сопротивляться, будет драться, даже если окажется один. Покорно дать себя разоружить в последнюю минуту — значит навеки остаться опозоренным и безутешным.

Была и еще проблема: Мак-Нейл и Хобсон, номинальные вожди Волонтеров, а в глазах ничего не ведающего рядового состава — их подлинные вожди; Мак-Нейл и Хобсон — «умеренные», которых установка на вооруженную борьбу приводит в ужас и которые не подозревают, что внутри возглавляемой ими организации создана тайная иерархия власти, оставившая им место наверху, в полной изоляции. В какой-то момент до воскресенья им об этом сообщат или они сами узнают. В какой-то момент, каким-то образом подлинные вожди сметут номинальных с дороги. Пата смущала догадка, что его начальники не подготовлены к решению этой проблемы, что они выжидают и надеются на лучшее. Они будут действовать под влиянием минуты. И еще он знал и мучился этим непрерывно, что есть одна личная проблема, для которой он сам не нашел решения и которую ему тоже, вероятно, придется решать под влиянием минуты.

Пат собрался уходить из дома Милли на Верхней Маунт-стрит. Он назначил людей, которым поздно вечером в субботу надлежало переправить оружие и боеприпасы из здешнего подвала в некий дом на Баллибоу-роуд, отведенный под арсенал. Дублин в эту ночь будет полон таинственных лошадей и повозок. Но без риска не обойтись, и Пат, уже не раз проводивший такие операции под носом у англичан, по этому поводу не тревожился. С помощью сержанта он только что увязал свое добро в удобные пачки, и сержант незаметно скрылся через дверь в сад. Прислуга Милли, к счастью, появлялась только в заведенное время. Для самой Милли Пат сочинил вполне правдоподобное объяснение, почему он увозит оружие из ее дома. К тому же вполне возможно, что она уже уехала в Ратблейн.

Пату часто приходилось отвечать своим начальникам на вопросы о Милли. Вначале речь шла о ее надежности. Один раз он испытал брезгливый ужас, сообразив, что его отношения с Милли толкуют как любовную связь. В ее надежности он был убежден и сумел убедить других. Милли очень глупая женщина, короче говоря — женщина. Но молчать она умеет — почему-то Пат связывал это с ее безусловной физической храбростью. В последнее время начальники спрашивали его о другом. Милли прошла курсы сестер милосердия. Она хорошо стреляет. Не следует ли попросту завербовать ее? На это Пат решительно отвечал «нет». Не то чтобы он боялся довериться Милли до конца или думал, что она откажется. Нет, в этот священный час своей жизни он просто не желал забивать себе голову какой-то Милли. Когда наступит воскресенье, Милли и все, что с ней связано, останется позади.

— Пат!

Пат как вкопанный остановился в прихожей и выругался. Еще бы минута, и он уже был бы на улице.

— Пат, поди сюда. Мне нужно сказать тебе что-то очень важное.

Он поднял голову и увидел ее где-то наверху — сидит на ступеньке еще освещенной лестницы и смотрит вниз. Поколебавшись, он решил, что стоит послушать, что она скажет, и стал медленно подниматься. Увидев это, она вскочила и побежала впереди него, как собака, когда приглашает следовать за собой. Он с отвращением заметил, что она в брюках.

Дверь в «тир» стояла открытой, там плавали серые сумерки. Редкий дождь стучал по окну в потолке и стекал по стеклам большого окна в ближнем конце комнаты, где низкие шелковые кресла с бахромой до самого ковра толпились вокруг белого туалетного столика. Свинцовое зеркало, ничего не отражая, высилось, как металлическая доска, позади столика-аналоя. В воздухе стоял слабый неприятный запах цветов. В полумраке комната казалась заброшенной часовней, использованной в нечестивых целях.

Пат неохотно переступил порог, и Милли, метнувшись ему навстречу, поспешно затворила за ним дверь. Потом вернулась к столику и стала, словно по команде «смирно», жадно поблескивая глазами. В узких черных брюках она выглядела как герой оперетты, — наигранно-оживленный, вульгарный, готовый с места оглушить публику своим тенором.

— Ну что? — Он думал: неужели она что-нибудь прослышала? Это было бы нескладно.

— Пат, ты присядь.

Он огляделся, ища жесткого стула. Такового не оказалось.

— Спасибо, я постою.

— Выпей мадеры. У меня тут есть превосходная мадера и печенье. Видишь, все приготовлено.

— Нет, спасибо. Вы хотели мне что-то сказать?

— Здесь так темно. Когда дождь, всегда сразу темнеет. Зажечь газ, что ли? Можно подумать, что вечер, впору занавески задернуть.

— У меня ровно минута времени.

— Как тебе нравятся эти бедные нарциссы? Необыкновенные, правда? Это из Ратблейна. Не люблю, когда цветы окрашены не так, как им положено. Жутко это. Весна нынче поздняя. Впрочем, так, наверно, говорят каждый год. А я выпью мадеры, можно?

Пат молча наблюдал за ней. Рука ее дрожала, и графин с мадерой звонко стукнул о рюмку. Милли поглядела на рюмку, нет ли трещины.

— Какая я неловкая! Да сядь же, Пат!

— Не могу. Я очень тороплюсь.

— Напрасно. Не грех бы тебе как-нибудь и в Ратблейн приехать. Ты там, по-моему, не был с детства. А у меня есть для тебя замечательная лошадь, зовется Оуэн Роу. Езди на ней сколько хочешь.

— Если вам нужно что-нибудь сказать, скажите.

— Да, в общем, ничего особенного, просто хотелось с тобой поболтать. Никак нам не удается посидеть и поговорить по-человечески. На что это похоже?

— Вы уж простите, у меня нет времени на светские разговоры. — Пат всем своим видом показал, что уходит. Теперь он не думал, что Милли что-то известно насчет воскресенья.

В темной комнате вдруг зашуршало, зашумело — это Милли подалась вперед и вниз, точно хотела поднять что-то с пола. Чуть не упав, задев его плечом, она с хриплым возгласом ринулась куда-то мимо него. В следующее мгновение она стояла, прислонясь спиной к закрытой двери и держа что-то в руке. Она перевела дух — он увидел, как раскрылся ее рот, влажный, почти круглый, и осознал, что в руке она держит револьвер, нацеленный на него.

Две секунды Пат соображал. Когда-то, в самом начале, он говорил себе, что Милли может быть — или может стать — кем угодно. Она безответственный человек, человек без стержня. Может, она шпионка на жалованье у английских властей. Сейчас его ослепила мысль, что она предательница. А в третью секунду он понял, что, конечно же, это лицедейство, не более как очередная идиотская выходка. Он шагнул к Милли и отнял у нее револьвер. Она отдала его легко, почти не стараясь удержать. Пат положил его на туалетный столик и, поворачиваясь к Милли, вдохнул неприятный, приторный запах белых нарциссов.

Милли все еще стояла спиной к двери, но фигура ее, только что собранная и грозная, теперь обмякла. Словно восковая кукла, которая в любую минуту может согнуться пополам или медленно осесть на пол. Лицо у нее было смутное, как будто удивленное, глаза полузакрыты. Она сказала чуть слышно:

— На один миг ты меня все-таки испугался. О-о-о...
— Это не игрушка, — сказал Пат. Он, конечно, и не думал пугаться, но его злило, что она прочла его мысли, и было противно, что она вдруг превратилась в животное.

— А я ведь рассердилась всерьез, пусть только на минуту. Ты был так *груб*. Неужели ты не можешь держать себя со мной хотя бы вежливо? Я как-никак храню твое добро, ни о чем тебя не спрашиваю, не пристаю к тебе. И ты ведь знаешь, я никому не сказала.

— Если я был груб, прошу прощения.
— Чтобы попросить прощения, мало сказать: «Прошу прощения», да еще таким тоном. Конечно, ты был груб. Ну да Бог с тобой. Сядь.

Пат сел.

Милли тяжело оперлась на спинку его кресла, потом села сама напротив, глядя в пространство. Лицо ее напоминало маски римских императоров — с огромными глазами и открытым ртом, напряженное, страдающее и в то же время похотливое. Дождь как будто перестал, в комнате прибавилось света и красок. Нарциссы были как размытое белое пятно на фоне мокрого серебристого окна. Очень близко от него лицо Милли дрогнуло, зарябилось, точно увиденное сквозь потревоженную воду.

— Не очень-то я тебе нравлюсь, а, Пат?
— Я бы этого не сказал.
— А в каком-то смысле все-таки нравлюсь, я это чувствую.
— Я вас совсем не знаю...
— В том-то и дело. Но ты меня узнаешь, не бойся. Нам надо где-нибудь встретиться и поговорить, просто поговорить обо всем, что придет в голову. Правда, было бы хорошо? Я чувствую, что мы можем много дать друг другу. Ты навещай меня иногда здесь или в Ратблейне. Просто чтобы поговорить. Мне так хочется узнать тебя получше. Мне это нужно.
— Сомневаюсь, найдется ли у нас, о чем говорить.
— Ну пожалуйста, Пат, прошу тебя. Приходи ко мне в гости.
— Право же, у меня нет времени ходить по гостям, мне и сейчас надо идти.
— Я тебя умоляю.
— Мне пора. — Он поспешно встал и, отодвинув ногой мягкое кресло, попятился к двери.
— Пат, я такая никчемная, вся моя жизнь такая никчемная, такая пустая. Ты бы мог мне помочь. Мог бы научить, как быть полезной. Я бы тебя послушалась.

— Ну что я могу сделать...

— А знаешь, я и в самом деле могла тебя застрелить. Сначала тебя, а потом себя. Знаешь, как часто я думаю о самоубийстве? Каждый день, каждый час.

Пат дошел до двери. За спиной у себя он нащупал ручку, приоткрыл дверь и закрыл снова. Он был почти готов к тому, что дверь окажется запертой.

— Я не могу вам помочь.

— Какая жестокость! Ты можешь мне помочь одним пальцем, одним взглядом, одним словом. Неужели ты не понимаешь, что я тебе говорю? Я тебя люблю.

Сперва Пат почувствовал только смущение. Потом что-то более темное, вроде сильного гнева. Он быстро сказал:

— Это подлая ложь.

В тишине он услышал, как Милли перевела дух, словно тихо, торжествующе ахнула. Она встала и, не приближаясь к нему, обошла вокруг своего кресла. Его корчило от отвращения, но рука застыла на ручке двери, как парализованная. Непосредственность его реакции словно связала их туго натянутой, подрагивающей нитью, никогда еще они так остро не ощущали друг друга.

Милли дышала глубоко и медленно. На лице ее, теперь ясно видном в прибывающем свете, было написано счастливое лукавство. Она сказала тихо, ласково, рассудительно:

— Что ж, может быть, это и не любовь. Но это достаточно глубоко и неистово, чтобы быть любовью. Почему бы тебе это не испытать? Я хочу тебя.

— Не надо так говорить.

— А ты хочешь меня. Ладно, знаю, я тебе противна. Ну так ударь меня.

— Довольно...

— Я знаю тебя лучше, чем ты думаешь. Знаю все изгибы и извивы твоего сердца. Знаю потому, что, в сущности, мы с тобой точь-в-точь одинаковые. Ты жаждешь унизить себя. Хочешь, чтобы твоя воля загнала тебя, как визжащую собаку, в какой-нибудь темный угол, где ты будешь раздавлен. Хочешь испытать себя до такой степени, чтобы обречь на смерть все, что ты собой представляешь, а самому стоять и смотреть, как оно умирает. Вот и приходи ко мне. Я буду твоей рабой и твоим палачом. Никакая другая женщина тебя не удовлетворит. Только я, потому что я тверда и умна, как мужчина. Я одна могу понять тебя и показать тебе лицо той красоты, которой ты жаждешь. Приходи ко мне, Пат.

— Довольно...
— Приходи скорей. Еще до конца месяца. Помни, я буду ждать тебя в Ратблейне, в постели. Приходи.

Дверь не поддавалась. Видно, Пат поворачивал ручку не в ту сторону. Еще до того, как он с ней справился, Милли вдруг бросилась к его ногам, как нападающий зверь. Судорожно обвив его руками, хватая, цепляясь, она лепетала что-то бессвязное и умоляющее. Пат с силой дернул дверь прямо на нее и вырвался, оттолкнув Милли ногой. Он сбежал по лестнице, выскочил на улицу, чувствуя, что брюки у него намокли от ее слез. Со всех ног он помчался по мокрым блестящим тротуарам в сторону Меррион-сквер.

Глава 13

Эндрю катил в Ратблейн на велосипеде, который он взял у садовника, только что нанятого Хильдой. Был четверг, пятый час пополудни, и он ехал к Милли пить чай. Во вторник она пригласила к чаю его и Франсис. Теперь он ехал к ней один.

Эндрю чувствовал, что полученный им удар, в сущности, убил его, хотя он продолжает механически двигаться и жить. Так же было, когда умер его отец. Горе уничтожило в нем человека, и осталось только горе да при нем тело, терзаемое болью. Франсис так давно, так давно была для него последним нерушимым прибежищем. Он считал ее вечной, и эта глубокая убежденность в непреходящей природе любви питала все его радости, даже те, что как будто и не были связаны с Франсис. Чтобы жить без нее, ему нужно было совершенно себя переделать. Но жизнеспособности не осталось. Франсис всегда была скрытым солнцем его мира. Он думал, что этот мир прекрасен в его честь, как дань его молодости и надеждам, а на самом деле свет исходил от нее. В озарении ее привязанности, ее ума все сверкало золотом. Теперь она, закутанная покрывалом, недоступная, вобрала в себя эту красоту, и мир стал серый и мертвый. В отчаянии он метался, ища какой-нибудь знакомой опоры, чтобы пережить эту муку, но опорой была та же Франсис.

Он пытался взять себя в руки, трезво оценить положение. Он понял, как страшно недооценивал Франсис, как идиотски был в ней уверен. Он должен был бы вести себя как рыцарь у Мэлори, видеть в ней великое и трудное испытание собственных достоинств. Но ведь они с Франсис так хорошо знали друг друга, все было так просто — теперь-то ему казалось, что в этом и коренилось несчастье. Нет, правда же, раньше все было хорошо, их долгая любовь не могла быть иллюзией. Так почему же все пошло не так? Может быть, Франсис решила, что он слишком спокоен, и оттолкнула, чтобы побудить к большей пылкости? Но в такой дипломатии ее даже заподозрить нельзя. На уловки она не способна. Здесь нет никаких тайн, никакого материала для мелодрамы. Она самый старый его друг и, если бы он был ей нужен, приняла бы его таким, как есть, без всяких ухаживаний. Истина в том, что она осуществила свое последнее, неотъемлемое и страшное право — располагать своим сердцем. Он попросту ей не нужен.

Абсолютная преданность одного человека другому встречается относительно редко, однако столь ослепителен свет эгоизма, в котором каждый из нас живет, что, не обнаружив преданности там, где мы рассчитывали ее найти, мы бываем удивлены, шокированы — как может такая великая ценность, как я, не быть предметом любви! И Эндрю наряду со стыдом и горем явственно ощущал и это удивление, еще не умея усмотреть в нем зерно целительного эгоизма, призванного со временем облегчить его боль. Как *могла* Франсис его покинуть? Казалось немыслимым, что она намеренно положила конец их долгому счастливому общению и лишила его возможности приходить к ней. А вдруг завтра все опять будет по-прежнему? Но в глубине постепенно трезвевшего сердца он знал, что Франсис не дразнила и не раззадоривала его, не играла с ним и не просила его подождать. Она просто его отвергла.

Он уже приближался к Ратблейну, где не был много лет, и вдруг с удивлением сообразил, что нашел дорогу совершенно бессознательно. Теперь он огляделся — все было до жути знакомо, полно щемящих, но неуловимых впечатлений детства. Некто, кем он когда-то был, вдохнул жизнь в эту местность. И теперь она встречала его, как старый друг, не понимающий, что от тебя, прежнего, ничего не осталось.

Ратблейн был расположен милях в пятнадцати к югу от Дублина, в складке Дублинских гор, недалеко от реки Доддера. Эндрю не задумываясь поехал по дороге на Стиллорган, а в Кабинтили свернул вправо, в горы. День был ветреный. Над морем высоко висели круглые облачка, похожие на кольца дыма, а за горами, загромоздив все небо, толстые, серые с золотом валы неспешно вздымались и опадали над самыми вершинами, образуя свой огромный, устрашающе трехмерный мир. Впереди появился пик Киппюр, темно-синий на фоне узкой полосы бледно-желтого неба, словно уже поглотивший темные лучи наступающего вечера. А клочки полей на ближних склонах, почти отвесно лепившихся к густым ржавым зарослям вереска, были светло-зеленые, серебристые, и поросшие утесником холмики, вокруг которых стояли кольцом черноголовые овцы, горели на предвечернем солнце желтым огнем, словно исходившим из самой гущи золотых цветов.

Эндрю слез с велосипеда и вел его по неровной дороге вверх, на гребень, за которым скрывался Ратблейн. Направо от него осыпающаяся межевая стена, заросшая ежевикой и валерианой, казалась естественной каменной грядой. На пороге этих диких пустынных мест его встретил порыв ветра с дождем, но теперь опять было сухо. Слева от дороги недавно резали торф, и черная подпочва, вязкая, как помадка, поблескивала на проглянувшем солнце. Эндрю устал тащить велосипед по камням и уже не понимал, зачем его сюда понесло. Смысла в этом теперь никакого, можно было послать записку. Ну да ладно, надо же что-нибудь делать. И нашелся благовидный предлог, чтобы улизнуть из «Клерсвиля», где прибытие мебели привело Хильду в невыносимое возбуждение и направило ее мысли на всякие больные семейные темы. Один раз она даже произнесла слово «детская». Пыткой было и вынужденное молчание, и то, что его считали счастливым, когда на самом деле несчастнее его не было человека на свете. Он снова оседлал велосипед, подскакивая, скатился под гору и через ворота с обитыми каменными грифонами по бокам въехал в полное безветрие и тишину.

Ратблейн был построен в стиле первых Георгов — не очень большой дом, серый и довольно высокий, с несимметричным фасадом, с одного конца скругленным наподобие крепостной стены, с другого — ровным, обведенным балюстрадой. Задуманное когда-то второе крыло так и не было построено. На гравюре XVIII века дом был изображен в перспективе, но Киннарды XIX века усердно сажали вокруг него деревья самых разнообразных пород, в том числе очень редких, и теперь ветви катальпы, ликвидамбара и гинкго, тесно переплетаясь, окутывали его сетью густой тишины, такой неожиданной после ветреных просторов горной дороги, что у приезжего дух захватывало. Открывающийся взору только в последнюю минуту, Ратблейн, окруженный своей густолиственной зеленой стеной, был объят грозным, зловещим молчанием, характерным для ирландских поместий, — молчанием, которое, может быть, навеяно самым воздухом Ирландии, а скорее объясняется постоянным отсутствием владельцев и предчувствием, что, если подойти к красивому фасаду поближе, сквозь верхние окна внезапно увидишь небо.

За последним поворотом показались полускрытые деревьями большие серые контрфорсы. Бугристая дорога вела вдоль стены дальше, к конюшням, а к парадной двери дома нужно было пройти по некошеной лужайке, на которую, прямо в высокую траву, спускалась полукруглая лестница с белыми крашеными перилами. Эндрю прислонил велосипед к стене и пошел к крыльцу. Толкнув тяжелую дверь, он очутился в прихожей, где всегда пахло лежалым хлебом. Здесь было пусто, и он неуверенно прошел дальше, в большую гостиную с окнами фонарем.

— Эндрю, кого я вижу!

Мгновенно и болезненно он осознал, что его не ждали. Милли начисто забыла, что приглашала его, начисто забыла о его существовании. Эндрю смотрел на нее как потерянный.

— Вот и чудесно, что приехал. Сейчас подадут чай. Я как раз тебя поджидала. А где Франсис?

— Она не смогла выбраться. Просила ее извинить.

— Какая жалость! Одну секунду, сейчас я потороплю там с чаем.

Эндрю подошел к окну и приник к нему лбом. С этой стороны дома шла узкая полоса, вымощенная неровными каменными плитами и вся затянутая пушистой паутиной длинного желтого мха, а из трещин между плитами буйно росли мелкие голубые цветочки. Дальше был загон, в котором паслась гнедая лошадь, а еще дальше — снова стена неподвижных деревьев, каждый листок отчетливо виден в мрачноватом, точно театральном, освещении.

— Ты, я вижу, любуешься моими подснежниками. Правда, они душечки? Голубее их ничего нет на свете. Вот бы мне такие глаза! Как ты сюда добрался?

На Милли было пышное платье из какой-то чешуйчатой лиловатой материи, казавшейся мокрой, с черным поясом и большим черным шелковым воротником, точно срезанным с одеяния монахини. Ее полное красивое лицо улыбалось как-то слишком старательно, и у Эндрю мелькнула мысль, что она только что плакала.

В ответ на ее вопрос он, теперь уже не только страдая, но и дуясь, сказал:

— На велосипеде.

— На велосипеде? По горной дороге? Да ты герой... Вот спасибо, Моди, подкатите столик сюда и, пожалуйста, подбросьте в камин торфа. Тебе индийского или китайского, Эндрю?

— Индийского.

— Ты бы взял напрокат лошадь, доехал бы вдвое быстрее, и верховая дорога через Гленкри очень живописная.

— Я не люблю лошадей.

— Что-о? — Почему-то эта новость очень развеселила Милли. — Ой, не могу, ты прелесть. А еще кавалерийский офицер! Надеюсь, ты хранишь это в тайне. Впрочем, я тебе, конечно, не верю. Мне теперь особенно хочется посмотреть, каков ты в седле. Ты приезжай сюда почаще, вместе покатаемся. У меня есть для тебя замечательная лошадь, зовется Оуэн Роу, езди на ней сколько хочешь.

— К сожалению, я очень скоро уезжаю в Лонгфорд, тетя Миллисент.

— Опять «тетя Миллисент»! Помнится, ты с сегодняшнего дня должен был называть меня Милли. Ужасно жаль, что Франсис не приехала, могли бы начать вместе. Верно, Эндрю? Ну, отвечай: «Да, Милли».

— Да, Милли.

— Вот так-то лучше. Ну-ну, значит, держишь путь в Лонгфорд? Пришло время послужить королю и отечеству? Как называется твой полк, я все забываю?

— Конный Короля Эдуарда.

— Полк хоть куда. И как тебе идет военная форма, особенно сапоги. Я уверена, что ты отличишься. Попробуй лимонного пирога, это Моди пекла. О Господи, сейчас опять польет, ну и страна! Слышишь, поползни пищат? Кви, кви, кви. Они всегда так пищат перед самым дождем. А может быть, просто воздух тогда чище, вот их и слышно. Они вьют гнёзда в старой стене, я тебе потом покажу. Ты, конечно, будешь у меня обедать и переночуешь?

— Нет, тётя Миллисент, мне сегодня нужно домой.

— Ну да, понятно, возвращайся к своей Франсис. Но всякий раз, как ты назовёшь меня «тётя Миллисент», я буду тебя наказывать. Правда, шлёпать тебя уже нельзя, великоват стал. Тебе сколько лет, мальчик?

— Двадцать один.

— Счастливец. Мне бы столько. Надо сказать, что вид у тебя вполне взрослый, а усы так просто неотразимые. Посижу-ка я с тобой рядом.

Милли ногой откатила в сторону столик с чаем и плюхнулась на диван рядом с Эндрю.

Эндрю слегка отодвинулся. Он полез в карман за платком, чтобы вытереть пальцы после лимонного пирога. Вслед за платком из кармана показалось и упало на ковёр кольцо с рубином и бриллиантами.

Заметив это, Милли быстрым движением подняла кольцо, тотчас надела его на палец и, любуясь, стала поворачивать во все стороны.

— Очаровательное колечко! И как раз мне впору. Но это, конечно, обручальное кольцо для Франсис. Как романтично! Его ещё никто не видел, я первая? Но зачем ты, глупыш, таскаешь его просто в кармане? Так и потерять недолго. Разве у тебя нет для него футлярчика?

Эндрю начал:

— Футлярчик у меня есть... — и запнулся. Голос его не слушался, и он чувствовал, что если скажет ещё хоть слово, то захрипит, а потом расплачется. Он сидел молча, оцепенев, уставясь глазами в ковёр.

Через некоторое время он почувствовал, что Милли коснулась его плеча.

— Что-то случилось? Что-то неладно?

Он кивнул.

— Очень неладно?

Он кивнул.

— О Господи. Она тебе отказала.

— Да. — Он закрыл ладонью глаза, внезапно наполнившиеся слезами. Милли рядом с ним уже не было — она рывком встала и отошла к окну.

— Почему? — спросила она. — Почему?

— А почему бы и нет? — сказал Эндрю, вытирая слезы платком. — Если мы всю жизнь считались помолвленными, это еще не значит... вернее, в этом, пожалуй, и дело. Мы были слишком близко знакомы. Она говорит, что мы были как брат и сестра.

— Брат и сестра? — Милли коротко рассмеялась. — А ты не думаешь, что есть какая-то особая причина? Может быть, тут замешан ее отец?

— Нет. Кристофер всегда этого хотел.

— Может, она еще передумает.

— Нет, не передумает. Поэтому я и хочу уехать как можно скорее.

— Мама твоя, наверно, в отчаянии.

— Она еще не знает. Франсис просила пока никому не говорить, она хочет сначала подготовить Кристофера.

— А-а... Ну, не тревожься, я-то буду молчать. Это я умею. Но как же мне не стыдно так тебя расспрашивать! Господи, ребенок плачет! Давай-ка лучше выпьем хересу, а? Тебе это будет полезно. Да и мне, пожалуй, тоже.

А Эндрю торопливые расспросы Милли как будто помогли. Ему стало чуть легче. Он потягивал херес и понемногу согревался, оживал.

Милли опять подсела к нему и взяла его за руку.

— Черт знает, до чего ты похож на моего брата, на своего отца. Ты любил покойного Генри?

— Конечно.

— Это хорошо. Сейчас не все дети любят своих родителей. Я-то очень его любила. Так-так, значит, это все-таки будет не Франсис. Но ты не горюй. Ты молод и до противности красив. Только не вешай голову и можешь выбирать любую красотку — хочешь в Англии, хочешь в Ирландии. Я тебе помогу советом.

Эндрю покачал головой. Он устало глядел на камин, на бледные языки огня от горящего торфа.

— Нет. У меня больше ничего не будет. И вообще я умру молодым. — Почему-то мысль эта его подбадривала.

— Этот выход всегда в запасе, так? Чепуха! Я уже предвкушаю, как буду учить твоих детей ездить верхом.

— Мне кажется, я не мог бы жениться ни на ком, кроме Франсис. Может, я просто не гожусь для женитьбы.

— Мальчик мой, ты только посмотри в зеркало! Вот разве что ты этого боишься... У тебя когда-нибудь была женщина?

— Нет, конечно.

— Ну вот, теперь я тебя шокировала. Но неужели правда? Ни разу? А хочется, наверно, до ужаса? Выпей еще хереса.

Эндрю глубже ушел в диван, подтянул колени. Он обнаружил, что все еще держит руку Милли, и выпустил ее. Милли тоже устроилась поуютнее, с ногами, колени их касались. Эндрю был сильно смущен последним поворотом разговора, но то, что вещи вдруг были названы своими именами, развлекло его и даже как-то утешило.

— Да, наверно, я боюсь, боюсь, что ...ну, что ничего не выйдет. Но как бы там ни было, этот вопрос больше не возникнет.

— Возникнет, дитя мое. Ты солдат. Ты, черт побери, мужчина, Эндрю. Ты невероятно молод. В ближайшие два-три года с тобой столько всего случится, что ты и вообразить не можешь. Дай мне опять руку. Куда она девалась?

— Ох, Милли, я не знаю. Иногда мне кажется, что я всего боюсь. Мне страшно возвращаться во Францию.

— Это всякому разумному человеку было бы страшно. — Она сжала его руку, ласково помяла ее в ладонях.

— Хорошо с вами поговорить.

— А ты, видно, очень одинок, да? Жаль, что ты уезжаешь, я могла бы много для тебя сделать. Ну, да ты не унывай! Скажи, вот даже сейчас ты не чувствуешь хотя бы малюсенькой радости оттого, что ты свободен, что перед тобой открыт весь широкий мир с его неожиданностями?

— Нет, я только чувствую, как мне скверно.

— Ну конечно, сейчас еще рановато. Но это чувство появится. О Господи, если бы я была молода, как ты, и свободна, а знала бы все, что знаю теперь! Si jeunesse savait, si vieillesse pouvait!*

— Но вы вовсе не vieille**, Милли, и я уверен, могли бы pouvait все, что угодно.

— Ты милый. Дай я тебя поцелую.

Лиловые шелковые колени чуть надвинулись на колени в хаки, и Милли обняла Эндрю за шею. Пригнув к себе его голову, она поцеловала его в щеку. Потом ухватилась за его плечо и, пододвинувшись вплотную, поцеловала в губы.

Эндрю был удивлен, озадачен. До сих пор он воспринимал Милли как нечто расплывчатое, теплое, успокаивающее. Сейчас он четко осознал ее тело, позу

---

* Если бы молодость знала, если бы старость могла! *(фр.)*
** Старая *(фр.)*.

этого тела и его близость, и где оно касается его собственного тела, и как к нему подступиться. Торопливым движением, непосредственным и благодарным, он подсунул руку ей за спину и неловко прижался лицом к ее лицу. Потом откинулся назад в страшном смущении.

Минуту они глядели друг на друга. Милли сказала чуть слышно:

— Этого я не ожидала. — Взяла его руку и прислонилась к ней щекой. — Вот видишь — широкий мир с его неожиданностями уже взялся за свои проделки.

— Простите меня... — сказал Эндрю.

— За что? Ты меня так утешил. Ведь я — человек, разочарованный в жизни, как и ты. И к тому же в страшном затруднении. Впрочем, не важно. Но то, что ты явился именно сегодня, и *это* — это сложилось так счастливо, так невинно. Меня ведь ты не боишься?

— Нет.

— Ну так поцелуй меня, моя радость, и теперь уж как следует.

Эндрю глубоко вздохнул и, когда Милли приглашающе наклонилась к нему, крепко ее обнял и, прижав головой к подушкам дивана, стал целовать. Перестать было трудно. Задыхаясь от ужаса и восторга, он оторвался от нее и встал.

— Простите ради Бога, тетя Миллисент.

— Ты опять за свое? Сейчас я тебя нашлепаю. Сядь. Там, в дальнем конце, я тебя не трону. Вот так. Эндрю, милый, ты преобразил для меня весь мир. Когда ты приехал, я себе места не находила от горя. Помнишь, я сказала, какие подснежники голубые. Тогда они были не голубые, а серые. А вот теперь стали голубые. Это ты их такими сделал.

Эндрю был полон стыда и тревоги, но и сквозь стыд он невольно ощущал свою чисто мужскую власть над этой красивой, старше его женщиной.

— И знаешь, Эндрю, знаешь, нельзя нам на этом успокоиться. Это было бы преступлением.

— То есть как?

— Ты сказал, что боишься этого. Что, может быть, ничего не выйдет. Я тебя научу. Со мной все выйдет.

Эндрю не сразу понял. Потом, потрясенный, уставился на нее.

— Опять я тебя шокирую. Но я хочу тебя убедить. В этом нет ничего дурного, никакого греха. У нас с тобой все было бы невинно и чудесно. И все твои страхи как рукой снимет.

Эндрю смотрел на нее, глаза у него были, как у испуганного ребенка.

— Не будь трусом, Эндрю. Это удивительно, это прекрасно. И такой случай. Никто не узнает. А после этого ты действительно будешь свободен. И мне будет такая радость.

— Я не могу...

— Я хочу тебя. А ты меня. Тут-то ошибки быть не может.

— Нет, право же... Милли, я лучше пойду.

— Ты трус и размазня. Но я понимаю, я тебя застигла врасплох. Я и себя-то застигла врасплох! Ну ты еще подумай. Только думай скорее, мой милый, мой мальчик, думай скорее!

Оба уже встали с дивана. Эндрю натягивал плащ.

— Эндрю, голубчик, ты на меня не сердишься?

— Нет. Простите меня. — Он поцеловал ее руку и прижал к глазам, низко склонив голову.

— Ну, теперь иди, я тебя отпускаю. О, а колечко-то я так и не сняла. На, возьми его. Но когда ты придешь, когда ты придешь по-настоящему, ты мне его подаришь. Нет-нет, шучу. Ты и назад поедешь на велосипеде? А то, может, оседлать Оуэна Роу? Ты мог бы оставить его потом в конюшне на Харкорт-стрит.

— Нет, спасибо.

Она проводила его за дверь, в сырой темнеющий вечер. Только что стал накрапывать дождь. Лохматые черноголовые овцы собрались у крыльца — толпа молчащих призраков. Выцветшее небо чуть отдавало желтизной, а пик Киппюр, видный над деревьями, был черный как смоль.

— Люблю, когда животные подходят к самому дому. Ты ведь вернешься, да? Ты все равно возвращайся, хоть поговорить. О Господи, как глупо, мне плакать хочется. Вот как ты меня разволновал, милый... и как я тебе завидую. И сейчас я завидую не молодости твоей и свободе, а твоей невинности.

Глава 14

Четыре свечи осталось или восемь, старался вспомнить Барни, чувствуя, что колени у него совсем онемели на каменном полу. Надо бы знать — по номеру псалма. Пятнадцать свечей, зажженных в треугольном подсвечнике, гасили по одной после чтения каждого псалма. Но Барни уже давно сбился со счета. Он только знал, что пробыл здесь довольно долго и что пол очень жесткий и к тому же мокрый от дождевой воды, которая натекла с макинтошей и зонтов окружающих его людей. Пробыл он здесь довольно долго, а до этого был в пивной. Перехода из пивной в церковь он не запомнил. В конце концов он решил-таки сходить к Tenebrae. То есть, по-видимому, решил, раз он здесь.

Церковь, принадлежавшая небольшой доминиканской общине, представляла собой узкую бетонную пещеру, расположенную в закоулке глухого двора на Верхней Гардинер-стрит. Ни с кем из прихожан Барни не был знаком, он набрёл на эту церковь случайно, а нравилась она ему аскетической простотой убранства и тем, что мало посещалась. Даже сейчас, в четверг вечером, половина стульев пустовала. Было темно, только в алтаре горел огонь да мерцающие свечи отбрасывали неяркие блики на две линии склоненных черно-белых фигур в капюшонах, уходящие к аналою, над которым туманно обозначалось укутанное пеленой распятие. Посреди церкви тут и там стояли на коленях люди, сгорбившись, покосившись, как бывает, когда долго простоишь на коленях, скинув макинтоши прямо на пол. Пахло мокрой одеждой и мокрым камнем. Tenebrae factae sunt, dum crucifixissent Jesum Judaei; et circa ho-ram nonam Jesus voce magna: «Deus meus, ut quid me dereliquisti?»* Барни чуть приподнял колени и сел на пятки. Подушки он не взял нарочно, чтобы было неудобнее, и теперь ощущал свои колени как две холодные металлические пластинки, плохо прикрепленные к ногам. Ломило бедра, ломило плечи, холодными иголками покалывало в пояснице. Он едва удерживался от искушения сесть на пол. Сощурив глаза, он посмотрел на свечи и решил, что их осталось четыре.

Монахи все читали псалмы — нараспев, монотонно, без всякого выражения. Из людей, поникших на полу, некоторые следили по молитвенникам, большинство же застыло в тупом оцепенении, вызванном духовной скорбью или физическим неудобством. Какой во

---

* Тьма была по всей земле до часа девятого, а около девятого часа возопил Иисус громким голосом: «Боже мой, для чего ты меня оставил?» *(лат.)*

всем этом смысл, думал Барни. Зачем он пришел сюда? Не все ли ему равно, где быть, здесь или в пивнушке «Маунтджой»? Те же чувства, тот же знакомый круг намерений и обязательств. Все это он мог бы проделать и где-нибудь еще. Даже здесь это всего лишь притворство, всего лишь — несмотря на скучные голоса монахов и боль в коленях, а скорее, именно благодаря этому — поиски уюта. Раскаяние ему не внове. Изо дня в день он горько сожалел о содеянном, горько сожалел о том, что делает, уже в ту минуту, когда что-нибудь делал. А изменить себя хотя бы самую малость — этой способности ему просто не дано. Такая способность если и существует, то в каком-то другом мире, а раз он ее лишен от рождения, значит, она ему не поможет. А значит, нужно положиться на милосердие Божие. Но возможно ли оно, не есть ли оно по самой сути своей противоречие? Может ли совершенное существо быть милосердным к тому, что не совершенно? Если он попадет *туда,* не будет ли он автоматически предан огню? Ego autem sum vermis et non homo*.

Барни раздумывал, следует ли ему исповедаться. Да, конечно, следует. Но огромный, суровый и безличный механизм церкви, некогда внушавший ему такое уважение, теперь казался пустой, назойливо-шумной затеей идолопоклонников. Наверно, он так и не привык до конца к таинству исповеди. Можно пойти к любому незнакомому священнику, застать его за чтением «Айриш таймс», стать на колени и шепотом перечислить свои проступки, а он, ни разу тебя не прервав, наложит пустяковую епитимью и рассеянно даст отпущение. Но ведь человека нужно подвергнуть допросу, подвергнуть наказанию. А какой смысл в наказании, когда между карающим и караемым нет личной связи? Ему ка-

* Я же червь, а не человек *(лат.).*

залось, что только наказание может снова приобщить его к ордену любви. Придется требовать наказания от самого Бога, на меньшем он не успокоится. Quoniam ego in flagella paratus sum*.

Как снять с человека вину, как помешать ей тянуть его глубже и глубже, на самое дно? Существует ли искупление, возможно ли оно или это тоже бессмыслица? Как может кто-то другой спасти меня своими страданиями? Если кто-то хороший страдает оттого, что я дурной, а я созерцаю эти страдания, не должно ли это изменить меня и очистить почти автоматически? Но такое созерцание невозможно именно потому, что я дурной. Люди не умеют смотреть на чужие муки чистыми глазами. Если бы хороший человек, страдая за меня, мог меня этим спасти. Кэтлин была бы орудием моего спасения, а не моей погибели. O vos omnes qui transitis per viam, attendite et videte**. Но, сколько ни смотри, он не способен вникнуть и увидеть. Зрелище распятого Христа ничего не меняет в его сердце.

Почему созерцание безвинно страдающих не обладает спасительной силой? Он вспоминал живых уток и кур на рынке — со связанными ногами, сваленных в пыльные углы. Каждый час, каждую секунду кричит зайчонок в зубах у лисицы, сова бесшумно пролетает в ночи, зажав в клюве полевую мышь. Он знал об этом, страшное это знание жило в нем, как во всяком человеке. Но оттого, что сам он ходил во тьме, все это оборачивалось тьмой, а не светом. Ужасающая нежность и чувство вины, которые он испытывал при виде беспомощной птицы на рынке, заставляли его тут же с проклятием отворачиваться. Страдания безвинных должны бы пробуждать дух к чистому, непреходящему самоотрече-

---

* Ибо я уже готов к бичеванию *(лат.)*.
** О вы все, идущие по жизни, вникните и увидьте *(лат.)*.

нию. А вместо этого — холодное равнодушие виновного, чувствующего, что вина его неистребима. Он оказался не кающимся разбойником, а злодеем. Me minavit et adduxit in tenebras et non in lucem*.

А может быть, и тот злодей в конце концов был спасен? Но что могло его спасти? Если спасение вообще имеет смысл, спасаться нужно не в чужом, а в своем обличье. Барни видел ясно, словно внутри его зажгли хирургическую лампу, что механизм его благих намерений просто не подключен к животному, которое он собою являет. Ни одно из колесиков этого механизма не задевает того огромного, сильного существа, что живет своей жизнью, невзирая ни на что. Именно сила, жирная сила этого существа приводила его в отчаяние. Он хотел думать о себе как о человеке, которого хоть изредка посещает доброе начало, но эти посещения, оказывается, не более как болотные огоньки его души. Все его «благие решения» даже не лицедейство, а пустая болтовня. Значение слова «благой» ему непонятно. В его устах это всего лишь попугайный крик. Весь он ни на что не годен, кроме как на сожжение. Non est sanitas in carne mea a facie irae tuae, non est pax in ossibus meis a facie peccatorum meorum**.

Барни еще не решил, сообщить ли Франсис о планах Кристофера. Сделать это ему ужасно хотелось, хотя бы для того, чтобы как-то приложить руку к ситуации, которая его мучила. Он уверял себя, что его долг — обнародовать правду, чтобы все могли понять, что они делают. Но всегда ли людям следует понимать, что они делают, а главное, таков ли будет в данном случае результат? Ему ли, безнадежно запутавшемуся в собственной

---

* Грозил мне и привел меня во тьму, а не к свету *(лат.)*.

** Нет здоровья плоти моей перед лицом Твоего гнева, нет мира костям моим перед лицом моих прегрешений *(лат.)*.

жизни, провести грань между добродетельным стремлением к истине и гадкой интрижкой? Франсис огорчится до крайности, но как она поступит? Может быть, отложит свою свадьбу и расстроит женитьбу отца — то и другое желательно. Но как тогда отомстит Милли? Может ли он надеяться остаться у нее в милости? Нет, слишком рискованно. Но до чего же соблазнительно осведомить Франсис и посмотреть, что будет. В сущности, терять ему нечего. Эти рассуждения, начинавшиеся обычно в высоком моральном плане, кончались неубедительно — мелкой сварой между одинаково эгоистичными побуждениями.

Была, разумеется, одна возможность осведомить Франсис и при этом быть более или менее уверенным в благородстве своих мотивов: эта возможность состояла в том, чтобы отказаться от Милли. Даже странно, что он так часто возвращался к этой мысли, странно, если учесть, как глубоко он погрузился в свою преданность ей, погрузился и увяз, как муха в патоке. О том, чтобы отказаться от нее, даже думать смешно. Однако он снова и снова об этом думает, совершенно абстрактно, и будет думать, потому что знает, что по-настоящему отравило ему жизнь его безобразное отношение к Кэтлин. Кэтлин — его жена, она существует как непреложное обязательство, столь глубоко коренящееся в природе вещей, что постоянно требует если не уважения, то внимания со стороны вконец разложившейся воли. Кэтлин нельзя игнорировать, нельзя обречь на незаметные страдания в пыльном углу, как тех несчастных кур на рынке. При всей своей молчаливости она не может страдать незаметно, ибо она человек, с которым он связан нерасторжимыми узами, и он вынужден видеть ее муки, видеть, как он ее мучает.

Нет и не будет предела его вине перед ней до самой смерти. Он весь — сплошная вина. Отсюда его отчаяние и его проклятия. Из-за нее он стал причиной собственной гибели. Его мемуары, в которые он вложил столько творческих сил, которые оказались таким утешением, — не более как оружие против Кэтлин. Ему понадобилось убежище, чтобы скрыться от нее, место, где он был бы оправдан, а она судима. В настоящей жизни она была только судьей, даже когда молчала. В мемуарах они менялись местами, и несправедливость жизни оказывалась заглаженной, та страшная животная сила — утоленной. Порой мемуары представлялись Барни единственным, что было в мире чистого и ясного. Но в другие минуты он воспринимал их как грех, может быть, величайший свой грех, полное развращение того, что могло бы остаться незапятнанным, — его ума, его таланта. То, что он писал в мемуарах, было не совсем правдой, и это «не совсем» вырастало в преступную ложь. Vinea mea electa, ego te plantavi. Quomoda conversa es in amaritudinem ut me crucifigeres et Barabbam dimitteres?*

Барни открыл глаза. Он боком сидел на полу, прислонясь к стулу, который подтянул к себе поближе. Рука и локоть лежали на стуле. Как видно, он уснул.

В церкви было темно, тихо и пусто. Служба кончилась, и все ушли, а его оставили спать. Голые стены казались туннелем, в дальнем конце которого чуть мерцал огонь в алтаре, словно ничего не освещая, — пятнышко света, окруженное темнотой.

Барни смотрел на этот свет. Последнее, что он запомнил, был щемящий упрек — Vinea mea electa... Ему казалось, что это самый убийственный упрек, какой

---

* Лоза моя избранная, я тебя посадил, как же обернулась ты горечью, так что меня распяла, а Варавву отпустила? *(лат.)*

только может быть. А почему? Потому что в нем безошибочно слышался и голос любви. Могут ли укоризна и любовь быть так похожи? Да, ибо таков магнит, которым хорошее притягивает то, что частично дурно, неисповедимыми путями притягивает, может быть, и до конца дурное. Свет, исходящий из совершенного источника, по необходимости обнажает все несовершенное, в этом содержится и укор, и призыв.

Барни снова стал на колени. Он сильно озяб, все тело затекло, голова болела. Наверно, уже очень поздно, может быть, уже наступила Страстная пятница. Он еще раз взглянул на огонь в алтаре и уверенно, почти физически ощутил присутствие совершенного добра. А вместе с этим — ранее не испытанную уверенность в собственном существовании. Он существует, и Бог вон там, перед ним, тоже существует. И если за такое сопоставление он не был мгновенно обращен в прах, значит, Бог есть любовь.

В то же мгновение Барни стало совершенно ясно, что все, что он смутно полагал прекрасным, но недоступным ему, не только возможно, но и легко достижимо. Он может отказаться от Милли, может разорвать свои мемуары, может во всем покаяться Кэтлин и научиться любить ее по-настоящему. Он может сделать так, что все опять станет просто и невинно, и в эту минуту он также знал, что стоит ему шевельнуть пальцем для достижения этой простоты и невинности, как из той области, что казалась вне его и такой далекой, в него вольются новые силы. Он думал, что погиб, ушел астрономически далеко, что нет уже ни «дальше», ни «ближе» и самая мысль о пути обратно бессмысленна. А все это время его обнимали так крепко, что он даже при желании не мог бы уйти. Quoniam sagittae tuae infixae sunt mihi et canfirmasti super me manum tuam*.

* Ибо стрелы твои уже вонзились в меня и утвердил ты надо мной руку свою *(лат.)*.

Глава 15

— Ах как хорошо!

Хильда бросила перчатки на какой-то ящик в передней и точными, изящными движениями извлекала булавку из своей большой бархатной шляпы. Она только что вернулась из церкви Моряков, где просидела первую часть трехчасового пятничного богослужения.

— Голодна как волк. И ты, наверно, тоже, Эндрю. Завтрак у нас холодный, сейчас накрою на стол. Напрасно ты не поехал со мной, было замечательно. Такие проникновенные воззвания. Собственно говоря, в Страстную пятницу должно быть грустно, а я всегда чувствую такой радостный подъем, даже больше, чем в Светлое воскресенье.

Эндрю мрачно глянул на нее сквозь перила — он прибивал ковер на верхней площадке.

— Сейчас иду, мама. Ты где хотела повесить золоченое зеркало? Крюки от него я нашел.

— Да лучше всего против двери, так передняя будет казаться больше. А перед ним поставим моих тропических птиц. Домик получится очаровательный, правда, Эндрю? Я так счастлива, просто сказать не могу. После завтрака приедет Кристофер, посмотреть, как у нас идут дела. Франсис я видела в церкви, но она сказала, что не может приехать, у нее заседание Общества помощи воинам. Впрочем, ты это, конечно, знаешь.

Громко напевая, Хильда поспешила в кухню. Вскоре до Эндрю, покрывая мурлыканье газовых горелок, донесся ее резковатый, нарочито звонкий голос: «Когда гляжу на дивный крест...»

«Клерсвиль» и правда был прехорошенький домик, но Эндрю видел в нем только источник новых страданий. Находился он в крутой, самой запутанной части Долки, пониже монастыря Лорето, над портом Буллок, в удобном соседстве (как гласил проспект) с церковью Св. Патрика (протестантской), и из верхних окон его открывался красивый вид на Дублинскую бухту. Это была крепкая постройка прошлого века, с готическими окнами и стрельчатым крыльцом — эти «оригинальные» черточки тоже не были забыты в проспекте. На гладких стенах, выкрашенных в пыльный темно-розовый цвет, выделялись белые каменные наличники. При доме был довольно большой сад, расположенный террасами, и в нем два эвкалипта, старая растрепанная араукария и радость Хильды — грот, сложенный из огромных морских раковин. Недостатки дома, очевидные для Эндрю, Хильда отказывалась видеть. В магазины и к трамваю нужно было идти далеко и в гору. По вечерам улица была темная, пустынная. Из-за крутизны склона казалось, что дом не сегодня завтра сползет вниз, и трудно было обрабатывать сад. Эндрю даже готов был согласиться с мнением Кэтлин, гневно опровергнутым Хильдой, что в «Клерсвиле» сыро. Однажды, разыскивая для Хильды ближайшие магазины, Эндрю зашел в пивную и впервые с приезда в Ирландию услышал нелестные замечания по поводу своей военной формы. Он решил, что ненавидит Долки.

Внутри дом пока что являл картину полного хаоса. Мебель прибыла накануне утром, и перевозчики, наскоро впихнув ее в дверь, ушли — по их словам, в церковь, — пообещав скоро вернуться и расставить тяжелые вещи по местам. Хильда неосмотрительно дала им на чай, и Кристофер тогда же со смехом предсказал, что больше она их не увидит. И до сих пор рояль с отвинченными ножками, очень большой книжный шкаф

221

и объемистый комод стояли в холле. Эндрю считал, что шкаф и комод он может осилить с помощью Кристофера, но рояль нужно было нести втроем или вчетвером. Предложение матери пригласить в помощники Пата Дюмэя он встретил таким глубоким молчанием, что даже Хильда поспешила переменить тему.

Эндрю мучило, что Хильда ничего не знает. От вспышек ее веселья, от ее стыдливых упоминаний о Франсис и еще более стыдливых упоминаний о времени, «когда наша семья увеличится», перед ним непрестанно вставали четкие картины утраченного счастья. И все яснее он понимал, какой удар ждет Хильду. Сразу он об этом не подумал, но, конечно же, для нее новая ситуация означает крушение всего, Ирландии, вообще всего. Ведь она твердо уверена, что, когда ему придется уехать, останется Франсис, может быть беременная, требующая неустанных забот, она черпает в этом вполне реальное утешение. И еще Кристофер. Хильда очень привязана к Кристоферу и целиком на него полагается. «Кристофер знает», «Кристофер это устроит» — вот ее ответ на все житейские затруднения. Что останется от ее отношений с Беллменами, когда она узнает, что ее ненаглядный мальчик отвергнут? Захочется ли ей еще жить в хорошеньком домике с араукарией и гротом? А если нет, куда ей деваться?

Однако душевное состояние Эндрю не исчерпывалось страшной болью утраты и тревожной, беспомощной нежностью к Хильде. Была еще мысль о Милли. Четко выразить эту мысль он пока не мог, она была упорная, важная, но неясная. События в Ратблейне, как искорки, вспыхивали по временам в его памяти, всякий раз будя мимолетное любопытство. Вспоминал он также как нечто, не имеющее сейчас значения, но о чем ни в коем случае нельзя забыть, слова Милли о свободе и о широком мире с его неожиданностями. Да, того, что произошло в Ратблейне, он, безусловно, не ожидал, и самый факт, что после отказа Франсис с ним что-то вообще еще могло произойти, действовал как бальзам. У какого-то французского писателя он когда-то вычитал, что отделить себя от несчастной любви чем угодно, пусть хоть сломанной рукой, — значит обрести утешение. Немыслимое предложение Милли шокировало Эндрю до глубины души. Но это, несомненно, было нечто не менее серьезное, чем сломанная рука, и, уж конечно, более приятное.

Снизу послышались голоса, по которым он понял, что приехал Кристофер. Хильда говорила:

— Вы поспели как раз к завтраку. В Страстную пятницу все всегда запаздывает из-за обедни. Закусите с нами? Ах, вы уже позавтракали? Ну, тогда вы нас простите, да? Похоже, что нам вместо скатерти придется расстелить «Айриш таймс», так что изящной сервировки я вам все равно не могла бы предложить. Эндрю! Кристофер приехал!

Эндрю нехотя спустился вниз. Кристофер и Хильда стояли в светлом фонаре окна в будущей гостиной. На фоне густой пушистой листвы сада солнечная комната словно плавала в воздухе, усеянном предметами, еще не закрепленными на своих местах тяжелой многозначительностью мебели. На розовом узоре обоев зоркий солнечный свет отыскивал призраки когда-то висевших здесь картин. Кристофер и Хильда оглянулись, лица у обоих сияли радостью. Было ясно, что Кристофер еще ничего не знает. Эндрю не помнил, чтобы он когда-нибудь выглядел таким счастливым.

Сапоги Эндрю громко простучали по голому полу.

— Здравствуйте.

— Эндрю, здравствуй. Ты хочешь завербовать меня на переноску рояля?

— Я и забыл о рояле. — Голоса их будили эхо, как в лесу.

— Рабочие вернутся, — сказала Хильда. — Они обещали.

— Вот именно. Но не забудьте, мы находимся в Ирландии. — Кристофер рассмеялся легким, бездумным смехом счастливого человека. — Напрасно Хильда дала им на чай, — обратился он к Эндрю. — Они пошли отсюда прямо в кабак. А Хильда уже успела вообразить, как они отбивают поклоны!

— Мне они показались очень порядочными, — сказала Хильда, ничуть не сердясь, довольная тем, что Кристофер ее поддразнивает.

Эндрю с болью подумал, как его порадовала бы эта маленькая семейная сцена, если бы все было хорошо. Он был бы счастлив увидеть свою мать такой веселой, такой обласканной.

— Не задерживайтесь из-за меня с едой, — сказал Кристофер. — Негоже нечестивым мешать праведникам питаться!

— Эндрю, убери, пожалуйста, со стульев эти ящики. Только осторожно. Вон в том вустерский обеденный сервиз, во всяком случае, я надеюсь, что он там. А в этом должны быть вазы для цветов. Как хочется поскорее принести из сада цветов, тогда сразу почувствуется, что мы дома!

Эндрю переставил ящики, и Хильда села за зеленый ломберный стол, подложив газетные листы под тарелки с холодным языком и салатом.

— Садись, Эндрю. Наш первый завтрак в «Клерсвиле». Правда, хорошо?

Эндрю поскреб ножом и вилкой по тарелке, делая вид, что ест. Ему хотелось плакать. Он так любил свою мать.

Кристофер, напевая и чуть не пританцовывая по комнате, продолжал говорить что придет в голову:

— Вы здесь замостите дорожку. Это недорого. А то трава уж очень сырая. И я бы на вашем месте прорубил просеку сквозь бамбук. Отсюда, наверно, и море было бы видно. О-о...

Эндрю быстро поднял голову. В мутном солнечном свете он увидел, что Кристофер, внезапно застыв, с удивлением и тревогой смотрит на дверь. В эту секунду Эндрю был уверен, что сама Франсис, мрачная, без улыбки, явилась сюда, чтобы открыто обвинить его в предательстве. Но на пороге стояла Кэтлин.

Кэтлин, запахнув свое бесформенное пальто, как плащ-крылатку, смотрела в комнату, на ее изможденном лице были растерянность и страх. Все черты словно опустились книзу в испуганной гримасе, притворявшейся улыбкой.

Хильда подняла на нее свои близорукие глаза, но не заметила ничего неладного. Ей было обидно, что появление Кэтлин нарушило ее беседу с Кристофером.

— Какой приятный сюрприз!

— Что с вами, Кэтлин? — спросил Кристофер.

— Я просто решила зайти, — сказала Кэтлин до странности спокойным голосом, разве что слишком уж монотонным.

— Подсаживайтесь к нам! Только у нас сегодня скромно, холодный завтрак.

— Нет, благодарю.

— Вам, наверно, хочется посмотреть дом и сад? Ведь в тот день, когда вы заходили, шел дождь, ничего не было видно.

— Мы с Кэтлин погуляем, — сказал Кристофер. — Я ей покажу сад, а вы кончайте завтракать. — И он решительно увел Кэтлин в переднюю и дальше, через другую дверь, в сад.

Эндрю подошел к окну. Он смотрел, как Кристофер и Кэтлин медленно идут по узкой, посыпанной гравием дорожке в сторону грота. У тети Кэтлин случилось что-то ужасное, но ему было все равно. Он их всех ненавидел.

— Что с вами, Кэтлин?

Кристофер пребывал в том состоянии чуткой отзывчивости к чужой беде, которое порождают в нас некоторые виды счастья. Его личный мир был теперь устроен безупречно, и от этого он сам расцвел, до краев наполнился изобилием новых симпатий. Он положительно чувствовал, что стал лучше. Ему страстно хотелось всем помочь и почти казалось, что он, как чудотворец, может сделать это одним своим прикосновением.

Милли он не видел со среды, когда она преобразила весь мир своим «да». В тот день она объявила ему, хотя вовсе не торжественно, что удаляется в пасхальное уединение в Ратблейн и не хочет, чтобы ее там тревожили. И снова, смеясь, упомянула о «каникулах», необходимых ей до наступления дня, который она, смеясь еще веселее, назвала «роковым». Сейчас у нее в программе молитва, пост и размышления. А потом, духовно обновленная, она вернется к Кристоферу, и они отпразднуют новую эру рекой шампанского.

Кристофер понял и даже приветствовал ее желание. С ласковой иронией он признал, что ей нужно в одиночестве приучить себя к мысли о перемене, которая ей не совсем по душе. Ну что ж, она сумеет перестроить и свою психологию, и даже сердце применительно к новым требованиям. Милли — поразительно жизнеспособный организм. Кристофер даже чуть-чуть опасался, как бы она, приняв решение, не стала торопить его со свадьбой. Его тревожило, не обижает ли ее затянувшееся молчание по поводу Франсис. Он боялся быть обвиненным в том, что недостаточно влюблен — иначе смел бы все препятствия, включая и противодействие Франсис. Может, он и вправду недостаточно влюблен? Так или иначе, все будет гораздо легче и приятнее, если сначала выдать замуж Франсис, чтобы она, поглощенная первыми заботами замужней жизни, не могла употребить свою устрашающую силу воли во зло родителю. Когда Кристофер будет «покинут» дочерью, его поступок покажется более понятным, более простительным. У замужней Франсис будет меньше причин для возражений, а может быть, ее просто здесь не будет: Кристофер ни слова не сказал об этом Хильде, но сам-то сильно подозревал, что Эндрю не замедлит увезти молодую жену в Англию. Таким образом, все указывало на необходимость помалкивать и ждать, и он был рад, что мысль об отсрочке исходит не от него, а от Милли. Теперь он мог предварить нежными жалобами ее возможный упрек в бесхарактерности. А не мудрствуя лукаво, он мог сказать, что, добившись наконец своей цели, даже рад немного побыть один. Ни в ком не нуждаясь, ни о чем не жалея, он, как лотос, плавал на поверхности своего счастья.

— Что случилось, Кэтлин? Вы просто сама не своя. — Он провел ее по неровной дорожке, между двух растрепанных кустов шиповника, мимо грязных, обитых раковин грота к деревянной скамейке. В сыром воздухе пахло эвкалиптом.

— Пока еще ничего не случилось. Простите меня, Кристофер. Я была у вас в «Фингласе», а когда не застала, ужасно встревожилась.

Кэтлин и Кристофер знали друг друга очень давно, но так и не стали друзьями. Каждый принимал другого как знакомую деталь пейзажа, и с годами это вылилось в своего рода привязанность. Хотя ничто не роднило его с Кэтлин, а ее жизненная позиция кое в чем его удручала, Кристофер уважал ее за порядочность и независимый характер. Большинство людей он считал рабами, а Кэтлин явно не была рабой. Его презрение к Барни тоже частично оборачивалось сочувствием к Кэтлин; и еще ему нравилось, что она сумела оценить Франсис. Порою Кэтлин внушала ему, как и многим другим, чувство вины; но, разбираясь в людях лучше, чем многие другие, он понимал, в чем здесь суть, и не был на нее за это в обиде.

— Вот теперь и расскажите мне все по порядку. — Его тронуло, что она так старалась его найти.

— Мне стыдно навязывать вам мои заботы, но с кем-то я должна поговорить, а больше не с кем. Я пробовала кое-что сказать Барни, хотя тогда еще не была уверена, но Барни не может мне помочь, хотя бы потому, что сам к этому причастен.

— Ради Бога, Кэтлин, о чем вы?
— Они решили сражаться.
— Кто?
— Шинфейнеры, волонтеры.
— Дорогая моя, они только и делают, что решают сражаться, но этим все и кончается.

— Но сейчас у них определенный план. Я не знаю точно, когда это будет, но очень скоро. Они решили захватить Дублин.

— Чепуха это, Кэтлин. С чего вы взяли?

— Я проникла в комнату к Пату. Он так скрытничал и так был чем-то взволнован, мне нужно было дознаться. Ну вот, я взломала дверь и нашла какие-то планы. Я их толком не поняла, но ясно, речь идет о вооруженном захвате Дублина. И план Дублина там был, и на нем помечено, какие здания нужно захватить.

— Но, Кэтлин, милая, они уже сколько лет этим занимаются. Вы разве не знаете, что Джеймс Коннолли чуть ли не каждую субботу «штурмует» Дублинский замок? Это его любимая игра. Не сомневаюсь, что каждый молодой человек, участвующий в движении, носит в кармане план вооруженного захвата Дублина.

Кэтлин смотрела на черную, просеянную дождем землю у входа в грот. Лицо ее, уже не выражавшее растерянности и страха, было сурово и задумчиво. Кристофер словно увидел ее былую красоту.

— Нет, — сказала она. — На этот раз дело серьезно. Я в этом уверена. Уверена, потому что вижу, что творится с Патом.

— Пат очень молод и легко увлекается. Мало ли почему с ним такое творится. Может быть, влюбился.

— Нет, не влюбился. Девушки Пата не интересуют.

Кристофер чуть не предположил вслух, что Пата, может быть, интересуют мальчики, но вовремя спохватился, что это само по себе не такое уж оригинальное соображение не для ушей Кэтлин.

— А вы что-нибудь ему говорили?

— Нет, он совсем перестал со мной разговаривать. Я только молилась.

— Хотите, я с ним побеседую?

— Ах, если бы вы могли! Я ведь об этом и хотела вас просить. Я чувствовала, что должна что-то сделать. Может быть, вы подействуете на него логикой.

229

— Логикой! Почему-то женщины воображают, что логика — вроде как припарка, которую можно приложить к любой ситуации. А уж какая логика нужна в данной ситуации — понятия не имею.

— Но вы могли бы убедить его, что это безумие.

— Сомневаюсь, чтобы этого молодого человека можно было убедить в чем бы то ни было. И еще вопрос, безумие это или нет.

— Я не понимаю...

— Нетрудно доказать, что для Ирландии единственный путь к подлинной независимости — это вооруженная борьба. Англия будет оттягивать предоставление гомруля и общипывать его до тех пор, пока от него останутся рожки да ножки. Империалистическая держава с места не сдвинется, если не подтолкнуть ее демонстрацией силы. А к демонстрации силы с рациональными мерками не подойдешь — когда она нужна, тогда и происходит. Так или иначе, честь Ирландии требует вооруженной борьбы. Только напрасно я говорю все это вам.

— То, что вы говорите, грешно и безумно. К чему Ирландии независимость? И как она может быть по-настоящему независимой? Честь Ирландии — это всего-навсего тщеславие кучки кровожадных людей.

— Что ж, вы рассуждаете по-женски. Так я, если хотите, повидаюсь с Патом и попробую что-нибудь разузнать. Но уверяю вас, ничего тут не кроется. Я знаком с Мак-Нейлами, и, уж если бы что-нибудь носилось в воздухе, я бы об этом знал. Планы, которые вы видели, составлены для каких-нибудь очередных учений.

Кэтлин встала. Ее большие глаза смотрели сверху на Кристофера как-то нерешительно.

— Не знаю, может быть, мне следует сообщить в Замок?

— Что?!

— Если бы в Замке узнали, они могли бы их опередить, отнять у них оружие!

— Кэтлин, вы с ума сошли! Самый верный способ вызвать драку. Да и кто вам поверит в Замке? Я и то не поверил. И потом, это было бы такое... предательство. Неужели вы хотите сокрушить Пата?

— Я не хочу потерять обоих сыновей.

— Кэтел состоит пока только в детской шинфейне. Никто не даст ему в руки винтовку!

— За Патом он пойдет куда угодно, его не удержишь.

— Нет, нет, Кэтлин, не терзайте вы себя. Это все ваши фантазии. А теперь пошли в дом, не то Хильда будет сердиться. Да и дождь накрапывает. Ну как, убедил я вас, что волноваться не о чем?

— Да, пожалуй...

— Вот и хорошо. А с Патом я поговорю. И уж буду действовать на него логикой, не сомневайтесь.

Глава 16

Была суббота, два часа дня. Барни завернул свою винтовку «Ли-Энфилд» в длинный рулон оберточной бумаги и теперь обматывал ее бечевкой. Он наконец принял решение.

В ту минуту, когда свет воссиял ему в доминиканской церкви и уже казалось, что стоит пошевелить пальцами — и он испытает бурный прилив духовных сил, он не знал, что пальцем-то пошевелить окажется ужасно трудно. Он вернулся домой в первые часы Страстной пятницы в состоянии духовного подъема, казалось, столь же высокого и чистого, как его мистическое переживание в Клонмакнойзе. Он решился на три серьезных шага: перестать видеться с Милли, во всем покаяться Кэтлин и уничтожить мемуары. В предвидении этих подвигов он лег в постель и заснул сном праведника.

Позже в пятницу и сегодня утром все уже не было так просто. Перестать видеться с Милли не только тяжело, но бессмысленно. Теперь это кажется вымученно-ненужным, точно наказать себя за несовершенный проступок. Отказаться от Милли было бы нелепым актом самоистязания. Кому плохо оттого, что он ее навещает? Все дело в том, как к этому относиться. Вот-вот, все дело в отношении. Черпая бодрость в обществе Милли, он ведь не причиняет Кэтлин никакого вреда; напротив, дома он бывает добрее именно потому, что у него есть это утешение. Во всем покаяться Кэтлин тоже казалось теперь никому не нужной епитимьей. Он только растревожит Кэтлин, растревожит себя, а суть дела Кэтлин, вероятно, и так понимает. Выразить все словами — значит только создать лишние трудности. Ничего простого и невинного из этого не получится, а получится какая-то путаная эмоциональная гадость. Лучше молчать и постараться в рамках своей теперешней жизни, которая сейчас снова казалась единственно возможной, постараться быть для Кэтлин лучшим мужем, чем был до сих пор. Разве не так? И однако же он не мог отделаться от чувства утраты. В какой-то крошечной точке души он знал, что короткое озарение, посетившее его в церкви, и есть правда и что она гораздо важнее всех рассуждений, сводивших ее к такой бессмыслице. Горе в том, что это мимолетное видение правды было несоизмеримо ни с какой программой действий, отвечающей его способностям. Поступки, которых оно требовало, казались теперь бесцельными, не связанными между собой, никчемными. Где уж ему их осилить. Ну да, все дело в отношении, подумалось ему снова.

Вывод, к которому он пришел относительно своих мемуаров — что эта затея есть грех против Кэтлин, — еще поздно вечером в пятницу казался и правильнее остальных, и легче поддающимся претворению в жизнь. Стоило серьезно подумать, и он понимал, что мемуары служили ему вечным источником озлобления против жены. Неверно, что он пытался трезво, как перед Богом, писать правду об их отношениях, — нет, он развивал сложную систему доводов, направленных против нее. Он употреблял свой ум на то, чтобы в воображении захватить ее в плен и умаливать, а себя соответственно раздуть. Он выступал как мудрый, объективный, тонкий наблюдатель, насмешливый и неуязвимый. С этим надо покончить. Если он намерен начать новую жизнь, пусть и не совсем так, как сперва собирался, он должен уничтожить мемуары и вытравить из своего сознания содержащийся в них портрет Кэтлин.

Он достал рукопись и открыл ее на первой попавшейся странице. «Я с грустью наблюдал все большее отчуждение между моей женой и обоими ее сыновьями. Раза два я даже вынужден был без свидетелей побранить мальчиков за невнимательное отношение к матери, граничащее с грубостью. Они выслушали мои упреки почтительно, но, видимо, не могли пообещать мне исправиться. Было ясно, что мать вызывает у них, как и у многих других, чувство неловкости, сходное по своему строению с чувством вины. Конечно, речь здесь идет не о настоящей вине, но, чтобы понять это, мне понадобилось несколько лет. Длительное изучение характера моей жены привело меня к выводу, что явление это объясняется вовсе не ее моральным превосходством, а гораздо проще — полным отсутствием у нее вкуса к жизни. Она оказалась одной из тех неимущих, у которых, согласно жестоким словам Евангелия, отнимется и то, что имеют. Ей было присуще какое-то негативное качество, некое отрицание жизни, от которого нормальных, здоровых людей, таких, как я и мои пасынки, буквально бросало в дрожь».

А как здорово написано, подумал он с грустью; и ведь это единственное, что он действительно создал в своей жизни. Взять и разорвать — какая жалость, более того, какое преступление! Мемуары существовали теперь независимо от него, как некая личность, и насильственное, физическое их уничтожение казалось убийством, притом никому не нужным. Писать он, конечно, больше не будет. Впрочем, работа и так почти закончена. Может, он быстренько закончит ее и отложит? А на случай, если ее когда-нибудь найдут, в конце припишет крупными буквами: ВСЕ ЭТО НЕ ВПОЛНЕ СООТВЕТСТВУЕТ ИСТИНЕ. Или, может, изменит когда-нибудь все имена и переделает мемуары в роман.

К этому заключению он пришел в субботу утром, после чего, заметно приободрившись, отправился в читальный зал на Лорд Эдвард-стрит просматривать газеты и думать о Франсис. Вот если бы он решил отказаться от Милли, это упростило бы решение насчет того, рассказать ли Франсис про Кристофера, поскольку, раз Милли все равно была бы для него потеряна, ему бы не пришлось ни бояться ее гнева, ни тревожиться относительно чистоты своих побуждений. Но так как он все еще надеется не только уберечь Милли от нее самой, но и сберечь ее для себя, а если Милли узнает, что Барни рассказал Франсис, что Кристофер... Он решил сперва почитать газеты, а потом уж думать дальше.

В газетах его заинтересовали две статьи. Первая, помещенная в «Ирландском волонтере», была посвящена тому, как устроить засаду на перекрестке. Предположим, у вас под началом сорок человек, а оружия — пять винтовок, двадцать дробовиков, пятнадцать копий и столько же револьверов или пистолетов. Присмотрите достаточно высокую стену и позади нее сделайте приступку, а сверху наложите на стену мешки с песком, оставив между ними смотровые щели. Вы должны знать, кто из ваших людей стреляет левой рукой и как их расставить. И сами, если намерены, кроме пистолета или револьвера, пользоваться копьем или штыком, научитесь стрелять левой. Обеспечьте линию связи и линию отхода. Поперек улицы постройте баррикаду, непременно за правым углом, чтобы неприятель не заметил ее, пока не подойдет к ней вплотную. Людей за баррикаду не ставьте. Тех, у кого дробовики и копья, поместите сбоку, за изгородью. При приближении отряда противника не тратьте патронов, пока не сможете бить наверняка. Затем, пользуясь его замешательством, бросьте в атаку копейщиков и сразу верните их обратно. Затем давайте второй залп.

Как будто просто. Барни любил читать такие статьи в «Волонтере» и чувствовать, что они рассчитаны на него и ему подобных. «Вы должны знать, кто из ваших людей стреляет левой рукой и как их расставить». Это-то он будет знать. «Научитесь стрелять левой». Стрелять левой рукой — это для него легче легкого. Он стрелял так хорошо, что от одного этого давно чувствовал себя почетным солдатом. Однако на деле он никогда не состоял в территориальных частях, да и на службе в рядах волонтеров не отличался особым рвением, хотя, как сверхметкий стрелок, пользовался уважением молодежи. Пожалуй, он все же не солдат по душевному складу. Он еще раз перечитал статью о засадах. Может он по-настоящему вообразить себя в таком месте? «Не тратьте патронов... Бросьте в атаку копейщиков... затем второй залп». Он видел учения с копьями, но сам ни разу не держал в руке копья. А каково вонзить такую штуку в живого человека? «Затем — второй залп». Он представил себе улицу, на ней лежат люди, одни неподвижно, другие корчатся, кричат. Может он выдержать такое? Он содрогнулся и отложил «Волонтера». Ирландцы столько времени тратят на мечты о том, что они сделают с англичанами, дай только до них добраться... Может, Кэтлин права и эти фантазии отравляют воображение, растлевают сердца?

Потом он открыл «Айриш таймс» и стал читать перепечатанную из «Нью-Йорк таймс» статью Бернарда Шоу «Ирландская чепуха об Ирландии». Ну конечно, как всегда, издевается над ирландским национализмом. «Предлагаю Америке полюбоваться такой картиной: крошечный, почти обезлюдевший зеленый остров на краю света, и для него несколько дюжих молодцов, понаторевших в писании манифестов, требуют права нации выйти на мировую арену с собственной армией, собственным флотом, собственными тарифами и собственным языком, на котором говорить, читать и писать могли бы от силы пять процентов его обитателей, даже если бы захотели... Если бы завтра Ирландию оторвать от английского флота и армии, то послезавтра ей пришлось бы преподнести себя в подарок Соединенным Штатам, или Франции, или Германии, словом — любой крупной державе, которая соизволила бы ее принять, предпочтительно Англии».

Шоу, конечно, прав. Может Ирландия существовать самостоятельно? Конечно, нет. В наши дни ни одна малая нация не может существовать самостоятельно. И дальше он прав, когда первым, самым естественным союзником Ирландии называет Англию. Сколько раз Барни слышал возвышенные разговоры своих пасынков, слышал тирады Пата о преображенной Ирландии, на которую обратятся взоры всех народов, слышал рассуждения Кэтела о том, как великодушная Ирландия поднимет из праха побежденную Англию. Но все это пустые мечты. Ирландия с ее безмозглым духовенством и ее безмозглыми бедняками всегда была и всегда останется захудалой провинциальной дырой. Ради попытки изменить то, чего изменить нельзя, не стоит проливать человеческую кровь, протыкать людей копьями и расстреливать их из дробовиков на перекрестках деревенских улиц.

А что, если Шоу все же не совсем прав? По всей Европе люди в разное время яростно бились за свою свободу на таких же маленьких, таких же безнадежных полях сражений, как в Ирландии. Разве плохо, что они поступали так, вместо того чтобы благоразумно торговаться со своими угнетателями за чуть лучшие условия сделки? Как почти у всех англо-ирландцев, в крови у Барни была сильная струя ирландского патриотизма. Он чувствовал, что значит принадлежать к угнетенным и сломленным, хотя сам ни разу не испытал ни голода, ни гонений. Вся история Ирландии — такая летопись невзгод и скорби, что впору ангелам небесным взвыть и затопать золотыми ногами. Англия губила Ирландию медленно и равнодушно, без злобы, без милосердия, можно сказать — без мысли; так наступают на букашку, забывают о ней, а потом, заметив, что она еще шевелится, наступают еще раз. Неужели нет под солнцем того суда, где можно было бы исправить такое зло и где голоса загубленных сольются наконец в хор, подобный всесокрушающей буре? Неужели ошибаются молодые, когда воображают, что Ирландия, освобожденная собственным праведным гневом, станет невообразимо иной?

А сам он что может сделать? Застигнутый врасплох этой мыслью о себе, он почувствовал знакомую боль — извечное ощущение себя священником, — а потом резкий толчок действительности. Он может, несмотря на все ужасы перекрестков, согласиться с необходимостью вооруженной борьбы. Сам он драться не может. Его битвы — это битвы духа, его единственная задача — собственное духовное возрождение. И тут, снова вспомнив чистый, но невыразимый словами призыв того далекого огонька, что просиял ему из густого мрака, он вдруг сообразил, чтó может сделать для Кэтлин. Он может принести в жертву свою винтовку.

От получасового откровения в доминиканской церкви у Барни осталось одно: сознание, что он должен действовать. *Что-то* он должен сделать. Должен, так сказать, дать Богу зацепку. Надо встряхнуться, толкнуть себя на какой-то поступок, достаточно заметный для того, чтобы сдвинуть с места лавину милосердия, которое, как ему открылось в ту минуту туманного, но несомненного прозрения, приберегалось где-то специально для него. Но выходило, что поступка-то, который он бы мог совершить, просто нет. Он было решил, что может по крайней мере навестить бедняжку Джинни в «Маленьком аду» и снести ей гостинцев, но Кэтлин сказала, что Джинни уехала к своим родителям в графство Мит. Таким образом, и этот, пусть крошечный, но похвальный поступок у него отняли. Оставалось только ставить свечки в церкви и стараться быть повежливее с женой. Неужели это и есть единственный результат той потрясающей минуты, когда он ощутил присутствие Всевышнего?

Идея принести в жертву винтовку показалась идеальным разрешением вопроса. Это причинит ему боль. Это порадует Кэтлин и заслужит ее одобрение. Она ведь говорила, что не желает иметь у себя в доме оружие. Это будет жест, символизирующий его возврат к более чистой и простой жизни. Ружья и мундиры — это хорошо для молодых, таких, как Пат и Кэтел, не посвятивших себя Богу, а ему лучше остаться в стороне и раз и навсегда изгнать из своего воображения все эти картины насильственных действий. Он должен стать мирным человеком, ничего не требовать от жизни, никому не причинять зла. И к этому примешалось почти суеверное чувство, что если он сумеет принять такую епитимью, то тем самым он и «пошевелит пальцем», то есть подкрепит благие намерения действием, откуда и может воспоследовать целый ряд благоприятных событий.

Но как избавиться от винтовки? Продать ее или подарить — как-то неприлично и слишком уж обыденно, уничтожить ее он не сумеет, и в трамвае забыть едва ли удастся. И снова ответ пришел как бы из божественного источника: он должен отнести ее на Кингстаунский мол и бросить в щель между камнями! Вновь ощутив руководство и вдохновение свыше, Барни с аппетитом съел порцию сосисок в ресторане «Красный берег» и, возвратившись на Блессингтон-стрит, завернул «Ли-Энфилд» в бумагу и завязал бечевкой.

День выдался на редкость холодный, и на набережной в Кингстауне не было ни души. Прижав пакет к груди, как ребенка, Барни ступил на мол. Ветер ударил ему в лицо так, что потекли слезы. Со своей необыкновенной ношей он чувствовал себя как человек, нарядившийся для какой-то роли, как участник церковной процессии, задворками пробирающийся к собору. Вчера был распят Христос. Сегодня он лежит в гробу. Завтра он воскреснет, поправ смерть. Как никогда, Барни чувствовал себя причастным этой тайне. Инстинкт не обманул его. Поступок, любой, даже безрассудный поступок — вот что требовалось, чтобы рассеять чары его отчаяния и высвободить обещанную благодать. Покаяние, жертвоприношение — символические жесты, кто скажет, как они расцениваются в мире духа? А вот единственный этот поступок обеспечит ему спасение. Господь, потребовав Исаака, сам же послал Аврааму овна.

Он прошел около трети пути по верхней террасе мола. Кругом никого не было. Он приблизился к одному из проходов в стене, через который можно было выйти на ту сторону. Оттуда, визжа, вырывался ветер. В вихре водяной пыли Барни стал боком продвигаться дальше, спиной к стене, лицом к открытому морю. Море бушевало. Оно бросалось на груды скал сумасшедшим ревущим прибоем, который вспенивался почти у самых ног Барни и так же яростно отступал, всосанный сквозь расщелины и ямы в воющую глубь бездонных пещер, растекаясь кипящей пеной перед высокой крушащейся стеною новой волны. Глядя вниз сквозь летящие брызги, Барни не знал, что страшнее: огромное, бесноватое море или эти груды скал, вкривь и вкось рассеченные трещинами. Внезапно он почувствовал слабость и сел, привалившись к стене.

Впереди завеса дождя скрывала от глаз и Хоут, и даже Сэндикоув. Только и видно было, что уходящую вправо и влево гряду исполинских светло-желтых камней, блестящих в рассеянном солнечном свете, да круглые спины волн, темно-серых, почти черных, неустанно бегущих к нему из стены дождя. Соль струйками катилась у него по лицу, а он, не в силах оторваться, все смотрел на это зримое проявление чего-то куда более древнего и первозданного, чем тот Бог, что сегодня лежит в безмолвном гробу, а завтра восстанет с ложа из нарциссов и лилий.

Он сам не мог понять, почему море так ошеломило его. В конце концов, бурное море он видел и раньше. А может быть, причиной тому камни. Он всегда ненавидел их и боялся; и сейчас, застигнув его в таком разреженном, в таком возвышенном состоянии духа, они, видно, взяли-таки свое. Он закрыл глаза, чтобы хоть минуту их не видеть и собраться с силами. Гул моря в ушах, грохот Хаоса и Древней ночи, стих до жуткого подобия тишины, и он испугался, как бы не впасть в опасное пьяное забытье. Он поспешно открыл глаза и стал высматривать подходящее отверстие, в которое спустить винтовку. Между камнями зияло сколько угодно больших черных треугольников, куда с гулким отзвуком втягивались сокрушенные волны. Стоит сунуть туда винтовку, разжать пальцы — и она скользнет в какой-то иной мир. Она не просто исчезнет, она перестанет существовать. Барни посидел неподвижно. Потом достал платок и начал медленно стирать с лица соленые брызги. Он понял, что не в силах это сделать.

Он все время знал, что расстаться с винтовкой будет тяжело, но не предвидел, что это будет своего рода ампутацией. Сейчас винтовка казалась частью его самого. Он не мог ее отсечь, не мог засунуть в одну из этих ужасных расщелин и там оставить. Мысль об этом была как прыжок в пучину безумия. Разлука с «Ли-Энфилд» и для него обернется гибелью. Он жалел свою винтовку, любил ее. Не мог он отдать часть самого себя этой злобной воющей силе. Он поспешно встал, вернулся на внутреннюю террасу мола и побежал обратно, прижимая к себе винтовку.

Так, бегом, лишь изредка останавливаясь, чтобы перевести дух, он добрался до Сада Старичков. Дождь шел теперь где-то еще дальше, и по черно-синему морю были рассыпаны блестки. На горизонте возникло бледное свечение. Над головой небо вдруг расчистилось, и слабый свет озарил Сад Старичков. Опять у Барни появилось ощущение, что это сон, что он живет не в том измерении, как другие люди, что участвует в каком-то обряде. Только раньше он чувствовал себя счастливым хозяином каждого своего шага, теперь же его несло вперед в каком-то действе, тайна которого была от него скрыта.

На мокрых скамейках сада тут и там сидели люди в макинтошах, хмуро глядя на море. Барни выбрал одну из дорожек, которые лезли в гору, извиваясь между круглых густых ольховых кустов. Теперь ему казалось, что избавиться от винтовки надо как можно скорее. Если она еще долго пробудет у него в руках, его постигнет какая-то кара. Он быстро огляделся. Кругом никого. Он глубоко засунул длинный пакет под один из кустов, с глаз долой. Потом быстро пошел дальше и только на верху холма сел на скамью.

Он задыхался от волнения и крутого подъема. Несколько минут сидел, глядя на сторожевую башню в Сэндикоуве, на которую падал серый луч из дождя и солнца. Потом решил пойти посмотреть на то место, где осталась винтовка. Может, теперь лучше всего забрать ее и вернуться трамваем в Дублин. Ведь он проделал то, чего требовало его покаянное решение. А в конце концов, все это — одна символика. Все дело в отношении, напомнил он себе. Что, если он забыл, под каким кустом ее спрятал? Он стал было спускаться, и у него опять перехватило дыхание. Но теперь по извилистой дорожке поднимались в гору три пожилые дамы. Он вернулся на скамью. Теперь в Сэндикоуве шел дождь и сторожевая башня была еле видна. Он переждал три минуты и опять стал спускаться.

За поворотом дорожки он увидел кучку людей у куста. Какие-то дети уже нашли винтовку и вытащили ее на дорожку. Бумагу развертывали. Кто-то нерешительно говорил кому-то другому, что надо бы позвать полицейского. Барни быстро прошел мимо. Каждую секунду он ждал, что его окликнут, вернут и обвинят в чем-то. Потом внезапно полил дождь. Все побежали. И Барни тоже.

Он бежал к ближайшему из египетских храмов, бетонному навесу в начале мола. Крупный дождь хлестал бегущих по голове. Впереди дождь тянулся, как ряд блестящих металлических занавесов. Подбегая к укрытию, Барни услышал, что кто-то зовет его по имени. Зацепился плечом за зонт. А под зонтом увидел бледное лицо Кэтлин.

Барни, поскользнувшись, нырнул в сырой полумрак укрытия. Там уже были люди, их все прибавлялось. Кэтлин последовала за ним, на ходу закрывая зонт. Они пробрались в угол.

Внезапное появление жены не особенно удивило Барни. Поскольку Кэтлин была в некотором роде движущей силой всего, что с ним только что случилось, материализация ее, при его нынешнем необычном состоянии духа, показалась ему естественной. Она была участницей того же обряда, что и он, возможно даже, его вдохновительницей. Все же он спросил:

— Откуда ты знала, что я здесь? — Естественным казалось и то, что она его искала.

— Когда ты уходил, я спросила, куда ты, и ты сказал — на Кингстаунский мол.

— Ах да, я забыл.

— Я, собственно, поехала к Кристоферу, но в «Финг-ласе» никого не было дома, тогда я поехала сюда, думала, может, ты здесь с Франсис и она знает, где Кристофер.

— С Франсис мы бываем здесь по вторникам. — (Значит, Кэтлин вовсе его не искала.) — Давай сядем? Только мокро очень.

На грубой бетонной скамье в глубине навеса Кэтлин расстелила газету, и они сели. Позади них по неровной стене стекали просочившиеся струйки воды. Унылый запах мокрого бетона смешался с человеческим запахом мокрых шерстяных костюмов. Прямо перед ними плечом к плечу стояли люди, загораживая их и слегка дымясь в душной тесноте. Голоса их гулко отдавались от крыши.

Барни почувствовал, что здесь, в темноте, за чужими спинами, они с Кэтлин совсем одни. Ему захотелось коснуться ее, погладить ее колено, но не хватило духу. А через минуту он вдруг решил, что должен теперь же ей повиниться. Вот что значило принести в жертву винтовку.

— Кэтлин...

— Ох, Барни, я так беспокоюсь...

— Послушай, Кэтлин, мне нужно тебе что-то сказать. Вот я сейчас это скажу, и все у нас с тобой опять будет хорошо. Тебя это огорчит, я знаю, но ведь всегда лучше говорить правду, и ты уж меня прости. Дело касается Милли, то есть, вернее, меня, но тут две вещи, и одна из них касается Милли — это что я до сих пор у нее бываю. Ты ведь этого не знала? Ну так вот, я уже очень, очень давно у нее бываю, просто захожу поговорить, но, конечно, это нехорошо с моей стороны, ужасно нехорошо, мне очень жаль, и больше я к ней ходить не буду. А второе — это насчет Святой Бригитты, то есть насчет моей работы о ранней церкви, которую я тогда начал писать. Я про это совсем теперь не пишу, я пишу другое, вроде автобиографии про тебя и меня, но так писать нехорошо, и с этим я тоже покончу.

— Святая Бригитта? — переспросила Кэтлин. Видно, она плохо его слышала в гулком, набитом людьми укрытии.

— Я говорю, что пишу не про Святую Бригитту, а про нас с тобой, ну вроде мемуаров, только это очень нехорошо. А что я сказал про Милли, ты слышала?

— Не говори так громко, я прекрасно слышу. Здесь не место для таких разговоров.

— Но ты слышала?

— Да. Я знала, что ты бываешь у Милли.

— А-а. Но правда ведь это было нехорошо с моей стороны?

— Я все-таки не понимаю, при чем здесь Святая Бригитта?

— Это совсем другое, я тебе говорю о двух своих грехах, но они каждый сам по себе, забудь про Святую Бригитту, просто я говорю, что в Национальной библиотеке я все время писал про нас с тобой и...

— Ну и что тут такого?

Барни столько раз думал, как он будет исповедоваться Кэтлин, только обстановка ему представлялась совсем другой. Он воображал, как весь дрожит от волнения, как слова рвутся из груди. Он воображал искаженное горем лицо Кэтлин, может быть, ее слезы, горькие упреки и потом сладостное примирение. А то, что происходит сейчас, было бессвязно и бессмысленно, как море, ревущее между скал.

— Барни, я так беспокоюсь...

Стена людей внезапно подалась вперед. Слышались восклицания: «Перестал!» Снаружи светило солнце. Все повалили из-под навеса на мол.

Барни и Кэтлин машинально встали. Кэтлин начала обирать с пальто клочья мокрой газеты. Барни ощупывал сзади брюки, явственно отсыревшие. Так же машинально они вышли на солнце.

После промозглого воздуха укрытия здесь было тепло и душисто. Ветер стих, море лежало внизу, как толстое зеленое стекло. Люди разбредались по мокрой набережной, дымившейся под лучами солнца. Кэтлин опять заговорила, но Барни еще не успел вникнуть в ее слова, когда оба увидели, что кто-то бегом направляется к ним, и замерли, пораженные недобрым предчувствием. Им почудился взрыв — это Кэтел с разбегу налетел на Барни и крепко обхватил его за талию, чтобы не упасть. Мальчик был в неописуемом волнении.

— Пат велел вас позвать, — сказал он Барни и тут же повторил еще раз, потому что слова наскакивали друг на друга.

— Кэтел, ради Бога, что случилось? — спросила Кэтлин, в страхе поднеся руку к губам.

— Я знал, что вы поехали сюда, и сказал Пату, что найду вас, он говорит, чтобы вы сейчас же к нему явились, так что пошли.

— Кэтел, да что же случилось?

Кэтел повернулся к матери. Он чуть не плакал от возбуждения.

— Вот теперь мы с ними сразимся. Завтра мы захватим Дублин.

Он ринулся прочь, на бегу увертываясь от греющихся на солнышке прохожих. Кэтлин неловко побежала за ним, зажав под мышкой полураскрытый зонт. Барни побежал за Кэтлин.

Глава 17

— Пат, отвори, это я!

Пат застонал. Он надеялся избежать встречи с матерью. Он рассчитывал вообще не быть сегодня дома, но пришлось зайти — уничтожить некоторые бумаги и взять экземпляр своего завещания, чтобы занести юристу. Кроме того, он хотел кое о чем спросить Барни. И вот попался.

Накануне, заметив, что в его комнату входили, он сразу подумал о полиции, но потом явился Кэтел и рассказал, как было дело. Кэтлин, обыскав его комнату, ушла из дому страшно взволнованная, упомянув, что едет к Кристоферу, а позже вернулась как будто успокоенная. Сыновьям она ничего не сказала.

Пат, успевший подставить под дверную ручку спинку стула, чтобы дверь нельзя было открыть снаружи, отозвался:

— Слышу, мама. Я сейчас приду.

Ее шаги удалились.

Пат придавил ногой тлеющую в камине золу и сунул завещание в карман своей зеленой куртки. Второй экземпляр остался в незапертом ящике стола. Все его бумаги были сложены в полном порядке, комната, прибранная и оголенная, уже казалась чужой. Он оглядел ее. Сегодня он сюда не вернется. Может быть, не вернется никогда.

Послушный властному зову завтрашнего дня, он был теперь совершенно спокоен и тверд. Он получил последний приказ и теперь не услышит ничего нового, пока не прозвучит первый выстрел. К величайшей его радости, ему приказано было находиться в самом центре борьбы — в штабе в здании Главного почтамта, вместе с Пирсом и Мак-Донагом. Он закрыл за собой дверь и спустился в гостиную к матери.

— Пат, что это я слышу насчет завтра?

Он холодно посмотрел на мать через всю длинную, узкую комнату. Вероятно, опять пошел дождь, лицо ее было плохо видно.

— Сядь, мама, и сними пальто. Ты вся промокла.

— Пат, что ты затеял? На завтра назначено вооруженное восстание, я знаю, так что не притворяйся. Что ты хочешь делать?

Пат решил, что отрицать нет смысла.

— Откуда ты узнала?

— Мне Кэтел сказал.

— Вот черт. — Он, конечно, ничего не говорил брату. Наверно, тот все пронюхал в Либерти-Холле. Солдаты Гражданской Армии всегда его приманивали, обращались с ним как со взрослым.

— Значит, это правда. И ты там будешь.

— Я буду там, где будет в этот день каждый порядочный ирландец.

— Я бы сделала что угодно, чтобы тебе помешать, — сказала Кэтлин низким, грубым голосом, с усилием выговаривая каждое слово.

— К счастью, ты ничего не можешь сделать.

— Я могла бы обо всем сообщить в Замок.

— Это не помешает нам сражаться. Только наши шансы на поражение увеличатся. Поздно. Ты решительно ничего не можешь сделать, мама.

Кэтлин медленно сняла мокрое пальто и дала ему упасть на пол.

— А если я буду просить, умолять тебя не...

— Милая мама, на данном этапе твои возражения едва ли на меня подействуют.

— Не возражения мои, а горе...

— И горе тоже. Я давно все это обдумал. Будь же благоразумна. Неужели ты правда была бы рада, если бы твой сын укрылся от опасности, вняв слезам матери? Мне жаль тебя огорчать, но я знаю, где мне велит быть мой долг.

— Не может это быть твоим долгом, — сказала она. — Не может. То, что грешно, не может быть долгом.

— Сражаться за свободу своей родины не грешно.

— Но ты не это будешь делать. Ты просто будешь ни за что убивать людей. Обагришь руки невинной кровью. И тебя самого могут убить или изувечить. Так оно и будет. А ради чего? Подумай немножко вперед, когда люди оглянутся и увидят, что ничего не изменилось. Ирландию не изменишь несколькими выстрелами. Как ты не понимаешь? Таким путем ничего нельзя добиться. Все эти подвиги ты выдумал. Ты совершишь преступление, и себя погубишь, и разобьешь мне сердце, и все напрасно. Неужели ты не можешь взглянуть на это из будущего и понять, что все напрасно?

— Я в этом будущем не живу, и ты тоже. А сейчас Ирландия должна сражаться, и к этому дню она шла долгой дорогой.

— Она, она! Да кто она такая, Ирландия? Ты думаешь, Ирландия — это ты и твои друзья? Ты повторяешь эти громкие, выдуманные слова, но они ничего не значат. Это пустые слова. Все вы запутались в своих мечтаниях, и нужен-то всего десяток здравомыслящих людей, которые бы вас остановили. Неужели у тебя не хватит мужества отказаться от этой затеи?

— Сейчас уже поздно спорить.

— А Кэтел?

Пат промолчал.

— О своем младшем брате ты подумал? Имеешь ты право губить и его тоже?

— Кэтела мы убережем.

— Как именно? Ты отлично знаешь, он всюду за тобой пойдет. Связать его, что ли, прикажешь?

— Никто не разрешит ему что-нибудь делать, он слишком мал.

— Кто будет спрашивать, сколько ему лет? Если ты не возьмешь его с собой, возьмут эти люди Джеймса Конноли, около которых он вечно толчется.

— О Кэтеле я позабочусь.

— Пат, маленький мой, не ходи туда. Ты, наверно, имеешь там какое-то влияние. Ну хоть отложите, подумайте еще. Ты же знаешь, что против англичан у вас нет никаких шансов, все вы это знаете. И Мак-Нейл не может не знать. Он ведь не сумасшедший.

— Не в том дело, есть у нас шансы или нет.

— Ты идешь туда, чтобы тебя убили, чтобы умереть ни за что.

— Почему «ни за что»? Если я умру, то умру за Ирландию.

— Умереть за Ирландию — это бессмыслица, — сказала она.

Тяжелый стук бегущих ног послышался на лестнице, потом на площадке, и не успели они оглянуться на дверь, как она распахнулась и в комнату ворвался Кристофер Беллмен.

— Кэтлин, будьте добры, оставьте нас ненадолго вдвоем с Патом.

Кэтлин сказала:

— Они завтра идут сражаться, — и пошла к двери.

— Ах, завтра? — Кристофер вопросительно посмотрел на Пата. Дождавшись, пока Кэтлин вышла, он шагнул вперед и стиснул Пата за плечи. Он тряхнул его с силой, в которой смешались ласка и гнев, потом отпустил и отвернулся. — Завтра? О Господи, идиоты вы, идиоты, идиоты. Ты не слышал, что произошло на юге, в Керри?

— Что?

— Ваше драгоценное германское оружие. Целый транспорт. Теперь он лежит на дне моря в Куинстауне. Ох, дураки безмозглые... Но завтра... Пат, ты с ума сошел.

— Что вы сказали про германское оружие?

— А ты не знал? Корабль из Германии, битком набитый оружием для вас... И как им это удалось... я все узнал от Мак-Нейла — прорвались сквозь блокаду... кажется, переодетые норвежскими рыбаками... добрались до Троли, а там стояли чуть не двое суток; ждали, пока ваши обратят на них внимание! О Господи, как можно было допустить такую глупость! Немцы для вас совершили чудо, а вы все прохлопали! Почему, почему вы не выгрузили это оружие? Но этих несчастных немцев никто, видимо, так и не заметил. О чем думали ваши люди, черт побери! А те решили, что больше стоять на месте нельзя, стали продвигаться вдоль берега и напоролись на английский сторожевой корабль, и их отконвоировали в Куинстаун. Немцы и тут держались замечательно, просто замечательно — капитан спустил команду в шлюпки, а судно взорвал прямо под носом у королевского военного флота! Да, немцы работают на совесть. Но они могли бы знать, что ирландцы-то где-нибудь да напутают. Только подумать — все это добро стояло в бухте Троли, и никто его не принял, не выгрузил! Болван на болване!

Пат отвернулся, помолчал.

— Ну, этого не вернешь.

— Еще бы! И Кейсмента они сцапали.

— Кейсмента? Но ведь Кейсмент не в Ирландии.

— Теперь в Ирландии. В казармах королевской ирландской полиции в Троли. Немцы доставили его на подводной лодке, и он угодил прямо в объятия полиции.

— О Господи, — сказал Пат. — Кейсмент. — Он тяжело опустился на стул. — Его повесят. — Он закрыл лицо руками.

Кристофер был до крайности возбужден, сам толком не понимая своего состояния. Кэтлин он кое-как успокоил, но после ее ухода вдруг проникся уверенностью, что она была права. Мак-Нейл, видимо, ничего не знал, но теперь Кристофер сообразил, что, если готовится вооруженное восстание, Мак-Нейл и не будет об этом знать. А что-то готовится. Уверенность эта пришла не как результат логических выкладок, а скорее как физический толчок, от которого он вскочил с места, весь дрожа и задыхаясь; и, как человек, разгадавший загадочную картинку, он теперь видел только новые контуры, а прежние уже не мог уловить.

В политических спорах Кристофер всегда изображал из себя циника. На самом деле он, хоть и оставался сторонним наблюдателем, питал глубокое романтическое сочувствие к ирландской традиции протеста и к шинфейнерам как нынешним ее носителям. Историю Ирландии он любил как свое личное достояние, и, хотя не скупился на шутки по адресу «трагической женщины», в его отношении ко всей этой скорбной летописи был силен элемент рыцарской галантности. За этим крылось негодование, которым он ни с кем не делился. Как у многих кабинетных ученых, нарочито отмежевавшихся от участия в активной борьбе, у него было сильно развито чувство героического. А впечатлительность художника позволяла ему оценить эпическое великолепие, которым во все времена была овеяна трагедия Ирландии.

Теперь он пребывал в ужасающем смятении. Известие о германском оружии повергло его в такое горе, в такую ярость, что он понял, как безраздельно держит сторону повстанцев. Потрясла его и участь Кейсмента, человека, которым он искренне восхищался. Сердце его уже было охвачено мятежом. Однако он знал, что любое выступление сейчас закончится лишь новой трагической неудачей. Он легко согласился исполнить просьбу Кэтлин — подействовать на Пата логикой, но сейчас, глядя на юношу, озаренного в его обострившемся восприятии ярким светом истории, он не знал, что сказать, как не знал, куда девать избыток энергии, которой наполнила его новая ситуация.

— Да, Кейсмента повесят, — сказал он Пату. — Вас всех повесят. Если тебе хочется окончить свою молодую жизнь на английской виселице, ты, несомненно, избрал для этого правильный путь.

Пат поднял голову и чуть улыбнулся:

— Не беспокойтесь. Нас не повесят, нас расстреляют. Мы как-никак солдаты.

— С вами поступят не как с солдатами, а как с убийцами. Как с крысами.

— Они быстро убедятся, что мы солдаты. Откуда вы узнали про Кейсмента? Надо полагать, это правда?

— Узнал в доме у Мак-Нейла. Это очень прискорбно. Но то, что вы прохлопали это оружие...

— Насчет транспорта с оружием я не понимаю, — сказал Пат. — Но Кейсмента наши люди в Троли спасут.

— Не успеют. Нынче к вечеру все вы будете разоружены.

253

— Значит, нынче к вечеру мы все будем сражаться. Вы ведь не разболтаете то, что сейчас сказала моя мать?

— Нет, прости меня Бог, не разболтаю, но, по-моему, все вы сошли с ума.

— Едва ли они налетят на нас уже сегодня. Мы, может быть, и глупы, но они еще глупее. В чем дело, мама?

В дверях стояла Кэтлин. Она подошла к сыну и с размаху ударила его по руке.

— Кто-то только что видел Кэтела, он шел по улице с винтовкой...

Пат отстранил ее и выбежал из комнаты.

Глава 18

Пат еще так и не решил свою проблему — он все откладывал ее, потому что не находил решения. Он был просто не в состоянии думать о Кэтеле, подойти к нему с рассудочной меркой, спросить себя, что будет для Кэтела выгоднее. Брат всегда был ему бесконечно близок, неотделим от него, как его собственная рука. Кэтел присутствовал в его восприятии собственной жизни, точно они смотрели на мир одними, общими глазами; и, долгие годы держа брата в рабском повиновении, он этим дисциплинировал себя, учился жить одновременно в двух телах. Бывали минуты, когда он вдруг понимал, что мальчик существует отдельно от него, и удивлялся этому как неожиданной дерзости. А потом они снова возвращались друг в друга, и Пат чувствовал, что время растянулось, раздалось вширь, и собственное детство не только живо и продолжается, но обретает новые, прекрасные черты.

Разве не подверг бы он Кэтела риску, если бы им предстояло вместе влезть на вершину горы или переплыть разлившуюся реку? Такое даже бывало. Но это значило просто рисковать собой, да к тому же в тех уединенных местах, под открытым небом, их общая сила и юность казались непобедимыми. В мыслях Пат связывал Кэтела со всеми своими решениями, они пребывали в идеальном единстве на некоем уровне лишь немного ниже того, на котором вечно пререкались. Для Пата это единство выражалось в ощущении, что он просто включил брата в себя. Потому-то и теперь ему казалось, что он все время вел Кэтела с собой, вел до самого того порога, дальше которого так твердо решил его не пускать.

Разумеется, Пат успел взвесить и другой вариант — не лучше ли держать Кэтела при себе, чтобы он в любом случае был рядом, на глазах. Тогда можно по крайней мере быть спокойным, что мальчишка не ввяжется в какую-нибудь безумную авантюру, не то что если оставить его без присмотра. Но Пат тут же отбросил эту мысль как пустую химеру. Грядущие события он видел в героическом свете, однако если не сердцем, то головой понимал, что события эти будут беспорядочные и страшные. Он просто не сможет ни уследить за Кэтелом, ни оборонить его. А дать своему вниманию раздвоиться будет серьезным нарушением долга.

Пат не скрывал от себя, что в возрасте Кэтела и сам точно так же рвался бы в бой, и его смущало сомнение — может быть, стараясь оставить мальчика в стороне от схватки, он покушается на его честь? Но он как-то не мог додумать эту мысль и не мог в этом смысле признать за Кэтелом личные права. Будь Кэтел постарше, ну хоть на два года, даже на год, пришлось бы пойти на эту жертву, принять ее как нечто будничное и не-

255

избежное. Но там, где он был вместе с братом, все еще лежала священная страна детства.

Это не было желанием, чтобы Кэтел пережил его, не было желанием уберечь от опасности самую дорогую часть себя самого, и не заботило его то, что нужно оставить матери хоть одного сына. Ощущение было более глубокое, скорее физическое, точно там, где Кэтел, сам он беззащитен и наг, и эту незащищенную часть себя он инстинктивно старался спрятать, укрыть. Ему хотелось стать впереди Кэтела, загородить его собой, вдавить в безопасное место. Себя он готов был подставить под английские пули, недаром он столько о них думал — в уме он уже был закаленным, обстрелянным ветераном. Но при мысли, что может пострадать Кэтел, он весь сжимался в комок, чувствовал себя последним трусом.

Когда Пат выскочил на Блессингтон-стрит, Кэтела нигде на было видно, и он побежал по улице вниз, под мелким дождем, который бесшумно рождался из теплого воздуха. Ему пришло в голову, что Кэтел мог пойти на исповедь в церковь Святого Иосифа на Беркли-роуд. Время самое подходящее. А так как приказ на завтра все шире распространялся среди участников движения, то в этот день по всему Дублину можно было увидеть, как люди в зеленой форме выстраивались в очереди у исповедален. Сам он исповедался еще утром; возможно, Кэтел решил взять с него пример, а если не с него, так с того из людей Конноли, которого последним выбрал себе в наставники.

Протиснувшись в затхлый, пропахший ладаном полумрак церкви, Пат огляделся. Восточное окно светилось слабо и холодно над великопостной оголенностью алтаря, а между витыми колоннами во множестве мерцали свечи — синие перед Царицей Небесной, красные перед Святым Иосифом, желтые перед

«Цветочком»*. Там и сям бродили или припадали к земле старухи — черные бормочущие кули, но больше всего в церкви было мужчин, и низкий гул мужских голосов разве что не выходил за рамки благопристойности. Со всех сторон Пат видел форменные куртки ИГА и Волонтеров. Церковь напоминала бивак. Стулья не стояли ровными рядами, а были сдвинуты как попало, на них свалены походные сумки, рядом прислонены винтовки, а люди терпеливо ждали своей очереди у исповедален либо преклоняли колена между стульев и в свободных проходах. В этом сборище, стихийном, неорганизованном, была, однако, странная торжественность. Люди низко склонялись к полу, а выпрямившись, освобожденно вскидывали голову, и лица их, ясные, умиротворенные, словно светились в полутьме. Они улыбались друг другу, обменивались рукопожатием или говорили несколько слов, взяв друг друга за плечи. Церковь дышала тихой радостью, отпущением всех грехов.

Пат пробился вперед, заметив по дороге много знакомых лиц. Проходя мимо исповедален, он внимательно оглядел армейские ботинки всевозможных образцов, чьи подошвы были на виду, пока владельцы их вполголоса поверяли свои тайны священнику. Впрочем, очереди были такие длинные, что Кэтел еще не успел бы сюда добраться. Пат прошел в боковой придел, где бесчисленные свечи, слепя, но не давая света, мешались с мраком, не разгоняя его, и Матерь Божия, укутанная с головы до ног в пурпурную пелену, склонилась над ним, глядя, как он всматривается в коленопреклоненные фигуры. В темноте обращались кверху глаза, не видящие его, стучали четки, брошенные на деревянный стул или волочащиеся по полу, когда па-

---

* Имеется в виду Св. Тереза из Лизьё (Тереза Мартэн, 1873—1897), прозванная «Цветочком из Лизьё».

дали руки, бессознательно выражая жертвенную покорность. Кэтела здесь не было.

Сквозь гудящую, движущуюся толпу Пат протолкался обратно к дверям и, заслоняя рукой глаза, вышел на улицу, залитую очень бледным предвечерним светом. Дождь только что перестал, и над Дублином низко и тяжело висело рассеянное солнечное сияние, зажигая тротуары жестоким блеском, прочерчивая каждый кирпич на фасадах домов. Пат побежал вниз к Ратленд-скверу — теперь нужно заглянуть в Либерти-Холл.

Огромная и толстая, напыжившись имперским самодовольством, над Сэквил-стрит высилась Колонна, и с верхушки ее Нельсон задумчиво взирал через голову Освободителя* на Лиффи, на мачты кораблей, на открытое море. Улица была запружена народом — обычные предпраздничные толпы с нарочитой неторопливостью прохаживались по тротуарам или тянулись к трамваям и от трамваев. Под низким потолком солнечного света слышались все больше женские и детские голоса, сливавшиеся в непрерывное оживленное кудахтанье. Пат бежал, грудью рассекая прибой веселых лиц — маленьких живых плоскостей, высветленных солнечным воздухом, которые, на миг возникнув близко перед глазами, тут же проносились мимо. Уже не помня себя от спешки и страха, Пат мчался сквозь это стадо довольных людей. Он их всех ненавидел. Завтра это их кудахтанье смолкнет, а сам он будет отделен от им подобных цепями английских солдат. Миновав половину улицы, он бросил быстрый взгляд на ту сторону, на здание почтамта.

---

* Имеется в виду памятник Даниелу О'Коннелу, воздвигнутый на той же улице (ныне О'Коннел-стрит) ближе к реке Лиффи.

Ближе к Лиффи толпа была не такая густая. Пат свернул по набережной влево. Солнце окончательно вышло из-за туч, расцветив улицу тенями и бликами, а над блестящим мокрым куполом таможни чуть голубело почти бесцветное небо. Не доходя Берисфорд-Плейс, Пат увидел настежь раскрытую дверь пивной Бэтта, откуда неслись пьяные голоса, распевающие «Песню солдата». На мостовой кучками стояли люди в мундирах ИГА. На фасаде Либерти-Холла намокший плакат все еще вещал: «Мы служим не королю и не кайзеру, но Ирландии».

И тут Пат увидел Кэтела — тот стоял на противоположном тротуаре, под эстакадой окружной железной дороги, беседуя с одним из солдат Конноли. Винтовку он держал неумело, как служка в церкви держит очень большую свечу, и говорил что-то с серьезным видом, старательно кивая головой. Когда Пат стал переходить улицу, боец ИГА отвернулся от Кэтела и направился к главному подъезду Либерти-Холла. Кэтел еще постоял, глядя на винтовку, не решаясь опустить ее прикладом на мокрый тротуар. Пат узнал ее — это была его собственная новенькая итальянская винтовка, видимо, похищенная Кэтелом. Он снова пустился бегом и чуть не сбил брата с ног. Без труда отняв винтовку, он с силой ударил Кэтела по щеке. Потом стиснул его запястье и потащил его назад, к набережной. Кэтел упирался и вдруг заплакал навзрыд.

Неумолимо волоча его за собой, Пат увидел, что к Либерти-Холлу быстрым шагом приближается большая группа людей в зеленой форме. Проходя, они оттеснили Пата и Кэтела к стене, и Пат узнал среди них Джеймса Конноли. Он шел, ярко освещенный солнцем, и при виде его Пат почуял недоброе: лицо Конноли выражало предельное смятение и горе.

259

Следом за группой Конноли шли три офицера Волонтеров, все знакомые Пата и выше его чинами. Когда Пат устремился вперед, все еще машинально таща за руку Кэтела, один из них, некий Магилливрэй, заметил его и поманил к себе. Лицо Магилливрэя тоже выражало горестное смятение. Вслед за офицерами Пат и Кэтел вошли в подъезд Либерти-Холла, а оттуда в темный служебный кабинет, где тихо и взволнованно переговаривались несколько десятков людей. Магилливрэй, растолкав своих спутников, увлек Пата в угол комнаты. Ни слова не говоря, он сунул ему в руки сложенный лист бумаги. Пат дрожащими пальцами развернул его и прочел: «Ввиду весьма критического положения все приказы, полученные Ирландскими Волонтерами на завтра, Пасхальное воскресенье, сим объявляются недействительными, никакие смотры, походы и прочие маневры Ирландских Волонтеров не состоятся. Каждый Волонтер обязан безоговорочно подчиниться этому приказу». И подписи: «Мак-Нейл, Мак-Донаг, де Валера». Восстание отменили.

Глава 19

Пат Дюмэй прислонил велосипед к стене и глянул вверх, на темные окна. Луна, затянутая коричневой дымкой, расплылась в большое светлое пятно, и казалось, что она быстро движется по тревожному ночному небу. В этом призрачном освещении Ратблейн выглядел приземистее, плотнее — не загородный дом, а крепость.

Тень его, свисая со стен неровным горбом или кляксой мрака, захватывала половину лужайки, а на другой половине, едва различимой глазом, сгрудились у крыльца овцы, неподвижные, пушистые, шарообразные. На черной поверхности окон, чуть тронутых луной, дрожали мелкие мазки и капли света, точно их побрызгали жидким серебром и тут же почти все стерли. Еще не наступила полночь, но и дом и вся округа застыли в глубоком сне, вернее, в трансе. Стены, кусты, черно-серая громада дома тонули в беспробудном молчании, более осязаемые и законченные, чем при дневном свете, словно ночь и тишина наполнили их до краев, придали им весомость, прочность, спокойствие. Деревья за домом жили, дышали, неподвижные и невидимые, только угадываясь там, где темный воздух казался еще гуще. Пат сжал в кармане ключ, как сжимают рукоятку оружия.

О том, что произошло в Дублине за последние два дня, он был теперь, в общем, осведомлен. В четверг до Булмера Хобсона дошел слух, что на Пасхальное воскресенье готовится вооруженное восстание. Он тотчас сообщил об этом Мак-Нейлу, номинально все еще возглавлявшему Волонтеров, и рано утром в Страстную пятницу они вместе отправились к Пирсу, который и подтвердил, что слух правильный. Мак-Нейл сказал: «Я сделаю все, что в моих силах, чтобы не допустить этого, только что не дам знать в Дублинский замок». Последовал бурный, ничем не кончившийся спор, и Мак-Нейл ушел. Немного позже Пирс явился к Мак-Нейлу с Мак-Дермоттом и Мак-Донагом, чтобы еще раз попробовать его убедить. Пирса и Мак-Донага Мак-Нейл не пожелал видеть, а Мак-Дермотта принял. Мак-Дермотт сказал ему, что восстание теперь не отменишь и что фактически Мак-Нейл уже не командует Волонтерами. Рассказал ему и о германском оружии, которое вот-вот прибудет в Керри, заметив, что после его выгрузки англичане, безусловно, попытаются разоружить Волонтеров, а значит, вооруженных столкновений все равно не миновать. Так не лучше ли выступить первыми? Мак-Нейл сдался и санкционировал восстание.

В субботу утром стало известно о несчастье, постигшем транспорт с оружием. Мак-Нейл заколебался. У него побывали О'Рахилли и другие офицеры, выступавшие против восстания. Наконец он сам отправился к Пирсу в школу Св. Энды, и между ними снова разгорелся ожесточенный спор. После этого Мак-Нейл вернулся домой и написал контрприказ, который и был разослан организациям Волонтеров по всей стране. Он составил распоряжение об отмене всех «маневров» для опубликования в «Санди индепендент» и сам отвез его на велосипеде в редакцию. И, наконец, он поручил Мак-Донагу, командующему Дублинской бригадой, официально известить об отмене плана всех подчиненных ему людей. Мак-Донаг, считая, что дела уже не поправишь, согласился и издал приказ по бригаде, который вслед за ним подписал его помощник де Валера. Тем все предприятие и кончилось.

«Если мы сейчас не будем драться, нам остается только молить Бога о землетрясении, чтобы оно поглотило Ирландию и наш позор». Эти слова Джеймса Конноли выражали то, что чувствовал Пат, что все они чувствовали в те часы ошеломленного разочарования. Пат вернулся на Блессингтон-стрит. Кэтела он отослал домой еще раньше — сообщить матери. Он не вынес бы вида ее лица, дышащего счастьем и облегчением. Он поднялся к себе в комнату, запер дверь и упал ничком на кровать.

Ему казалось, что жизнь кончена. Всегда, все время у него была одна-единственная цель, и вдруг ее отняли. Вырвали у него быстро, подло, исподтишка и невозвратимо. Пат знал, что этой утраты не вернуть. Если не действовать сейчас, они вообще не смогут действовать. Инерция будет потеряна, все движение дискредитировано, момент упущен. Должна была пролиться кровь мучеников, а теперь все сведется к нелепости, и те, кто называет их трусами и беспочвенными мечтателями, окажутся правы. Англичане их разоружат. Пату, который раньше не сомневался, что отдаст оружие только вместе с жизнью, теперь было все равно, сбережет он свою винтовку или нет. Все было предано.

Он клял своих начальников, клял Пирса. Он несказанно горевал о Кейсменте. Мак-Нейла давно надо было арестовать. Почему ирландцы ни одно дело не могут сделать как следует? Такие идиоты ничего и не заслужили, кроме рабства. Но что толку в проклятиях и стонах? Нужно было как-то прожить остаток дня, как-то прожить остаток жизни — без плана и без цели. Он сел на кровати и огляделся по сторонам. У него было такое чувство, словно его протолкнули через узкое отверстие в совершенно другой мир. Голова кружилась, он никак не мог сосредоточить взгляд на маленькой комнате, изменившейся до неузнаваемости. Он на минуту задремал и проснулся в тюрьме. Гул времени в ушах смолк, осталось пустое пространство, бездействие и тишина. Склонившись головой на руки, Пат чувствовал, что у него нет больше сил остаться в сознании. Ему хотелось умереть.

Как и когда ему вспомнилась Милли — он и сам не знал. В каком-то блестящем кольце перед его блуждающим взглядом возник ее образ, как образ божества, увиденный святым в венчике света. Измученное тело требовало насилия, кнута, клейма. Мысль, даже сознание надо было задушить чувством, утопить в боли. Он вспомнил, как Милли предлагала себя и какое вызвала в нем отвращение, но теперь ему мерещилось, что чем-то, чем-то ужасным, она и привлекала его. Она шлюха, не женщина даже, а испорченный мальчик. Он представил ее себе грязной, желтой, растрепанной, потной. Она сказала, что будет ждать его в постели, и он представил себе ее постель. Может он себя к этому принудить?

Теперь он сидел очень тихо. Если это отчаяние, то такого глубокого колодца он и не воображал. И тут показалось, что чуть ли не долг велит ему поехать туда, испытать — наверное, в самый последний раз — свою силу воли. Будет хоть какой-то поступок, какой-то конец, не это бездействие в освещенной комнате, а стремительный бросок в темноту. Последняя победа воли над его брезгливым сознанием, над мерзким животным, которое зовется его телом, ибо, хотя физически его уже тянуло к Милли, он знал, что так унизить себя можно только из-под палки. Он спустился в прихожую и вывел велосипед.

Теперь, когда он добрался до Ратблейна, желание и холодная решимость слились в одну силу. Милли была нужна ему как враг, как жертва, как добыча. Просила — получай. Он двинулся по мокрой траве к ступеням крыльца, на ходу доставая ключ. Очень удачно, что в свое время он обзавелся ключом от Ратблейна. Он не желал никаких встреч с прислугой, не из деликатности — до деликатности ли ему теперь, — а чтобы выполнить свое намерение без каких-либо задержек. Он повернул тяжелый ключ в замке, и дверь бесшумно впустила его.

Пат неплохо ориентировался в Ратблейне, но где спальня Милли, он не знал. И вовсе не жаждал появления визжащих от страха горничных. Прикинув, что стоит заглянуть в большую комнату с окнами фонарем над гостиной, он стал осторожно подниматься по лестнице, скрипевшей от каждого шага. Было очень темно, темнота словно проникала ему в глаза, в рот. На минуту он почувствовал удушье, как будто черный воздух был пропитан сажей. На площадке он остановился, напряженно вглядываясь, и с трудом различил окно. Луна, очевидно, скрылась в тучах, слышалось тихое шуршание дождя. Рядом поблескивало что-то белое, и, протянув руку, Пат коснулся холодного, гладкого колпака керосиновой лампы. Всё еще тяжело дыша, он чиркнул спичкой, зажег лампу и медленно подкрутил фитиль. Как из тумана выступила мебель, цветы, картины, полускрытое занавеской окно с шепотом дождя.

Внезапного пробуждения Милли он не боялся. Не такая она женщина, чтобы завизжать. Мало того, ослепленный собственной целью, он почти и не думал о том, что может напугать ее. С лампой в руке он пересек площадку и тихо-тихо отворил дверь направо. С порога, подняв лампу над головой, он увидел маленькую пустую комнату, может быть, гардеробную. В камине догорали огоньки; пахло торфом, и чуть попахивало виски. На диване возле камина брошена какая-то одежда. Напротив — еще одна дверь.

Пат плотно прикрыл за собой первую дверь, пересек комнату, ловя ртом воздух, взялся за ручку второй двери. Когда она подалась и перед ним стала расширяться темная щель, он высоко поднял лампу и попытался произнести имя Милли. И тут же в замигавшем свете увидел постель. Еще через секунду он понял, что в постели двое. Милли была не одна.

Пат быстро закрыл дверь и попятился. Поставил лампу на стол. Заслонил рукой глаза и помотал головой. На него навалился ужас, стыд, отупение и страшная боль, непонятно от чего — от того ли увечья, которое ему нанесли, или от того, которое нанес он сам. Тупость ощущалась как физическое состояние, как если бы на него надели ослиную голову. Он мог бы овладеть Милли, не задумываясь ни о мыслях ее, ни о чувствах. Но теперь его отношение к ней разом изменилось, окрасилось более ребяческим пуританством. Он думал: здорово меня одурачили. Соперника он не предусмотрел, ни разу не предположил, что у него может быть соперник. Когда Милли сказала, что будет ждать его, он поверил ей простодушно, наивно. Он вообразил ее беспомощной добычей, жертвой, привязанной к столбу. И вот в мгновение ока активная роль у него отнята, и он всего лишь удивленный зритель, презренный соглядатай. Он ждал, он хотел насилия, боли, только не этой неразберихи.

Он думал, не лучше ли сразу уйти, уже представлял себе, как уходит, но тело его стояло на месте, застывшее, парализованное. И пока он стоял, вытянувшись, как на смотре, отняв от глаз руку, дверь спальни отворилась и вышла Милли в белом пеньюаре с оборками.

При виде Милли и затворившейся за ней двери Пат внезапно осознал своего соперника как определенного человека. Кто с нею был? Но рассердиться он не мог. Он был унижен и до глубины души потрясен. Чтобы другой мог сделать *это*, было ужасно, непостижимо.

Милли, не глядя на него, подошла к лампе и прибавила огня. Подобранные фестонами оборки белого пеньюара волочились по ковру. Она нагнулась к камину, сунула в угли тонкую лучинку и зажгла вторую лампу. Потом повернулась к нему.

Выглядела она необычно. Волосы, которые он в первый раз видел распущенными, падали ей тонкими темными прядями на плечи и грудь, отчего она казалась молоденькой девушкой, беззащитной, уличенной в провинности. На полном лице — печальная ироническая усмешка. Она держалась с достоинством юной принцессы перед лицом палача и как будто бы совершенно спокойно.

— Какая жалость, ах, какая жалость. Знай я, что ты придешь, я была бы готова, больше чем готова. Я слишком рано в тебе отчаялась. — Она говорила бесстрастно, словно сама с собой, словно зная, что для него ее слова не могут иметь значения.

Пат поглядел на нее и опустил глаза. Босая нога, чуть видневшаяся из-под белых оборок, крепко вцепилась в ковер. Теперь он не знал, что ему делать с Милли. Как ребенок, он был готов просить прощения.

— Как ты вошел в дом, Пат?

— У меня был ключ, — сказал он тихим, хриплым голосом.

— Ну-ну. Я знаю, этого не исправить, не простить, даже не объяснить. Но сожалею я об этом больше, чем о чем бы то ни было в своей жизни. Я не представляла себе, что ты можешь прийти. Если б ты хоть словом намекнул, я бы навеки запаслась терпением. Я горько сожалею, что была не одна, когда ты пришел, и всегда буду жалеть об этом. — Милли говорила тихо, но очень раздельно и ясно.

— Да я... — начал Пат. Он не мог смотреть ей в лицо. Не мог рассердиться. Его заливал стыд, смущение и обида, как ребенка, который, ничего не понимая, расстроил какие-то планы взрослых. Он сделал движение, словно собирался уйти.

Милли заговорила быстрее:

— Я не хочу вести себя как дура. Я понимаю, сейчас мы не можем разговаривать. Но то, что ты пришел, это очень важно. Если бы я как-то могла тебя отблагодарить, я бы ни перед чем не остановилась. Дело, конечно, безнадежное, но я не могу не сказать.

— Кто у вас там? — спросил Пат. Даже этот вопрос, задуманный как грубость, прозвучал неуверенно, виновато. Глаза его остановились на закрытой двери в спальню.

Милли заколебалась. Потом сказала:

— Что ж, это я тебе подарю, и помни, что получил от меня подарок. — Шагнув к двери, она распахнула ее. — Выходи, Эндрю.

Эндрю Чейс-Уайт, в рубашке и бриджах, появился из спальни и стал, прислонившись к косяку. Он был очень бледный, и лицо у него подергивалось. Он тоже выглядел совсем по-новому. Он устремил на Пата взгляд, полный тупого, незащищенного страдания.

Милли сказала:

— Прости, пожалуйста, Эндрю. Прости, пожалуйста, Пат. Больше мне сказать нечего. — Потом добавила: — Все ж таки достижение, — и коротко рассмеялась.

Молодые люди минуту смотрели друг на друга, потом Пат круто повернулся и вышел. В темноте он кое-как сбежал с лестницы, нашел парадную дверь, вдохнул влажный ночной воздух. Дождь перестал, луна сияла из рваного просвета в тучах. Прямо перед ним, на ступенях крыльца, выросла фигура мужчины. Пат резко оттолкнул его, услышал, как тот вскрикнул и упал в высокую траву. Не оглядываясь, Пат добежал до своего велосипеда. Теперь, когда стало светлее, он увидел рядом еще два велосипеда, тоже прислоненные к стене. Левой рукой он с размаху стукнул о стену, потом еще раз и еще, пока лунный свет не озарил темное пятно на камне.

Глава 20

Кристофер Беллмен вдруг решил, что он непременно должен повидаться с Милли. После того как он услышал от нее то чудесное «да», он был счастлив, спокоен и вполне готов к тому, чтобы некоторое время не видеть ее. Со сладостным ощущением, что она прочно за ним, в сохранности — приз, снабженный этикеткой и убранный в сейф, благовоние в запечатанном сосуде, — он вернулся к своей работе и никогда еще, кажется, не чувствовал себя так безмятежно. Безмятежность эту нарушили два обстоятельства. Во-первых, его страшно взволновала и расстроила весть о скором восстании, за которой очень быстро последовала весть о его отмене. Ему вдруг приоткрылась другая Ирландия, существующая так близко, но так потаенно, и от этого стало тяжко, точно он в чем-то виноват. На мгновение он ощутил горячий, быстрый бег ирландской истории, сошедшей с книжных страниц, живой, еще какой живой! Он испытывал возбуждение, подъем, потом разочарование, облегчение. А во-вторых, позже в тот же день Франсис сказала ему, что не выйдет замуж за Эндрю. Вот тут-то и стало необходимо повидаться с Милли.

Он пустился в путь на велосипеде и приехал бы в Ратблейн гораздо раньше, если бы у него, как только он въехал в горы, не случился прокол. Он бросил велосипед и пошел пешком, не рассчитав, что до Ратблейна еще очень далеко. Стемнело, и он сбился с дороги. Когда, промокший под дождем и очень усталый, он наконец подошел к дому Милли, на него, к его величайшему изумлению, налетел какой-то человек, выскочивший на крыльцо. Он с трудом поднялся, и ему показалось, что этот человек, уже растворившийся в лунном свете, был Пат Дюмэй. Он вошел в незапертую дверь.

В прихожей было совсем темно, и, едва он вошел, ему почудилось, что кто-то, стоявший в темноте, бесшумно раздвинув воздух, скрылся в одной из комнат. Сразу затем наверху задвигался свет свечи и появилась Милли в белом пеньюаре. Она быстро заскользила вниз по лестнице с лампой в руке, пеньюар плыл за нею, распущенные волосы разлетались. На полпути вниз лампа осветила Кристофера, и Милли застыла на месте.

— Милли, что здесь происходит? Кто-то на меня налетел. Мне показалось, что это...

— А-а, Кристофер, — сказала Милли. — Добрый вечер. — Она поставила лампу на ступеньку и села с ней рядом. Потом беспомощно рассмеялась. Она тихо раскачивалась взад и вперед и стонала от смеха.

— Простите, что я так поздно, — сказал Кристофер. — Я бы попал к вам гораздо раньше, но у меня случился прокол, и последний кусок дороги пришлось пройти пешком. Но, Милли, что...

Милли перестала смеяться.

— Пожалуйста, Кристофер, пройдите в гостиную и подождите там, хорошо? Я сейчас, только оденусь. — Она опять ушла наверх, забрав с собой лампу и оставив его в темноте.

Кристофер ощупью добрался до двери в гостиную и, войдя, стукнулся головой о большую китайскую ширму — он забыл, что она стоит у самой двери. Камин не горел, пахло отсыревшей материей и торфяной золой. Он постоял, дождался, пока глаза различили квадраты окон, и двинулся к ним. Над головой слышалась какая-то возня и как будто голоса.

Кристофер не знал, что и думать. Весь долгий путь по темной горной дороге он мечтал об одном: скорее бы добраться до места. Он не любил ходить пешком. Горы в темноте были жуткие, кругом какие-то звуки, шорохи. Он торопился, предвкушая, как Милли встретит его, усадит перед пылающим камином, предложит стаканчик виски. Но очень уж много времени отняла дорога. И вот теперь пожалуйста: ему не рады, его оставили в потемках, в холоде, не проявили ни капли внимания. И кто же это выскочил из дома и сбил его с ног? Он почувствовал, что, падая, сильно ушиб плечо, а от столкновения с китайской ширмой болела голова. Был это Пат Дюмэй или нет? И почему он выкатился из дома, точно за ним гнался сам дьявол? И что это за таинственная фигура в прихожей? И что за возня в комнате наверху? Кристофер ничего не понимал и чувствовал себя кругом обиженным. Он пошарил на нескольких столах в поисках спичек, но только опрокинул что-то — что-то с треском упало на пол, наверно, разбилось. Он стал пробираться обратно к двери.

Тут вошла Милли с лампой. На ней было совсем простое серое платье, на голове красный шерстяной платок. Она поставила лампу, аккуратно задернула гардины, потом зажгла вторую лампу.

— Садитесь, Кристофер.

— Простите меня, ради Бога, я разбил вашу вазу. Я искал спички.

— Ерунда, это всего-навсего эпоха Мин или еще какая-то. Да садитесь же, Кристофер.

— Дорогая Милли, я просто жажду сесть, если вы позволите мне сначала снять этот изрядно намокший макинтош. И по-моему, вы могли бы угостить меня виски. Я очень долго шел пешком.

— Ах да, конечно, виски. Оно здесь рядом, в буфете. Минуточку. Вот, прошу.

— Милли, что у вас тут творится? Это был Пат Дюмэй? В доме кто-то есть, кроме вас? Мне показалось, что я кого-то видел в прихожей.

— Нет, я здесь одна. Прислуга спит во флигеле.

— Что здесь делал Пат и почему он меня толкнул? Я чуть не сломал руку. Мне очень жаль, что я так поздно, но, как я уже сказал, у меня случился прокол, и я...

— Толкнул он вас, очевидно, потому, что вы очутились у него на дороге. Мне очень жаль, что вы ушибли руку, и что случился прокол, и...

— Но что ему тут было нужно?

— Что было нужно? Ему была нужна я. — Милли рассмеялась. Носком туфли она далеко отбросила осколок разбитой вазы и в упор посмотрела на Кристофера.

Только теперь он разглядел ее взбудораженное лицо с неестественным румянцем, предвещающим не то смех, не то слезы. Волосы она заплела в одну косу и теперь, перекинув косу вперед, судорожно сжимала и теребила ее вместе со складками красного платка.

— Ничего не понимаю.

— Он приезжал сюда, чтобы обольстить меня.

— Милли! Вы же не могли дать ему повода предположить...

— Нет, конечно, я не давала ему никаких поводов предположить. Я его живо выставила за дверь.

— Но не могло же ему просто взбрести в голову...

— Почему это ему не могло взбрести в голову? По-вашему, я что, недостаточно привлекательна?

— Нет, конечно, по-моему, вы достаточно привлекательны...

— Значит, и объяснять больше нечего, так?

— Милли, я удивлен до крайности.

— Чему же тут удивляться? Ничего не случилось, я просто прогнала его. Потому он так и торопился. Вы же мне верите?

— Конечно, я вам верю. Но я хотел сказать...

— А вам-то, Кристофер, почему взбрело в голову приехать?

— Мне нужно было вас повидать. Столько всего случилось. Простите, что я так поздно. Но, как я уже говорил...

— Да-да, велосипед. Расскажите же, что именно случилось.

— Ну... Во-первых, Франсис решила не выходить за Эндрю.

— А-а... — Милли выпустила из пальцев красный платок, и он скользнул по ее спине на пол. Она шагнула вперед и стала быстро подбирать осколки китайской вазы. — Холодно здесь, нужно бы затопить. — Она сложила черепки на стол. Подошла к камину и нагнулась поджечь бумагу и лучинки. — Передайте-ка мне пару полешков.

— Милли, вы слышали, что я сказал?

— Слышала, конечно, но что я должна ответить? Мне очень жаль.

— Для нас, разумеется, это ничего не изменит. Вот это я и хотел вам сказать. Франсис я уговорю.

— А вы вообще говорили ей про нас?

— Нет.

— Может, оно и к лучшему.

— Это еще почему?

— Кристофер, я, кажется, все-таки не могу выйти за вас замуж.

— Милли, да вы понимаете, что говорите?

— Просто не могу. Да я вам и не нужна.

— Это из-за Франсис?

273

— Нет, Франсис ни при чем. Я просто не могу, это было бы нехорошо. Мне вообще не следовало допускать этой возможности.

— Милли, не смейте так говорить. — Он поднялся неловко, на негнущихся коленях, протянул к ней руки. Милли по-прежнему смотрела вниз, на потрескивающие лучинки, и свет их, играя на ее лице, озарял усталую, успокоенную улыбку.

— Милли, родная... — Кристофер взял ее руку. Рука была тяжелая, вялая. Эта рука была ему хорошо знакома, и он, едва коснувшись ее, ощутил что-то необычное. Глянув вниз, он увидел на пальце кольцо с бриллиантами и рубином. Он узнал это кольцо.

Милли, заметив выражение его лица и направление взгляда, вскрикнула, отдернула руку и отошла от него.

— Милли, почему у вас на руке кольцо Эндрю?

Она быстро сняла кольцо и положила на стол.

— Потому что мое — на руке у Эндрю.

— Не понимаю.

— Где уж тут что-нибудь понять, когда все перепуталось. Я только что соблазнила вашего несостоявшегося зятя. Я не собиралась вам говорить. А про кольцо просто забыла. Никак у меня не выходит провиниться безнаказанно. Такая уж я невезучая!

— Милли, вы хотите сказать, что вы действительно...

— Да, когда явился Пат, я была в постели с Эндрю. Я пригласила Пата себе в любовники, только не думала, что он снизойдет до меня, и решила, что и Эндрю сгодится. Все это получилось очень неудачно, и теперь я глубоко разочарованная женщина.

— Милли, вы серьезно говорите, что вы с Эндрю...

— Да! Кажется, я сказала это яснее ясного. Хотите, повторю?

— Как вы можете говорить таким тоном!

— Ну, знаете, если женщина попалась так, как я, какой-то тон ей надо выбрать, а сочетать обезоруживающую откровенность со спокойным достоинством не так-то легко. Какой тон вы бы мне предложили?

— Я просто не могу в это поверить.

— А вы постарайтесь. Суть в том, что я влюблена в Пата, влюблена, как кошка, и уже давно, только это, разумеется, безнадежно и было бы безнадежно, даже если бы Эндрю не оказался сегодня здесь. И у нас с вами все было бы безнадежно, даже если бы вы не узнали про Эндрю. Пожалуй, вам лучше уехать, Кристофер. Ах черт, я забыла, у вас же нет велосипеда.

— Влюблены в Пата. Вот оно что.

— Да, до безумия. Готова целовать землю, по которой он ходит. Если б я пожелала себе самого лучшего и осталась ему верна, оно бы ко мне пришло. Оно и пришло, да я-то сплоховала.

— Но вы сказали, что это все равно было безнадежно. И представление о самом лучшем у вас довольно странное. Одна ночь в постели с Патом Дюмэем. Вы же понимаете, наутро он бы вас возненавидел.

— Да, Пата вы раскусили. Но вот меня-то не очень. Таких вывертов, как у меня, вам и не вообразить. Может быть, мне и одной ночи было бы довольно, может быть, она дала бы мне все, что я хочу, а может быть, такая ненависть была бы чище самой чистой любви. Но теперь все пропало. Я изменила собственному кредо. Это вы меня сбили, вы и денежные соображения. А теперь он меня презирает, и вы, наверно, тоже. Выпью-ка я виски.

— Значит, вы завладели Эндрю. И поэтому Франсис ему отказала. Теперь все ясно. Это из-за вас. Я знал, что вы порядком безответственны, но не думал, что вы насквозь порочны.

— О Господи, вы *это* подумали? — Милли шваркнула бутылку на стол. — Не настолько уж я дурная. Я не трогала Эндрю, мне это и в голову не приходило, пока он сам не сказал мне, что Франсис дала ему отставку. Честное слово, Кристофер. Неужели вы правда думаете, что я способна...

— К сожалению, Милли, я думаю, что вы способны на все.

Они молча смотрели друг на друга. Потом Милли снова взяла бутылку и, дрожащей рукой наливая себе виски, сказала тихо:

— Смешно. Сейчас я, кажется, почти влюблена в вас. Говорю же я вам, что я со странностями.

— Вы с ним явно что-то скрывали во вторник, когда он пил у вас чай с Хильдой. Я уже тогда подумал, что он держится очень странно. Но мог ли я предположить...

— Ах, это! Это я с ним просто сыграла глупую шутку. Даже объяснять не стоит.

— У Франсис не могло быть никаких других причин отказать ему. Все было решено.

— Вовсе не все было решено. И причин отказать ему у нее могло быть сколько угодно. Он не особенно умен. Он даже не бог весть как красив.

— И это вы говорите сразу после того, как затащили его к себе в постель?

— Ладно. Пусть я не только порочна, но и вульгарна. Но это правда.

— А где он, кстати, сейчас?

— Надеюсь, что на полпути в Дублин. Он должен был испариться сразу после того, как я спустилась к вам во второй раз. Жалость какая, вы могли бы попросить у него велосипед. — Милли засмеялась было, но тут же осеклась. — Не может быть, что вы так думаете, Кристофер, не может быть, что вы верите, будто я стала бы соблазнять Эндрю, пока он был женихом Франсис. Не могла я поступить так жестоко. Я не жестокая, я просто глупая. Да и потом, я не меньше вашего хотела, чтобы Франсис вышла замуж за Эндрю, — из-за вас.

— Но вы сказали, что влюблены в Пата и что наше дело все равно было безнадежно.

— Да... Здорово я запуталась, а? Но клянусь, я не...

— Вы могли это сделать нарочно, чтобы расстроить помолвку Франсис, и тогда у вас был бы предлог отделаться от меня. Я считаю вас женщиной сумасбродной и вредной. Всегда считал.

— Тогда нечего было затевать на мне жениться.

— Совершенно с вами согласен.

Теперь они стояли, глядя друг на друга через стол. Что же это делается, спрашивал себя Кристофер, почему мы так кричим, или это во сне? От усталости, от промокшей одежды, от крепкого виски у него покруживалась голова. Фигура Милли виделась ему до жути отчетливо, трехмерный предмет на плоском фоне. Он пошатнулся, сделал шаг к стулу и тяжело сел.

— С этим-то теперь покончено, — сказала Милли тусклым голосом. Она стала пальцем двигать кольцо по столу. — Поделом мне. Когда ведешь себя безобразно, нечего жаловаться, если другие не понимают, до какой степени безобразия ты способна или не способна дойти. Но вы должны мне поверить, Кристофер. Эндрю был у меня, рассказал, что Франсис его отставила, и тогда я, просто, понимаете, чтобы его подбодрить, предложила...

— И сколько времени это продолжалось?

— Это продолжалось часа два до того, как приехал Пат, и...

— Я не о том! Сколько до сегодняшнего дня?

— До сегодняшнего дня нисколько.

— Почему вы сказали, что у нас все было бы безнадежно, даже если бы я не узнал?

— Из-за Пата. Нет, пожалуй, не из-за Пата. Пат, в сущности, не имел к этому отношения. Я думала о нем и о вас совершенно отдельно. Все равно это было ни к чему, неудачная затея. Мы недостаточно любим друг друга, Кристофер.

— Пожалуй, вы правы, — произнес он медленно.

Снова пошел дождь. Ветер швырял капли об оконные стекла порывистыми вздохами, напоминавшими легкий шум набегающих волн.

— Ну, вот и все. Господи, до чего же мне скверно. А, чтоб ему — камин погас, не уследили.

Кристофер встал и потянулся за макинтошем.

— Мне пора.

— Бог с вами, куда в такой дождь. И велосипеда у меня для вас нет.

— Ничего, пойду пешком.

— Это идиотство, Кристофер, вы прекрасно знаете, что останетесь здесь. Комната готовая есть. Вы насмерть простудитесь, пока будете спускаться к морю.

Кристофер бросил макинтош на пол. Он чуть не плакал.

— Ну хорошо, хорошо.

— И вот кольцо, верните его Эндрю. Его я, наверно, никогда больше не увижу. Все меня теперь ненавидят.

— Не нужно мне кольцо... А, ладно, давайте.

— Нет, пожалуйста, лучше не нужно. Ему будет больно узнать, что вы знаете.

— Пусть будет больно, на здоровье.

— Не сердитесь на Эндрю. Ему было очень тяжко, и он так молод.

— Да ну его к черту.

— Зря вы мне не подарили кольца, Кристофер, может, оно бы меня уберегло. Ну что ж, давайте я провожу вас в вашу комнату. Постель не проветрена, но я вам дам грелку.

— Не трудитесь. Больше всего мне сейчас хочется остаться одному.

Милли взяла лампу, они вышли в переднюю и медленно поднялись по лестнице, как старая супружеская пара.

— Вот ваша комната. Вам, правда, не нужно...

— Нет, благодарю.

— Я вам зажгу свечу. Вот. Ох, я совсем забыла, может, вы хотите поесть?

— Нет, благодарю, Милли.

— Кристофер, вы ведь мне верите? Верите, что я не...

— Да, да, да, верю.

— Кристофер, мне ужасно жаль, что все так получилось.

— Не важно.

— Важно-то оно важно, ну да что там. Можно, я вас поцелую?

— Ох, Милли, уйдите.

— Ну, спокойной ночи, милый, спите сладко.

— Спокойной ночи.

Глава 21

«Духовное обновление, к которому я надеялся приобщить мою жену, не удалось в большей мере потому, что с ее стороны не последовало ни малейшего отклика. Позднее мне стало ясно, как безрассудно было ожидать, что она поймет символический характер моего поступка и неимоверную трудность его или хотя бы осознает то, что мне нужно было ей сказать. Как существо, не умеющее мыслить теоретически, прозябающее почти полностью на уровне интуиции, она осуждала меня за то, чем я был, но, когда мне захотелось, даже стало необходимо услышать ее суждение о том, что я сделал, она промолчала, показала себя неспособной оценить или хотя бы заметить что-либо столь определенное, как поступок. Чтобы отпустить грех, нужно сначала определить, что есть грех. Моя жена оказалась не способна дать мне отпущение».

Барни вдохнул аромат этого абзаца и с новыми силами вернулся к блокноту, в котором еще утром несколько раз принимался сочинять письмо. Было воскресенье, середина дня.

«Дорогая Франсис!
Я считаю своим долгом поделиться с тобой сведениями, которыми с некоторого времени располагаю. Мне доподлинно известно, что твой жених состоит в любовной связи с леди Киннард. Тяжело сообщать дурные вести, но я считаю, что это мой долг...»

Он вырвал листок и взял другой вариант.

«Дорогая Франсис!
Тяжело сообщать дурные вести тому, кого любишь, — а ты, мне кажется, знаешь, не можешь не знать, как искренне я к тебе расположен. Но бывают минуты, когда скорбный долг повелевает разрушить душевное спокойствие, основанное на заблуждении».

* * *

Он перечел это несколько раз, изменил «искренне расположен» на «горячо привязан» и отложил листок.

Правда ли, что скорбный долг повелевает ему разрушить душевное спокойствие, основанное на заблуждении? Барни пребывал в великом волнении и горе, на которое наслоились впечатления от утренней пасхальной обедни, породив настоящий сумбур эмоций, то мрачных, то поразительно светлых и блистающих. Церковь, полная народу, ликующий хор, иконы и статуи, освобожденные от траурных покрывал, горы цветов — эти картины вступления в мир ослепительного света являли странный, хоть и многозначительный контраст со зловещими, опасными, воровскими приключениями минувшей ночи.

Барни поддался соблазну съездить в Ратблейн, отлично сознавая всю глупость и неприличие этой авантюры. В своем поведении он все яснее усматривал форму войны с женой, и уже оттого, что ехать в Ратблейн ему хотелось не только из-за Милли, это желание сперва показалось ему тем более греховным. Если бы Кэтлин пошла ему навстречу, если бы вникла в драматизм его душевного перелома, она, конечно же, помогла бы ему стать другим человеком. Он бы перестал видеться с Милли. Но, чтобы выполнить это честное, чистое намерение, ему нужен был стимул, получить который он мог только от Кэтлин. Ее неспособность разглядеть, так сказать, механику его благих намерений он воспринял как осуждение, самое строгое, какому когда-либо подвергался. Он почувствовал, что Кэтлин считает его безнадежным. Ладно же, своим поведением он докажет, что она права.

Так ему казалось вначале. Но вечером, когда он катил на велосипеде в Ратблейн, вдыхал горный воздух, видел, как солнечный свет перебегает по далеким зеленым полям, а со склонов Киппюра медленно поднимается радуга, он совсем по-молодому радовался тому, что он мужчина и спешит к любимой женщине. Это уже не было частью его борьбы с Кэтлин, это вообще не имело к Кэтлин никакого отношения. Он послушался своего сердца, что же в этом дурного? Его тянет к Милли, и он едет с ней повидаться; все просто, а значит, невинно. Может, за последнее время его система моральных ценностей чересчур усложнилась. Если бы вырваться назад из опутавшей его сети вины и оправданий, к обыкновенным желаниям и удовлетворению их, тогда он мог бы снова стать невинным и безвредным, каким был когда-то. К тому времени, когда солнце село за Киппюром и поля засветились пыльным золотом, перед тем как погаснуть и потемнеть, Барни уже казалось, что в своих потребностях и желаниях он предельно прост и неиспорчен.

Он поехал туда, где была Милли, по внезапному порыву, не подумав о том, что будет делать, когда доберется до нее. Конечно, он надеялся, что застанет ее одну, как бывало в их счастливейшие времена, что она встретит его тем особым смехом, который приберегала только для него, весело подзовет к себе, как собаку. При мысли о том, что это еще возможно, он улыбался счастливой улыбкой, энергично толкая в гору велосипед на крутых участках дороги. Ну а если не повезет, если у Милли гости, тогда придется решать, сообщить ли ей о своем приезде или затаиться. В прошлом Барни не раз наблюдал за Милли, не выдавая своего присутствия. Всякий раз это было очень больно и в то же время пронизывало его сладким чувством вины, доставляло удовольствие, глубокое и темное. Это возвращало его прямым путем к некоторым удовольствиям детской поры. А умозрительно он мог рассматривать это удовольствие-боль как свое подношение Милли, как некую почесть или дань.

Мысль, что у Милли могут быть гости, снова напомнила ему о печальной перспективе ее брака с Кристофером. После того как в четверг он пережил то, что потом назвал про себя мистическим озарением, проблема Кристофера отпала и его уже не дразнило искушение осведомить Франсис о намерениях ее отца. Теперь и проблема и искушение возникли вновь и, более того, еще подстегнули его желание немедленно увидеть Милли. Бывали минуты, когда Барни просто не мог поверить в свое несчастье, и сейчас ему подумалось, что едва ли все-таки Милли и в самом деле выйдет замуж за Кристофера. Ничего еще не решено, будущее по-прежнему туманно. И хотя он не воображал, что посмеет напрямик спросить Милли о ее планах, ему нужно было ее увидеть, чтобы успокоиться. Он чувствовал, что, увидев ее, обретет полную уверенность в том, что все у них будет хорошо, еще лучше, чем было.

Подъехав к Ратблейну уже в темноте, Барни заметил прислоненный к стене велосипед — не Кристоферов, тот он знал. Проникнув в дом одному ему известным способом, он услышал голоса. Замирая от любопытства, уже испытывая знакомую сладкую боль, подкрался поближе. И тут-то понял — сначала какого гостя принимает Милли, а затем и по какому делу. Сперва это открытие просто потрясло его своей неожиданностью. Он внезапно увидел и в Милли и в Эндрю существа столь порочные, что перед чернотой их греха его собственные моральные срывы бледнели до светло-серого цвета. Первое потрясение сменила удивленная, негодующая ревность, пугающее сознание, что он стал обладателем такой могущественной тайны, и наконец детское горе оттого, что его Милли, игравшая с ним в такие веселые, безобидные игры, в *эту* игру предпочла играть с другим.

Ход его мыслей был прерван появлением Пата. Барни, стоявший в темноте на площадке, услышал, что внизу кто-то вошел, и быстро спрятался в одну из комнат. Немного погодя он услышал голос Пата из гардеробной.

Ему и раньше-то было страшно, а теперь его объял ужас. Он был в полной растерянности относительно характера и возможных последствий своего открытия. Только что он вынес колоссальной силы нравственный приговор, который сам еще не мог осознать. С появлением Пата ему вдруг открылась и другая сторона этой истории — его собственная вина как соглядатая, вина, усугубленная важностью того, что он подслушал. Если они найдут его здесь, в темноте, прощения не будет. Подвергнуться такому позору, да еще на глазах у Пата, — этого он не переживет.

Он не стал раздумывать о том, что привело сюда Пата, не стал подслушивать дальше. На цыпочках он сошел с лестницы и остановился в глубине прихожей, соображая, безопасно ли сейчас выйти из дома. Пока он колебался, Пат сбежал по лестнице и выскочил на крыльцо. Через минуту дверь снова отворилась, и Пат — так ему показалось — вернулся в дом. Больше медлить Барни не стал, он прошмыгнул в кухню, оттуда на мощеный двор, подождал там, пока луна не скрылась за облаком, и в обход дома добрался до своего велосипеда.

Наутро акценты его чувств переместились. Негодование против Эндрю еще усилилось, негодование против Милли умерилось своего рода жалостью, отчего он впервые ощутил свое превосходство над ней. Ощущал он и облегчение, и торжество — вон как много он выведал, а сам вышел сухим из воды. Ревность утихла, перелилась в нежное чувство ответственности за Милли и в сознание, что у него есть теперь против нее весьма действенное оружие. Прежнее искушение — просветить Франсис относительно намерений ее отца — показалось слабеньким и ненужным. К чему бы это привело, и сейчас ведь оставалось неясным. Зато теперь Барни располагал безошибочным методом для достижения обеих своих целей — разлучить Милли с Кристофером и разлучить Франсис с Эндрю. Прибегнет ли он к этому методу?

Может быть, лучше не вмешиваться. Поскольку случилось *такое*, и, надо думать, не в последний раз, оба брака, которых он так опасается, и без того едва ли состоятся. Да, безусловно, теперь все полетит кувырком и без его вмешательства. С другой стороны, если, несмотря ни на что, Франсис или Милли все-таки выйдут замуж, он не простит себе, что вовремя не заговорил, мало того, он знал, что не удержится и все разболтает задним числом, когда от этого произойдет только вред. А значит, если принять во внимание все факты, включая его собственную бесхарактерность, разве не ясно, что его долг — написать Франсис?

К пасхальной обедне Барни пошел как лунатик. Он еще накануне решил пойти, ну и пошел. А когда он с пустой головой сидел в церкви, внезапно, словно кто-то, пройдя, легонько коснулся его, он вспомнил, где находится и какое празднуется событие. Вспомнились ему и благие решения, принятые три дня назад, — упростить свою жизнь, заключить мир с Кэтлин. Что это было, пустая игра эмоций или поистине вторжение иного мира в объявшую его тьму? Он вспомнил свое ощущение, будто ничто уже не вызволит его из погруженности в себя. А потом, когда на него дохнуло свободой, он воспрянул, он сдвинулся с места; но двигался-то он

285

все по-старому, только подталкивал свое заскорузлое «я» в новую сторону; и стоило его фантазиям натолкнуться на препятствие, как он отчаялся. Он мечтал об осязаемой каре. А если кара его как раз в том, что она неосязаема? Его посетила страшная мысль, что, возможно, ему просто следует поступать как должно, не ожидая, что это будет оценено или хотя бы замечено.

Обедня подействовала на него как событие, как знаменательная перемена. Его стала заливать смутная печаль, боль утраты. В сущности, он никогда не любил окончания Великого поста. Никогда не чувствовал себя готовым отбросить скорбь при первом взрыве праздничного ликования. И теперь он вдруг понял, почему так было.

> Dic nobis, Maria,
> Quid vidisti in via?
> Sepulcrum Christi viventis
> Et gloriam vidi resurgentis*.

Может быть, Мария Магдалина и правда увидела Его где-то в саду, но для всех остальных, для нас, остался только пустой гроб. «Его нет здесь». Христос, держащий путь в Иерусалим и страдающий там, может сделаться близким другом. Воскресший Христос — это нечто, сразу ставшее неведомым. В прошлом эта метаморфоза всегда была для Барни просто огорчением, как конец спектакля. Никогда он не думал о ней как об исходной точке. Сейчас он впервые так о ней подумал, и, как только изменился угол зрения, ему стало ясно, с ясностью непреложной истины, что именно воскресший Христос, а не Христос страдающий должен стать его спасителем; незримый Хрис-

---

* Скажи нам, Мария, что видела ты в пути? Гроб Христа живого и славу воскресшего *(лат.)*.

тос, скрытый в Боге, а не жертва на кресте, доступная чувственному восприятию. Слишком страшными, слишком тесными узами он связан с самим же им созданным образом Христа Страстной пятницы. Теперь Пасха должна очистить этот образ. Поскольку он не наделен даром сострадания, истерзанная плоть будила в нем что-то слишком грубо человеческое. Чужие страдания оборачивались для него жалостью к самому себе, а потом и постыдным удовольствием. Они не могли ни на йоту изменить его, созерцай он их хоть всю жизнь. От него требуется другое — что-то лежащее вне укоренившейся в нем концепции страдания, просто внутренняя перемена, без всякого драматизма, даже без кары. Может, в конце концов, эту весть и несет ему Пасха. Не боль, а уход в незаметность должен стать обрядом его спасения.

По пути из церкви Барни вспомнил и вчерашние события, которые поездка в Ратблейн совершенно вытеснила из памяти. Совсем недолго, каких-нибудь два часа, он полагал, что Волонтеры пойдут на вооруженное восстание. Пусть он так непостижимо, так бессмысленно расстался со своей винтовкой — принес жертву не Богу, а собственному тщеславию, — все же он член организации Ирландских Волонтеров. Нерадивый, никчемный, бестолковый, но все же Волонтер и дал присягу сражаться за Ирландию, если пробьет час. И тут по цепи ассоциаций, протянувшихся в прошлое сквозь счастливейшие, казалось, минуты его жизни, он вспомнил Клонмакнойз, маленькую часовню без крыши, покинутые надгробия и пустынное зеркало Шаннона. Numen inerat*. То было присутствие не только Бога, но Ирландии. Слезы выступили у него на глазах.

---

* Присутствие божества *(лат.)*.

Барни записался в Волонтеры, чтобы сделать приятное Пату, но не только поэтому. Он сделал это и потому, что любил Ирландию, жалел ее за многовековое мученичество, и потому, что понимал, что в конце концов придется, вероятно, с оружием в руках бороться за права, в которых ей слишком долго отказывали. У Барни было сильно развито чувство истории, политику же он чувствовал слабо и в данном случае действовал интуитивно. От Ирландии, от ее мрака и красоты он ждал всего, когда-то он бежал к ней, как к матери, как к месту очищения. И хотя жизнь его обернулась разочарованием и неразберихой, ему и в голову не приходило винить за это Ирландию. Он забросил свою книгу о святых. Он сам оказался отступником. Темное великолепие по-прежнему было рядом, нетронутое и любимое. Он не мог не сослужить Ирландии эту службу. Так он думал, когда стал Волонтером, и так же, и только так, думал вчера, в течение тех страшных двух часов. Узнав, что сражаться ему все же не предстоит, он испытал невыразимое облегчение.

А сейчас Барни сидел в своей комнате и смотрел на письма к Франсис, начатые утром, до того, как он пошел в церковь. Проблема все еще ускользала от четкого анализа, но письма показались ему недостойными. Может быть, и Франсис, и Кристоферу не мешает узнать о случившемся, но из этого еще не следует, что осведомить их должен он, Барни. Всякое вмешательство с его стороны только ухудшит дело. Он не может, ну просто органически не может действовать из чистых побуждений, а раз так, то он не вправе причинить столько страха, горя и ненависти. Пусть Эндрю, Милли, Франсис и Кристофер разбираются между собой и устраивают свою жизнь без его участия. Все должно быть так, будто он не знает и не видел того, что видел и знает, или будто он расписался в полном непонимании. Ничего не делать, ничего не знать — вот чему учит его опустевший гроб. И тут его осенило, что и с Кэтлин должно быть так же. Не нужно надеяться, что он поймет Кэтлин или будет понят ею. Не нужно надеяться, что она поможет ему состряпать из его мелких измен античную трагедию. Нужно поступать по совести, совсем просто, даже тайно, а там будь что будет.

Продравшись сквозь этот лабиринт рассуждений, Барни рывком остановился, как лошадь, когда она понемногу передвигается, пощипывая траву, и вдруг обнаруживает, что дальше веревка не пускает. Значит, он снова пришел к тому же выводу, только другой дорогой. Ну а теперь, когда ход рассуждений был иной, может он что-то сделать? Может он отказаться от Милли? Он лег головой на стол, закрыв глаза, отдыхая от мыслей, и скоро до сознания его дошло, что он молится.

— Ой, Барни, простите, я вас разбудила. Я постучала, но никто не ответил, и я просто хотела оставить записку.

В дверях стояла Франсис.

Барни поспешно выпрямился.

— А-а, Франсис, входи. Я, наверно, уснул на минутку. Я так рад тебя видеть. Я так хотел тебя повидать.

Он встал и суетился возле нее, что-то бормотал, касался ее рукой, радуясь ее присутствию. Ему казалось, что каким-то образом, пока он спал, разрешилась важная проблема, свалилось тяжелое бремя.

— Давай мне пальто, оно все мокрое. Зонтик поставим вот здесь, в углу, пусть стекает. Чаю хочешь? Но, дорогая моя, что с тобой? Что случилось?

Теперь, когда она откинула капюшон, Барни увидел ее заплаканное лицо. Она подсела к столу, приглаживая ладонью отсыревшие волосы.

— Я пришла проститься.

— Проститься? Ты разве уезжаешь?

— Да, я еду в Англию. Буду работать в госпитале. Я еду на войну. — Она не смотрела на него, а уставилась поверх заваленного бумагами стола на ряды выцветших огородиков, составлявших узор трухлявых обоев. Уголки ее рта были опущены.

— Но почему?

— А почему бы и нет? Надо же вносить свою лепту. Пусть я необразованная, но уж хлеб маслом намазать сумею.

— Но как же... как же Эндрю? — Барни казалось, что при звуке этого имени вся его преступная осведомленность должна выйти наружу.

— Ах, это. С этим покончено. Я не выхожу замуж. Мы с Эндрю решили, что нам лучше не жениться.

Барни закружил по комнате, от волнения натыкаясь на стены. Ему страшно хотелось расспросить Франсис, но, как взяться за дело, он не знал.

— Не выходишь замуж. С этим покончено. Подумать только. Вот так так! Мне очень жаль. Но как это неожиданно. Хоть бы только для тебя это не было огорчением. Хоть бы только ты не уезжала.

— Мне самой жалко уезжать, Барни, особенно жалко уезжать от вас. Я буду по вас скучать. Но мне будет полезно уехать из Ирландии. Идет война, и вообще Ирландия — порядочное захолустье. И потом, я последнее время была в каком-то дурацком настроении. Я ведь к вам только на минутку. Вы, я вижу, работаете. Это что, Святая Бригитта?

Франсис взяла со стола листок бумаги.

— Нет-нет, постой! — Барни подскочил слишком поздно. Она уже читала письмо.

В полном молчании она прочла его, отложила, потом оперлась головой на руку и едва слышно протянула: «О-о...»

Еще через минуту она сказала усталым, безучастным голосом:

— Откуда вы это узнали, Барни?

Уловив ее тон, он быстро спросил:

— Так ты знаешь?

— Да.

— Как ты узнала?

— Сначала скажите, как вы-то узнали?

— Я вчера вечером там был, в Ратблейне. Я поехал навестить Милли и застал...

— Пата и Эндрю, да. А моего отца проглядели. Он тоже там был. Целое сборище. Прямо как в водевиле.

— Кристофер... Значит, и он знает...

— Да, он сам рассказал мне нынче утром.

— И тогда ты порвала с Эндрю.

— Нет-нет, Эндрю я отказала еще несколько дней назад, то есть мы решили не жениться. К Милли это отношения не имеет. Милли не чудовище. Она заграбастала Эндрю только после того, как я от него отказалась. А он до сих пор воображает, что об его интрижке никому не известно.

Барни поднял голову. Положение сложное. Но теперь как будто все в порядке? Кристофер знает, и Милли ни в чем не виновата. Ну, не совсем, но почти. Так что все обойдется. И не нужно будет отказываться от Милли. Но что это он говорит?

Его прервал голос Франсис:

— Читаю второе письмо. Насчет «скорбного долга» это неплохо. С каким упоением вы это, наверно, писали. Которое же вы собирались послать?

Барни вдруг стало ясно, что перед ним новая Франсис, Франсис, которая и говорит по-другому, которая умеет язвить, которая знает ему цену и может вынести ему приговор. Он почувствовал себя обиженным, а потом безмерно перед ней виноватым. Чутье не обмануло его. Нельзя было соваться к ней со своими гнусными сведениями. За одно то, что человек знает такое, он заслуживает ненависти.

— Франсис, родная, я не собирался посылать ни то, ни другое, честное слово. Это было бы очень нехорошо, и я как раз хотел их разорвать.

— Вот что. — Она ему не поверила.

Барни заметался, толкнул стол, и мемуары посыпались на пол. Он стал топтать их ногами. Он обезумел. Никто ни за какие заслуги не воздаст ему должного. А теперь она никогда не простит его уже потому, что он знает.

— Франсис, *клянусь,* я не собирался посылать эти письма. Я знаю, их и писать не следовало...

— Не кричите, Барни. Это не важно. Я все равно знала, так что это совершенно не важно. А теперь мне в самом деле пора. Нужно еще столько сделать.

— Когда ты едешь?

— Во вторник или в среду.

— Значит, все-таки ты будешь на том пароходе. Франсис, ты мне веришь?

— Да, да, конечно.

В дверь постучали так громко, что оба подскочили.

Дверь распахнулась, на пороге выросла высокая фигура Пата Дюмэя.

— Я пошла, — сказала Франсис. Она схватила свои вещи и исчезла, растворилась под вытянутой правой рукой Пата.

Барни тупо смотрел на то место, где она только что была, потом увидел лицо Пата, огромное, возбужденное, смеющееся.

— Ты что, Пат?
— Сядьте. Мне нужно задать вам два вопроса.

Барни сел у стола, а Пат тщательно затворил дверь и сел рядом, положив свою большую руку ему на плечо.

Барни, разинув рот, смотрел на пасынка. Он чувствовал, что сейчас его уличат в какой-то провинности. Но прикосновение руки было дружелюбное. Пат, казалось, был охвачен тревогой и восторгом. Его левая перевязанная рука сильно и ласково сжимала плечо Барни, а правой ладонью он оперся на стол, точно для прыжка. Он наклонился к отчиму:

— Слушайте внимательно. Тот план, о котором вы узнали вчера, понимаете? Ну так вот, мы его выполним завтра.

— Ты хочешь сказать, что вы все-таки начнете восстание, все Волонтеры, в точности как...

— Да, завтра. И первое, что я хочу вас спросить: вы будете с нами или предпочтете остаться в стороне? Никто вас не осудит.

— Конечно, я пойду с вами, — сказал Барни.

Последовало минутное молчание. Потом Пат отпустил его плечо и встал.

— Значит, вы готовы сражаться?
— Да.

Пат с сомнением поглядел на него. Потом выдавил из себя не то смешок, не то вздох:

— Молодец.
— В котором часу завтра?

— Ровно в полдень, с первым ударом колокола. Я дам вам все указания.

— А что ты еще хотел спросить?

— Это отпадает. Это насчет Кэтела. Но я бы задал тот вопрос, только если бы на первый вы ответили отрицательно. Правду сказать, я думал, что так и будет. Прошу прощения.

— Ничего, пожалуйста, — сказал Барни. — Кстати, тебе придется выдать мне новую винтовку.

Когда Пат ушел, Барни еще долго стоял возле своего загроможденного стола, глядя на трухлявые огородики на старых обоях. Ему было очень страшно. И было у него чувство, нельзя сказать чтобы неприятное, что его наконец загнали в угол. Что бы ни творилось в его душе, прежнее существование кончилось, теперь им распоряжается другая жизнь, поважнее его собственной.

Интересно, послал бы он все-таки Франсис эти письма? Сумел бы отказаться от Милли? Спасибо ему все равно никто не скажет. Он осужден по заслугам. Вернее, теперь уже не важно, как о нем судят. Оказывается, это не имеет большого значения.

Он потянулся к письмам, взял их в руки и разорвал на длинные полосы. Потом подобрал с полу смятые листы мемуаров и стал методично, один за другим рвать их в клочки.

Глава 22

Пат Дюмэй стал подниматься по темной лестнице на чердак. Лампа, стоявшая на полу на чердачной площадке, отбрасывала густые тени вниз, под каждую ступеньку, и освещала человека в форме Волонтера, который, услышав шаги, стал навытяжку. Пат шатался от усталости. Он ни разу не присел с тех пор, как узнал в воскресенье днем, что восстание все же состоится. Теперь было уже за полночь, наступало утро пасхального понедельника.

В воскресенье утром контрприказ Мак-Нейла появился в «Санди индепендент». Тогда же Пирс, Конноли, Мак-Донаг и их единомышленники собрались на совет в Либерти-Холле. На этом совете было принято решение — действовать наперекор Мак-Нейлу. Восстание было назначено вторично — на понедельник, в полдень. По всей стране были разосланы курьеры с новым приказом.

Все они, в том числе и Пат, знали, что действия Мак-Нейла нанесли делу огромный, возможно, непоправимый вред. У рядовых участников движения улетучился боевой пыл. Некоторые уехали из города. Иные с горя даже разорвали свои мундиры. Напряжение ослабло, сменилось чувством разочарования, безответственности. Понедельник был день скачек на розыгрыш большого приза Ирландии. Даже если приказ будет вовремя доставлен всем звеньям организации, послушаются ли его? Для малодушных предлогом послужит явная растерянность руководства. Первый приказ многих испугал. Те, кто узнал о его отмене с облегчением, едва ли захотят начать все сызнова. Они скажут, что не знают, кому верить, и уедут на скачки.

В воскресенье Пирс и Конноли могли с уверенностью подсчитать свои силы. В понедельник можно было лишь гадать, сколько людей окажется в наличии. Это значило, что нужно срочно менять множество частных решений и отказаться от важнейших задач, таких, например, как прервать телефонную связь с Англией: для захвата дублинской телефонной станции уже не хватало людей. Подробный план, на разработку которого ушли недели, месяцы, пришлось зачеркнуть и в последнюю минуту наспех выдумывать что-то новое.

И все-таки сражаться было необходимо. Англичане при всей своей тупости способны задуматься над тем, что произошло в Керри, а так как в Дублине столько народу теперь знает о предполагавшихся событиях, скоро найдется и какой-нибудь осведомитель. Удивительно еще, как этого не случилось до сих пор. А тогда уж англичане будут вынуждены действовать, они примутся разоружать все движение, и ирландцам останется либо ответить несколькими беспорядочными выстрелами, либо покорно сдаться.

Это были веские соображения. Но была и другая причина, о которой никто не упоминал вслух. Они так долго надеялись, готовились, строили планы, они привели в движение лавину событий, которая теперь катилась уже как бы по инерции. Утром в воскресенье 23 апреля в Либерти-Холле они могли бы — в самом обычном смысле слова могли бы — принять и другое решение, но каждый из присутствовавших чувствовал, что решение может быть только одно.

Пат добрался до верха лестницы, и человек в форме отдал честь.

— Как мой пленный?
— Все в порядке, сэр.
— Можете идти.

Часовой отомкнул дверь, посторонился, и Пат вошел в комнату. Пленным был Кэтел.

Пат решил провести ночь с воскресенья на понедельник дома, на Блессингтон-стрит. Это оказалось возможным благодаря весьма своевременному отъезду матери. Тревожась за Пата, Кэтлин все откладывала поездку к одной старой болящей родственнице. Теперь она совершенно успокоилась. Больше всего, по мнению Пата, на нее подействовала заметка МакНейла в «Санди индепендент». Раз в воскресной газете было сказано, что все хорошо, значит, беспокоиться не о чем. Радость ее тотчас вылилась в заботу о болящей родственнице, и в воскресенье после обедни она поездом уехала из Дублина.

В воскресенье днем Пат принял решение арестовать Кэтела. Он понимал, что мера эта временная, но не желал повторения субботней драмы. Сам он, разумеется, не сообщил Кэтелу, что восстание все же состоится, но тот мог прознать об этом в любую минуту и еще, чего доброго, спрятаться от брата. Примчавшись с другого конца Дублина, Пат с облегчением убедился, что мальчик дома, заманил его наверх и запер на чердаке, приставив одного из своих подчиненных сторожить его. Он кратко осведомил Кэтела о новой перемене планов и обещал попозже рассказать, что ему самому предстоит делать. Добавил он это из предосторожности, чтобы Кэтел не очень бесновался и не вздумал вылезти в окно. На этот раз Пат твердо решил, что ни до какого участия в предстоящих событиях он Кэтела не допустит.

Но как, как это осуществить? Более чем когда-либо Пат был уверен, что, если брат его подвергнется опасности, от него самого не будет никакого проку. Он понимал, может быть, до конца понял только сегодня, что Кэтел для него так же дорог, как Ирландия; может быть, даже дороже. Эта мысль ужаснула его. Раз так, значит, может случиться что угодно, можно принять какое угодно решение. А потом он снова, как заведенная машина, на минуту замедлившая ход, стал выполнять одно дело за другим; он понял, что есть и нечто еще — *его честь*, и она-то всегда перетянет чашу весов на

297

сторону Ирландии. Ни в чем, ни в самом малейшем пустяке он не мог изменить делу, с которым связал свою жизнь. Но внушить себе, что он должен быть готов пожертвовать Кэтелом, он тоже не мог. Если с Кэтелом что-нибудь случится, он станет ни на что не способен, ослепнет, сойдет с ума. Он должен уберечь Кэтела, если не ради Кэтела, то ради Ирландии. Но как?

Раньше, когда Пат размышлял над этой проблемой, а размышлял он над ней уже давно, ему казалось, что он либо все устроит как-нибудь так, чтобы в решительный час Кэтела не было в Ирландии, либо посадит его под замок. Для первого варианта ему не хватило времени, а теперь, в последний момент, он увидел, что и второй почти невыполним. Смешно и думать, что Кэтела можно продержать взаперти, пока восстание не кончится победой или разгромом. До тех пор может пройти много недель, много месяцев. Единственно возможное — не выпускать его из дому, пока военные действия не начнутся, и надеяться, что после этого у него просто не будет физической возможности пробраться к повстанцам. Помешать Кэтелу увязаться за частями Конноли — вот все, что он может сделать. Но и это нелегко, поскольку — это Пат понял только в воскресенье вечером — тут мало одних веревок, или наручников, или запертой двери. Кэтела придется сторожить.

Кэтела придется сторожить, иначе он себя изувечит. Пытаться удержать его в заключении — все равно что пытаться, не имея прочной клетки, обуздать сильного, разъяренного зверя. Запереть дверь явно недостаточно; и не так-то просто связать человека таким образом, чтобы он не мог вырваться, но не мог и серьезно поранить себя, если станет вырываться. Чтобы в понедельник утром уйти из дому более или менее спокойным, он должен найти кого-то, кто побыл бы с Кэтелом, но кого? Выходит, что мать все-таки уехала некстати, а теперь ее не достанешь. Поручить это нелепое, чисто личное дело одному из своих солдат было бы бесчестно. Сперва он подумал об отчиме. Но когда Барни так просто, так неожиданно выразил желание сражаться, Пат, застигнутый врасплох, не смог отказать ему в том, что было как-никак правом каждого ирландца. Чтобы отчим не мозолил ему глаза, он пристроил его к отряду, который должен был захватить мельницу Боланда, и Барни уже отбыл в ту часть города, с тем чтобы переночевать у товарища. Несколько раз Пат звонил по телефону Кристоферу, но никто не ответил. Он вспомнил даже про Милли, но она, по всей вероятности, еще не вернулась из Ратблейна, а там телефона не было. Он продолжал выполнять свои обязанности связного между Доусон-стрит и Либерти-Холлом, так и не решив этой проблемы. Может, связать Кэтела, запереть дверь и на том успокоиться? На Доусон-стрит он заглянул на склад и вышел оттуда с парой наручников. Проблема тяготила его, не давала покоя. И сейчас, поздно вечером, полумертвый от усталости, он все еще не решил ее.

В комнате горела маленькая лампа. Кэтел скорчился на кровати в какой-то неестественной позе и не пошевелился, когда вошел Пат. Похоже было, что он просидел так очень долго, не сводя глаз с двери.

Пат был в полной форме. Винтовку и сумку он оставил внизу, но был при портупее и револьвере. Наручники лежали у него в кармане. Он закрыл дверь и сел на пол, прислонившись к ней спиной.

Комната на чердаке предназначалась для горничной в те далекие дни, когда в доме на Блессингтон-стрит еще водились горничные, и в ней до сих пор осталась железная кровать с матрасом, умывальник, стул с прямой спинкой и цветная картинка, изображающая

Святое Сердце. Лампа, стоявшая на полу, освещала снизу бесчисленные пленки паутины на желтых, в пятнах стенах. Частый дождик барабанил по крыше, обнимая и крышу, и комнату, и окно, точно сотканное из дождя. Пат взглянул на картинку и подумал: но ведь сердце не здесь, не посередине тела, оно слева. Потом вспомнил, как кто-то говорил, что на самом деле оно в середине, а только принято считать, что слева. А что, если ему выстрелят в сердце? Он вдруг сообразил, что чуть не заснул, сразу как сел, и что Кэтел что-то сказал.

— Ты что сказал, Кэтел?

— Я спросил, что ты хочешь со мной сделать.

Что, что, что? По тени Кэтела на стене Пат заметил, что мальчика бьет дрожь. Лица его он не мог разглядеть сквозь дождь и сквозь сон.

— Матрас небось отсырел, — сказал Пат. — Ты не сиди на нем. Нельзя засыпать, нельзя. — Он заставил себя встать, открыл дверь, вынул ключ и вставил его изнутри, потом запер дверь, а ключ положил в карман. И опять опустился на пол.

— Что ты будешь делать?

— Не знаю, — сказал Пат. — Горе мне с тобой. Давай начнем все сначала. — Он чувствовал, что тут есть какая-то логика, какая-то цепь доводов и, если перебрать ее звено за звеном, он, может быть, сумеет не заснуть и прийти к новому, окончательному выводу. — Логика, — сказал он вслух.

— Что?

— Я говорю — логика. Давай начнем сначала. Я не хочу, чтобы ты участвовал в этом деле. Ты еще молод.

— Это можешь пропустить, — сказал Кэтел. Он кое-как распрямил затекшие ноги. Скорчив гримасу, растер лодыжки, потом поднялся на колени. — Матрас отсырел, это ты прав.

— Ты еще молод, — сказал Пат, — и просто должен меня послушаться и обещать, что завтра будешь сидеть дома и не лезть туда, где опасно. Это работа для специально обученных людей. Ты не обучен и был бы только помехой. Кому-то пришлось бы за тобой присматривать, и для дела получилась бы не польза, а вред. Это очень трудно, но ты уже не маленький, и ты смелый, а значит, можешь это понять.

— Я уже не маленький, и я смелый, значит, могу сражаться, — сказал Кэтел. — Ты все еще относишься ко мне как к ребенку, ну а другие — нет. И стрелять из винтовки я умею, меня научил один парень из ИГА, и...

— Я с тобой спорить не собираюсь. Я просто говорю тебе, что ты должен делать.

— Ты не командуй. Ты меня бил, когда был сильнее, а теперь я тоже сильный. Уж если я захочу отсюда выйти, ты меня не удержишь.

— Удержу одной рукой, и ты это прекрасно знаешь. Кэтел, ну пойми же...

— И слушать тебя не стану и завтра пойду сражаться. Неужели ты остался бы дома, если бы старший брат сказал тебе, что ты еще маленький?

Пат ответил не сразу. В глазах плыли круги. Надо что-то говорить дальше. Какой следующий довод? Логика...

— В таком случае, — сказал он, — придется оставить тебя под замком. — Он нащупал в кармане наручники.

— Только попробуй удержать меня силой.

Пату было очевидно, что Кэтел тоже успел обдумать эту проблему со всех сторон.

— Это нетрудно. Запру дверь, и все.

— А я сломаю дверь или вылезу в окно.

— Я тебя свяжу. И наручники у меня есть.

— А я буду кричать и колотить в стену ногами. Тут с обеих сторон есть люди. Вся улица сбежится меня освобождать.

— Придется заткнуть тебе рот.

— А я проглочу кляп и задохнусь насмерть или как-нибудь да крикну.

Пат знал, что не сумеет заткнуть Кэтелу рот. Это очень трудно и небезопасно, если человек вырывается. Опять все поплыло перед глазами. Он чуть не плакал, так ему было себя жалко. Ему необходимо поспать, и как можно скорее. Нужно подготовиться к следующему дню. О Господи, завтра. Должен же быть какой-то предел этой пытке. Логика.

— Пат, — сказал Кэтел. Лицо его смутно виднелось среди паутины и стука дождя. — Пойми, связать меня ты не можешь, лучше и не пробуй. Я, как зверь в капкане, откушу себе ногу и уйду. Либо уйду, либо убью себя. Ты представь...

— Я кого-нибудь с тобой оставлю.

— Некого. Все, кто знает, завтра пойдут туда, а другим ты не доверишь. Да кого бы ты ни оставил, я все равно убегу. Теперь уж меня поздно удерживать. Возьми меня с собой, Пат, я хочу быть с тобой, ты же видишь, ты должен меня взять.

Голос у Кэтела был теперь жалобный, совсем детский, и Пат понял, что брат тоже измучен до предела. Нужно что-то решить, нельзя засыпать. Если сейчас заснуть, Кэтел воспользуется этим и удерет.

Пат пошевелился, отгоняя сон, и рука его задела за кобуру револьвера. Он широко открыл глаза. Оказывается, все очень просто. Нужно только выстрелить Кэтелу в ногу.

Пат увидел комнату очень отчетливо, как будто ее только что осветили, — паутина, чуть колышущаяся в потоке воздуха от лампы, скошенные, в пятнах стены, о которые стучит дождь. Христос, выставляющий напоказ свое Святое Сердце. Кэтел скорчился на кровати под собственной тенью, слабо шевелится, совсем окоченел на отсыревшем матрасе. Теперь и лицо его выступило четко, все стянутое к длинному носу от усталости и тревоги. В надутых губах был трогательный измученный вызов. Темные волосы снова и снова падали вперед, точно стараясь притянуть голову книзу.

Интересно, думал Пат, знает он, о чем я думаю? Он потрогал револьвер. И тут из сна, который почти одолел его, из Святого Сердца, пришла мысль, что Кэтела нужно убить. Так будет еще проще. Так он будет в полной безопасности. Если Кэтел умрет, никто уже не сможет ему повредить, и ничто не помешает Пату завтра тоже пойти на смерть. Разве это не лучший выход? Он не может допустить, чтобы Кэтелу сделал больно кто-нибудь другой, он слишком его любит. Только Пат может сделать ему больно, да он и не сделает ему больно, просто уложит спать... Он слишком любит Кэтела.

Пат всхлипнул и с усилием вздернул себя на колени. Какие-то безумные мысли лезли ему сейчас в голову, или уже успело что-то присниться. Он простонал:

— Кэтел, мне нужно поспать. Мне нужно отдохнуть. Пожалей меня.

— Обещай, что возьмешь меня с собой.

— Не могу, не могу.

— Обещай, тогда мы оба можем поспать.

— Сейчас я лягу на пол и тут же усну, — сказал Пат. Он сам не знал, произнес ли эти слова вслух. Кэтел живо вытащит ключ у него из кармана. Комната снова поплыла, точно наполнилась парами.

— Обещай.

— Обещаю, — сказал Пат. — Ладно, обещаю.

Он солгал. Но что ему оставалось? Он застонал, прислонясь к двери, пытаясь встать на ноги. Он должен поспать. А проблему разрешит завтра.

— Правда, обещаешь, да?

— Да, да. Где же ключ? Вот он. Пойдем отсюда. Ступай в свою комнату. Нам обоим нужно поспать. Идем.

Вот и лестница, и лампа все горит на площадке. Внизу непроглядная тьма. Пат вцепился в перила.

— Лампу захватишь, Кэтел?

Он толкнул дверь в комнату Кэтела, и лампа осветила ее. Потом лампа стукнула о стол. Кэтел, не поднимая головы, стянул ботинки и брюки и залез в постель. Он начал что-то говорить, но слова перешли в невнятное бормотание, и через минуту он уже крепко спал.

Пат оглядел знакомую комнатку: книжный шкаф, в котором вповалку стояли и лежали книжки Кэтела, приколотые к стене картинки с птицами, модель яхты. Словно его собственное детство жило здесь. С Кэтелом он и в самом деле прожил второе детство, вторую невинность. Впервые то, что должно было случиться завтра, представилось ему кошмаром, чем-то ужасным. Сколько раз он видел, как брат вот так же засыпал на каникулах, когда они к вечеру тоже валились с ног от усталости; и они засыпали, а рано утром бежали купаться в холодном море. Неужели это не повторится? Завтра он будет убивать людей. Неужели этот кошмар не рассеется к утру, не оставит его свободным и невинным? Он склонился над братом, откинул с его лица темные волосы и тронул место на виске, куда можно бы приставить дуло револьвера. Кто сказал, что Кэтел должен умереть? Что он сам должен умереть? Они так молоды. Внезапно он вспомнил и понял слова матери: «Умереть за Ирландию — это бессмыслица».

Глава 23

В пасхальный понедельник, в десятом часу утра, младший лейтенант Эндрю Чейс-Уайт энергично шагал вверх по Блессингтон-стрит. Он решил, что должен как-то объясниться со своим кузеном Патом.

Поехать в Ратблейн Эндрю решил не потому, что его интерес к Милли возрос: интерес этот неуклонно падал и достиг нуля, когда он оказался с ней в постели. Самой лучшей, самой чистой, как ему потом казалось, минутой с Милли был их первый поцелуй. Как фейерверк, взлетевший к небу и медленно опадающий, событие это озарило постепенно бледнеющим светом весь его дальнейший образ действий. Он пережил романтическое опьянение, но на поступки его толкнуло отчаяние. Ощущение утраты Франсис, мало-помалу проникая в самые отдаленные уголки его сознания, разъедало все его существо, подобно болезни. Он просто не понимал, как сможет жить дальше, день за днем, минута за минутой. Матери он еще не сообщил о катастрофе, все откладывал и в ответ на ее расспросы грубо отмалчивался. Он решил было сейчас же вернуться в Англию, но вспомнил, что в конце недели должен явиться по службе в Лонгфорд. Это обстоятельство, которое могло бы его утешить, как ниспосланная судьбой необходимость, тоже терзало его, и он думал: меня опять пошлют *туда*, меня убьют, и получится, что ничто не имело значения. Что я ничего не совершил, ничего даже не понял. Франсис составляла весь смысл моей жизни, и теперь моя жизнь бессмысленна и пуста.

Была пустота, осколки прошлого и внезапная потеря всякого представления о самом себе. Неделю назад он был полон, до краев налит чувством довольства собой, со всех сторон на него глядело его отражение — красивый английский офицер, всеобщий любимец, интересный молодой человек, обладатель невесты. Теперь ему казалось, что он и внешне совершенно изменился. Он даже чувствовал, как у него сморщивается и обвисает кожа на лице, точно голова уменьшается в размерах. Внутри он был пуст, истерзан, и временами ему казалось, что все тело его вот-вот провалится в никуда.

К Милли он поехал, просто чтобы не сидеть на месте, чем-то заполнить эту пустоту. Может быть, Милли снова сделает из него человека. Его новое существо должно обрасти историей. Нужно, чтобы было о чем вспоминать, кроме Франсис. Какого именно человека сделает из него Милли, не уподобится ли она Цирцее, превратив его в свинью, — об этом он не задумывался. Он достиг той ступени страдания, когда уже не разбираешь, что хорошо, что дурно. Любое переживание, любое превращение — вот что ему было нужно. Слабенькое, еще не погасшее мерцание того поцелуя отбрасывало розовый отблеск на образ Милли, как на статую богини, увиденную при свете костра. В ней воплотилось все живое, колдовское, обнаженное. И Эндрю не хотелось умереть, не познав близости с красивой женщиной.

Впрочем, он все равно бы струсил, если бы Милли, как только он приехал, не напоила его виски. Он почти не помнил, как попал в ее спальню. Но остальное он помнил. Милли при свете лампы, раздетая, с распущенными волосами, ноги слегка раздвинуты, руки сложены на блестящем округлом животе, Милли, откинувшаяся на подушки, вся на виду, как товар в витрине, — эта Милли показалась ему совершенно чужой и наполнила его страхом. Он не знал, куда смотреть. Лицо ее, одновременно озадаченное, благодушное и уязвимое, было неузнаваемо и бесстыдно. Он разделся, страдальчески прячась за ширмой, и, снимая брюки, почувствовал, что стал тонким и хлипким — креветка, крошечное белое существо, которое в любую минуту может провалиться сквозь щель в полу.

И разумеется, ничего не вышло. Он чуть не плакал. Он весь дрожал, как от холода, да ему и правда было очень холодно. Ноги, словно сыпью, обметало гусиной кожей. Он не знал, как притронуться к Милли. Руки не слушались его, как упрямые животные, они сжимались, а не то прятались под мышками или за спиной. Он весь обмяк и лежал в постели, как паралитик, и энергичные попытки Милли возбудить его интерес вызывали в нем отвращение к самому себе, граничившее с тошнотой. А вместе с тем ему было страшно жаль Милли и стыдно за нее, хотелось чем-нибудь прикрыть ее слишком оживленное лицо, придвинувшееся к нему так близко. На тело ее он не смел и взглянуть и, чтобы скрыть свою гадливость, стал как каменный. Он жаждал уйти от нее, жаждал пристойности, какую дает одежда, но не мог сдвинуться с места, все глубже погружаясь в бесчувственность, похожую на сон.

Появление Пата пробудило в нем боль совсем иного порядка. Точно человека, лежащего без сознания в уличной грязи, пырнули в ребра штыком. Торопливо и неловко он стал одеваться, прислушиваясь к голосам Пата и Милли из соседней комнаты. Он не сомневался, что Пат узнал его, и, представив себе, какую картину Пат увидел с порога, подумал, что лучше уж сразу застрелиться — и дело с концом. Когда Милли позвала его, он еле заставил себя дойти до двери и без сил прислонился к косяку, стараясь сдержать мучительное подергивание век и подбородка. В ту минуту он не думал о том, зачем Пат сюда явился. Он только помнил, в каком виде был обнаружен, и притом человеком, игравшим, как ему сейчас стало ясно, самую важную роль в его жизни.

В воскресенье Эндрю с раннего утра уехал на велосипеде за город. Он хотел избежать встречи с матерью, которая уже не раз справлялась, пойдут ли они с Франсис вместе с ней к пасхальной обедне в церковь Моряков. Он решил доехать до Хоута, который привлекал его только тем, что лежал в противоположной стороне от Ратблейна. Он успел даже добраться до Клонтарфа, а там укрылся от дождя в пивной, где и просидел несколько часов. Он и тут не спросил себя, почему Пат явился к Милли так поздно и прошел прямо к ней в спальню. Из их разговора он не уловил ни слова, так был взволнован. Он вообще об этом не думал, это не имело значения. Даже Милли уже не занимала его мыслей. Он помнил одно — свой позор и что свидетелем этого позора оказался Пат. И при этом воспоминании любовь к двоюродному брату снова, как в детстве, обжигающей волной заливала его сердце. Сидя за грязным столиком в клонтарфской пивной, он закрыл лицо руками.

Мелькнула мысль, сначала показавшаяся безнадежной, что нужно повидаться с Патом и потребовать у него какой-то помощи, какого-то исцеляющего прикосновения. Только Пат мог исцелить рану, которую Эндрю теперь ощущал как смертельную. Если б только удалось вытравить из памяти Пата картину, которую он увидел, ну не вытравить, так хотя бы как-то изменить или заслонить. Но как это сделать? Нет в природе тех объяснений, от которых то, что увидел Пат, стало бы менее гнусным и подлым. И все же, если бы поговорить с ним, может быть, рассказать ему про Франсис или изругать себя в его присутствии, это, кажется, немного облегчило бы боль. Но это невыполнимо: Пат будет держаться холодно, высокомерно, а то и вовсе не захочет разговаривать. Он просто откажется участвовать в этой сцене. Это глупо и невозможно; однако столь же невозможно явиться в Лонгфорд, уехать на фронт, не рассеяв этого ужаса, не попытавшись найти хоть крошечное облегчение. В воскресенье к вечеру Эндрю был уже почти уверен, что предпримет такую попытку. В понедельник утром он твердо знал, что не в силах прожить этот день, не повидавшись с Патом.

Когда Эндрю подходил к знакомому дому, брызгал мелкий дождь и вспышки солнечного света зажигали искры на тротуарах. Парадная дверь была, как всегда, не заперта. Эндрю не стуча тихонько отворил ее. Он не хотел встречаться с Кэтелом и тетей Кэтлин и надеялся проскользнуть прямо наверх, к Пату. Изнемогая от предчувствий, он замер на мгновение в прихожей, прислушался. Из кухни доносились голоса.

Эндрю тихо подошел к двери в кухню, решив, что, если Пат здесь, он поднимется в его комнату и подождет. Он хотел видеть его только с глазу на глаз. Он снова прислушался.

— И не будешь больше себя грызть, что разрешил мне идти? Со мной же ничего не случится.

— Да, да.

— И винтовку мне дадут? Я ведь умею стрелять из винтовки.

— Не знаю.

— Мы в двенадцать часов прямо сразу начнем в них стрелять?

— Я буду делать то, что мне прикажут, и ты тоже.

— А почему мы не можем сразу пойти в Дублинский замок и вышвырнуть их оттуда?

— Людей мало.

— Что мне интересно, так это как все удивятся. А они-то говорят, что мы никогда не возьмемся за оружие.

— Помолчи ты ради Бога, Кэтел.

— А когда начнется стрельба, это будет революция. Джеймс Конноли так и говорил. Вся Ирландия просто с ума сойдет.

— Ты сделал, что я тебе велел? Парадное запер?

— Да. То есть сейчас посмотрю. Ух, и всыплем мы англичанам! Они... — Кэтел открыл дверь и столкнулся нос к носу с Эндрю.

Эндрю прослушал все сказанное с любопытством. Его поразил возбужденный тон Кэтела, но смысл того, что говорилось, до него не дошел. Теперь он через плечо Кэтела увидел Пата Дюмэя в полной волонтерской форме и при оружии. В ту же секунду он осознал себя как английского офицера в форме и при оружии. Но и тут он еще не понял.

Кэтел, вскрикнув, отскочил назад, потом повернулся к Пату:

— Он подслушивал!

Пат сказал, вернее, протянул:

— Входи, Эндрю, входи.

Эндрю машинально повиновался. Личные чувства и надежды, с которыми он сюда шел, еще туманили ему голову, и этот новый поворот событий сбил его с толку. Пат спросил:

— Ты слышал, о чем мы сейчас говорили?

— Да, но...

— Тогда считай, что я взял тебя в плен. Будь добр, подними руки.

Что это? Оказывается, Пат навел на него револьвер. Он попытался сообразить, как ему следует на это ответить, но мог только тупо удивляться. Руки он не поднял, а чуть развел ими беспомощно и вопросительно.

— Кэтел, разоружи его.

Кэтел проворно вытащил револьвер Эндрю из кобуры и пододвинул через кухонный стол Пату. Увидев свой револьвер на столе, Эндрю начал понимать разговор, который слышал из-за двери.

— Можно, я возьму револьвер себе? — спросил Кэтел, блестя глазами.

— Замолчи. Ступай и запри дверь, давно надо было это сделать. А ты пройди, пожалуйста, сюда и сядь вот на этот стул.

Эндрю прошел и сел. Вернулся Кэтел и стал, прикрыв спиною дверь. Эндрю понимал, что должен как-то проявить себя, попытаться уйти, пока оба его кузена так же удивлены его появлением, как он был удивлен их приемом. В глазах Пата он читал сомнение, даже замешательство. Нужно действовать, пока Пат не составил себе плана, не принял решения. Он огляделся, приметил дверь в чулан, дверь во двор. Он стал подниматься.

— Я сказал: сядь.

Эндрю сел. С детства укоренившаяся в нем привычка слушаться Пата и тут пересилила. И тогда он понял, что нечего и стараться, что возможность упущена. Он в самом деле пленник. Он смотрел на Пата и все яснее осознавал ужас своего положения.

— Надо же тебе было явиться так не вовремя.

— Я хотел повидаться с тобой, — сказал Эндрю. — Я хотел сказать... — Но слова эти уже ничего не значили. Сейчас он был только фактором в некой ситуации — английский офицер, попавший в такой переплет, что хуже не придумаешь. Он заметил винтовку, прислоненную к газовой плите, пару наручников, висящих на спинке стула. Он поглядел на свой револьвер, лежащий на клетчатой клеенке на кухонном столе, за которым он так часто сидел в детстве, уплетая хлеб с медом. Увидел всю небольшую кухню, откуда ему не было выхода, и вооруженного человека перед собой. И понял, что здесь-то и должен принять боевое крещение. Он сказал:

— О Господи, как же нам теперь быть? — Но и это было совсем не то, что нужно.

— Дай подумать, — сказал Пат. — Очень, очень жаль, что ты слышал этот разговор. Я заслуживаю полевого суда за то, что оставил дверь открытой. Тебе, надеюсь, понятно, что я не могу просто выпустить тебя отсюда?

Эндрю молчал. Смотрел вниз на свои начищенные сапоги, бриджи защитного цвета, пустую кобуру.

— Застрелить тебя при попытке к бегству я бы мог, но не хочу, — звучал ровный голос Пата. — Если я тебя свяжу и заткну тебе рот, это будет для тебя не очень-то приятно. Может, обойдёмся без потасовки и членовредительства, а ты дашь мне слово офицера и джентльмена, что до полудня спокойно останешься здесь и ни с кем не будешь сноситься.

Эндрю поднял голову:

— Я отлично знаю, что мне предписывает долг офицера и джентльмена.

Пат неожиданно улыбнулся ему:

— Ну правильно, иначе ты и не мог ответить. Кэтел, принеси из моей комнаты ту веревку да захвати, сколько найдешь, носовых платков и шарфов.

Кэтел застыл как зачарованный.

— Ты правда хотел его застрелить, Пат?

— Ступай! А к этому и прикасаться не смей. — Он со звоном швырнул револьвер Эндрю на газовую плиту.

Когда Эндрю сказал, что знает, в чем его долг, он наконец все понял и в том, что должно было произойти, увидел не повод для конфликта между ним и его кузеном, а катастрофу огромных масштабов. Когда он отсюда выйдет, его пошлют стрелять, но не в немцев, а в Пата и его товарищей. Он застонал: зачем этому нужно было случиться?

Пат понял его.

— Это необходимо.

— Это безумие. Куда вам тягаться с английской армией? Вы нас вынуждаете с вами сражаться, а мы не хотим, мы такие же люди, мы братья, мы не можем сражаться... — Эндрю чувствовал, как все это оскорбительно и преступно. Ему хотелось объяснить, что он не хочет сражаться с ирландцами, они ему ничего не сделали, тут какая-то ошибка. Не может быть, что первым ему придется убить кого-то здесь, в Дублине, где его мать только что поселилась в хорошеньком домике, где Франсис...

— Братья, но двоюродные. Спасибо, Кэтел. Ну, Эндрю, мне очень жаль, но через двадцать минут я должен отсюда уйти и хочу тебя здесь оставить в виде аккуратного пакета. Вызволят тебя сегодня к вечеру, когда вернется моя мать. Встань, пожалуйста, повернись и заведи руки за спину.

Эндрю встал, глядя в лицо Пату. Потом, повернувшись к окну, сказал, как, бывало, в детстве, когда ждал тумаков:

— Ой, нет, ой, нет. — Он почувствовал на запястьях холодное прикосновение наручников.

Внезапно квадрат окна затемнила какая-то фигура, поднявшаяся из подвального дворика. На улице теперь светило солнце, и фигура на фоне ярко освещенной грязной кирпичной стены казалась очень большой и страшной. Все трое вскрикнули, вздрогнули. Эндрю налетел спиной на Пата. Наручники загремели на пол. И тут Эндрю узнал за окном близко придвинувшееся к его лицу круглое, оживленное лицо Милли. Она настойчиво забарабанила по стеклу, неслышно шевеля губами.

— Кэтел, пойди впусти ее. А ты пока сядь. О Матерь Божия!

Увидев, как перекосилось у Пата лицо, Эндрю снова подумал, что надо действовать. Он не верил, что Пат в него выстрелит, если он кинется к двери. Физически Пат сильнее его, но нужно хоть попытаться отсюда выйти, хоть схватиться с ним и бороться, пока хватит сил. Однако тело его было робко, покорно, заранее побеждено. Он сел, куда ему велели.

В следующее мгновение в кухне появилась Милли. Она была в брюках и в толстом пальто.

— Ну и переполох, — сказала Милли. — И Эндрю здесь. Что здесь делает Эндрю? Вечно мы встречаемся втроем. — Она подняла с пола наручники и положила на стол.

— Что вам здесь нужно, Милли?

— Я все знаю и пришла предложить свои услуги, и я все равно с вами пойду, так что не пытайся меня отговорить.

Волосы Милли, вьющиеся, лохматые, подпирал поднятый воротник пальто. Вся она выглядела напряженно-моложавой, школьница, играющая мужскую роль в пьесе. Но смотрела она на Пата не задорно, не вызывающе. Она была полна спокойной, ожесточенной решимости.

Пат устремил на Милли странный, задумчивый взгляд. Он приложил пальцы к полураскрытым губам, словно что-то прикидывая. Потом произнес очень медленно:

— Идти со мной вам нельзя, но есть одна очень важная вещь, которую вы можете для меня сделать. Хотите?

Лицо Милли не смягчилось.

— Пат, это мне очень нужно. Тут дело не только в тебе.

— Вы можете выслушать, что мне от вас нужно?

— Ну давай.

— Кэтел, выйди, пожалуйста, на минуту.

— Почему? — сказал Кэтел.

— Выйди, потому что я тебе приказываю. Мне надо ей кое-что сказать без тебя.

Кэтел вышел из комнаты.

Пат рывком притянул Милли к себе, почти приподнял ее в воздух. Позже Эндрю вспоминал, как рука Пата утонула в складках ее пальто, как Милли ахнула, когда пол кухни ушел у нее из-под ног, и как Пат, пока говорил, все время смотрел поверх ее плеча на него, Эндрю. А говорил он шепотом, очень быстро, так что Эндрю улавливал только отдельные слова.

— Нет, милый, нет, не могу. Такого я, может быть, ждала всю жизнь. Не проси меня остаться. Я не могу тебе помочь. Возьми меня с собой, и все.

Пат отпустил, вернее, уронил ее, она зашаталась.

— Хотите, чтобы вас убили — на здоровье, но с нами вы не пойдете.

Милли смотрела на него, покусывая нижнюю губу. Взглянула на Эндрю.

— Я все-таки не понимаю, он-то тут зачем?

— Он знает. Дать честное слово пленного отказался, поэтому будет связан и оставлен здесь.

— М-м. Ясно. Постой, постой... Если я решу твою задачку, возьмешь ты меня с собой?

Пат заколебался.

— Не понимаю, как вы...

— Но если выйдет, обещаешь?

— Ну, пожалуй...

— Тогда слушай.

Милли положила руки Пату на плечи и прижала его к раме окна. Став на цыпочки, она подтянулась к его лицу, и полился шипящий поток неслышных слов. Снова Эндрю увидел устремленные на него глаза Пата и как под шепот Милли эти глаза немного расширились. Кошмар какой-то, думал Эндрю. Как все обрывочно и нереально, думал он. Ведь его-то ничто не связывает с этой игрушечной катастрофой. Нужно просто встать, выйти в дверь и забыть об этих кривляющихся марионетках. Он пошевелился, как человек под гипнозом, пытающийся проверить, совсем ли атрофированы его чувства. Но Милли уже отошла от Пата, и теперь Пат стоял у него на дороге.

— Хорошо, — сказал Пат.

— Пойти с ним туда? — Милли указала на дверь в чулан. — Оттуда ведь нет выхода?

— Нет.

— Эндрю, поди сюда, пожалуйста, на минутку.

Следом за Милли Эндрю вошел в темный чулан, и она закрыла дверь. Маленькое квадратное окошко глядело в грязную стену, косо освещенную солнцем. Тут был небольшой стол, раковина, полная немытой посуды, и пахло гниющим деревом и чайным листом. Эндрю думал: «Меня привели на край света, а здесь ничего нет, одно идиотство. Я в аду, только ад оказался невнятицей». Он стоял вплотную к Милли и видел её обращенное вверх лицо, не бесстыдноуязвимое, как в тот раз, но внимательное и жестокое, как у кошки, подкрадывающейся к птице. Это безумие, думал он, это позор — стоять в этой каморке вдвоем с этой женщиной.

Милли вцепилась ему в плечи, как перед тем Пату, уткнулась подбородком ему в грудь, ее волосы, которые теперь как будто росли у нее изо рта, легли на рукав его френча. Она заговорила вполголоса. Поверх ее плеча Эндрю было видно, как бледнеет свет в квадратном оконце. Он скользнул взглядом по немытым тарелкам. Прислушался и начал понимать, что она говорит.

— Не верю, — сказал Эндрю.
— У меня есть доказательства.

Эндрю с силой оттолкнул ее. Близко от себя он видел ее злое кошачье лицо, деловито прищуренные глаза, влажные губы. В чулане сразу стемнело.

— Не верю.
— Она-то поверит.
— Я не могу на вас положиться.
— А иначе нельзя.
— Не трогайте меня.
— Если ты сделаешь, как я прошу, все будет уничтожено. Не то...
— Ой, помолчите. Дайте мне подумать.
— Так думай поскорее, Эндрю. Поверь мне, милый, это правда. Мы вот как сделаем. Я напишу письмо, и ты с ним сходишь ко мне на Верхнюю Маунт-стрит. Клянусь, я тебя не обманываю. Ну а теперь сделаешь ты, что я попрошу? Если нет, пощады от меня не жди.
— Что я должен сделать?
— Всего-навсего пообещать, что не выйдешь отсюда до двенадцати часов и будешь молчать.

Эндрю сел, низко склонившись к столу. Доски стола были сырые, мягкие, подгнившие. Эндрю сказал, внимательно их разглядывая:

— Обещание, данное по принуждению, — это не обещание.

— А тебя никто не принуждает. Пожалуйста, можешь отказаться и тогда отвечай за последствия. Можешь пообещать и не сдержать слова. Но если я когда-нибудь узнаю, что ты так сделал, я все расскажу, с доказательствами или без.

Эндрю поднял голову:

— Хорошо. Я согласен. Пишите письмо и дайте его мне теперь же. А если окажется, что вы меня обманули, я вас убью.

— Уф! — С удовлетворенным вздохом Милли распахнула дверь чулана. Пат и Кэтел разговаривали в другом конце кухни. Милли вышла, и Эндрю за ней.

Он сел в углу и неловко привалился головой к стене, отвернувшись, чтобы никого не видеть.

— Он согласен, — сказала Милли.

Втроем они обступили Эндрю. Он не взглянул на них, а устремил взгляд на газовую плиту. На плите он увидел свой револьвер, застрявший дулом вниз в чугунном кольце возле горелки. Эндрю казалось, что его хватил удар. В глазах двоилось, руки и ноги были как чужие. Он тупо ждал приговора.

Пат сказал:

— Эндрю, даешь ты мне слово, самое честное слово, что до двенадцати часов не выйдешь из этого дома и ничего не сообщишь о том, что знаешь?

— Да.

— Часы у тебя, конечно, есть. Да, впрочем, в двенадцать зазвонят в церкви. Значит, обещаешь?

— Да.

Пат как будто колебался. Эндрю окинул взглядом их лица. У Кэтела лицо растерянное, испуганное. У Милли — торжествующее, кошачьи глаза чуть косят. Пат весь вспотел. Пот каплями стекал у него со лба на щеки, нижняя губа дрожала. Что это, думал Эндрю, что это происходит, что они со мной сделают? В эту минуту ему казалось, что они задумали его убить.

Кэтел сказал:

— Ты же не...

— Встань-ка, — сказал Пат.

Эндрю встал.

— Повернись.

Эндрю повернулся и опять увидел кирпичную стену на солнце, с рисунком теней от наросшей местами грязи.

— К сожалению, без наручников не обойтись, — сказал Пат. — Я не могу рисковать. Кэтел, подержи-ка его руку... Вот и все.

Что-то щелкнуло. Эндрю почувствовал холодную сталь на запястье. Потом истошный крик, звериный вой, руку дернуло и обожгло. Эндрю вскрикнул, покачнулся, и на минуту все затихло. Он был скован с Кэтелом.

— Ловко придумано, а? — сказала Милли.

Минута оцепенения прошла. Кэтел, громко что-то выкрикивая, ринулся к двери, таща за собой Эндрю. Пат обхватил Кэтела и прижал его кричащий рот к груди. Он что-то сказал Милли.

— Ничего, — сказала Милли. — Сейчас мы его успокоим. Ты только держи его крепко. Я этому выучилась на войне в Африке. Мы там затыкали рот больным, когда они слишком шумели. Знал бы ты, что творится в военных лазаретах. Тут самое трудное — форма человеческой головы. Шарфы эти ни к чему. Мне нужно четыре ярда хирургического бинта. В том ящике? Вот это удачно. Поставь-ка его на колени.

Пат пригнул Кэтела к полу, Эндрю тоже потянуло вниз, куда-то под стол. Наручник впился в запястье, и вся рука задергалась, следуя судорожным движениям второго пленника, пытаясь облегчить боль. Он не смотрел в ту сторону, где шла борьба.

— Открой ему рот. Так. Язык прижми книзу, мальчик. Ой, да он кусается! Ну вот, теперь не страшно. Ты не беспокойся, я знаю, что делаю, задохнуться он не может. Теперь веди бинт вот так, через переносицу, это самое важное, и дышать он может сколько угодно. Тут надо знать технику. Очень кстати я здесь оказалась, а? Одному бы тебе не справиться. Теперь он не закричит. Лучше всего английскими булавками. Так, готово.

Милли и Пат встали.

И вот уже Милли приложила к оконному стеклу листок бумаги и пишет. Эндрю пришлось подвинуться на полу — Пат подтолкнул Кэтела к стене и стал обматывать веревкой его свободную руку. Тихо, ритмично постанывая, Пат привязал руку Кэтела к ножке плиты. Теперь Эндрю была видна откинутая назад голова Кэтела. Голова эта, обмотанная бинтом, который в несколько слоев закрывал рот и охватывал нос и лоб, оставляя свободными только глаза и ноздри, напоминала старинное изображение Лазаря или чудовище без лица, привидевшееся в страшном сне. Эндрю увидел, как слезы наполнили глаза Кэтела и потекли на бинты и как бинты стали темнеть. Он отвернулся, увидел ноги Пата в армейских башмаках, глянул вверх, на лицо Пата, красное и подрагивающее. Пат посмотрел вниз, рот его приоткрылся, из оттянутых губ вырвалось страдальческое рычание. Он отошел и прислонился головой к двери.

— Вот тебе письмо. — Эндрю машинально взял его. — Не сердись на меня, Эндрю. Я сейчас и не на такое способна. Пошли, Пат? Ты ведь не отступишься от своего слова?

Пат стоял на коленях возле Кэтела.

— Если б ты пошел со мной, от меня не было бы никакого проку. Я не мог поступить иначе.

— Этого я, по правде сказать, не понимаю, — сказала Милли. — Ты губишь ребенка. По-моему, раз уж наступил конец света, так пропадай все.

Пат приподнялся с колен и повернулся к Эндрю. По лицу его казалось, что он плачет, хотя слез не было.

— Эндрю, я хочу, чтобы ты знал: я не знаю, что тебе сказала Милли.

Эндрю слегка кивнул.

Пат снова повернулся к Кэтелу. Неловко опустившись на колени, задев щекой бинты, он на мгновение припал головой к плечу брата. Потом быстро поднялся и взял свою винтовку и револьвер Эндрю.

— Не горюй. — Милли сжала Эндрю руку повыше локтя. Потом открыла дверь. Башмаки и зеленые обмотки двинулись за ней следом. Хлопнула дверь на улицу. Наступило долгое молчание, Кэтел плакал, из-под бинтов слышалось тихое посвистывание.

Эндрю сказал:

— Я немножко полежу, хорошо?

Он поднял скованную руку, повернул ее в наручнике и кое-как растянулся на полу. Солнце, поднявшись выше, заглянуло в кухню. Приглушенный плач не умолкал.

Глава 24

Был пасхальный понедельник, и часы на церкви Финдлейтера показывали без двадцати пяти двенадцать, когда Кристофер и Франсис Беллмен чуть не бегом пересекли Ратленд-сквер и стали подниматься в гору, к Блессингтон-стрит. Солнце, повиснув в выцветшем бледно-голубом небе, освещало зеленые купола Дублина — величественный купол таможни, рифленый купол Четырех судов, изящный куполок больницы Ротонда. Отец и дочь спешили, а навстречу им медленно текли потоки людей, которых неожиданное солнце выманило погулять в центре города.

Накануне, в воскресенье, Кристофер весь день не находил себе места. В Ратблейне он проснулся рано и тотчас все вспомнил. Это было невыносимо — не просто сознание, что он потерял Милли, но что потерял он ее так некрасиво, так нескладно и недостойно. С тоской и отвращением он вспоминал, какой жалкий, защитно-легкомысленный тон напустила на себя Милли. Это ранило больше, чем ревность. Он бы стерпел от Милли твердое, пусть даже загадочное «нет». Еще легче он бы стерпел бурную сцену расставания со слезами. Но оттого, что Милли так нелепо «попалась», он сам оказался в положении не только неприятном, но до крайности глупом. Ни он, ни Милли не знали, как себя держать. Кристоферу была ненавистна всякая путаница, ненавистны беспорядочные усилия то ли виноватых, то ли обезумевших людей, неспособных расцепиться, как пара лошадей, упавших в упряжке.

Он решил уйти пораньше, пока никто не встал, и действительно вышел из дому еще до семи. Он шел уже около часа и очень устал, и начался дождь. Тут сзади послышался топот копыт, и его галопом нагнала Милли. Последовал какой-то дикий разговор — Милли уговаривала его сесть на лошадь позади нее и ехать назад в Ратблейн. Кристофер повернулся и пошел дальше, от расстройства и гнева спотыкаясь на грязной дороге, а Милли шла за ним, ведя лошадь в поводу и продолжая его уговаривать. Дождь между тем полил как из ведра, и он наконец согласился подождать под деревом, пока Милли съездит к управляющему и попросит его привести велосипед. После нескончаемо долгого ожидания управляющий прикатил на велосипеде, толкая рядом с собой велосипед дочери. Снова подскакала Милли, и последовал еще один бессвязный разговор, теперь уже при управляющем, — Милли твердила, что ей нужно поговорить с Кристофером, а Кристофер твердил, что ему некогда. И когда он наконец затрясся по каменистой дороге на велосипеде дочери управляющего, ему еще долго было слышно, как Милли дружески беседует со своей лошадью.

Промокший, усталый, измученный, Кристофер приехал в «Финглас», где его встретила донельзя расстроенная и встревоженная Франсис. Он забыл сказать ей, что не будет ночевать дома, он и не задумывался о том, будет он ночевать дома или нет. Тревога и упреки дочери, а также то обстоятельство, что его не ждал горячий завтрак и камины не были затоплены, довели его до настоящего пароксизма жалости к самому себе, и он выложил Франсис все: про Милли, Пата, Эндрю, про обручальное кольцо — все решительно. Но тут же пожалел об этом. Будь он поспокойнее и не так поглощен собой, он воздержался бы от излияний, совершенно ненужных, а для нее, конечно, крайне болезненных. Но еще позже, когда он съел свой горячий завтрак и снова предался беспощадно четким мыслям о себе, он решил, что рассказать ей все-таки следовало: и ради нее самой, потому что теперь она не так будет мучиться из-за Эндрю, и ради себя, потому что озлобление Франсис поможет ему пережить потерю Милли. Что Франсис могла за это время передумать относительно Эндрю, ему не приходило в голову.

А между тем его сообщение она приняла очень бурно, долго плакала и заявила, только он не принял это всерьез, что немедленно уезжает в Англию и станет сестрой милосердия. Кристофер решил, что тяжелее всего ей было узнать про кольцо: она ведь даже не знала о существовании кольца. Как трогательно, что оно уже было у Эндрю наготове. Как унизительно, что сейчас же после ее отказа он отдал его другой, да еще при таких обстоятельствах. Достаточно тяжко отказать мужчине и без того, чтобы тебя обрызгало грязью его слишком поспешное отступление. Кристофер представлял себе состояние дочери, и это рождало мрачные мысли насчет Эндрю, а затем, возвращая его к собственной обиде, — еще более мрачные мысли насчет Милли. Он еще очень и очень сомневался, можно ли верить уверениям Милли, будто она не заигрывала с Эндрю до того, как ему отказала Франсис. Снова он спрашивал себя, не могла ли Франсис что-нибудь узнать. Лег он рано и лежал без сна, обдумывая все это, прислушиваясь к тихому плачу за стеной.

В понедельник утром Кристофер заметил, что настроение у его дочери резко изменилось. Она уже не плакала, казалась возбужденной, испуганной, но непреклонной. Когда он спросил ее, что еще случилось, она сказала, что рано утром видела садовника и уверена, что что-то готовится. В ответ на дальнейшие расспросы она объяснила, что застала садовника в форме Гражданской Армии, когда он в страшной спешке рылся в сарае, и то, что он там нашел, было похоже на ящик с патронами. Он что-то промямлил насчет «маневров» и убежал, но то, *как* он бежал, его волнение, его замешательство при виде Франсис — все это навело ее на мысль, что какие-то важные события все же произойдут. А уж раз Франсис вбила это себе в голову, ясно, что теперь она все время будет об этом думать.

Кристофер стал ее разубеждать, а потом и сам заразился ее тревогой. С некоторым раздражением он усмотрел в ее состоянии свидетельство того, что ее все еще заботит судьба этого злосчастного Эндрю — ведь если ее догадка верна, он может оказаться на передовой раньше, чем рассчитывал. Но пусть это мелодрама, здесь по крайней мере есть о чем подумать, а допуская хотя бы на минуту мысль, что после всех разговоров и после того, как все кончилось ничем, какие-то насильственные действия все же будут предприняты, Кристофер волновался по многим причинам. И, дав себе тоже разволноваться, он с готовностью согласился, когда Франсис предложила съездить в Дублин, на Блессингтон-стрит, — может быть, удастся что-нибудь узнать у Барни. Это было лучше, чем сидеть сложа руки, и это хотя бы не было связано с Милли.

Блессингтон-стрит была, как всегда, пустынна, только кое-где чесались собаки да стоял фургон прачечной Кьоу, а лошадь забрела на тротуар, чтобы дотянуться до веток бузины, росшей в подвальном дворике. Едва они выбрались из толпы, как их охватил особенный, скорбный покой Дублина: бледное небо, нависшее низко даже сейчас, когда на нем ни облачка, пыльные улицы-ущелья, бесконечные темные фасады, ноздреватые от грязи, поглощающие свет и звук. Полуголый ребенок не спеша выполз из темной дыры подъезда. Фургон Кьоу проехал несколько ярдов и опять остановился. Нет, в этом тихом городе ничего не может случиться.

Свернув на Блессингтон-стрит, Франсис еще ускорила шаг, полы ее пальто так и разлетались, Кристофер с трудом за ней поспевал. Он хотел предупредить ее, что не надо пугать Кэтлин, но она уже дошла до подъезда, уже позвонила. Звонок резко задребезжал внутри, в темной прихожей, и они подождали, пока он отдребезжал и затих. Франсис позвонила еще раз. Потом попробовала дверь — днем ее обычно не запирали. Дверь была заперта. Кристофер, которому не хотелось встречаться с Патом и которого по дороге в гору уже одолели сомнения, заговорил было о том, чтобы пойти куда-нибудь выпить чашку кофе, а позже Франсис могла бы зайти опять, но тут у Франсис, заглядывавшей в щель почтового ящика, вырвалось испуганное восклицание.

— Что там, Франсис?

— Не знаю. Что-то странное. Как будто в кухне кто-то лежит на полу. Вон, посмотри!

Кристофер нагнулся и приник к щели. Он вдохнул запах темной прихожей, а дальше увидел полуоткрытую дверь в кухню и освещенный солнцем кусок кухонного пола. Сейчас же за дверью лежало что-то похожее на ногу или, во всяком случае, на сапог. Остальную часть человека, если это был человек, скрывала дверь. Кристоферу стало жутко. Нога, вытянутая на кухонном полу, безответно трезвонящий звонок — что это может означать? На смену прежним опасениям пришел страх не менее смутный, но более осмысленный.

— Дай я еще посмотрю. — Франсис глянула, потом выпрямилась, лицо у нее было испуганное. — Ты думаешь, там произошло... несчастье?

— Может быть, это просто сапог?

— Нет, это нога. Ее и выше сапога видно.

Поддавшись волнению дочери, Кристофер оттолкнул ее от щели. Теперь, вглядевшись внимательнее, он усмотрел в предмете, лежащем на полу, сходство с сапогом и ногой офицера английской кавалерии.

Кристофер закричал в щель:

— Эй, кто там есть! Барни, Кэтлин, Пат! Эй! — Он дернул звонок с такой силой, что тот коротко тявкнул и умолк. Даже отзвук потонул в тишине дома.

К щели снова приникла Франсис. И вдруг воскликнула:

— Исчезла!

— Что?

— Нога. Ее больше нет.

Кристофер тоже посмотрел. Предмет, похожий на сапог, словно испарился. Может, им это привиделось? Они молча уставились друг на друга.

— Я должен проникнуть в дом, — сказал Кристофер. — Там сзади есть проулок. Ты подожди меня здесь.

Он добежал до угла Маунтджой-стрит и свернул в узкий, немощеный, посыпанный золой проулок, пахнущий кошками и помойками. Сюда выходили задние дворы. Сзади дома выглядели совсем по-другому, бесформенные, изуродованные всякими пристройками. Во дворах, отгороженных заросшими глиняными стенами, было тесно от сараев и прачечных, на высоко натянутых веревках моталось белье. Пока Кристофер соображал, который дом ему нужен, из-за его плеча появилась Франсис, сказала: «Вот сюда», — и стала толкать калитку во двор. Калитка была заперта.

— Подожди здесь, слышишь? — сказал Кристофер. — Я узнаю, что случилось, а может, ничего и не случилось.

327

Стена была невысокая. Он подтащил пустой мусорный ящик и влез на него. Верх стены осыпался под его коленом, и он соскочил на другую сторону. Но не успел он сделать и шагу к дому, как увидел тень Франсис: она пыталась подтянуться на стену. Она занесла ногу, перегнулась и упала в его объятия, увлекая за собой целый град щебня и комьев глины.

— Очень прошу тебя, Франсис, подожди здесь, я тебя тогда позову.

Но ее глаза, огромные, помутневшие от страха, смотрели мимо него, и ему пришлось сдвинуться с места. Они вместе подошли к окну.

Солнце светило прямо в кухню. Теперь Кристоферу было по-настоящему страшно. Он сам не знал, что ожидал увидеть, но из-за Франсис ждал чего-то ужасного. Исчезновение ноги в сочетании с гробовой тишиной в доме создавало атмосферу и катастрофы, и тайны. То, что он увидел, было менее катастрофично, чем он опасался, но, пожалуй, еще более таинственно. Два человека сидели в кухне на полу, напротив окна, прислонившись к стене. Они казались нереальными, слишком большими, как гигантские куклы. Лица их были так странны, что Кристофер не сразу узнал в них Эндрю и Кэтела и не сразу убедился, что оба живы. Необычным было их выражение, вернее, что-то, наложившее отпечаток на весь их облик. Эндрю, как всегда, в военной форме, снял с одного плеча френч и отпустил галстук. Он сидел весь обмякший, раскинув ноги, и рассеянно поглаживал усы. Кэтел, у которого на шее болталось много чего-то белого, похожего на бинты, сидел ссутулившись, отвернувшись от Эндрю, подтянув колени к подбородку и прижавшись щекой к стене. Обе головы чуть шевельнулись, когда фигуры Кристофера и Франсис заслонили окно, и Кристофера пронизал ужас, когда он увидел на обоих лицах выражение предельной усталости и безразличия. Сама собой напрашивалась мысль о наркотиках, о сумасшествии. Сидят безучастно на полу, один — скорчившись, другой — разбросав ноги, ни дать ни взять двое больных, оставленных без присмотра в лечебнице для умалишенных.

Франсис дергала ручку кухонной двери, раму окна.

— Помоги мне, кажется, на задвижку не заперто.

Кристофер крепко взялся за раму, и она немного подалась вверх. Франсис быстро просунула в щель пальцы, потом всю руку и дотянулась до засова на двери. Они вошли в кухню.

Кэтел уже опять привалился щекой к стене и вытирал бинтами лицо. Видно, он перед тем плакал. Он скользнул по вошедшим глазами, но позы не изменил. Эндрю глянул на них испуганно и враждебно, но как будто сразу же упустил их из поля зрения. Лицо его опять стало безучастным. Словно на мгновение были прерваны какие-то глубочайшие раздумья.

— Что с тобой? Что случилось? — громко спросил Кристофер. — Ты болен? — Он склонился над Эндрю.

— Вон, смотри, — раздался за его спиной голос Франсис.

Взглянув, куда указывал ее палец, он увидел, что Эндрю и Кэтел скованы вместе наручниками.

Кристофер отскочил, словно невзначай коснулся металлической руки. Эти неживые, припертые к стене фигуры, а теперь еще наручники — было в этом что-то от механики, от паноптикума. Франсис сперва смотрела разинув рот, как завороженная, потом отошла к окну.

— Эндрю, Эндрю, — сказал Кристофер, — как это случилось? Кто это сделал? Ты ранен? Ты долго здесь пробыл?

После короткой паузы Эндрю заговорил медленно и размеренно:

329

— Я пробыл здесь несколько часов. Наверно, два или три. Нет, я не ранен. — Он поднял ту руку, что была скована с рукой Кэтела, и, слегка хмурясь, посмотрел на часы. Было без семи минут двенадцать. Глаза его расширились, снова стали пустыми, и он уставился в угол кухни. Франсис он словно и не заметил.

— Почему ты сидишь на полу?

— Да понимаете, еще пять минут назад Кэтел был привязан к плите.

— Что?! Кто его привязал? И кто надел на вас наручники?

— Пат.

— Пат? — Франсис метнулась от окна к Кэтелу, тряхнула его за плечо. — Кэтел, ты как, ничего? Ну расскажи нам, что случилось? К чему все эти бинты?

Кэтел, слегка отстранившись от ее прикосновения, снова застыл.

— Вы что, заколдованные оба?

— Ему заткнули рот, — сказал Эндрю все так же медленно и раздельно.

— Заткнули рот? Кэтелу? Но почему? Кто это сделал?

— Пат. Вернее, Милли.

— *Милли,* — сказал Кристофер. — Она здесь была?

— Да. Она пошла с ними.

— С кем с ними? — крикнула Франсис. — Да говори ты толком!

— С Патом. С шинфейнерами.

— Куда они пошли?

— Сражаться.

— О Господи, значит, так и есть. — И Франсис тут же прихлопнула рот ладонями.

— Милли пошла с шинфейнерами, сражаться? — тупо переспросил Кристофер. — Но никакого сражения нет.

330

— Скоро будет, — сказал Эндрю. — Они начнут в двенадцать. — Он подтянул колени, повел плечом. Сказал: — Сил нет, совсем одеревенел.

— Но сейчас уже почти двенадцать! — Франсис судорожно бросилась к двери, но вернулась и впилась глазами в Эндрю: — А ты... Как ты здесь очутился? Что же, в конце концов, случилось?

— Этого я никогда и никому не смогу объяснить, — сказал Эндрю все так же медленно и глядя мимо Кристофера в какую-то точку на стене.

— В двенадцать. Быть не может. Это немыслимо. — Кристофер стоял окаменев, свесив руки, как будто и сам превратился в куклу. Милли ушла к повстанцам, ушла с Патом, с револьвером в руке. — Но почему ты остался здесь? Раз ты знал, почему никуда не пошел, не предупредил?

— Это же был твой долг, о чем ты только думал? — Теперь в глазах Франсис была ярость.

— Я не могу объяснить, — сказал Эндрю. — Узнал я об этом совершенно случайно. А потом я дал Пату слово, что никому не скажу и не уйду отсюда до двенадцати часов. А он приковал ко мне Кэтела, потому что не хотел пускать его туда, где будут сражаться. И заткнул ему рот, вернее, Милли заткнула, чтобы он не мог позвать на помощь. А я его размотал и руку ему освободил, как раз перед тем как вы пришли, потому что он очень уж плакал, я боялся, что он задохнется, да все равно время уже почти истекло. — Он говорил скучным голосом, как о чем-то, что всем должно быть очевидно. Он неловко пошевелился, и рука Кэтела дернулась.

— Но почему, почему, почему? — крикнула Франсис. — Почему ты согласился? Почему дал слово? Чем он мог тебя так запугать? Почему ты не выбежал на улицу, не попытался все это прекратить? Почему часами сидел здесь сложа руки? Ты что, забыл, что ты военный, офицер?

Эндрю только покачал головой. Он бросил взгляд на Франсис и сейчас же зажмурился, точно его ослепило.

Франсис топнула ногой. Руки ее вцепились в заляпанные грязью полы пальто. Она шагнула к Эндрю, точно хотела дать ему пинка.

— Дал честное слово! Дал Пату честное слово! Ты должен был застрелить его как изменника! Ты предал короля и родину! Опозорил свой мундир! Как ты мог? Я просто не понимаю.

— Пат тоже, наверно, не понял, — медленно произнес Эндрю.

— Это все потому, что ты испугался Пата. Ты всегда его боялся. Я тебе никогда не прощу...

И тут, когда голос ее захлебнулся в слезах, явственно прозвучал чистый удар колокола. Это зазвонили в церкви Святого Иосифа на Беркли-роуд.

Все на мгновение замерли. Потом Кэтел рванулся вперед и стал подниматься. Эндрю пробовал усидеть, но его вздернуло на колени. Двое скованных покачались из стороны в сторону и наконец кое-как встали на ноги. Франсис опять зарыдала. Колокол мерно звонил. Издалека донесся звук, похожий на ружейную стрельбу.

Глава 25

В ярком солнечном свете Эндрю и Кэтел мчались вниз по Блессингтон-стрит. Небо, безоблачное, бледно-золотое, слепило им глаза. Между ними болтался, скрывая наручники, чей-то макинтош, который Эндрю догадался прихватить, когда Кэтел тащил его через прихожую на улицу. Ноги их скользили на тротуарах, еще не высохших после дождя, и мокрые солнечные дома отзывались эхом на стук их шагов, а они неслись, то сшибаясь вместе, то отлетая друг от друга, насколько пускали скованные руки.

Солнце припекало. Теперь они наладились бежать в ногу. Но к тому времени, как они добежали до церкви Финдлейтера, Эндрю заставил Кэтела сбавить скорость. Кэтел задыхался, каждый его выдох был как жалобный вскрик, и лицо, на которое по временам взглядывал Эндрю, напряженное, перекошенное страхом, было так же нелепо и уродливо, как за час до того голова Лазаря. Теперь они шли быстрым, подпрыгивающим шагом. Встречные поглядывали на них с беспокойством, а из переулков тут и там появлялись люди с мрачно сосредоточенными лицами и спешили вниз, к центру города. Несколько человек уже обогнали их бегом. Над головой, как легкий балдахин, навис ропот возбужденных голосов. Дублин, немножко удивленный, немножко озадаченный, словно начинал понимать, что сегодня необычный день в его истории.

Когда они вышли мимо Ротонды к верхнему концу Сэквил-стрит, впереди послышалась ружейная стрельба, а потом, как бы в ответ, частые выстрелы где-то в другой части города. Ропот утих, и прохожие, пока еще немногочисленные, точно сбились вместе в неосознанном общем устремлении, уже ощущая себя толпой, подгоняемой таинственной силой исторического события. Прозвучал чей-то нервный смех. И снова стрельба.

Поперек Сэквил-стрит уже протянулся полицейский кордон, и позади него люди стояли в четыре, в пять рядов. Эндрю и Кэтел протиснулись вперед и через плечи полицейских увидели широкое пространство улицы, совершенно пустое. Эта неожиданная пустота больше, пожалуй, чем что-либо другое, открыла удивленным зрителям всю необычность происходящего. Почтамт выглядел очень странно: стекла во всех окнах были выбиты и проемы заложены мебелью. Здание уже казалось затаившимся, осажденным, чем-то жутко напоминало крепость. Огромный плакат на фасаде гласил: «Штаб временного правительства Ирландской республики». А выше, на месте привычного английского флага, реял яркий зеленый флаг со словами «Ирландская республика», выведенными на нем белыми буквами. Было в этой картине что-то миниатюрное, дилетантское, ненастоящее, словно черта между сном и явью оказалась перейденной на ощупь, почти незаметно.

И вот на глазах у притихшей толпы под портиком почтамта появился человек и стал что-то громко читать перед пустой улицей по бумаге, трепетавшей от ветра у него в руке. Пока голос его, слишком далекий, чтобы можно было что-нибудь разобрать, высоко звенел в ясном солнечном воздухе, стоявший возле Эндрю человек с полевым биноклем сказал: «Это Патрик Пирс». Слов Пирса Эндрю не слышал, но позже читал их много раз и много дней подряд — каждое утро они появлялись на афишах, расклеенных по всему городу. «Ирландцы и ирландки! Именем Бога и умерших поколений, от которых мы ведем наши древние национальные традиции, Ирландия через наше посредство призывает своих детей под свое знамя и выступает на борьбу за свою свободу...»

Теперь фигура Пирса исчезла из-под портика почтамта, и пустынная улица на солнце казалась спокойной, почти сонной. Толпа опять негромко загудела, охваченная смутным, тягостным волнением, похожим на чувство вины.

— И чего англичане его не прихлопнули, пока он там стоял?

— Да у них-то и оружия нет.

— Надо же было этим треклятым шинфейнерам учинить такое в день скачек, да еще погода как назло хорошая.

— Дураки, кровопийцы, лошадь убили!

В просвет между дергающимися головами полицейских Эндрю и правда увидел убитую лошадь. Она лежала посреди улицы, напротив главного подъезда почтамта, — лоснящаяся коричневая глыба. При виде мертвой лошади Эндрю ощутил пронзительный страх, непонятную щемящую боль. А потом, глянув вбок, он увидел совсем недалеко на тротуаре группу улан, верховых и спешившихся, в живописных мундирах и в явном расстройстве. Уланы эти, вооруженные только саблями, направлялись в Феникс-парк; ничего не подозревая, они оказались на Сэквил-стрит через две-три минуты после полудня, и им достался первый залп повстанцев. Четыре человека было убито, их уже унесли в ближайшие магазины. А лошадь осталась. Эндрю смотрел на улан, на возмущенное, испуганное лицо их командира, молодого офицерика, своего ровесника. Сердце у Эндрю сжималось и расширялось с такой силой, что казалось, вот-вот разорвется, точно кровь хочет выплеснуться из тела от стыда и отчаяния. Он ощупал себя, потрогал фуражку и френч, чтобы убедиться, вправду ли все это на нем надето, потрогал плечо с единственной звездочкой на погоне. Да, он тоже английский офицер.

И сразу же он почувствовал, что на него смотрят. К шинфейнерам толпа была настроена равнодушно, неопределенно, пожалуй, даже враждебно. Но и на Эндрю и его мундир люди смотрели без всякого дружелюбия. Первая пролитая кровь пробила брешь, через которую неизбежно должно было хлынуть веками копившееся озлобление.

Эндрю стал пробираться обратно. Это было нелегко — сзади сильно напирали. Он петлял, таща за собой Кэтела. Попробовал повернуть закованную руку так, чтобы ухватить мальчика за запястье, но дотянулся только до его вялых, безвольных пальцев. Кэтел теперь следовал за ним покорно, свесив голову. Кое-как они выбрались из гущи толпы.

Почему он это сделал? Теперь он мертвец. Он умер в этой тесной кухне, сидя на полу рядом с Кэтелом, отсчитывая медлительные часы и минуты своего распада. Образы обеих женщин, Франсис и Милли, поблекли и сошли на нет, он едва помнил, кто был рядом с ним, когда зазвонили в церкви. Колоссальным, непоправимым и нестерпимым было другое — потеря чести. Его убили в этой тесной кухне так же верно, как если бы пырнули ножом. Почему он уступил, дал им погубить себя?

И, мысленно отвечая на этот вопрос, Эндрю уже знал, что ответ неправильный, что нет и не может быть оправданий для его ужасающего поступка. Когда Милли, прижав его коленом к стене чулана, шепотом рассказала, что была в неких отношениях со своим братом, его отцом, и что существуют письма, подтверждающие это, он в первую секунду ей не поверил. Потом, пока она шептала ему в ухо, что, если он не согласится, эти письма перешлют его матери, все затопила жалость к Хильде и как будто принесла облегчение, не оставив иного выбора, кроме как защитить ее. Такая новость могла задним числом отравить ей всю жизнь, до самых корней. О том, чтобы пытаться перехитрить Милли, нечего было и думать — он не мог рисковать, он обязан уберечь мать от этих безобразных разоблачений. И он сдался.

Теперь он был волен во всем сомневаться. Первая его мысль была о матери — и он поверил. Вторая мысль была о себе — и веры не стало. Неужели могло случиться в прошлом нечто такое ужасное, такое, как он теперь почувствовал, оскорбительное для него самого? Может, и есть какие-то письма, но еще не сказано, что они так уж важны или не могут быть истолкованы как совершенно безобидные. Может, Милли не захотела бы, а то и не смогла бы выполнить свою угрозу. А может, она с дьявольской находчивостью просто все выдумала, чтобы припугнуть его. Попозже надо будет зайти на Верхнюю Маунт-стрит и узнать. А потом явиться по начальству в Лонгфорд.

Но мысль о Лонгфорде и своем бесчестье увела его глубже. Независимо от всего остального он должен был тогда сразиться с Патом. Должен был презреть револьвер Пата и драться голыми руками. Пат не убил бы его. А если б и убил, все было бы лучше, чем эта, иная смерть. Когда Пат улыбнулся и сказал: «Иначе ты и не мог ответить», они были близки, так близки, как никогда в жизни. В ту минуту их связывали узы благородства, взаимного уважения. Но Эндрю только упомянул о своем долге. А нужно было его выполнить. Нужно было драться тут же, в кухне, собрав все свои силы и мужество. То была встреча, к которой он готовился всю жизнь. Он любил Пата Дюмэя, любил всегда. Схватиться с Патом, не задумываясь об исходе схватки, пусть даже смертельном, было бы последним, лучшим проявлением его любви. Но именно потому, что он всегда обожествлял Пата, пружина в нем сдала. Он не сумел пробудить в себе ту великолепную силу воли, которая бросила бы его, как борца на арене, в объятия Пата. Он опозорил свой мундир, и этого позора не забыть, не загладить никакими будущими подвигами. Сделал он это в конечном счете из-за Пата и ради Пата; сделал то единственное, за что Пат никогда не перестанет его презирать.

Эндрю очнулся — оказалось, что он все еще держит Кэтела за руку. Он взглянул на Кэтела. Лицо у мальчика было отрешенное, покрасневшее, залитое слезами. Эндрю почувствовал, что и сам сейчас расплачется. Он сказал:

— Пойдем, Кэтел, надо найти кого-нибудь, кто бы снял с нас эту штуку. Ты не посоветуешь, куда нам пойти?

Он снова потянул мальчика за собой, подальше от грозной, зловещей пустоты Сэквил-стрит.

Они шли рядом, а навстречу им со всех сторон спешили люди, еще и еще, и в солнечном воздухе звучали голоса, теперь громче, увереннее, уже не так удивленно:

— С ума они, что ли, сошли?

— К Святой Троице повезли пушки.

— Канонерку двинули вверх по реке, будут выбивать их оттуда шрапнелью.

— Дай-то Бог, чтобы у них был там священник.

— Дураки несчастные, да поможет им теперь Бог и Пресвятая Матерь его.

— Что ни говори, такого дня Ирландия еще не знала.

Эпилог

«Блессингтон-стрит, апрель 1938 г.

Милая Франсис!
Не писала тебе целую вечность, но я совсем сбилась с ног — и общественных обязанностей много, и дом нужно было приготовить для новых жильцов, как будто все и пустяки, а минуты свободной не остается. Джинни, конечно, золото, а ее сын покрасил мне кухню и чулан, очень работящий, порядочный юноша, таких в наше время поискать. Надеюсь, что с новыми жильцами все пойдет хорошо. К прежним я прямо-таки привязалась, мы с ними жили одной большой семьей. Но думаю, что скоро привяжусь и к новым. Не помню, писала ли я тебе, что один из них, тот, что снял обе комнаты наверху, такой симпатичный, был майором в английской армии.

Ты меня порадовала тем, что пишешь о своей семье. До чего же быстро растут дети, как подумаешь, что они у тебя почти взрослые, сразу чувствуешь себя старухой. Да что ж, время никого не щадит, а у меня еще, благодарение Богу, и здоровье, и силы есть, не то что у бедной Милли. Сейчас ей много лучше, но уж такой, как до операции, она не будет. Я тебе, кажется, писала, что забрала ее из того сырого дома на Эклз-стрит, и теперь у нее премиленькая комната на Драгл-роуд, это возле Друмконд-ра-роуд. В том же доме живет еще много старичков, они все называют ее «миледи», а она за это угощает их виски! Я тут на днях водила ее завтракать к

Джаммету, и там один лакей узнал ее и сказал, что она ничуть не изменилась, ей, бедняжке, так было приятно, хотя, видит Бог, это неправда. И она стала рассказывать этому лакею про пасхальную неделю на мельнице Боланда, она там, конечно, вела себя геройски, все время перевязывала раненых, но теперь она говорит очень громко, потому что стала туга на ухо, и весь ресторан ее слушал и отпускал замечания, так что я просто не знала, куда деваться. А потом она замучила меня разговорами о Барни, какой он был хороший и как она без него скучает, и мы обе совсем расстроились. Просто не верится, что уже десять лет прошло, как Барни скончался, царство ему небесное.

Когда же вы соберетесь сюда? На Блессингтон-стрит вам всем нашлось бы место. В гостиной остался прежний большой диван, а один из мальчиков мог бы спать на складной кровати. Как было бы хорошо поговорить, вспомнить прошлое. Я бы тебе показала альбом с любительскими снимками, я его недавно нашла, там на одном твой покойный отец в этой своей непромокаемой шляпе, ты ее, наверно, помнишь. А на другом снимке — Хильда в «Клерсвиле», хорошенький был домик, она в нем почти не пожила, такая жалость. Дети у тебя теперь все в школе, может быть, навестишь нас одна, если с семьей не удастся. Этим летом, говорят, будет страшная жара, а уж как Милли была бы рада твоему приезду, она вечно о тебе справляется. Побывали бы во всех знакомых местах, Кингстаун все такой же, я никак не привыкну называть его Дун-Лейре, и Сэндикоув бы посмотрели, и пляжи. Я там на той неделе была, прошла мимо «Фингласа» и в сад заглянула. Старые красные качели так и висят. Помнишь старые качели и как бедный Эндрю тебе их починил, уж он так старался! А дом покрасили в розовый цвет, очень некрасиво, да еще переименовали в какую-то «Горную вершину», совсем уж глупо, он и стоит-то не на верху горы. А кто там живет после Портеров, не знаю. По-моему, какие-то англичане.

Ну, пора кончать письмо, нужно заняться бельем. Передай поклон твоим, да приезжайте вы все летом на Изумрудный остров*, и «будем минувшее вспоминать до самой до зари», как в песне поется!

Нежно любящая тебя

Кэтлин

P. S. Послала тебе мясной пудинг. Салфетку не разворачивай, вари прямо в ней два часа».

— От кого это тебе такое толстенное письмо? — спросил у Франсис ее длинноногий сын.

— От Кэтлин.

— Жалуется, как всегда? — спросил у Франсис ее муж, англичанин.

— Не особенно.

— Надо полагать, зовет нас в гости?

— Она всегда зовет нас в гости.

— Что ж, съезди. А меня ты туда больше не заманишь.

— Да мне не так уж и хочется туда ехать, — сказала Франсис.

Ее муж, как всегда после утреннего завтрака, стал складывать газету, аккуратно, с таким расчетом, чтобы плоский пакет удобно вошел в портфель. На сгибе Франсис успела прочесть заголовок: «Франко угрожает Барселоне». Она глянула в лицо своему длинноногому сыну и сейчас же отвела глаза. С тех пор как лучший друг ее сына записался в Интернациональную бригаду, она жила в неотступном страхе.

---

* Общепринятое метафорическое обозначение Ирландии.

— Что новенького у твоей ирландской родни? — спросил сын.

Дети всегда говорили о ее «ирландской родне». Самих себя им и в голову не приходило считать наполовину ирландцами. Они и ее-то не считали ирландкой. В Ирландии они были четыре раза и больше туда не стремились.

— Все по-старому, живут очень тихо. Тете Милли стало получше.

— Тихо, как в могиле, — сказал муж.

— Но ведь Кэтлин...

— Я не про Кэтлин, я про весь остров. Помнишь, как удручающе он на нас подействовал в прошлый раз? В жизни не видел ничего мертвее.

— А может, им это по душе...

— Будем надеяться, они того и добивались. Захотели быть сами по себе, вот и остались сами по себе.

— Мне понравился тот городок на западном побережье, — сказал сын.

— Ничего подобного. Ты все время ныл, что слишком холодно для купания. И дождь лил каждый день. Да, скажу я вам, Ирландия — это доказательство от противного.

— А я люблю, когда тихо, — сказала Франсис. — Здесь очень уж много шума и спешки. И дождь люблю.

— Провинциальная дыра, существующая на немецкие капиталы. Страна молочного хозяйства, не сумевшая даже выдумать собственный сыр. А если опять будет война, они не пойдут сражаться, как и в тот раз. Это их и прикончит.

— В тот раз они сражались, — сказала Франсис. — Ирландские полки отличились в войне.

— А где эти полки теперь? Да, отдельные сумасброды пошли в армию, но большинство ирландцев думали только о себе. А уж вся эта ерунда в шестнадцатом году, в которой и твои родичи были замешаны...

— По-моему, это была не ерунда, — сказал сын.

— Чистейшая ерунда, — сказал муж. — Можешь ты мне сказать, кому это пошло на пользу?

— Я не знаю... — сказала Франсис.

— Ни капли смысла в этом не было. Вопрос о гомруле все равно уже был решен. Просто горстке чем-то недовольных фанатиков захотелось привлечь к себе внимание. Романтика плюс жажда крови, то самое, от чего в наши дни люди становятся фашистами.

— Они не были похожи на фашистов, — сказал сын, — потому что они боролись за правое дело.

— Когда ты станешь взрослым, — сказал муж, — а сейчас, позволь тебе еще раз напомнить, до этого далеко, — ты поймешь, что в политике важно не за что бороться, а какими методами. Потому и в Испании сейчас что та сторона, что эта — обе хуже. Одна банда варваров против другой банды варваров, вот мое мнение.

Франсис не дала сыну времени возразить. Она уже привыкла к роли миротворца, состоящей в том, чтобы всякий серьезный спор между мужем и детьми переключать на общие фразы или на безобидную болтовню о мелочах.

— Отец, наверно, согласился бы с тобой. Он был против всяких крайностей. Он как-то сказал, что ирландцы только и говорят что об истории, а мыслить исторически не умеют.

— Видимо, твой отец был в высшей степени разумный человек, — сказал муж. — Я уверен, что мы на многое смотрели бы одинаково. Жаль, что я его не знал.

Почему-то Франсис не рассказала мужу про обстоятельства смерти Кристофера Беллмена.

Кристофер погиб 27 апреля 1916 года. Как именно это произошло, осталось неясным. Пока один за другим тянулись дни той нескончаемой недели, а повстанцы, отрезанные, окруженные, засыпаемые снарядами, все еще каким-то чудом держались, Кристофер дошел до полного исступления. В четверг утром он укатил на своем велосипеде в Дублин. Вечером кто-то привел в «Финглас» его велосипед и сообщил, что Кристофер погиб. Будто бы он пытался пробраться к почтамту со стороны Мур-стрит. Его настигла снайперская пуля, с чьей стороны — никто не знал.

— По-моему, эти люди шестнадцатого года поехали бы сражаться в Испанию, — сказал длинноногий сын.

— Да, но на чьей стороне?

— Ты прекрасно понимаешь, про какую сторону я говорю.

— Буря в стакане воды, — сказал муж. — Кто сейчас помнит про шестнадцатый год? И ты бы о нем ничего не знал, если бы мать постоянно не напоминала. Через двадцать лет то же будет и с этими испанскими событиями, которые тебя так занимают. Герника, Ирунья, Толедо, Теруэль. Никто их не запомнит.

— Может быть, папа и прав, — сказала Франсис. — Запомнят только Гернику, благодаря Пикассо.

— Не согласен, — сказал сын. В последнее время он подозрительно научился владеть собой. — Эти названия войдут в историю Европы. Как Азенкур*.

— Никакой истории Европы не существует, — сказал муж. — Каждое государство создает свою историю выборочно, так, чтобы показать себя с лучшей стороны. Ни один француз и не слышал об Азенкуре.

---

* При Азенкуре (южнее Кале) 25 октября 1415 г. англичане разбили превосходящее их по численности французское войско.

— Если на то пошло, — сказала Франсис, — ни один англичанин не слышал о Фонтенуа*.

— А ты откуда слышала о Фонтенуа? — спросил ее муж. — Ты знаешь историю? Это для меня новость.

— Там ирландские солдаты сражались на стороне французов. Их называли Дикие Гуси. Об этом было какое-то длинное стихотворение. Как это?..

> Тут приуныл король Луи.
> «Нет, государь, — воскликнул Сакс, —
> Ирландцы нам верны».

— Как всегда, на роли изменников? Нет-нет, я шучу, не принимай мои слова всерьез, дорогая. А теперь мне пора на поезд. — Муж Франсис засунул аккуратно сложенную газету в портфель, а вслед за ней белый носовой платок, каждое утро новый, которым он протирал очки. Портфель защелкнулся. Дойдя до двери, он остановился. — Как это ты смешно называла Ирландию?

— Кэтлин, дочь Хулиэна**.

— Ну так вот, по-моему, Кэтлин, дочь Хулиэна, — скучнейшая особа. Малым странам нужно закрывать лавочку, и чем скорее они это поймут, тем лучше. Сейчас время присоединяться к великим державам, и правы те, кто делает это со смыслом и по доброй воле. Я уверен, что твой превосходный отец был бы того же мнения. Ну, так. — Он поцеловал Франсис. Он был не злой человек, но очень любил пошутить.

---

* Селение в Бельгии, под которым 11 мая 1745 г. французские войска разбили англо-голландскую армию.

** Персонаж ирландских саг, традиционно символизирующий Ирландию; простая женщина, созывающая на борьбу своих сыновей; фигурирует в произведениях многих писателей Кельтского Возрождения, в частности в пьесе Йейтса.

Хлопнула парадная дверь. Франсис и ее длинноногий сын снова сели за стол с чуть виноватым видом заговорщиков, для которых миновала минута опасности, — это тоже было частью утреннего ритуала.

— А я считаю, что шестнадцатый год — это было замечательно, — сказал сын.

— Да, и я тоже. Хоть и не знаю, кому это пошло на пользу.

— Это было напоминание о том, что людей нельзя без конца держать в рабстве. Тирании кончаются, потому что рано или поздно рабы дают сдачи. Только так и можно подействовать на тирана и заставить его отступить. Свобода — в самой природе человека, она не может исчезнуть с лица земли. Подробности борьбы мы, может быть, и забываем, но борьба продолжается, и люди должны быть готовы вернуться к забытым подробностям. А когда настает очередь какой-нибудь страны, пусть и маленькой, восстать против своих тиранов, она представляет угнетенные народы всего мира.

Франсис опять почувствовала ледяное прикосновение.

— Ну и речь! Ты мне сейчас напомнил Кэтела Дюмэя. Он тоже говорил такие вещи. Ты и лицом становишься на него похож.

— Что сталось со всеми этими людьми, которых ты тогда знала? Расскажи еще раз, ты нам рассказывала, когда мы были маленькие. А теперь уже сколько лет не говоришь о них, и они у меня все перепутались в голове. Вот хоть дядя Барни, с ним как было? Он был ужасный комик. Я помню, он очень трогательно нам объяснял, что был бы вегетарианцем, если бы так не любил колбасу! И тогда, в шестнадцатом году, с ним случилось что-то очень смешное, только я забыл что.

Франсис глубоко вздохнула:

— Не так уж это было смешно. Барни шел сражаться вместе с повстанцами, но по дороге нечаянно выстрелил себе в ногу, и его пришлось оставить дома.

Сын рассмеялся:

— Похоже на дядю Барни! Скорее всего, он нечаянно сделал это нарочно. Ты ведь знаешь, чисто случайно мы ничего не делаем. Я об этом недавно читал. Почти все, что мы делаем, диктуется нашим подсознанием, только мы этого не знаем.

— Может быть, ты прав, что это было отчасти нарочно. Не могу себе представить, чтобы Барни кому-нибудь сделал больно, кроме как самому себе. Добрее и мягче человека я не знала.

— А что случилось с Кэтелом Дюмэем, с тем, на которого я, по-твоему, похож?

— Его убили в 1921 году, в гражданской войне.

— В гражданской войне? Я и забыл, что в Ирландии была гражданская война. Из-за чего она была?

— Часть ирландцев считала, что мы, то есть они, не должны соглашаться на Договор, что он не дает Ирландии достаточно свободы, и они готовы были из-за этого драться. А англичане поддерживали более умеренных ирландцев, тех, что приняли Договор, — чтобы подавить экстремистов.

— Кэтел Дюмэй, уж наверно, был с экстремистами.

— Да, он состоял в ИРА, он был очень смелый, командовал летучим отрядом. Ему было всего девятнадцать лет, когда он погиб.

— Его убили в бою?

— Нет. Один офицер из черно-пегих застрелил его ночью, в постели.

Сын задумался.

— Гражданская война. Ужасно, должно быть, когда это происходит на твоей родине. Ты тогда была в Ирландии?

— Нет, я была замужем, жила здесь. И ты уже родился. Это было очень страшно. Твой папа говорит, что ирландцы ухитрились замолчать всю эту историю, и отчасти он прав. Об этом и думать нельзя без боли.

— Ну, уж гражданскую войну в Испании никому не удастся замолчать. Этого мы не забудем. А брат Кэтела, как его, Пат Дюмэй?

— О, он участвовал в восстании шестнадцатого года, был в здании почтамта вместе с Пирсом и Конноли. Его убили в бою в четверг на пасхальной неделе, накануне того дня, когда они сдались. Его убило снарядом.

— А потом был еще один, англичанин...

— Эндрю Чейс-Уайт? Он был не англичанин, а ирландец.

— Почему-то я всегда считаю его англичанином. С ним что случилось?

— Он убит при Пашендейле, в семнадцатом году. Был награжден Крестом за боевые заслуги.

— Вспомнил. А его мать умерла от горя.

— Уж не знаю, от горя умерла тетя Хильда или нет. Очень скоро после того, как мы узнали о смерти Эндрю, у нее обнаружили рак.

— Сплошные герои, верно?

— Они были невообразимо смелые, — сказала Франсис и судорожно сжала доску стола.

— А все вожаки, Патрик Пирс и компания?

— Почти всех расстреляли. Пирса, Конноли, Мак-Донага, Мак-Дермотта, Мак-Брайда, Джозефа Планкетта... а Роджера Кейсмента повесили.

— Еще чудо, что де Валера уцелел. Да здравствует Дэв! Помнишь, ты нам так говорила, когда мы были маленькие?

Франсис улыбнулась и разжала пальцы.

— Да здравствует Дэв!

Она ведь не так уж много думала о прошлом; но сейчас ей казалось, что эти мысли были с нею всегда, что в те месяцы, в те недели она прожила всю подлинную жизнь своего сердца, а остальное было доживанием. Конечно, это было несправедливо по отношению к детям и к человеку, рядом с которым она уже прошла такой долгий путь до этой будничной середины своей жизни. Те, другие, были овеяны красотой, которую ничто не могло затмить, с которой ничто не могло сравниться.

Они навсегда остались молодыми и прекрасными, им не грозило ни время, ни двусмысленные поздние размышления, от которых тускнеет самое ясное молодое лицо. Они умерли каждый во всеоружии своей первой любви, и матери оплакали их, так неужели все было напрасно? Они были так совершенны, что она не могла в это поверить. Они отдали жизнь за все самое высокое — за справедливость, за свободу, за Ирландию.

— Да, все-таки я их путаю, — сказал сын. — Ты, помнится, говорила, что в одного из них была влюблена. Это в которого?

— Я? — сказала Франсис. — Я-то была влюблена в Пата Дюмэя.

Она встала и отошла к окну, чтобы скрыть внезапно набежавшие слезы. Смотрела на ухоженный садик, на дома напротив. Слезы лились неудержимо, а в ушах грохотали, как грохотали они, разрывая ей сердце, всю ту страшную неделю в шестнадцатом году, раскаты английских орудий.

ИЗДАТЕЛЬСКАЯ ГРУППА ACT
КАЖДАЯ **ПЯТАЯ** КНИГА РОССИИ

ПРИОБРЕТАЙТЕ КНИГИ ПО ИЗДАТЕЛЬСКИМ ЦЕНАМ
В СЕТИ КНИЖНЫХ МАГАЗИНОВ буква

МОСКВА:

- м. «Алексеевская», Звездный б-р, д. 21, стр. 1, т. (495) 232-19-05
- м. «Алексеевская», пр-т Мира, д. 114, стр. 2 (Му-Му), т. (495) 687-45-86
- м. «Бауманская», ул. Спартаковская, д. 16, т. (495) 267-72-15
- м. «Бибирево», ул. Пришвина, д. 22, ТЦ «Александр Ленд», этаж 0, т. (495) 406-92-65
- м. «Домодедовская», ТК «Твой Дом», 23-й км МКАД, т. (495) 727-16-15
- м. «Коломенская», ул. Судостроительная, д. 1, стр. 1, т. (499) 616-20-48
- м. «Крылатское», Осенний б-р, д. 18, корп. 1, т. (495) 413-24-34, доб. 31
- м. «Кузьминки», Волгоградский пр-т, д. 132, т. (495) 172-18-97
- м. «Медведково», ТЦ «XL Мытиши», Мытиши, ул. Коммунистическая, д. 1, (495) 641-22-89
- м. «Новослободская», д. 26, т. (495) 973-38-02
- м. «Новые Черемушки», ТК «Черемушки», ул. Профсоюзная, д. 56, 4-й этаж, пав. 4а-09, т. (495) 739-63-52
- м. «Парк культуры», Зубовский б-р, д. 17, стр. 1, т. (495) 246-99-76
- м. «Перово», ул. 2-я Владимирская, д. 52/2, т. (495) 306-18-97
- м. «Петровско-Разумовская», ТК «XL», Дмитровское ш., д. 89, т. (495) 783-97-08
- м. «Сокол», ТК «Метромаркет», Ленинградский пр-т, д. 76, корп. 1, 3-й этаж, т. (495) 781-40-76
- м. «Сокольники», ул. Стромынка, д. 14/1, т. (495) 268-14-55
- м. «Таганская», Б. Факельный пер., д. 3, стр. 2, т. (495) 911-21-07
- м. «Тимирязевская», Дмитровское ш., д. 15, корп. 1, т. (495) 977-74-44
- м. «Царицыно», ул. Луганская, д. 7, корп. 1, т. (495) 322-28-22
- м. «Бауманская», ул. Спартаковская, д. 16, т. (495) 267-72-15
- м. «Преображенская площадь», ул. Большая Черкизовская, д. 2, корп. 1, т. (499) 161-43-11
- м. «Каховская», Чонгарский б-р, д. 18, т. (499) 619-90-89
- м. «Щукинская», ТЦ «Щука», ул. Щукинская, вл. 42, т. (495) 229-97-40
- м. «Коньково», ул. Профсоюзная, д. 109, корп. 2, т. (495) 429-72-55
- м. «Университет», Мичуринский пр-т, д. 8, стр. 29, т. (499) 783-40-00
- м. «Коломенская», ТЦ, пр-т Андропова, вл. 25, т. (499) 612-60-31
- м. «Китай-город», ул. Маросейка, д. 4/2, стр. 1, т. (495) 624-37-33 (30-34)
- м. «Шелковская», ул. Уральская, д. 2
- м. «Ясенево», ул. Паустовского, д. 5, корп. 1, т. (495) 423-27-00
- М.О., г. Зеленоград, ТЦ «Иридиум», Крюковская площадь, д. 1
- М.О. г. Люберцы, Октябрьский пр-т, д. 151/9, т. (495) 554-61-10

Издательская группа АСТ www.ast.ru
129085, Москва, Звездный бульвар, д. 21, 7-й этаж
Информация по оптовым закупкам: (495) 615-01-01, факс 615-51-10
E-mail: zakaz@ast.ru

123022, Москва, а/я 71 «Книги – почтой»
или на сайте: shop.avanta.ru

Курьерская доставка по Москве и ближайшему Подмосковью:
Тел/факс: +7(495)259-60-44, 259-41-71

Приобретайте в Интернете на сайте: www.ozon.ru

Исключительные права на публикацию книги
на русском языке принадлежат издательству АСТ.
Любое использование материала данной книги,
полностью или частично, без разрешения
правообладателя запрещается.

Литературно-художественное издание

Мердок Айрис
Алое и зеленое

Роман

Ответственный редактор Л.Ю. Зайцева
Художественный редактор О.Н. Адаскина
Компьютерная верстка: О.С. Попова
Технический редактор О.В. Панкрашина
Младший редактор Н.В. Дмитриева

Общероссийский классификатор продукции
ОК-005-93, том 2; 953000 — книги, брошюры

Санитарно-эпидемиологическое заключение
№ 77.99.60.953.Д.009937.09.08 от 15.09.08 г.

ООО «Издательство АСТ»
141100, Россия, Московская обл., г. Щелково, ул. Заречная, д. 96
Наши электронные адреса: WWW.AST.RU E-mail: astpub@aha.ru

ООО Издательство «АСТ МОСКВА»
129085, г. Москва, Звездный б-р, д. 21, стр. 1

Отпечатано с готовых файлов заказчика
в ОАО "ИПК "Ульяновский Дом печати"
432980, г. Ульяновск, ул. Гончарова, 14

ИЗДАТЕЛЬСКАЯ ГРУППА аст
КАЖДАЯ ПЯТАЯ КНИГА РОССИИ

ПРИОБРЕТАЙТЕ КНИГИ ПО ИЗДАТЕЛЬСКИМ ЦЕНАМ
В СЕТИ КНИЖНЫХ МАГАЗИНОВ буква

РЕГИОНЫ:

- Архангельск, 103-й квартал, ул. Садовая, д. 18, т. (8182) 65-00-95
- Белгород, Народный б-р, д. 82, ТЦ «Пассаж», т. (4722) 32-53-26
- Белгород, пр. Хмельницкого, д. 132а, т. (4722) 31-48-39
- Владимир, ул. Дворянская, д. 10, т. (4922) 42-06-59
- Волгоград, ул. Мира, д. 11, т. (8442) 33-13-19
- Екатеринбург, ул. Сулимова, д. 50, ТРК «Парк Хаус», т. (343) 216-55-02
- Ижевск, ул. Автозаводская, д. 3а, т. (3412) 90-38-31
- Ижевск, ТРЦ «Столица», ул. Автозаводская, д. 3а, т. (3412) 90-38-31
- Калининград, пл. Калинина, д. 17/21, т. (4012) 65-60-95
- Краснодар, ул. Дзержинского, д. 100, ТЦ «Красная площадь», т. (861) 210-41-60
- Красноярск, пр-т Мира, д. 91, т. (3912) 23-17-65
- Курган, ул. Гоголя, д. 55, т. (3522) 43-39-29
- Курск, ул. Ленина, д. 11, т. (4712) 70-18-42
- Курск, ул. Радищева, д. 86, т. (4712) 56-70-74
- Липецк, пл. Коммунальная, д. 3, т. (4742) 22-27-16
- Мурманск, пр-т Ленина, д. 53, т. (8152) 47-20-43
- Новороссийск, сквер им. Чайковского, т. (8617) 67-61-52
- Новосибирск, ул. Ватутина, д. 107, ТЦ «Мега», т. (383) 230-12-91
- Пенза, ул. Московская, д. 63, т. (8412) 20-80-35
- Пермь, ул. Революции, д. 60/1, ТЦ «7 пятниц», т. (342) 233-40-49
- Ростов-на-Дону, Новочеркасское ш., д. 33, ТЦ «Мега», т. (863) 265-83-34
- Рязань, Первомайский пр-т, д. 70, корп. 1, ТЦ «Виктория Плаза», т. (4912) 95-72-11
- Рязань, ул. Почтовая, д. 62, т. (4912) 28-99-39
- Самара, ул. Дыбенко, д. 30, ТЦ «Космопорт», т. 8-908-374-1960
- Санкт-Петербург, Гражданский пр-т, д. 41, ТЦ «Академический», т. (812) 380-17-84
- Санкт-Петербург, Лиговский пр-т, д. 185, т. (812) 766-22-88
- Санкт-Петербург, ул. Чернышевская, д. 11/57, т. (812) 273-44-13
- Тверь, ул. Советская, д. 7, т. (4822) 34-53-11
- Тольятти, ул. Ленинградская, д. 55, т. (8482) 28-37-68
- Тула, пр-т Ленина, д. 18, т. (4872) 36-29-22
- Тула, ул. Первомайская, д. 12, т. (4872) 31-09-22
- Тюмень, ул. М.Горького, д. 44, стр. 4, ТРЦ «Гудвин», т. (3452) 79-05-13
- Чебоксары, ТЦ «Мега Молл», ул. Калинина, д. 105а, т. (8352) 28-12-59
- Череповец, Советский пр-т, д. 88а, т. (8202) 53-61-22
- Ярославль, ул. Свободы, д. 12, т. (4852) 72-86-61

Заказывайте книги почтой в любом уголке России
123022, Москва, а/я 71 «Книги – почтой»
или на сайте: shop.avanta.ru

Курьерская доставка по Москве и ближайшему Подмосковью:
Тел/факс: +7(495)259-60-44, 259-41-71

Приобретайте в Интернете на сайте: www.ozon.ru

Издательская группа АСТ www.ast.ru
129085, Москва, Звездный бульвар, д. 21, 7-й этаж
Информация по оптовым закупкам: (495) 615-01-01, факс 615-51-10
E-mail: zakaz@ast.ru